漢武大光

卷四 水龍吟

酒徒 著

地皇二十三年，天氣出奇地冷。往年立春時節，外邊早就冰消雪盡，柳梢吐綠。而今年，眼看著正月都快到十五了，天空中依舊白雪紛飛。地面上，依舊沒有出現半點綠色，整個世界，都白茫茫的一片，就像大新朝的國庫一樣乾淨。

國庫裡頭沒了錢糧，文武百官的俸祿卻不能不發。賜給周邊蠻夷的壓歲錢，也不能比往年少。否則，丟了朝廷的臉面不說，萬一有人心懷不滿，跟反賊暗中勾結，大新朝的江山，可就是愈發的風雨飄搖。

「民耗百畝者，徹取十畝以為賦……」羲和（大司農）魯匡，跪坐在數百卷古籍旁，翻來翻去，愁眉不展。

作為九卿裡少見的非王姓，他的聰明毋庸置疑。當年大新朝的「五均六輸」制度，就是出自他的手筆。當時，可是著實解決了朝廷的燃眉之急，讓國庫和各地官庫，還有當官者的私囊，都很是充裕了一陣子。可隨著地方動蕩，以及各種說不清道不明的緣由，「五均六輸」制度所賺來的錢財，就一年比一年更少。國庫和地方官庫，也又開始跑起了耗子。

國庫空虛，責任當然著落在大司農身上。可魯匡履職這些年來，把該加不該加的稅，差不多已經加到了極致，再繼續加下去，恐怕他非但不敢出長安城，即便在長安城內，弄不好哪天都得被從天而降的碎磚爛瓦活活砸死。

更何況，大新朝加稅，也不是一件簡單的事情，必須以「復古改制」為藉口，並且從周禮上找先例。而《周禮》經過秦朝的焚書坑儒之禍，流傳下來的，基本全是後人整理。各種版本加起來高達數百種，彼此記述大不相同。想從中找到一篇能夠支持加稅的來，簡直是海裡淘金！

「唉——」嘆息著將手頭的書卷丟在腳邊，魯匡又拎起一個新版本。這是一個非常新的版本，就說出自春秋某個名人之墓葬。但以魯匡的智力，輕而易舉就能分辨出，所為墓葬，不過是個障眼法而已。就像當初劉向、劉歆所整理的那個版本，其實其中很多內容都是父子兩個憑空編纂，只是披了某個絕世古本的殼，讓其看起來更加可信而已。

「夫關市者，三十徵一，夫山澤者，所徵百二。」功夫不負有心人，在新版本的某一條竹簡上，魯匡終於找到了一個周代賦稅額度描述。不是農田秋賦，而是市面上的貨物交易和狩獵捕魚。只是三十徵一，比當下朝廷所推行的十徵一，實在低得太多。向王莽提議按照這個版本去「復古」，恐怕沒等他把話說完，就得被王莽下令剝奪官職，直接趕出朝堂。

「三十徵一，三十徵一，這周朝，怎麼收稅收得這麼低！」越算心裡頭越恐慌，魯匡抓起書卷，狠狠朝面前的桌案砸去，「假的，這版周禮，肯定是假冒的。否則，周朝天子和群臣，豈不是都得去喝西北風？」

「啰嚓」，書卷與桌案相碰，四分五裂。竹簡斷的斷，飛的飛，撒得到處都是。其中半片，恰恰到魯匡腳下，讓他的目光頓時開始發亮。

「夫關市者，三十……」真是老天爺保佑，後半截消失不見了，留下來的文字，卻令人茅塞頓開。

將市易稅提高到三成，不就是三十嗎？至於後面那兩個「多餘」的字，自動忽略就是。照這種辦法，百二，也可以直接解釋做百中取二十，既符合皇上復古的心願，又能令國庫再度充盈。

「羲和，皇上請您去御書房單獨奏對！」一名命士小跑著入內，湊在魯匡耳畔低聲提醒。

「嗯，老夫記得呢，你下去幫老夫準備一下，老夫現在就出發！」魯匡笑了笑，非常愉快地點頭。隨即，在地上將另外一片記錄山澤徵稅標準的竹簡也找了出來，與手裡的半截竹簡一道，小心翼翼地揣進了懷中。

九卿處理公事的所在，緊挨著皇宮。因此，只花了短短半炷香時間，魯匡就來到了王莽的御書房內。雖然天色還沒有黑，書房內，卻已經燈火通明。大新朝皇帝王莽手裡拎著一把天子劍，在一個嶄新的木偶身上奮力亂剁，「村夫，寡人誓誅你九族。寡人代漢受禪，乃是上天之意，百官公推。你一個劉氏破落旁支，有什麼資格質疑寡人，有什麼資格……」

「劉公公，陛下此刻可在書房，魯某奉召前來，還望公公幫忙通稟！」明明已經在窗紗上看到了王莽發狂的身影，魯匡還是故意提高聲音，向站在門口當值的太監劉均請求。

皇帝陛下又在拿劉縯的木頭像撒氣，自從去年十月以來，他不知道已經砍壞了多少木頭像。特別是最近十多天，幾乎每天都要剁碎一個。所以，消息靈通且善解人意的魯匡，絕不會在王莽怒氣未消的時候，到書房內去打擾他。以免一不小心，就遭受到池魚之殃。

「滾進來！」王莽猛地將寶劍朝地上一丟，喘著粗氣大聲斷喝，「裝什麼裝，朕何時掩飾過自己的本相？」

「臣遵旨！」羲和魯匡自知心思敗露，趕緊大聲答應著，小步快跑入內。進了門，先向王莽行過君臣常禮，然後飛快地撿起寶劍，一劍戳在了木偶的心口處，「陛下息怒，老臣殺了這村夫！」

「算了！」王莽其實也清楚，自己剁一百個木頭人，也不可能將劉縯咒殺，嘆了口氣，輕輕擺手，「你乃九卿之一，就別做這種弄臣的勾當了。朕，朕剛才只是想起了甄大夫之死，一時怒氣上頭而已。可憐甄大夫一世英名，最後卻死在了一群村夫之手。唉……」

說到動情處，他兩眼裡頓時泛起了淚光。將羲和魯匡立刻感動得眼皮發紅，抽了下鼻子，再度俯身行禮，「陛下節哀，大司馬父子已經接到聖旨，星夜趕往了宛城。有他們父子和岑彭在，劉縯村夫，此番必將在劫難逃！」

「嗯，希望如此吧！」王莽又嘆了口氣，緩緩走向自己的書案，「即便戰事不利，朕也不會怪他們。畢竟前隊精銳已經全軍覆沒，此刻宛城裡，連一萬兵丁都湊不出。而大司馬那邊，能臨時徵召的，只有地方郡兵和堡寨裡的民壯。」

「大司馬曾經多次擊敗過綠林賊，威名赫赫。臣聽聞綠林賊那邊有一句俚語，叫做什麼『寧吃一筐鹹，不遇一個嚴。』可見其畏懼大司馬之深！」魯匡在群臣中，是出了名的會說話，立刻倒豎起劍柄，笑著拱手，「而郡兵訓練和武器裝備雖然比不得前隊，卻是在家門口作戰，保衛桑梓不受綠林賊荼毒，所以士氣必然高昂！」

「嗯，有道理，你說得甚有道理！」王莽的眼睛瞬間開始發亮，從魯匡手裡搶過寶劍，朝著劉縯的雕像上胡亂劃了幾下，大笑著發狠，「若是真的能將這村夫擒來，朕定然將他千刀萬剮，以慰前隊將士的在天之靈。」

笑過之後，又將寶劍當做枴杖，杵在地上，繼續說道：「軍餉，軍糧，你必須保證。朕不管你是怎麼弄來的，若是大司馬那邊糧草接濟有了差池，朕一定拿你是問！」

「臣遵旨！」魯匡心中暗叫倒楣，表面上，卻只能裝出一副捨我其誰模樣，躬身領命。

「你可有什麼辦法？」王莽對他的承諾卻不太放心，圍著劉縯的雕像走了幾步，大聲追問。

「回聖上的話，辦法有二，一急一緩，皆出於古法！」魯匡等的就是這一問，連忙從懷中掏出兩枚斷了的竹簡，雙手呈給了王莽，「前者出自文王軼事，而後者，則出自周禮。」

「古法？」王莽一聽，立刻就來了精神，將寶劍插回鞘中，劈手奪過竹簡，「你快說，到底是哪兩個古法？這竹簡怎麼是斷的？夫關市者，三十，這是什麼意思？」

「聖上莫急，請容微臣慢慢道來！」魯匡偷偷看了一眼王莽的臉色，然後大聲補充，「昔文王在世，有犯罪者家人生病。文王准他們去探望家人，然後約期回來治罪。日至，無一罪囚逾期。陛下德邁堯舜，又力行復古，不妨也將監獄中家境殷實者赦免回家探親。只要他們的家人肯拿出一筆錢財來作為抵押，歸期就可以相對寬鬆。」

這，分明是建議王莽准許富貴人家以財貨贖罪，跟周文王當年的善舉，沒一文錢的關係。然而，博覽群書，過目不忘的王莽，居然沒有聽出其中的問題所在。單手捋著花白的虎鬚，低聲沉吟道：「嗯，甚妙，甚妙。此策一行，公庫立刻日進萬金，的確能解眼下燃眉之急。你下去擬個正式奏摺呈上來，朕在朝會時與百官共議！」

「臣，遵旨！」魯匡會心地拱了下手，然後繼續啟奏，「至於微臣今天帶給陛下的兩根竹簡，也來源於最近現世的周禮藏本。前者記載了周朝之時，市易稅率是三成，而打獵捕魚，則要交兩成給公庫。」

「這……」王莽聽得微微一楞，眉頭迅速皺緊。然而想到獄中的富貴囚犯畢竟有限，又笑著輕輕嘆氣，「十取二三，想必不是常策。不過，在國事艱難之際，理當上下同心。你也擬了奏摺，一起送上來吧。朕儘量讓百官明白這個道理就是。」

「聖上仁慈！」魯匡立刻躬身下去，大聲稱頌。「此乃非常之策，用於非常之時。百姓忍受一時陣痛，過後自然會明白必須的苦心。待叛亂平定之後，聖上不願百姓受苦，可以下旨，廢了這個非常之策便是。屆時，必然人人感激陛下恩德！」

內心深處，他當然知道自己提出的這個斂財手段，對百姓盤剝過甚。並且推到周禮上，純屬於牽強附會。然而，他同時也更清楚王莽的改制，從來不是為了那些平頭百姓。所謂復古也罷，革新也好，不過都是一種藉口。只要說得漂亮，能讓國庫見到錢財流入，便是成功。

果然，王莽猶豫了片刻之後，終於再度點頭，「嗯，非常之策，非常之策。總好過天下動蕩，逆賊橫行！朕只施行兩年，兩年之後，待綠林賊被剿滅，稅率便恢復三十稅一。」

「陛下乃千古明君！」魯匡再度躬身，大拍馬屁。

「算了，你不必稱頌朕了。朕若是千古明君，天下就沒如此多的反賊了！」王莽卻忽然收起了笑容，大聲感慨。「不過，朕問心無愧。若是前朝之制不改，也許情況還不如現在。」

「那些反賊愚昧，陛下不用太把他們放在心上！」魯匡立刻也收起笑容，柔聲安慰，「並且眼下反賊雖然聲勢浩大，卻未必能夠持久。微臣聽聞，那村夫劉縯毫無容人之量，僥倖打了一場勝仗之後，立刻提出要整軍，害得王匡、陳牧等賊人人自危。若是陛下想辦法分而化之，各個擊破……」

「報，聖上，聖上，宛城岑將軍發來急報！」話還沒等說完，御書房外，忽然傳來一聲大叫。緊跟著，當值太監劉均，歡天喜地地衝了進來。雙手將一份帛書，高高地舉過了頭頂，「陛下，大喜，大喜，賊軍久攻宛城不下，內部生隙。王匡、王鳳、陳牧等賊，掉頭向南，攻打襄陽去了。如今宛城附近，只剩下了劉縯、王常和馬武三賊留戀不去，但短時間內，已經奈何不了宛城分毫！」

「什麼，你剛才說，群賊為何要分兵？」王莽喜出望外，一時間，竟然無法相信自己的耳朵。

「久攻宛城不下！」太監劉均被問得滿頭霧水，連忙將帛書展開，對著上面的文字大聲朗誦，「末將岑彭，遙叩聖上。托聖上洪福，賊軍久攻宛城無果……」

「不是說你！」王莽的聲音已經開始發顫，揮舞著手臂大聲打斷，「魯卿，魯義和，你剛才說的什麼，把你的話重複一遍？立刻！」

「臣遵旨！」魯匡喜上眉梢，笑著躬身領命，「微臣聞聽，那村夫劉縯毫無容人之量，僥倖打了一場勝仗之後，立刻提出要整軍，害得王匡、陳牧等賊人人自危……」

「對，是這了，就是這了！」王莽又揮了兩下手，打斷了魯匡的重述。「賊軍想要保持攻勢，就得明確上下，集中兵權，不能令出多門。而那王匡、陳牧等賊，都是山大王，怎麼甘心受他人節制？哈哈，哈哈哈，終究是一群村夫。當有前隊威脅之時，還勉強能夠齊心協力。而如今前隊覆滅，周圍再無人能夠威脅到他們，他們自然要窩裡鬥起來，甚至白刃相向！」

「恭賀聖上！」魯匡和劉均一同俯身下去，心中的喜悅簡直無法用語言來描述。

通往宛城的官道上，浩浩蕩蕩走著三萬大軍。雖然旗幟駁雜，盔甲兵器也五花八門，然而，除了整齊的腳步聲之外，這支隊伍在行進之間，卻不曾發出任何雜音。每一名將士，都緊閉著雙唇。每一名將士，臉上都寫滿了建功立業的渴望。

隊伍正前方的馬背上，昂首挺胸坐著兩員老將，一人看上去孔武有力，紅光滿面，正是新朝一代名將，納言將軍嚴尤嚴伯石。另一人面色枯黃，身材卻十分的高大，呼吸聲宛若踩風囊，乃為嚴尤的愛徒，秩宗將軍陳茂陳八尺。

身後的人馬，則是嚴尤從周圍郡縣收集起來的郡兵。雖然只倉促訓練半個月左右，卻已經能夠做到令行禁止。不考慮武器裝備，光考慮士氣和精神，與年前全軍覆沒的前隊精銳，已經不相上下。

綠林軍分裂的消息，早在五天前就傳到了嚴尤的耳朵。出於謹慎，他又先後派了三波斥候查探，確定王匡、王鳳、陳牧等人的確已經領兵抵達了蔡陽，才果斷拔營，帶著召集起來的三萬郡兵，星夜殺奔宛城。

不像當日甄阜等人對義軍一無所知，嚴尤和陳茂二人，對綠林軍可是知根知柢。兩年半之前，他們曾經將王常逼得走投無路，差一點兒就拔劍自刎。而更早一些時候，嚴尤曾經親自去太學授課，最欣賞的幾名學生當中，就有嚴光、鄧奉和劉秀。

不能給劉秀等人成長起來的機會！這是嚴尤接到前隊全軍覆沒消息之後，果斷做出的決定。對於「老朋友」王常，和最近一段時間聲名鵲起的劉縯，嚴尤都不怎麼看好。然而對於曾經在太學中受過自己照顧的劉秀，他卻非常緊張。

後者文武雙全，膽氣過人，且堅韌不拔。如果出仕為大新朝效力，將來的成就肯定不在自己之下。而如果此人自立門戶，完全掌控了一支兵馬，則必然會攪得天下大亂，甚至威脅到大新朝的如畫江山。

出仕是不用想了，當年哪怕有自己和孔永聯袂推薦，皇上都狠心將劉秀拒之門外。如今劉秀跟他哥哥一道殺死了甄阜和梁丘賜，將來不被皇上千刀萬剮已經是幸運，怎麼可能會被招安，然後委以重任？至於自立門戶，照目前態勢，恐怕是早晚的事情。所以，嚴尤發誓自己必須儘快將此子斬殺，防患於未然。

「報，大司馬，賊人聽聞將軍率部趕至，立刻離開宛城，撤往白河口！」幾名斥候快馬飛奔而至，朝著嚴尤高高地舉起號旗。

「未戰先退，原來劉伯升就這點兒膽子。傳老夫將令，全軍加速，辰巳之交務必趕到白河口！」

嚴尤的臉上，立刻湧起了幾分驕傲，揮揮手，大聲吩咐。

「諾！」周圍的將領挺直了胸脯答應，隨即各自下去催促部屬，加速前進。比預計足足提前了半個時辰，就趕到了白河渡口。

綠林軍已經過河而去，渡口處，一片狼藉。命令弟兄們先原地休息，嚴尤縱馬衝上河畔的一座土山，舉目四望，只見荒草連天，殘雪點點，一片蒼涼。而腳下不遠處白河水，則奔騰咆哮，巨浪滔天，宛若一頭怒龍，隨時準備將膽敢過河者吞落於肚。

「小輩，半渡而擊，你倒是沒白聽老夫的課！」猛然發現河對岸處的幾處樹林裡，隱約有寒光閃爍。嚴尤笑了笑，飛快地撥轉坐騎。

作為新朝最善戰的老將，他絕非浪得虛名。匆匆一瞥就已經斷定，叛軍被自己嚇得落荒而逃乃是假象。真實情況則是，叛軍在河對岸布下了重兵，準備趁著自己麾下兵馬渡河渡到一半兒之時，給自己兜頭一棒！

此等雕蟲小技，在西秦一統六國前，就已經被用爛了，如何能瞞得過嚴尤？當即，他就開始調兵遣將。然後不緊不慢地尋找渡船，架設浮橋，準備將計就計。

第二天一大早，浮橋架設完畢。嚴尤立刻命令陳茂帶三千精銳作為前鋒，徒步快速過河。果然，還沒等三千弟兄走過一半兒，耳畔忽然傳來一陣號角，緊跟著，上萬伏兵，從對面河灘兩側密林中蜂擁而出！不用分說圍住陳茂所部，大開殺戒。

陳茂也是百戰之將，臨危不亂。立刻將已經過河的弟兄背靠著橋頭擺開陣勢，與數倍於己的「反賊」捨命相搏。

雙方從辰時一直打到巳時，陳茂身邊的郡兵傷亡過半，形勢岌岌可危。就在此刻，嚴尤忽然命人吹響了畫角。河對岸浮橋兩側各三里處，兩支騎兵憑空而現。帶隊的將領大喝一聲，刀鋒直指橋頭。不多時，就殺到了「反賊」的身後，與陳茂內外夾擊，將「賊兵」殺得屍橫遍地。

原來，昨日之搭橋，和今晨之強渡，都是嚴尤為了將計就計而使出的障眼法。真正的郡兵主力，已經在昨天半夜，從上游和下游另外兩處渡河地點，悄悄地「飛」過了白水河。

本以為可以設下陷阱捕捉嚴尤這頭老虎，卻不料掉進了老虎的陷阱，綠林軍頓時方寸大亂。勉強支撐了半炷香時間，見嚴尤的帥旗，已經插到了橋北。果斷放棄掙扎，潮水般向南退去。

「想逃，哪裡有那麼便宜的好事？」嚴尤早就看到，率軍伏擊自己的人乃是下江軍首領王常，立刻帶領大軍緊追不捨。轉眼間追到了南筮聚，迎頭正遇到馬武馬子張。雙方擺開陣勢，惡戰一場，最終靠著將士用命，又將馬武殺得落荒而逃。

南筮聚乃是彈丸之地，擋不住大軍的進攻。守將臧宮見到馬武戰敗逃走，果斷下令放火。隨即，趁著官兵的攻勢被大火所阻的機會，帶著自家親信，逃之夭夭。

「小子，倒也捨得下本錢，馬子張的名頭隨便糟蹋，屯兵之地說燒就燒！」接連獲得兩場大勝，嚴尤臉色卻變得非常凝重。皺著眉頭朝火起處看了看，大聲點評。

「大司馬是說，馬武乃是詐敗，劉伯升還在故弄虛玄？」郡兵將領陳升聽得滿頭霧水，湊上前，小心翼翼地詢問。

嚴尤雖然位高權重，卻不倨傲。見到附近還有幾名郡兵將領豎起了耳朵，便笑了笑，大聲解釋：「馬武以前跟人交手，如果不勝，哪次不是親自斷後？剛才他卻自己帶頭跑了，豈能不令老夫感到奇怪？至於那個故弄虛玄的傢伙，恐怕不是劉伯升，而是劉伯升的弟弟，劉秀劉文叔！」

「劉文叔，就是那個太學畢業卻沒混上一官半職的？」郡兵將領們，早就被劉秀的名字磨得耳朵生了繭子，楞了楞，帶著幾分驚詫追問。

「他當年在太學惹是生非，被皇上下令永生不得錄用！」難得說了一句違心的話，嚴尤羞得老臉發紅，「爾等以後若是遇到他，千萬小心。此子心智狡詐，行事果決。對手稍不留神，就會著了他的道！」

「諾！」眾郡兵將領驚嘆著，連連點頭。能讓大司馬如此注意的，他們今天還是第一次看到。所以，哪怕是給嚴尤面子，也不會對劉秀掉以輕心。

「不過，也不用怕了他。賊軍訓練生疏，武器簡陋，只要我軍不貪功冒進，集中在一處每戰都硬碰硬，早晚能碾得他們粉身碎骨！」見大夥臉色凝重，嚴尤忍不住又大聲鼓勵。

眾人默默點頭，然後跟在嚴尤身側，穩紮穩打。午時過後，果然又遇到兩支從背後包抄過來的「賊軍」，然後憑著嚴尤的卓越指揮能力，將其擊退。到了下午未時，劉秀親自領兵來戰，嚴尤果斷下令全軍壓上，如同巨石壓稻草般，將「反賊」壓得節節敗退。任何陰謀詭計，都無法施展。無奈之下，劉秀只好選擇敗走。嚴尤也不下令追殺，繼續不緊不慢地向前推進。到了晚上，居然已經抵達了黃淳水北側的藍鄉。

藍鄉堡的大火，在半月前就已經熄滅。黑漆漆的斷壁殘垣，在暮色當中，顯得格外淒涼。想到老相識甄阜及其麾下數萬弟兄，就葬身在前面不遠處的黃淳水中，嚴尤愈發謹慎。乾脆將兵馬停了下來，選了一個乾燥避風處安營紮寨。

一日之內連番取勝，郡兵們個個士氣高漲。但為將者，卻不敢掉以輕心，用過飯後，立刻將斥候朝四面八方撒了出去，堅決不給叛軍可乘之機。

而叛軍也果然不甘心失敗，就在一個多時辰之後，斥候紛紛策馬趕回，向嚴尤大聲彙報，在藍鄉東面山口處，有一支人馬蠢蠢欲動。規模大約七八千的模樣，只需要半個時辰左右，便會殺至官軍大營之外！

「這廝，襲營還襲上癮了！」陳茂楞了楞，大笑搖頭。

這一路上，叛軍的招數，令人眼花繚亂，指揮者不可謂不高明。很可惜，他遇到的是大司馬嚴尤！諸多招數，都是嚴尤早年間用熟了的，幾乎隨便搭上一眼，就能看出端倪。再多搭上一眼，就能找到破解的關鍵。

「巧婦難為無米之炊！」嚴尤也笑了起來，擦著眼角搖頭，「如果今天幾次跟咱們交手的，都是朝廷精銳，輸的也許就是咱們。而綠林賊，戰鬥力終究還是不成。縱使劉秀和嚴光兩個再多謀，也於事無補。」

說罷，忍不住又輕輕嘆氣，「可惜了，這二人竟然不能為陛下所用。唉，老夫不想讓故人在九泉之下傷心，今夜爾等若是遇見劉秀、嚴光，一定記得，只殺不俘。以免他們過後，再受千刀萬剮之苦！」

「大司馬判定，他們今夜要來襲營？」眾郡兵將領又是同情，又是困惑，皺著眉頭，低聲詢問。

「爾等且看看外邊的天氣！」嚴尤收起惋惜的表情，認真地點頭，「如今天寒地凍，山口處罡風刺骨，他們縱然是鐵打的，也撐不了一整夜。所以，用不了後半夜，他們肯定就會自己送上門來。屆時，爾等只管按照老夫的吩咐，張開羅網，殺他們個片甲不留！」

「諾！」眾將欣然領命，然後按照嚴尤的安排，外虛內實，在藍鄉布下天羅地網，只能等獵物主動來投。

一切都沒逃出嚴尤的神機妙算，半夜亥時，劉秀果然帶領著八千兒郎，悄然殺到莽軍營寨。還沒等他發現上當，嚴尤的先鋒官成器已經拍馬而至。轉眼間，就將他的退路，堵了個嚴嚴實實。

「弟兄們，打起火把，跟我來！」偷襲失敗，劉秀果斷命令弟兄們舉起火把。隨即，拎著長槊，朝著成器撲了過去。

「砰！」兩支隊伍毫無花巧地撞在了一處。「矛尖」正對矛尖，鋒刃正對鋒刃。然後各自像陶器一樣碎裂，血流如瀑。

劉秀的右臉上被鮮血染了通紅，然而他卻沒有任何精力去擦。端穩長槊，朝著成器猛刺。後者的身材比他高出小半頭，肩膀也寬出了足足半尺。手中鋼刀寬得像一扇門板，胯下戰馬鬃毛飛舞。看到槊鋒臨近，他毫不猶豫揮刀上撩，「噹啷！」雙方的兵器在半空中迅速相撞，火星四濺。一股巨大的力量立刻從槊桿處傳了過來，震得劉秀肩膀發麻，整人在馬背上搖搖晃晃。成器手中的鋼刀，卻帶著呼嘯的風聲向他肩膀掃來，刀刃處，閃爍著詭異的殷紅。

那是殺人太多，鮮血滲透到刀刃內部造成的結果。劉秀知道自己今天遇到了勁敵，不敢硬接，果斷將身體斜墜。刀刃貼著他的大腿根處橫掃而過，寒風吹得人頭皮陣陣發麻。強忍住心頭的不適，劉秀重新將身體坐穩，手中長槊順勢倒戳。

「噹啷！」又是一聲脆響，包了銅的槊纂戳中了刀面兒，無功而返。擋住了劉秀殺招的成器，再度雙臂發力，準備趁著雙方坐騎尚未拉開距離的時候，給劉秀致命一擊。耳畔處，忽然傳來一道風聲，「呼——」他立刻選擇了放棄，果斷將刀身豎起，用最寬的刀面兒擋住自己的頭顱。

「當——」金鐵交鳴聲，震得他頭皮發乍。定神看去，一塊巨大的鐵磚，打著旋被彈開數尺，將他的一名親兵砸了個頭破血流。

「卑鄙！」成器火冒三丈，破口大罵。然而，劉秀和發鐵磚偷襲他的馬三娘，卻對罵聲充耳不聞。肩並肩策馬衝進他身後的郡兵隊伍，槊挑刀砍，銳不可當。

「劉文叔——」成器急得兩眼冒煙兒，卻根本無法回頭去追。

騎兵的攻擊力大半兒來自速度，二馬相錯的瞬間交換不了幾招。馬身錯開後，敵手是生是死，那是身後同伴的事情。你的眼睛只需要盯住正前方，儘量在第一時間將看得到的敵人砍倒。

「鄧士載在此，誰來受死！」一名跟劉秀年齡差不多大，卻比劉秀高出半頭，唇紅齒白的小將，大吼著衝上。手中長槊，使得宛若一條游龍。

成器再也沒精力去罵劉秀，舉起鋼刀迎戰。雙方的兵器在夜幕下反覆相撞，火星繽紛如落英。五招過後，鄧奉催動戰馬迅速脫離與成器的接觸，箭一樣殺入郡兵隊伍，一槊一個，所向披靡。

第三個衝上來的是一個小胖子，兩個小眼睛賊溜溜發亮。自知膂力不如成器大，他沒等雙方距離拉近到兩丈之內，抬手就給了成器一記板磚。吃過一次虧的成器不敢怠慢，連忙揮刀格擋。「噹啷」，「噹啷」，「噹啷」，金鐵交鳴聲接連不斷，板磚一塊接著一塊，將成器砸得手忙腳亂。

二馬錯鐙，小胖子再度奮力揮動左臂。慌得成器連忙向戰馬另外一側躲閃。然而，新的板磚卻沒有出現。小胖子一槊戳爛了他的戰馬屁股，然而頭也不回去遠。

「唏吁吁……」可憐的戰馬疼得前竄後跳，悲鳴不止。憑著多年的廝殺經驗和過人的膂力，成器費了好大力氣，總算沒有掉下馬背，被自己人踩死或者成為敵軍的刀下之鬼。扭頭再看，自家的隊伍已經被衝開了一條足足三丈寬的豁口。綠林軍騎兵、步兵，從豁口處呼嘯而過，宛若衝破堤壩的洪流。

「攔住他們！」成器有軍令在身，豈肯放獵物輕易逃脫。大吼一聲，帶著親信橫著插向綠林軍的中央。沿途遇到數名攔路者，都被他一刀砍死。眼看著，就要將綠林軍的隊伍攔腰切斷，耳畔處，卻又傳來了熟悉的風聲，「呼——」

「噹啷！」成器毫不猶豫放棄了對綠林兵卒的殺戮，舉刀格擋。一塊鐵磚被他磕飛，劉秀和馬三娘帶領著百餘名騎兵再度殺至，長槊和鋼刀齊揮，再度將他忙了個焦頭爛額。

「交給我，你們倆帶著弟兄們先走！」鄧奉帶著另外百餘名騎兵呼嘯而至，接替劉秀和馬三娘，與成器及其身邊的親信面對面展開衝鋒。敵我雙方的騎兵紛紛慘叫著落地，然後被各自的袍澤踩成肉泥。鄧奉帶著滿頭大汗，與成器拉開距離。

朱祐緊跟著掉頭殺回，手中板磚這次換成了投矛。接二連三，朝著成器胯下戰馬的胸口猛擲。原本已經受傷的戰馬悲鳴著躲閃，將成器晃得頭暈腦脹。好不容易重新穩定住了坐騎，朱祐已經帶著麾下親信與他重新拉開了距離，而他麾下的隊伍，則徹底四分五裂。

眼看著煮熟的鴨子就要飛走，嚴尤無奈，只好吹響號角，調動兵馬支援成器。這一次，從黑暗處衝出來的是大將賈風，身經百戰，最擅長使用鐵叉。他見劉秀組織著人馬倉皇撤退，大喝一聲，帶領著親兵急衝而上。

鐵叉晃動，叉頭附近的鈴鐺嘩啦啦亂響，帶著一股令人作嘔的惡臭，奔向劉秀面門。那股惡臭，自然是無數對手的鮮血腐爛後所留下，伴著刺耳的鈴聲，無形中將殺氣提高了三分。

劉秀眉頭緊皺，揮槊將鐵叉推開。隨即反手一槊，扎向此人小腹。賈風揮叉割開，然後借助馬速側身橫掃。「哢嚓」一聲，鐵叉和長槊相撞，硬生生將槊桿砸成了兩段。

千鈞一髮之際，劉秀將左手的半截槊桿奮力丟，直奔賈風面門。趁著對方回叉自救，迅速由腰間抽出環首刀。馬三娘與他配合默契，果斷丟出一塊鐵磚。賈風先格擋斷槊，又格擋鐵磚，手忙腳亂。劉秀趁機一刀刺去，正中此人大腿。

「啊——」賈風慘叫著丟下鐵叉，雙手緊抱戰馬脖頸。他的親兵捨命衝上，護衛著他落荒而逃。劉秀和馬三娘根本沒心思去追，揮舞著兵器衝入攔路者當中，殺出一條血色通道。

賈風的部屬紛紛退散，誰都不願意招惹這一對殺星。鄧奉和朱祐趁機帶著騎兵展開衝擊，頃刻間，將通道變成了一道巨大的缺口。鄧晨、趙憙帶領著步卒快速通過，竟硬生生又撕破了嚴尤精心布置下的第二道羅網。

陳茂大怒，親自帶著一萬弟兄趕到，從側翼將突圍的隊伍切斷。劉秀無奈，只好又掉頭殺回，再度將羅網撕開缺口。幾名郡兵將領聯袂殺至，帶領著家丁迎戰劉秀。鄧奉和朱祐拍馬迎上，跟對方你來我往，戰做了一團。

這一回，劉秀的腳步，終於被擋住了。郡兵從四面八方趕過來，像織繭子般，將他和馬三娘等人困了個水洩不通。其餘綠林將士，也陸續陷入了苦戰狀態，八千人被困在兩萬餘人組成的羅網當中，左衝右突，卻再也無法脫身。

「切開他，切開他和其餘幾支隊伍之間的聯繫！」嚴尤見自己的布置終於奏效，心中偷偷鬆了一口氣，帶領著預備兵馬衝上前，將包圍圈加了一層又一層。

燈球，火把匯流成河，將深夜照得亮如白晝。眾將士在嚴尤的指揮下，縱橫穿插，將劉秀所部綠林軍切得越來越碎，越來越碎。

「讓我來，我今日要親手斬了這名小賊！」換了一匹戰馬的成器含怒而至，朝著劉秀身邊的郡兵將領大聲高呼。

「諾！」已經連續目睹五名同行死在劉秀刀下的郡兵將領們，登時如蒙大赦，答應著將坐騎拉偏，果斷給成器讓開通道。

「擂鼓，給成將軍助威！」嚴尤已經勝券在握，願意給成器一個雪恥的機會，馬上下令敲響了戰鼓。「咚咚咚咚咚，咚咚咚咚，咚咚咚咚……」劇烈的鼓聲宛若春雷，震得周圍所有人髮根倒豎。踩著激烈的鼓點，成器再度舉刀衝向劉秀，發誓要將劉秀砍成兩段。

「好！」

「成都尉威武！」

……

周圍的郡兵將領高聲喝彩，恨不得立刻看到劉秀身首異處。然而，沒等成器衝到劉秀身前兩丈範圍之內，馬三娘已經搶先迎上。先抬手一記鐵磚，隨後揮刀直取成器胸口。

「噹啷！」千鈞一髮之際，成器豎起板門刀，擋住了鐵磚。隨即又一刀揮去，將馬三娘的兵器砸得火星亂濺。馬三娘終究是個女子，力氣再大也比不上成器，手臂被震得隱隱發麻，招數立刻走了型。成器看到機會，果斷揮刀攔腰橫掃。

「啊——」許多人都閉上了眼睛，不忍再看。然而，預料中的血光飛濺場景，卻根本沒有出現。就在成器的鋼刀即將砍中馬三娘之時，劉秀手中的鋼刀忽然打著旋飛了過來，正中他的坐騎前腿。

「轟隆」一聲，斷了腿的戰馬像巨石般倒地，將成器摔了個頭破血流。

驚呼四起，先前還為馬三娘命運感到同情的郡兵們，再度閉上了眼睛。而逃過了一劫的馬三娘，果斷抓住了環首刀的刀刃，朝著摔在地上的成器擲去。分毫不差，刺穿了此人的後頸。

「放箭！」嚴尤心頭劇痛，毫不遲疑的命人放箭。要將劉秀和馬三娘亂箭穿身，為心腹愛將成器復仇！

頃刻間，弓弦聲大作，無數羽箭從天而降。

死掉的不是劉秀和馬三娘，二人雙雙鐙裡藏身，躲過了第一輪攻擊。而嚴尤身後，郡兵將士竟如同冰雹中的麥子般，成排成排地被砸倒。

「大司馬，你中計了！」劉秀以戰馬的屍體做盾牌，朝著嚴尤高呼。同時抄起了成器的板門刀，使出了一記神龍擺尾。

正準備向他和馬三娘發起偷襲的幾名郡兵，被攔腰砍成了兩段，慘叫著死去。周圍的其他郡兵將士，在羽箭的打擊下，抱頭鼠竄，再也無法阻擋他的去路。

鄧奉和朱祐冒著被羽箭誤傷的風險，殺開一條血路，重新將劉秀、馬三娘兩個匯合到一處。鄧晨和趙憙帶著其他綠林軍，迅速展開了反擊。在嚴尤身後，劉縯、王常、臧宮、傅俊，還有四萬餘名綠林好漢，咆哮著殺到，先請嚴尤嘗了三輪齊射。然後高舉著各種兵器，一擁而上。

長期以來，嚴尤的名字就像片巨大的烏雲，壓在王常等人的頭頂。聽聞他的到來，下江軍的士氣，立刻以肉眼可見速度下落。所以，劉縯根本不敢帶領大夥跟嚴尤硬撼，只能絞盡腦汁想辦法智取。

而智取嚴尤這個打了一輩子仗的沙場老將，談何容易？

前日，劉縯、劉秀兄弟與王常、臧宮、嚴光等人，幾乎商討了一整天，推翻了至少六套方案，直到斜陽西墜，才終於決定將幾條計謀綜合起來，以假亂真。

所以，白天的幾次用計，雖然是存心讓嚴尤識破。綠林軍卻不敢做得太假，並且為此付出了巨大的代價。

為了讓嚴尤放鬆警惕，柱天都部和下江軍至少付出了三千名弟兄的性命。而劉秀擔心王常捨不得，果斷主動要求做最後的誘餌。先前一戰，劉秀幾乎陷入絕境，全憑著武藝過人和馬三娘的捨命相護，才苦苦支撐到了最後。此時此刻，餌料的任務徹底完成，獵物和獵人身份調轉，綠林軍從四面八方圍攏上來，張開數道天羅地網。

瓢潑箭雨之中，嚴尤也終於明白自己中計了，氣得鬍鬚飛揚，手中寶刀不停地顫抖。半渡而擊是虛招，誘敵深入是虛招，包抄合圍是虛招，以逸待勞，還是虛招。甚至連前半夜的冒死襲營，都一樣是虛招。只有最後這招，才是真正的致命一擊。而沒等到劉家兄弟將最後一招使出來，他這個百戰老將，就已經形神俱疲！

如果再年輕二十歲……，心中怒火萬丈，身體內，卻迅速湧過一絲冰寒。嚴尤知道自己老了，精力大不如前。所以，才那麼容易期盼戰鬥早些結束。所以，才將劉秀的偷襲，看成了綠林軍的垂死掙扎。

而對面的劉秀、鄧奉和嚴光，才都二十出頭。這場仗，接下來還怎麼打？哪怕他將對手擊敗一百次，後者都可以重新爬起來。對手有的是時間，有的是精力從失敗中總結經驗教訓。而他，百戰名將嚴尤，卻年近古稀。

「大司馬，走吧，留得青山在不愁沒柴燒！」陳茂打馬上前，含淚向嚴尤勸告。

嚴尤卻絲毫沒有反應，繼續握著刀，在寒風中顫抖，顫抖，就像一片深秋後的殘荷。

「帶大司馬走，我來斷後！」陳茂大急，果斷命令自己的親兵夾著嚴尤的戰馬突圍，緊跟著，指揮最後的嫡系，組成一個方形陣列。一邊抵抗綠林軍的衝擊，一邊向著東北方倉皇撤退。

劉縯、王常等人哪裡肯放行？立刻帶著各自麾下的弟兄奮勇追殺。從後半夜一直追殺到了天亮，將郡兵屍體從黃淳水畔，一直擺到了白河浮橋。直到看見岑彭橫刀立馬在對岸嚴陣以待，才敲打著鑼鼓凱旋南返。

這一戰，嚴尤從宛城附近精心搜羅起來的三萬餘郡兵和堡寨義勇，被消滅掉了八成。逃回去的兩成，徹底嚇破膽子，再也不敢主動跟綠林軍為敵。而長安城內那位古往今來第一聖明天子，聽聞嚴尤兵敗，竟然立刻下令，將其削職為民，著綉衣使者押回長安詢問。

如此一來，各地郡兵將領，愈發對朝廷感到失望。嚴尤前腳剛被綉衣使者押走，後腳眾人就逃了個七七八八。被臨時徵召入伍的堡主、寨主們，更是心寒。回到各自家中之後，趕緊暗中派人跟劉縯修好，說明先前參戰，乃是被逼無奈。從今往後，只會選擇袖手旁觀。

可憐那三萬陣亡的郡兵，徹底成了孤魂野鬼。朝廷不肯替他們收屍，他們所效力的堡主、寨主，也拚命想將他們遺忘。此後數年，黃淳水畔每夜鬼火如燈，宛若一雙雙永不瞑目的眼睛。

朝廷那邊忙得雞飛狗跳，義軍這邊，卻是好整以暇地歇息了數日，待消化掉了全部戰果，才又不慌不忙從下游繞過重兵把守的白河渡口，再度撲向了宛城。

岑彭麾下兵少，失去白河為依仗之後，不敢與劉縯和王常野戰，只能搶先一步返回了城內。途中因為走得太急，又丟棄軍糧兵器無數。劉縯派人撿了之後，也不獨吞，一切都跟下江軍平分。

王常當初之所以沒有選擇南下，完全是因為跟王匡、王鳳等人的舊怨。對於劉縯這個柱天大將軍，內心裡其實也並無太多敬意。而一場惡仗打下來，親自領教了劉縯的慷慨，再回過頭來跟王匡當年的跋扈相比，頓時就分出了高下。因此，大軍抵達宛城之後，不待劉縯分派任務，就主動請纓，擔任了攻城的先鋒。

劉縯大喜，當即應允，並將為數有限的衝車、雲梯等攻城器械全部交給了下江軍使用。原本以為，經過一連串打擊之後，宛城守軍士氣已經崩潰，肯定頂不住下江軍的全力一擊。誰料，所有人都小看了被王莽臨時提拔為宛城太守的岑彭。

下江兵剛剛吹響進攻的號角，城牆上，立刻萬箭齊發。隨即，檑木、滾石、熱油、金汁，一股腦地砸將下來，把士氣高漲的下江軍，砸得人仰馬翻。最後，只能留下七百多具屍體，以及滿地的攻城器械殘骸，倉皇撤退。

李秩大怒，立刻向劉縯請了將令，率部展開了第二輪進攻。仗著對宛城的熟悉，他花了大半日的功夫，終於將數十名勇士送上了城頭。孰料耳畔忽然聽到一陣劇烈的戰鼓，岑彭帶著數十名鉤鑲兵從城牆後偷偷臨時搭建的藏兵台中蜂擁而出，像切瓜砍菜般，將勇士們殺了個一乾二淨。

如此凶殘的手段，可是惹惱大將傅俊。只見此人大吼一聲，親自帶著數百嫡系撲向了城頭。岑彭見他來勢凶猛，立刻下令放箭。剎那間，鋪天蓋地的箭雨，再度籠罩了城牆。傅俊和他的嫡系部屬們猝不及防，被射了個七零八落。其本人胸口處也接連中了三箭，多虧了鎧甲足夠結實，才逃過了一場死劫。

大夥這才領教到岑彭的厲害，不敢白白再浪費兵力，主動將隊伍向後撤了十里，然後開始重新商議進攻的方略。誰料，還沒等商量出個頭緒，先前說好了要袖手旁觀的幾個堡主，竟陸續派人前來報信兒。說有一支規模在五萬人左右的援軍，不日就能殺到宛城之下。

「這昏君倒是看得起劉某！」劉縯大笑，對援兵的出現不屑一顧。「派了一支人馬過來送死，還嫌沒填飽劉某的肚皮。這麼快，就又送了第二路過來！」

「不，不是朝廷派來的，是，稍遠些幾個郡的郡兵，被哀牢帶著過來搶功！」送信者非常機靈，立刻接過劉縯的話頭解釋。

「哀牢，就是那個專門搶別人老婆禍害的無賴？」劉縯眼前，立刻閃過當年在趙家莊時的遭遇，威勢不怒而生。

送信者被嚇了一大跳，趕緊又低聲補充：「對，就是此人。仗著他哥哥受寵，壞事做盡。不過，大將軍您還是小心些，皇上，皇上專門下了一道聖旨，說，說凡殺死您，獎勵食邑五萬，黃金十萬，並封為國『公』，世襲罔替，與國同休。」

「啊，哈哈哈哈……」沒想到自己如此值錢，劉縯笑得愈發暢快。笑過之後，擦了下眼角，朝著親兵吩咐：「來而不往非禮也，傳我將令，如果誰能割下昏君的人頭送到我柱天都部，賞錢一文。劉某與他對飲三杯！」

「誰殺了昏君，賞錢一文，大將軍與他對飲三杯！」

「誰殺了昏君，賞錢一文，大將軍與他對飲三杯！」

「誰殺了昏君，賞錢一文，大將軍與他對飲三杯！」

……

眾將聽他說得痛快，立刻扯開嗓子大聲高呼。

不多時，整個營地，都聽到了劉縯給王莽開出的賞格，將士們倍覺榮耀，一個個以劍擊盾，不停地重複，「誰殺了昏君，賞錢一文，大將軍與他對飲三杯！」

「誰殺了昏君，賞錢一文，大將軍與他對飲三杯！」

「誰殺了昏君，賞錢一文，大將軍與他對飲三杯！」

……

喊過之後，劉縯立刻命令拔營起寨，大軍逆著哀牢所來方向，主動迎擊。一戰之下，將五萬郡兵殺得丟盔卸甲。哀牢腦袋，也被劉秀親手割了下來，算是替當年的趙家，報了血海深仇。

擊敗哀牢之後，舂陵軍和下江軍威望再度大增。四野裡的英雄好漢紛紛前來投奔，被官府逼得過不下去日子的流民們，也爭相進入軍中效力。兩家兵馬的規模，很快各自就超過了五萬。雖然真正轉化為戰鬥力，還需要一定時間。但至少，表面看上去，足以用「兵強馬壯」四個字來形容。

實力大增，劉縯當然不甘心被宛城擋住去路。與王常商量過後，各自從東西兩側，同時向城池展開強攻。怎奈那岑彭雖然仕途坎坷，卻是個真正的將才。先前在甄阜麾下，處處受到掣肘，很多本事發揮不出。此刻臨危受命，真正獨當一面，立刻大放光芒。憑著數千殘兵敗將和幾萬臨時招募的民壯，竟然打得劉縯和王常叫苦不迭。不得已，只能又將兵馬退出十里之外，一邊修整，一邊商量新解決辦法。

這一日，眾人終於商量出了攻城方案，還沒來得及實施。斥候忽然前來彙報，說新市軍二當家王鳳，押送了十萬石軍糧前來助陣。同時還帶了五車箭矢，五車絹布，以備劉、王兩位將軍不時之需。

「王匡和王鳳何時變得如此大方？」王常頓時心中就起了疑，皺著眉頭大聲提醒。「伯升，小心他是夜貓子進宅！」

「無妨，他想必是有事相求，所以才提前送禮給你我！」劉縯因為王匡、王鳳堅持分兵南下的事情，心中也存了許多疙瘩。但是，念在對方是綠林軍的首創者身份，也不好冷臉相對。笑著安慰了王常一句，帶領劉秀、馬武、鄧晨等人，親自迎出了門外。

一番寒暄之後，才終於明白。王鳳此番並非前來請求幫忙，而是新市、平林兩軍，聯手拿下了襄陽，繳獲甚豐。所以按照江湖規矩，請朋友吃紅。

王常聞聽，心中愈發不是滋味。皺了皺眉頭，冷笑著道：「襄陽也算天底下數得著的名城之一，官庫中所藏錢財，恐怕是車載斗量。昔日幾家並肩作戰，伯升有了繳獲，都是給大夥均分。王大哥如今發了大財，卻只拿出了區區十萬石糧食，是不是小氣了點兒？」

「非也，非也！」王鳳聞聽，立刻將手擺成了蒲扇，「老四你不要誤會，伯升也千萬別多心。這十萬石糧食，真的只是怕二位久攻宛城不下，補給匱乏，才星夜讓在下押運過來救急。至於其他紅利，大哥說過，若不是下江軍去年一戰，將荊州兵殺得膽寒，我等絕不會如此輕易拿下襄陽。所以，倉庫裡的繳獲該怎麼分，還想請二位去襄陽商議！」

「這麼遠，我等哪裡騰得出功夫！」話音剛落，王常再度搶先回應。「不去，你回去後，讓世則兄看著意思一下就行。我等這邊，其實並不缺糧食！」

「是啊，棲梧兄，無功不受祿。我們兩家沒參與襄陽之戰，怎好白拿新市軍的繳獲？況且宛城距離襄陽如此遙遠，一來一回，少說都得半個月。軍中無人坐鎮，難免為岑彭所乘！」劉縯也迅速皺起了眉頭，非常委婉地推辭。

「走水路的話，七八日便可走一個來回！此番在下運糧，走的便是水路！如今天氣已經回暖，往北走，船帆可借南風。往南走，則一路順流而下！」王鳳笑了笑，立刻指出了劉縯話語裡的漏洞。

雙方都算是荊州人，先前又是聯手沿著淯水向北用兵，所以對荊州的地勢水文，都了如指掌。劉縯的話，應付外來者可以，應付他王鳳，則破綻百出。

「七八日，也太久了。伯升與我等，剛剛制定出一個方略，正準備一鼓作氣拿下宛城！」唯恐劉縯受窘，馬武趕緊在旁邊大聲插嘴。

他不提宛城則已，一提，王鳳立刻精神百倍。先朝著他和劉縯、王常三人拱了下手，然後做出一副誠懇的姿態，大聲勸誡：「伯升兄，顏卿老弟，還有子張，三位恕我直言。雖然三位聯手打敗嚴尤，名震天下，短時間內，卻未必能夠如願拿下宛城。」

「棲梧何出此言？」劉縯的眉頭，迅速上挑，英俊的面孔上，也布滿了陰雲，「宛城雖然堅固，但城內兵力卻很單薄，若是當初你與世則兄不執意分兵南下，莫說是此城，我軍恐怕連司隸，都已經席捲大半！」

「伯升此言差矣！」明明聽出劉縯話中有刺，王鳳卻微笑著搖頭，「攻城既要有器，也要有法。我軍非但器械不足，並且從沒訓練過攻城手段。怎麼可能輕易拿下五都之一？當初若不分兵，十幾萬大軍都在堅城之下止步不前，是我等困住了岑彭，還是岑彭困住了我等？而分兵之後，雖然宛城遲遲未克，襄陽卻落入了我軍囊中。襄陽以南的各路官兵，都無法再威脅伯升後背。此刻再論向南向北，豈不是比當初屯兵宛城之下，從容太多？」

「嗯——」劉縯重重地沉吟，不做回應。

王鳳的話雖然有一半兒屬胡攪蠻纏，卻並非全無道理。從最近幾次跟岑彭交手的情況來看，當初即便不分兵，宛城也未必能夠輕易被大夥攻克。而分兵之後，新市、平林兩軍，的確在南邊取得了輝煌的戰果，令自家背後的壓力，無形中就是一輕。

此外，分兵的一個不能說出來的好處就是，自己終於不再受王匡等人掣肘，政令比原來暢通了十倍。整軍、練兵等諸多措施，也推行得無比順利。而下江軍雖然不受自己掌控，可王常對於軍紀和軍規的重視，還在自己之上，同樣願意儘快把麾下兵馬變成一支正規部隊，而不是打家劫舍，流竄作戰的江湖好漢。

正沉吟間，又聽王常大聲說道：「宛城不過是五都之一，若是連它都打不下來，將來如何攻下長安？且宛城是橫在我們面前的一道坎，打不下它，我們就無法揮師北進。向南占的地盤再多，對朝廷來說，也不過是疥癬之癢！」

「顏卿，你這麼想，就太簡單了！」王鳳早有準備，笑了笑，回答得不疾不徐，「在下此番前來，一是請二位回襄陽分享戰果，二來，就是想請二位回去，商量我等下一步的進攻目標。俗話說，條條大路通長安。區區一個宛城，怎麼可能擋得住我等去路？」

「世則那邊到底是什麼打算？」劉縯聽得眼睛一亮，忍不住大聲追問。

大新朝兵多將廣，但是像岑彭這樣難對付的，卻未必能拿出幾個。如果大夥繞過宛城，直插長安。屆時岑彭即便是孫武轉生，也無力回天。

「這個，等你回到宛城便知。」王鳳淡淡一笑，滿臉自信，「伯升兄早年四處遊歷，應該知道宛城並非荊州通往長安的唯一路徑。並且宛城向北的官道年久失修，行走並不方便。如果換其他方向，比如說洛陽，雖然路途稍顯遠了一些……」

「洛陽！」劉縯的眼睛越來越亮，不知不覺驚呼出聲。

王鳳的話不假，從宛城向北走前往長安，其實圖的只是一個近字。道路情況並不適合大規模行軍，沿途多山地形，也有利於莽軍層層布防。而當初自己送劉秀去長安讀書，走的則是另外一條道路。先抵達洛陽，然後沿著秦直道一路向西……

然而，就這樣便放棄攻打宛城，卻令人心裡十分不甘。且不說那麼多族人和弟兄死在了岑彭之手，自己率領大軍離開之後，萬一岑彭主動出擊，直撲蔡陽和舂陵，留守的諸將，誰人能擋得住他傾力一擊？

「伯升，你也不必為難，世則兄派我過來，只是請你去議事而已。」王鳳是個人精，看到劉縯的表情，就知道他已經被自己說得心動，笑了笑，繼續補充：「你不若先隨我去淯陽，咱們聚在一起，商量清楚下一步進攻路徑，再做打算！」

「也罷！」劉縯猶豫再三，最終還是輕輕點頭，「現在，劉某終於明白為何世則兄派你親自來了，換做別人，未必說得動我。」

「伯升顧全大局，非我口舌之功。」王鳳搖搖頭，大笑著拱手。隨即，又將目光轉向馬武和王常，「子張、顏卿，二位意下如何？咱們好歹曾經兄弟一場，危難關頭都能同生共死，總不會基業大了，彼此反倒生分了！」

「我跟伯升一起！」馬武想都不想，大聲回應。「他去我就去！」

「我下江軍……」王常猶豫再三，最終還是輕輕點頭，「王某跟伯升一起去，留臧老四在這裡繼續盯著岑彭！」

「這就對了！」王鳳聽罷，撫掌大笑，「咱們兄弟，可好久沒在一起喝酒了，這回定然喝他個一醉方休！」

「文叔，我走之後，舂陵軍交給你！」笑聲未落，卻聽見劉縯大聲補充。「有什麼事情，多跟傳道長商量。他吃的鹽，多過你吃的米！」

劉秀在旁一直凝神傾聽，沒想到哥哥會忽然把舂陵軍的指揮權交到自己之手，頓時被嚇了一大跳。本能地想要推辭，背後束甲皮帶，卻忽然被傅俊死死拉住。緊跟著，一個洪亮的聲音，就傳進了他的耳朵：「遵命，大將軍放心，傅某定然輔佐令弟，不讓賊人玩出任何花樣！」

「大將軍放心！」李通、王霸、朱浮等人，齊齊拱手。彷彿劉縯去的不是襄陽，而是長安一般。

劉縯笑了笑，會心地點頭。隨即，開始安排出發事宜。第二天，帶著馬武、李秩、鄧晨、劉稷等兄弟，登上了船隻，順流而下。

劉秀放心哥哥不下，騎著戰馬沿途護送出二十餘里，直到河水拐了彎，才怏怏而回。重新進入軍營之後，也沒心思再組織人馬去找岑彭的麻煩，而是派出了大量斥候，讓他們緊緊盯著襄陽方向的一舉一動。

他年輕，缺乏與人勾心鬥角的經驗，然而智力卻不差。昨天被傅俊拉了一下，立刻就明白，大哥將自己留在軍中，是為了以防萬一。

以前各路豪傑需要合力應對甄阜，彼此之間必須精誠合作。所以爭權奪利的事情雖然有，卻不至於拔刀相向。而現在，甄阜、嚴尤相繼被打敗，放眼荊州，已經沒有任何官兵威脅到綠林軍的生存。豪傑們內部，恐怕就要重新排一排座次。

按起義以來的戰功和威望，大哥劉縯，理應被豪傑們推為共主。然而，論實力和資格，綠林新市軍頭領王匡，卻是當之無愧的第一。特別是最近舂陵軍忙著跟嚴尤、哀牢等人作戰，遲遲無法拿下宛城，新市和平林聯軍，卻奪取了重鎮襄陽和襄陽周邊各地。綠林軍大當家王匡，更會覺得他有足夠的資格，來執天下之牛耳。

所以，王匡忽然一改先前的吝嗇，主動派王鳳前來給舂陵、下江聯軍送糧，收買人心。

所以，王鳳用事先演練了不知道多少遍的說辭，說服了所有人，讓大哥劉縯和王常，不得不動身前往襄陽。

所以，馬子張果斷選擇同去，以便隨時為大哥劉縯提供保護。

所以，王常帶走了成丹和張卯，卻留下了性子最為謹慎，人品最為靠得住的臧宮。

所以，大哥劉縯在出發之前，忽然意識到了危險，果斷把自己留了下來……

「你放心，有我哥在，大哥他們肯定沒事！」敏銳地感覺到了劉秀的緊張，馬三娘輕輕拉住他的手，低聲安慰，「即便有事，王匡也不敢下毒手。否則，你和臧宮帶著大軍殺過去，至少能跟他拚個兩敗俱傷！」

她不懂得如何安慰人，但話中的道理，卻是一點都沒錯。劉秀聽罷，頓時精神一振。隨即，乾脆趁著最近不用作戰，靜下心來，操練麾下的士卒。

三日後，第一波斥候返回，報告說襄陽那邊沒有任何異動，讓劉秀的心思稍安。又過了兩日，第二波斥候還沒等回來，卻有老熟人劉隆，帶著百餘名弟兄，跋山涉水來到了軍營。

劉秀聞聽當值的隊正稟報，又喜又驚，連忙帶著馬三娘、鄧奉、朱祐和嚴光，出門去迎接貴客。劉隆卻不肯托大，見到劉秀之後，立刻快走數步，行部將之禮，「主公，在下相助來遲，請主公恕罪！」

「元伯，這是什麼話，河北與荊州相距遙遠，你能來幫忙，劉某已經喜出望外，怎麼可能怪你來得太遲！」劉秀趕緊俯身，拉著劉隆的手，噓寒問暖。「路上遇到麻煩了嗎？君游和句卿他們怎麼樣？山中的其他兄弟可好？」

「唉，一言難盡！」劉隆臉色微紅，緊跟著喟然長嘆。

劉秀聞聽，頓時明白銅馬軍軹關營最近肯定遇到了麻煩。連忙將劉隆讓到自己的私帳之內，先擺上茶點給後者果腹，然後仔細詢問究竟。

「唉，都怪屬下糊塗，誤信了王朗那狗賊！去年秋天……」劉隆又嘆了一口氣，紅著臉低聲補充。

原來，分了劉秀當初押送的官鹽之後，銅馬軍軹關營實力大增。憑著萬修、劉隆、蓋延等人的勇武和軹關徑的險要，最近幾年「買賣」做得越來越紅火。誰料去年秋天時，王朗忽然派人前來相邀。說河北有一批稅金，即將解往長安。如果各家兄弟聯手，肯定能大賺一票。同時，還能令朝廷的狀況雪上加霜。

劉隆不知道是計。欣然答應。與萬修、蓋延等人一道，帶領著弟兄們傾巢而出。結果人馬剛剛出了太行山口，就陷入了官軍的包圍當中。多虧了蓋延死戰斷後，大夥才殺開一條血路，再度逃入了深山。

眾人的性命是保住了，軹關營的勢力，卻剩下了不足原來的十分之一。而原來的軹關營大當家孫登，則趁機聯合了幾家山賊前來報復。雙方前前後後打了十幾場，勝負難分。只好各自退了一步，軹關寨還歸萬修、劉隆等人掌控，孫登不再試圖染指。而軹關寨群雄，此後也不能再去找孫登的麻煩，歡迎他重回太行山。

「本來我想，把軹關寨抛了，大夥都來荊州投奔你。然而，萬大哥卻說，一旦綠林軍成了事，將來難免要對河北用兵。所以軹關寨非但棄不得，他還必須提前替你探好河北的道路。以免哪天您真用到了，兩眼一抹黑！」

「萬大哥有心了！」劉秀站起身，朝著太行山方向遙遙拱手。正準備再問幾句萬修的身體恢復情況，耳畔卻傳來一陣焦躁的痛罵，「奶奶的，什麼擁立前朝嫡系血脈，那劉聖公，論威望武藝，人品，哪裡比得上伯升一根腳趾頭。分明是王匡跟你們劉家的長輩串通好了，故意立一個傀儡在上頭，方便他們背後操縱！」

「季文兄回來了？」劉秀的心臟猛地抽緊，三步並作兩步衝向軍帳門口，「季文兄，我大哥……」

「劉聖公，那廝居然也在這兒！」劉隆關注的方向，和劉秀根本不是一處，也緊跟著站起身，大步出門，「劉聖公在哪，老子有一筆帳還要跟他算！」

「伯升兄去了中軍帳，不要怪斥候，是伯升不准他們提前回來彙報的，以免軍中生亂！」李秩的叫罵聲，迅速變成了解釋，聽在劉秀耳朵裡，卻讓人更加著急。「要我說，亂了才好。亂了之後，咱們剛好有藉口打到襄陽去，把那個狗屁劉聖公拉下來，一刀兩段！」

「次元兄，這到底是什麼回事？」劉秀沒心思聽李秩說氣話，果斷把目光轉向緊跟在其身後李通，「劉玄怎麼會被立成皇上，我們劉家，有誰跟王匡勾結？」

「唉，我到現在，也是滿頭霧水！」李通被問得好生氣餒，嘆息著連連搖頭，「這次前往襄陽，伯升和我等在路上就發現情況不對，所以就多留了幾個心眼兒。原本提防著王匡起了歹意，想要吞併了舂陵軍和下江軍，壯大自己。誰料進了城後，先稀裡糊塗喝了一場酒，然後王匡等人就要請伯升登基為皇帝！」

「推我哥？」劉秀越聽越糊塗，皺著眉頭低聲追問？「那怎麼最後又成了劉玄！」

「伯升兄覺得此刻我軍剛剛占了半個荊州，不是改元稱制的時機，所以就謙虛了幾句。誰料，王匡那廝立刻順水推舟，說既然伯升兄不願意以功勞為做皇帝的憑藉，就推一個血脈最純正的帝王之後出來。隨即，你四叔和三叔，就推出了劉玄！」李秩氣急敗壞地插嘴，將當時的情景，說了個一清二楚。

「怎麼可能！四叔，四叔和三叔他們……」劉秀如同遭了當頭一棒，眼前金星亂冒。

三叔劉良和四叔劉匡不喜歡大哥，這點兒劉秀心裡早就清楚。但是，他卻萬萬沒想到，三叔和四叔，居然喪心病狂到如此地步。為了在幕後染指決策權力，居然聯合王匡，推出了劉玄。

古語云：蕭牆之禍，最難提防。如果光是王匡、陳牧等人，推劉玄出來當傀儡，大哥劉縯在當時，也許還能夠想到各種辦法反擊。而劉良和劉匡也跟外人勾結在了一起，大哥劉縯，當時肯定像自己現在一樣，被打擊得眼前金星亂跳，怎麼可能靜下心來見招拆招！

「你四弟劉稷，當時就發了火，點出了王匡、王鳳等人的卑鄙用心。那劉玄分明就是一個傀儡，完全被王匡、陳牧和你的兩個叔叔操縱，而王匡、陳牧和你那兩個叔叔，分明是想當太上皇。」唯恐劉秀受的打擊不重，李秩繼續大聲補充，「你四叔，居然要當場治你四弟忤逆不孝。王匡手下的朱鮪，也亮了刀子。多虧馬王爺手快，先一掌拍飛了朱鮪，然後搶了刀來，問誰人敢上前一搏。才嚇住了王匡等人，沒敢趁機扣留伯升。」

「我哥呢，我哥怎麼樣？」馬三娘聽得心中一陣陣發緊，迫不及待大聲追問。

「馬大哥當然沒事，鋼刀在手，在場誰人敢跟他瞪眼？」李秩搖了搖頭，悻然回應，「若不是伯升拉著，當時我等一擁而上，將王匡和劉玄一起剁了，都有可能。但伯升卻說，相忍為國。眼下同室操戈，只會讓王莽一個人高興。所以，他可以接受擁立劉玄為帝，但接下來該怎麼打，還請在場眾人儘早想清楚，別光顧著對付自己人，最後讓昏君和奸臣們看了笑話！」

「伯升乃是真豪傑！」一直在旁邊靜聽事情原委的劉隆，猛地撫了下掌，大聲讚嘆。「連帝王之位，都不屑一顧，真豪傑，真男兒。劉某若能跟他開懷痛飲一場，這輩子……」

「元伯！」腦子已經不夠用的劉秀，皺著眉頭打斷。「想喝酒，機會有的是。如今……」

「如今之際，就是想著，怎麼儘快打到長安去，推翻昏君，重建大漢盛世！」劉縯的聲音，忽然從背後傳來，帶著豪情萬丈，「別去想那皇位不皇位，傀儡而已。只要我等重兵在握，早日打進長安，屆時，看那劉玄的皇位，如何坐得安穩？」

「對，傀儡誰愛做誰做，伯升要做就做真皇帝，要麼就不做！」馬武也跟著走了過來，大聲咆哮。

眾人聽得俱是一愣，旋即就明白了劉縯的態度。相忍為大業，不爭一時之短長。反正劉玄這個傀儡皇帝，基本管不到他頭上。而此刻就跟王匡等人翻臉，平白便宜了官軍不說，還會在史書上留下一個巨大的笑話。

「伯升，你真的一點兒也不生氣？」只有李秩仍不甘心，皺著眉頭沉吟了片刻，繼續追問。

劉縯撇了撇嘴，輕輕點頭，「若是生氣有用，我等何必如此辛苦地攻打宛城？排成一排站在城牆下齊聲叫罵，看看宛城的城牆會不會塌！」

「當然不會！」李秩被說得老臉一紅，訕訕地撓頭，「當時，當時我還以為，你用的是緩兵之計。等到回了軍營，立刻回點齊了兵馬，滅了劉玄那小子。」

「怎麼可能是緩兵之計？」劉縯深深看了李秩一眼，嘆息著搖頭，「如果滅了那小子，有助於我等擊敗王莽，劉某當然巴不得滅了他。可還是那句話，眼下咱們跟王匡打起來，只會平白便宜昏君。原本想要響應我等的英雄，亦會覺得心灰意冷。所以，劉某才當眾說出『相忍為國』四個字，雖然，這種滋味很是難受！」

眾人聽了，心中又是感動，又是欽佩。一時間，竟不知道該如何開口回應。劉縯將大夥的表現看在眼睛裡，笑了笑，繼續說道：「世人無不戀棧名利，劉某亦不能免俗，更不必說事關皇位。然而要爭，也不能這個時候去爭。」

快速朝前走了幾步，手指著遠處黑漆漆的宛平城牆，他大聲補充：「首先，舂陵軍和新市軍火併，我等即便獲勝，也會傷筋動骨。而朝廷得到消息，定然會派出更多的兵馬，前來收取漁翁之利。還有岑彭，若是得到了喘息之機，必然會重整旗鼓，再與我等爭雄沙場。」

「其次，咱們眼下所有城池加起來，不過才十餘座。其中稱得上易守難攻的，只有淯陽和襄陽。」頓了頓，他繼續說道：「只有兩座城池的皇帝，與占山為王有什麼差別？劉某雖然愚鈍，多少還要點兒臉面，真的不敢妄自尊大，惹天下人恥笑。」

「再次，如今天下起兵者，不止是綠林，還有赤眉、銅馬，以及大小勢力數以百計。先稱帝者，必被王莽視為心腹大患。屆時，我等終日忙於跟莽軍交戰，形神俱疲。而赤眉軍及其他義軍卻趁機加速擴張，此等為虛名而捨實利之行徑，甚不可取。想當年，陳勝吳廣聲勢何等浩大，到最後，滅掉秦國的卻是項羽劉邦？前車之鑑尚在，我等何必去蹈後車之轍？」

這些話，有一部分是他在襄陽城內就想到的，還有一部分，則是在回營路上想到了。一直沒機會跟身邊弟兄們陳述，此刻終於大聲說了出來，立刻讓四周圍響起了一片讚嘆之聲。

「服，劉某心服口服。遠在太行山，都聽聞小孟嘗之名，今日一見，果然傳言不虛！」劉隆性子最直接，說話也最大聲。根本不用劉秀替自己做介紹，就上前向劉縯施禮。

「莫非是南陽劉元伯？舍弟曾經提到過你，多謝你在山中對他捨命相護！」劉縯立刻側開身子，然後以平輩之禮相還。

「正是！」劉隆大笑著點頭，「此外，小弟還是安崇侯的族侄，當年安崇侯起兵反莽，失敗被滅族。小弟因為未滿七歲，被發配到邊塞給戍卒放馬，全靠著幾個老兵的照顧，才活了下來。」

「安崇侯的族侄，莫非你是子明叔的兒子？劉某還記得當年之慘禍，據說只有子明叔的兒子才因為年紀小逃過了一劫！」劉縯大驚，上下打量劉隆，虎目當中不知不覺就湧起淚光。

別人不知道安崇侯是誰，他可是清清楚楚。王莽篡漢之時，南陽一帶的劉氏子孫紛紛俯首，只有安崇侯劉禮，帶著近親族人拍案而起。那場抵抗，雖然未能讓大新朝傷筋動骨。但至少證明了，大漢高祖的後人當中，還有男兒。而不是只剩下了一群給口吃食，就俯首帖耳的蠢豬！

「正是！」聽劉縯提到自己的父親的表字，劉隆眼睛裡也泛起了淚光。後退兩步，重新向劉縯躬身，「小弟元伯，見過大哥！」

「元伯，不要如此客氣，千萬不要如此客氣！」劉縯這次沒有側身閃避，而是大步上前，雙手托住了劉隆的胳膊。「慚愧我當初年紀小，又是寄人籬下，救不得你。否則，絕不讓你受千里發配之苦。」

「活下來，就不算苦！」劉隆抬手抹了下眼睛，咧嘴而笑。隨即，又將頭迅速轉向劉秀，「文叔，切莫怪我瞞著你。當初，我打破頭也不敢想，你一個人回到舂陵之後，居然真的起兵造了反！」

「那你當初還推文叔做你們的大當家！」馬三娘將眼睛一豎，大聲斥責。

「那，那不是想逼著文叔跟我們一道造反嗎？」劉隆被說得臉色發紅，趕緊又快速解釋，「他當初不願意，我們也沒勉強他。只是，只是讓他掛了個名而已！」

「還好不是讓他做傀儡！否則，文叔可不會甘心做一個任人擺布的劉聖公。」在旁邊一眼瞧破了劉隆當年的心思，朱浮笑著搖頭。

眾人也都聽得咧嘴而笑，笑過之後，想到大夥名義上終究還要給一個窩囊廢做臣子，心中又好生委屈。劉縯知道大夥沒那麼容易放下心中的疙瘩，笑了笑，又大聲勸說道：「傀儡這東西，一旦扶上去，想拿下來，可就沒那麼容易了。當年項梁和項羽叔侄，立了個放羊娃做楚帝，最後又嫌他礙事，讓人剁碎了他。而大漢高祖，正好可以打起為義帝報仇的旗號，將項羽逼得自刎烏江。」

話說到這兒，已經非常明白。當年傀儡皇帝熊心，既管不了項氏，也管不到其他諸侯。最後還因為年紀越來越大，越不好控制，被項羽指派英布給大卸八塊。而王匡現在的舉動，就是項梁、項羽的故技。早晚會取劉玄而代之。

作為大漢高祖劉邦之後，劉縯當然不會聽從「義帝」的任何亂命。如今為了反莽大業，暫時忍下一口氣。只待「項羽」動手殺了「義帝」之後，就會打著替其報仇的旗號，跟「項羽」爭奪天下。

眾將當中，雖然有不少人沒怎麼讀過書，但楚漢相爭的故事，卻都聽說過。對比眼下王匡和劉縯的舉動，正好一個類似項羽，一個類似劉邦。當即，大夥再度會心而笑，眼睛裡的抑鬱，一掃而空。

接下來的幾天裡，宛城內外無一日安寧，攻守雙方全拚上了全力，試圖儘快分出輸贏。城牆下，陣亡的屍體橫七豎八，城牆上，士兵也換了一茬又一茬，其中依稀可見不少小孩和老人的身影。

戰爭是如此之殘酷，以至於烏鴉和野狗都成群結隊趕來湊熱鬧。或者在城牆上用烏喙啄食剛剛戰死者的眼睛，或者在城外拖走屍體亂啃。而城上城下，守軍和進攻方的將士，卻誰都顧不上去驅趕。只管繼續向對方發射羽箭、投槍、飛斧、石塊，等一系列可以殺人的凶器。

一架架雲梯、石炮，一輛輛臨車、衝車，一隊隊士卒，一個個好漢，源源不斷向高聳入雲的城牆衝去，然後被滾石、檑木砸成破爛和肉醬，又或者被床弩和角弓射成木屑和肉渣！

一個個驚魂未定的商販，一群群滿臉惶恐的乞丐，一排排大戶人家的奴僕，以及囚犯、贅婿、車夫、牙人，被大新朝士兵驅趕著登上城牆，手裡隨便塞上兩塊饢餅和一把刀，就變成了郡兵。然後被城外飛來的石塊，飛斧砸倒，被投矛、羽箭射成篩子。

為了早日殺向長安，同時也為了拉近跟新市軍的戰績差距，劉縯用上了渾身解術。劉秀在一旁，也是智計百出。然而，無論兄弟兩個挖地道，架雲梯，還是放火燒城門，無論舂陵軍是強攻，佯攻，還是詐敗，結果始終都是一樣。岑彭就像一塊又臭又硬的石頭，硬生生擋住了義軍的戰車。讓他們始終無法從宛城這條路上，駛向司隸半步。

眼看二月份都到了月中，老天爺忽然又來添亂。半空中，彤雲密布，北風夾雜著鵝毛大雪，紛紛揚揚而落。將已經殘破不堪的城牆，迅速包裹上一層白雪鎧甲。讓進攻方想要正常行走都無比困難，更甭說順著雲梯冒死向上攀援。

全軍山下都沮喪不已，以為老天爺都想幫敵人的忙。然而，正應了那句俗話，福無雙至禍不單行。百年不遇的二月大雪剛剛放晴，斥候們又喘著粗氣，將一份密報送到了劉縯案頭。

東北方向五十里，又有一路敵軍，規模在六萬上下，打著剿賊立功的旗號，浩浩蕩蕩朝著宛城撲了過來。

「不知道死活的東西！」劉縯在宛城下憋了一肚子火無處發洩，立刻下令擂鼓聚將。不多時，眾將紛紛趕到，傳閱了斥候發來的警訊，個個勃然大怒。

很明顯，即將抵達的那支兵馬，是受了王莽那句「殺劉縯，封國公，世襲罔替」的聖旨誘惑，前來撈便宜的。而弟兄們久攻宛城不下，個個筋疲力盡。如果放這路生力軍入了城，被岑彭徹底掌控，其後果，恐怕會不堪設想。

「打！」毫不猶豫，李秩就替劉縯做出了決定。「絕對不能讓他們跟岑彭匯合，更不能放他們進宛城！」

「必須打！」馬武、鄧晨、傅俊、王霸等人，也擦拳摩掌。然而，到底該如何打，眾人卻莫衷一是。有的說舂陵軍離開宛城，給敵軍迎頭痛擊。有的說沿途設伏，然後四面合圍。有的說不如放他們到宛城外，當著岑彭面兒，殺雞駭猴……，林林總總，各執一詞。

劉縯被吵得頭大，忍不住拍了下桌案，大聲點將，「都住口，一個一個來。子陵，你年紀最小，你先說！」

「是，大將軍！」嚴光答應一聲，快步出列，「末將以為，這支生力軍，根本就是前來給我等輸送輜重給養的。大將軍根本不用太在意，末將有一計，定然讓他們成為我軍口中之食！」

「嗯？」劉縯原本只是隨意點嚴光出列拋磚引玉，卻沒想到他會說出如此膽大的話，頓時眼睛裡就閃出了幾分懷疑，「怎麼會如此輕鬆，那畢竟是六萬餘眾，不是六萬頭牛羊！」

「依我之見，就是六萬頭牛羊。」嚴光淡淡一笑，大聲回應，「大將軍，各位同僚，諸位可還記得去年小長安聚之敗？」

此言一出，包括劉秀在內，所有人都臉色瞬間大變。

小長安聚之敗，令在場許多人都痛失親人朋友，大夥焉能輕易忘卻？無論那以後大夥戰勝了敵人多少次，殺了多少莽軍將士。每每想起此戰，卻依舊痛徹心扉。

故而，大夥平素皆對此戰都避而不談，唯恐觸動了心中的傷口。今天嚴光忽然冒冒失失地問大夥可曾記得當日之敗，無異於將結痂的傷口撕開，然後又朝上頭撒了一大把粗鹽！

「小長安聚之戰，令我等痛失家人與族親，誰敢輕易遺忘！」劉縯面色沉痛，接著又道：「子陵休要賣關子，你今日舊事重提，究竟是何用意？」

「吃一塹，長一智！」嚴光又拱了下手，臉上的表情無比認真，「當日兵敗之後，末將痛定思痛，何謂『天時』！而此刻天氣變幻莫測，敵軍卻遠道而來，我等剛好可以利用甄阜和岑彭的故技，令他有來無回。」

「利用大雪？」劉縯知道嚴光不是在順口胡說，卻越聽越糊塗，「二月的雪，怎麼可能持久？用不了一天，就得化個乾乾淨淨。」

「天有不測風雲！」嚴光深吸一口氣，緩緩補充，「而民間又有諺曰：二月雪，化得快。南風一至霧就來。雪晴之後，天氣迅速轉暖，今天刮得正是南風。由此推之，這兩三日內，必起大霧。我軍只要看準其中一路敵人，在其必經之路上等候。待大霧一起，吹響號角，發起攻擊，必然會一鼓而破之！」

「善！」

「大善！」

「吃一塹，長一智，都吃了虧，怎麼唯獨你嚴子陵長了本事！」

眾將聞言，紛紛撫掌喝彩。誰都沒有想到那日的慘敗，竟成為這次退敵的契機。

「大霧遮眼，將士們彼此之間難以聯絡。而伏兵四出，被伏擊者卻根本看不到伏兵的舉動，必然會軍心大亂！」輕輕笑了笑，嚴光繼續大聲補充，「所以，上次未等交戰，我軍便敗局已定。而這次，只要將甄阜老賊當日的招數，學著用上三成，我等就穩操勝券！」

「高明！子陵高明！」

「子陵大才，我等自愧不如！」

「就這麼辦，這就叫以其人之道，還治其人之身……」

眾將聞聽，愈發興高采烈。巴不得現在就迎上前去，給遠道而來的官軍致命一擊。唯獨劉秀，自帶一份與年齡不相符的慎重。皺起眉頭，低聲問道：「子陵對天氣的推測，應該八九不離十，然而萬一沒有起霧……」

「兵貴神速，不可瞻前顧後！」劉縯手拍桌案，大聲打斷，「我意已決，今晚蕩寇將軍帶領本部兵馬留在營地，虛張聲勢，威懾岑彭。其他人，悄然跟我前去迎擊敵軍。明早若是有霧，便當智取，如若沒有，則力戰而破之！」

語畢，劉縯立刻派出王霸、趙峻兩個去探查敵情。待二將回來，又將大夥聚在一起，討論具體用兵方略。第二天寅時，留鄧晨帶著二萬弟兄，在宛城外虛張聲勢。其餘兵馬，則悄悄從後門離開了軍營，徑直殺向了白河渡口。

河畔寒風刺骨，天空中明月高懸，怎麼看，都不像是要起霧模樣。然而將士們也不覺得有多失望，在兩岸的樹林裡都布下了埋伏，就等敵軍半渡之時，突然殺出來，給其以致命一擊。

誰料卯時剛過，寒風忽然停滯。緊跟著，濃霧就像開了鍋的水汽般，從河面上蒸騰而起。轉眼間，就將兩岸的天空和地面，都遮擋了個嚴嚴實實。

「神了，子陵有洞徹天機之能！」眾將大驚，個個暗挑拇指，稱讚嚴光的本事。嘈雜聲未落，耳畔卻已經傳來了一陣嘹亮的畫角聲響，緊跟著，人喊馬嘶聲，兵甲摩擦聲，腳步聲，馬蹄聲，戰車軲轆轉動的聲音，接踵而至！

「來了！」眾將立刻閉上嘴巴，屏住呼吸，默默地等待戰機的降臨。唯恐弄出動靜，將自投羅網的「獵物」嚇走。而那帶兵的莽軍將領立功心切，卻對即將到來的「災難」毫無察覺。竟然不顧大霧瀰漫，繼續帶領著隊伍，朝著白河渡口飛奔。

「一百……九十……八十……」一邊默默估算著獵物跟河岸之間的距離，劉縯一邊在心中倒數，雖然，按照嚴光先前的分析，到了此刻，他其實已經穩操勝券。

「嗚嗚嗚嗚嗚，嗚嗚嗚，嗚嗚嗚，嗚嗚……」濃霧深處，畫角聲忽然大變。緊跟著，歡呼聲、喧鬧聲，以及各種嘈雜聲，連綿而起。

莽軍的前鋒發現了白河渡上的浮橋；莽軍的主將，下令大軍在渡口處原地修整；莽軍的伙夫，開始架設炊具，為大軍準備朝食；莽軍的斥候，牽著戰馬，趕著輜重車，開始在浮橋上往返，試探浮橋的結實程度以及……

「舉火！」猛地將手中的令旗揮落，劉縯扯開嗓子大聲斷喝。

「轟——」數十個澆滿了油脂的柴堆，被嚴光和朱祐指揮著弟兄們點燃。獵獵的火光，立刻騰空而起。在熱浪的作用下，籠罩在舂陵軍頭頂的迷霧，迅速變得單薄。而渡口處，籠罩在莽軍頭頂的迷霧，卻越來越濃。

「出擊！」劉縯俯身，將手中的火把探向火堆，同時雙腿輕輕磕打馬腹。

驊騮駒嘴裡發出一聲咆哮，瞬間張開的四蹄。像一道風，直撲白河渡口。用破麻布綁在火把前端的松脂球，迅速被點燃，然後被劉縯高舉著，替所有弟兄們指明了進攻的方向。

馬武、傅俊、李秩、王霸，以及舂陵軍眾將，按照事先約定次序，各自帶領部屬，將手中火把探向身邊的火堆，加快速度，緊緊跟隨在劉縯身後。

數以千計的火把，迅速彙聚成一道光與熱的洪流，湧向驚慌失措的敵軍。沿途所過，所有迷霧和黑暗，都像薄紗一樣被瞬間撕破。十幾名負責外圍警戒的莽軍斥候，連馬頭都沒來得及撥轉，就被洪流徹底吞沒。上百名四下尋找乾柴的伙夫，根本沒弄清到底發生了什麼事情，就被亂刀剁成了肉泥。

「向我靠攏，向我靠攏！」一名校尉打扮的將領努力組織麾下弟兄結陣，且戰且走。劉縯的戰馬猛地撕破濃霧，出現在他身側。校尉反應甚快，果斷持槊刺向戰馬脖頸。劉縯左手中的火把猛地一揮，晃花了他的眼睛。右手鋼刀順勢橫掃，「嚓」一聲，將此人頭顱砍飛到了空中。

「擋我者死！」馬武策動坐騎，緊貼著劉縯的身邊衝入了敵群。右手中鋼刀宛若一朵巨大的蓮花，繞著馬鞍周圍高速旋轉。周圍的莽軍躲避不及，一個接一個被他砍倒。他卻還嫌棄敵軍崩潰得太慢，左手中的火把猛地向前一遞，狠狠戳中在了一匹無主戰馬的屁股上。

「唏吁吁……」無主的戰馬嘴裡發出一聲悲鳴，張開四蹄，向周圍的官兵頭頂踩去，所過之處，慘叫聲不絕於耳。劉縯催動坐騎，沿著驚馬衝出來的道路向濃霧深處推進。手中火把跳動，就像一顆巨大的啟明星。李秩、王霸，各自帶著五百騎兵快速追上，鋼刀如電，砍出一道道血浪。

濃霧中的莽軍，根本分辨不出來，周圍到底有多少綠林好漢？更不知道，該如何做，才能阻擋住好漢們的瘋狂進攻。大部分人，甚至連撒腿逃命都做不到，只管拎著兵器，沒頭蒼蠅般四下亂撞。而突然殺出來的舂陵好漢們，卻將昔日小長安聚之戰中官軍的指揮手段學了個維妙維肖，利用燈籠、號角和戰鼓，不斷調整自家進攻方向。

「文叔，時候差不多了。下江軍那邊一直在吹角請求出擊！」被留在中軍協調全域的嚴光，迅速爬上革車，附在劉秀耳畔低聲提醒。

「不急！不到最後收網時候。讓大哥他們先將憋在肚子裡的氣撒出來！」劉秀低頭朝著濃霧後那條最長的火龍看了一眼，斷然搖頭。

柱天大將軍率部出擊之後，指揮權就自動轉移到右將軍手中。這是昨晚劉縯跟眾人商討用兵方略之時，忽然作出的安排。劉秀知道大哥為何要這樣做，也知道此時此刻，大哥最需要什麼。所以，他出人意料地，沒做任何謙讓，果斷上前接過了將令。

「擂鼓，如何？」嚴光第一條建議沒有得到採納，毫不氣餒地獻上第二條建議。

這回，劉秀沒有拒絕，而是轉過身，親手抄起了鼓槌。

「咚咚，咚咚，咚咚咚……」半人高的牛皮大鼓，被他奮力敲響，「咚咚，咚咚，咚咚咚……」。如一聲聲春雷，敲得周圍的弟兄們頭皮陣陣發乍。

「咚咚，咚咚，咚咚咚……」

「咚咚，咚咚，咚咚咚……」

「咚咚，咚咚，咚咚咚……」

李通毫不猶豫帶領麾下弟兄，敲響周圍所有軍鼓相和。將激昂的旋律，迅速傳遍革車附近每一名春陵軍將士的心臟。

劉縯左手中的火把，在鼓聲中晃了晃，爆出一團絢麗的金星。他右手中的鋼刀被火光照得一亮，如閃電般，劈向臨近敵將的胸口。

「啊——」跟他放對的敵將，驚叫著橫槍格擋。硬木製造的槍桿，卻在刀鋒下瞬間一分為二。

雪亮的刀鋒餘勢未盡，繼續切開了此人的胸甲，皮膚和肌肉。劉縯的手臂迅速後拖，利用戰馬的速度，將刀鋒貼著敵將的胸骨一帶而過。一道兩尺長的傷口，立刻出現在了後者的前胸，血漿噴湧，將周圍的殘霧，染得一片殷紅。

「殺！」李秩迅速帶軍衝上，揮舞鋼刀將劉縯左側的敵兵，一個接一個砍翻再地。王霸、傅俊等人緊跟著出現，刀光閃爍，將劉縯右側的敵兵，成排成排地放翻。

沒有停滯，沒有憐憫，也沒有任何猶豫。像一群被激怒的虎狼般，舂陵軍將士伴著戰鼓聲，在白河渡口往來縱橫。將亂成一鍋粥的敵軍，不斷地分割，衝散，砍翻，或者趕向冰冷的河水。

長時間屯兵於堅城之下，舂陵將士心中淤積的憤怒實在太多，太多。而王匡、陳牧、劉良等人擁立劉玄做皇帝的行為，無異於在大夥的心頭，又倒下一捅滾油。如果不找機會發洩出來，非但劉縯本人就被心中的怒火燒得失去神志，軍中的將士們，也難免會因為心情過於壓抑，做出無法預料的事情。

今日主動登門求死的官軍，無疑是最好的出氣筒！他們承受了原本該由王匡、陳牧等人承受的怒火，他們，用自己的慘敗，見證了一支強軍的誕生。

「殺！」劉縯在敵陣之中，狀若神魔，手下找不到一合之敵。手中的鋼刀已經砍成了鋸子，他卻根本顧不上更換。胯下的戰馬，也早就累得氣喘如牛，他卻根本想不起來讓自己和坐騎休息。渾身好像有使不完的力氣，每一刀揮落，都讓他感覺如同飲酒一樣痛快。舉刀砍倒一個，轉身又刺穿一個，再回身斬下一個人的首級，周圍的敵軍將士，全都變成了草編的靶子。而他，卻越戰越勇，越戰越勇……

「哢嚓！」伴著一聲脆響，鋼刀終於斷裂，與一名屯長打扮的傢伙同歸於盡。劉縯的身體微微一僵，前衝的速度瞬間變慢。一名莽軍偏將看到便宜，怒吼著舉起巨斧，朝著他的頭頂來了一記力劈。劉縯只是將身體側了側，就躲過了對方全力一擊。緊跟著單手握住斧桿，猛地一翻胳膊，乾淨利索地將巨斧變成了自己所有。然後又揮臂橫掄，巨大的斧頭狠狠地砸在了屯長肋骨上，將後者砸得口吐鮮血，慘叫著落馬而亡。

將已經熄滅的火把向前一丟，劉縯雙手持斧，左劈右砍。連續四名莽軍將士，都成為他的斧下之鬼。第五名跪地祈求活命，也被他一斧子劈做了兩半。木質的斧桿染滿了血，又濕又滑，越來越難以掌控。劉縯果斷將戰斧丟棄。俯身下撈，從地上撈起一把鐵鐧，單手揮舞向前掃去，將兩名來不及逃走的莽軍兵卒砸成了滾地葫蘆。

再沒有莽軍將士膽敢送死，周圍忽然變得無比空蕩。回頭看了一眼高懸在自家中軍處的燈籠，他揮動鐵鐧衝向燈籠所指，手中鐵鐧「叮叮噹噹」，將五六件兵器接連砸得飛向了半空。

「賊子敢爾！」敵軍之中，有一悍將視線剛才被濃霧所阻，沒看到劉縯所向披靡的壯舉，大喝一聲，策馬迎戰。沒等他衝到五尺之內，劉縯剛剛搶來的鐵鐧忽然脫手而出，打著鏇子，砸向了他的腦門兒。他嚇得亡魂大冒，趕緊仰身閃避。兩匹戰馬迅速靠近，搶在他將身體再度坐直之前，劉縯猛地揮出拳頭，一拳砸爛了他胯下坐騎的眼睛。

「唏吁吁吁！」瞎了眼睛的戰馬，高高地揚起前腿，將背上的悍將摔了下去。劉稷帶著一隊綠林騎兵恰恰衝到，馬蹄交錯，將此人踩成了一團肉泥。

附近若干敵軍士卒，聽見戰馬悲鳴，紛紛扭頭觀看。恰看到自家將軍掉下坐騎，被馬蹄活活踩死的慘狀。頓時，膽氣盡喪，慘叫一聲，四散奔逃。

李秩、王霸兩人，也帶著各自的部曲衝到，追著潰兵的背影，大開殺戒。迷霧中的莽軍，將找不到兵，兵找不到將，被殺得屍橫遍野。鮮紅色的血漿化作一道道溪流，源源不斷地淌進奔騰的白河。

奔騰的白河，迅速變成了一條紅河。捲著無數死不瞑目的屍體，滾滾東流。戰場的東方，終於有一道日光滲了出來，將天空中的白霧，也染得殷紅如血。

殷紅的河流，殷紅的火光，殷紅的霧氣，殷紅的天空和大地。剎那間，整個世界，再無其他雜色！

一聲馬嘶在紅色的世界中，忽然響起。緊跟著，是一串痛苦的哀嚎。霧氣以肉眼可見的速度變得單薄，陽光迅速將所有紅色穿透。已經潰不成軍的莽兵，忽然從河畔現出了身影。隨即，是一隊隊士氣高漲的舂陵軍！

世界忽然恢復了原來顏色，除了腳下的沙灘與身邊的河流。前來增援宛城的莽軍，終於看到了自己的對手。跟在主將身後，殺人無數的舂陵軍，也忽然看清楚了獵物的模樣。雙方將士忽然間都是一驚，隨即就果斷作出了不同的選擇。

前者立刻轉身，撒腿奔向近在咫尺的浮橋。而後者，則迅速向周圍的自家將領靠攏，整理隊伍，隨即展開了新的一輪衝鋒。

「吹角，命令下江軍出擊！」站在革車上的劉秀放下鼓槌，抄起一面令旗，高高地舉過了頭頂。

「嗚嗚嗚，嗚嗚嗚嗚嗚嗚……」號角聲宛若龍吟，伴著陽光一道灑遍整個戰場。大隊大隊的下江勇士，在王常、成丹、張卯、臧宮率領下，咆哮著從藏身處殺出，如同一群猛虎衝向了牛羊。

「饒命——」

「願降，我等願意投降！」

「投降，投降，我等都是被陳將軍騙來的，我等願意投降！」

「饒命，好漢爺爺饒命，我等上有八十歲老母，下有……」

剛剛逃過浮橋的百餘名莽軍將士，果斷丟下了兵器，祈求活命。

先前視線被濃霧所阻擋，他們還以為只要逃到了對岸，就能跳出陷阱。而現在，濃霧忽然被陽光驅散，他們才終於發現，原來河對岸也有大批的義軍在嚴陣以待，他們先前的所有努力，和不努力的結果其實沒任何兩樣。

「投降，投降！」

「好漢爺饒命……」

絕望，總是像瘟疫般快速傳染。浮橋西側，也有成千上萬的莽軍將士，放棄了掙扎，哭喊著丟下兵器，將雙手高高地舉過了頭頂。

白河兩岸都布滿了義軍，他們逃到對岸和留在此岸，根本沒有任何差別！如果此岸的舂陵軍不肯放過他們，對岸剛剛殺出了來的下江軍，肯定也是一樣。

「廢物，一群廢物。你們不是想殺了劉某向朝廷請功嗎？來呀，站起來，站起來與劉某決一死戰！」劉縯單手擎著一柄打彎了的鐵鐧，朝著周圍的莽軍將士大聲喝罵。所過之處，眾莽軍將士紛紛低頭，誰也不敢做出任何回應。

在遭到伏擊之前，大部分莽軍將士，的確懷著用義軍人頭換取功勞的夢想。特別是那些校尉以上級別的軍官，幾乎人人都巴不得親手割下劉縯的首級，以便從朝廷哪裡換取幾輩子都享受不盡的富貴榮華。而現在，他們卻期望劉縯像傳說中一樣具有古時孟嘗君之風，希望劉縯能夠對他們當中每個人都高抬貴手。

「撿起兵器，跟劉某一戰，劉某不殺手無寸鐵之輩。來呀！爾等都不是貪圖昏君許下的好處嗎？爾等總得拿出些真本事來，不能全靠嘴吹！」遲遲得不到莽軍將士的回應，劉縯罵得愈發大聲。

依舊沒有任何莽軍將士響應他的「號召」，潰兵們紅著臉，一排接一排跪倒。就像一群群臣子，在年初第一場的大朝會上，參拜他們的帝王。

陽光從天空中灑下，給劉縯披上了用金線織成的戰甲，使得他原本就高大挺拔的身軀，變得如同山岳般偉岸。而周圍的所有投降者，都宛若縮頭鵪鶉，寂寂無聲。

「爾等既然就這麼點兒本事，又何必來宛城送死？」策動坐騎穿過一簇又一簇投降者，劉縯的聲音漸漸變得沙啞。「昏君許下的賞格的確夠高，可如果他很快就亡了國，爾等即便拿到了手，又能高興得了幾天？他篡位之後，巧立名目，橫徵暴斂，弄得民怨沸騰，市井凋零。爾等莫非又聾又瞎，什麼都沒有看見，什麼未曾聽到？還是爾等個個都出身於大富大貴之家，能夠趁機大撈特撈？」

四周圍的求饒聲，迅速變小，然後接近於無。許多俘虜，都恨不得立刻找個地縫鑽進去偷偷死掉。如果義軍推翻了王莽，他們的家人，日子過得肯定不會比現在更差。而如果王莽在他們的拚死努力下，剿滅了義軍，「改制」的花樣肯定又要翻新，他們和他們身後的家人，都在劫難逃。

「劉某可以饒恕爾等，劉某甚至可以現在就放爾等離去。但爾等若是下回再來，劉某定要讓爾等有來無回！」猛地將鐵鞭砸向一塊巨石，劉縯用足全身力氣斷喝。

「嘡啷！」鐵鞭斷裂，巨石粉碎。他心中的憤懣也隨著清脆的響聲一掃而空。「放下兵器，全都給劉某滾蛋。劉某這裡不養見利忘義的蛆蟲！」

「滾，滾蛋！」

「快滾，快滾！」

「我綠林軍不收見利忘義的蛆蟲！」

「快滾，下次再來，定殺不饒！」

……

李秩、王霸等人，大聲重複。將劉縯的決定，迅速傳遍白河兩岸。舂陵軍和下江軍將士，大笑著各自讓出一條通道。已經放下武器的莽軍將士們，則喜出望外，穿過通道，抱頭鼠竄而去。

「回去記得告訴你們的同夥，誰殺了王莽，劉某賞他一文！」扯開嗓子，朝著俘虜的背影又補充了一句，劉縯策馬緩緩走向自己的帥旗。

戰鬥的感覺很酣暢，大勝之後饒恕敵人的感覺，則更令他如飲瓊漿。這樣的戰事，他真的不在乎多來幾次。哪怕為此耽擱了攻打宛城，哪怕讓王匡、陳牧等人趁機占到更多的便宜。

「也許以宛城為餌，圍點打援，才是上策！」猛然間靈機一動，劉縯的兩眼之中精光四射。然而，還沒等他將自己的新想法說出來跟兄弟們討論，帥旗下，忽然走過來一個熟悉且陌生的身影。

只見來人，身穿紫色綾羅官袍，腳踏掐了金線的鹿皮靴子，腰間橫著一條三寸寬的玉帶，頭頂皮冠正中央，拇指大的珍珠閃閃發亮。三步兩步迎上前來，朝著自己長揖及地，「恭喜大司徒又獲得一場大勝！陛下有旨，請大司徒速回襄陽，與文武百官共商國是！」

「大司徒，誰是大司徒？」劉縯驀地一驚，旋即勃然大怒。「爾等不把心思放在如何推翻昏君上，又關起門來鼓搗什麼見不得人的勾當？」

他剛剛經歷了一場惡戰，身上的甲冑還沒來得及更換，胯下的坐騎，也是血跡斑駁。含怒發問，殺氣透體而出，將來人嚇得「登登登……」接連後退了五六步，才勉強又站穩了身體，「大，大司徒息怒。你勞苦功高，所以，所以陛下決定封你為大司徒。擁立新君，也是你數日前贊同的事情。朱，朱某只是奉命，奉命前來傳達聖旨。對大司徒絕無半點惡意！朱某可以對天發誓！如果今日口不對心，就，就讓朱某被天打雷劈！」

「轟隆！」天邊處，一道悶雷滾滾而過。

陽光忽然暗了暗，烏雲如馬群般，迅速占領了大部分天空。

春季即將結束，天空中風雲變幻莫測。

「嘿，某些人的嘴巴可真靈光！」劉稷扛著一桿正在滴血的大槊走了過來，怒氣沖沖地向著紫袍使者撇嘴。

「朱鮪，你找死乎？」馬武縱馬急衝而至，手中鋸齒飛鐮三星刀寒光閃爍。

李秩、王霸、傅俊等人也紛紛轉回，層層疊疊，將紫袍使者朱鮪以及他帶來的七八名親信衛士，包圍了起來，宛若一群老虎在俯視著狐狸。只要朱鮪膽敢說出一句讓大夥不開心的話，就立刻將其撕成碎片。

按說，那朱鮪也並非怯懦之輩，然而，被馬武、傅俊、王霸、李秩這群渾身是血的虎狼團團包圍在中央，頓時冷汗就不受控制地淌了滿臉。拚命咽了幾大口唾沫，他迅速拱起手，硬著頭皮補充道：「大司……伯升兄，朱某真的沒有絲毫惡意。皇上……」

「有屁快放，別拿那個無賴小兒來做幌子！」劉稷猛地將大槊朝地上一頓，厲聲斷喝，「大將軍是不願讓王莽看了笑話，才對爾等一忍再忍。爾等切莫以為，從此就能拿劉聖公做幌子，欺負到我舂陵軍頭上來。」

「朱鮪，做人要知足！伯升默認了爾等的行為，不等於就會聽從那個劉聖公的號令。爾等若是得寸進尺，就莫怪伯升和馬某以牙還牙！」馬武連使者的表字都懶得叫，直接喊著對方的名字警告。

「不，不敢，在下，在下真的不敢。王，王司馬，王大當家，也，也沒，沒別的意思！」朱鮪被說的心中打了個哆嗦，臉上的汗水淌得宛若小溪，「伯升兄，子張兄，還有各位兄弟請想，如果皇，如果世則兄，棲梧兄，還有其他兄弟都封了官，唯獨不給諸位加官進爵，豈不，豈不顯得我等更欺人太甚？況況，況況且近日來，又有大批豪傑率部響應我軍，如果，如果我軍拿不出他們期望的官位，依舊以原來的山頭呼之，他們又怎麼可能安心與我等並肩而戰？」

「放屁，全是放屁！」李秩翻身下馬，指著朱鮪的鼻子破口大罵，「誰稀罕爾等給的狗屁官職？從蔡陽到宛城，綠林軍的地盤至少有七成是伯升帶著我等打下來的，除了皇位，什麼樣的官職，能酬謝伯升之功？分明是爾等心虛，所以故意拿出一頂官帽子來，想把伯升套住，以便今後隨意拿捏。至於那些為了官位而來的傢伙，讓他們能給老子滾多遠就滾多遠。留下他們，早晚都是禍害！」

「季文兄，季文兄，你聽朱某解釋，你且聽朱某解釋！世間多是爭名逐利之輩，能有幾個，如伯升和你這般，為了推翻暴君，連家都可以不要？」朱鮪被他逼得連連後退，卻咬緊了牙關死撐，「如今起兵反莽的，可不止是我綠林一家。赤眉軍那邊，聲勢也非常浩大。我等不稀罕那些爭名逐利之輩，赤眉軍那邊可是來者不拒。將來推翻了王莽之後，萬一赤眉與綠林相爭……」

「那就領兵蕩平了他！」劉稷想都不想，再度高聲打斷。「一群染紅了眉毛，裝神弄鬼的蟊賊，怎配與我等相提並論！」

「對，提兵平了他！」

「跟我綠林軍爭奪天下，誰配？」

……

眾將皺著眉頭，個個義憤填膺。對朱鮪和王匡等人的敵意，迅速被對赤眉軍的輕蔑所取代。

「伯升，在下知道你是為了反莽大義，才一忍再忍。」朱鮪要的就是這種效果，趕緊堆起笑臉，再度向劉縯拱手行禮，「朱某其實，也覺得擁立皇帝，該看功勞而不是血脈。可如今木已成舟，再說這些，還有什麼意義？你若是執意不肯接受皇上的封賞，先前的忍讓，豈不是全都白費？落在新朝君臣眼裡，豈不是一下就能看出來，咱們綠林軍表面上是一體，事實內部早已水火不容？」

「不容個屁！」劉稷再也按捺不住，拔起大槊，對準朱鮪分心急刺，「說來說去，還是想要我大哥受爾等轄制？若不是爾等覺得宛城難啃，執意分兵，綠林軍怎麼會變成南北兩支？若不是爾等偷偷摸摸擁立了劉聖公那個蠢貨，綠林軍內部怎麼會有這麼多紛爭？你們偷偷摸摸擁立劉玄，都不怕落在新朝君臣眼裡？憑什麼要求我大哥在乎這些？你這王八蛋心腸到底黑到了什麼模樣，居然偷走了我大哥的皇位，反過頭來還要勸我大哥繼續忍讓？」

「子禾將軍，子禾將軍，誤會，真的是誤會！」朱鮪說話的時候，就一直在小心提防有人控制不住怒火，見劉稷果然動手，連忙蹦跳著躲閃，「在下不是勸伯升繼續忍讓，在下只是想說，既然伯升已經認可了我等的選擇，就應該有始有終。在下，在下這次來，也不是，也不是光是向伯升傳聖旨的。在下是想告知伯升，他上次提的那個，那個合力進攻新朝的建議，如今已經有了眉目。皇上和王大當家那邊，只待伯升點頭，就立刻可以出兵攻向洛陽！」

前面幾句，都是藉口，根本吸引不了任何人的關注。但是，最後一句，卻無比準確地敲中了劉縯的心臟。後者聽罷，臉色立刻大變，策馬上前，一把抓住了劉稷的槊桿，「且慢，不要殺他。待我問個明白！」

「大哥……」劉稷連奪了兩次沒能將槊桿的控制權奪回，紅著臉鬆開了手，「你居然還信他？他和王匡等人，什麼時候說過一句實話？」

「他們沒說過實話，可我說的，卻句句認真！」劉縯長嘆一聲，將長槊倒轉，槊鋒直接刺向地面。「相忍為國，不給王莽看笑話！朱長舒，王匡那邊，到底要劉某答應什麼條件，才肯出兵？你說清楚些，切莫再讓劉某失望！」

「倉啷！」雪亮的槊鋒入地三尺，槊桿像樹木般來回搖晃。

「轟隆！」天邊處，又一道悶雷滾滾而過。紫色的閃電在劉縯身後落下，照得他的身影，愈發魁梧偉岸。

沒有勇氣跟他對視，朱鮪趕緊躬身下去，低著頭補充：「回大將軍的話，皇上，皇上和世則兄的意思是，政令統一，肯定，肯定是要的。如果你不肯接受大司徒的官職……」

「卑鄙小人，連出兵反莽的事情都拿來討價還價！我這便殺了你，然後帶兵直撲襄陽！」李秩氣得臉色漆黑，拔劍在手，厲聲打斷。

「季文兄，你聽我解釋，你聽我把話說完。政令統一，哪怕是表面上的統一，也可以。反正皇上不管如何下令，聽不聽都在伯升。而如果伯升拒絕接受官職，則皇上提防你們打到襄陽去還來不及，哪敢派出兵馬去進攻王莽？」朱鮪側著身子躲閃，同時嘴裡大聲嚷嚷。

「狗屁，伯升如果想要殺爾等，早就起兵了。怎麼會留爾等活到現在？」傅俊也忍無可忍，從另外一側拔劍而上，準備給朱鮪來一個透心涼。

「住手！」眼看著朱鮪已經無路可逃，劉縯卻果斷策馬上前，用身體擋住了李秩和傅俊的殺招，「讓他繼續說！」

「伯升——」傅俊和李秩紅著眼睛抗議，卻終究不願當眾損害劉縯的權威，恨恨地將刀劍丟在了地上。

「多謝伯升兄！」朱鮪長揖及地，畢恭畢敬地向劉縯致謝，「如果你肯做大司徒，則皇上會派棲梧領精兵三萬，即日開拔，向西攻取洛陽。無論你這邊派人協助也好，不派人協助也罷。拿下洛陽之後，大軍會沿著前朝留下的官道，直撲長安！」

「伯升，切莫聽他花言巧語！」

「伯升，王匡絕對沒安好心！」

「伯升，我們只認你，無論你是大將軍，還是大當家！」

「大哥，殺了他。殺了他，咱們揮師直取襄陽！」

……

話音剛落，四周圍，立刻又響起了一片怒喝之聲。傅俊、趙峻、王霸、劉賜等人，手按劍柄，只待劉縯一聲令下，就將朱鮪碎屍萬段。

然而，讓他們欽佩卻無比失望的是，小孟嘗劉縯劉伯升，忽然拱起了手，向著大夥默默地做了一個羅圈揖。隨即，快速將面孔轉向朱鮪，大聲問道：「只要劉某接了封賞，世則兄就肯出兵西取洛陽，此話當真？」

「真，一百二十個真。朱某可以拿性命擔保！」朱鮪頓時喜出望外，拍著自己的胸脯大聲回應，「皇上不但封了你為大司徒，還封了令弟文叔為太常偏將軍。子張為冠軍大將軍，子衛為輔國大將軍。季文為折衝將軍，次元為……」

「你不必說了，拿出來吧？」劉縯笑了笑，主動向朱鮪伸出了大手。

「拿，拿什麼？」朱鮪饒是生了一顆九孔玲瓏心，也有些跟不上劉縯的思路。本能地向後退了兩步，楞楞地道。

「聖旨，給我們這些人封官的聖旨？既然襄陽那邊大封文武百官，總不能只憑你幾句話就算憑證。」劉縯笑了笑，聲音聽起來格外冷靜。

「在，在，在馬車上。在馬車上呢！」朱鮪歡喜得連眼淚都淌了下來，結結巴巴地給出回應，「聖旨，聖旨有些多，所以，所以在下就專門用了一輛馬車來拉。在下馬上去取，馬上去取，請大司徒帶領眾將，準備接旨！」

「不用，你把馬車留下就是，等打掃完了戰場，我等自己去看！」劉縯搖了搖頭，淡淡地補充。隨即，就將話題岔向了自己最關心的方面，「這個大司徒的官職，劉某接了。其他人的官職，劉某也會儘快將聖旨給他們分派下去。棲梧兄既然準備領精兵三萬去攻取洛陽，不知道何時能夠出發？」

「這，這……」沒想到劉縯雖然接受了大司徒的官職，卻堅決不肯給自己頒布聖旨的機會，朱鮪臉色頓時好生尷尬。然而，畢竟是成名多年的老狐狸，眼珠稍微一轉，他就做出了一個極為明智的決定，「大司徒和弟兄們剛剛經歷了一場惡戰，人困馬乏，理應好好休息。聖旨當眾宣讀，和諸位拿回去自己看，其實都是一樣！至於出兵西進，皇上，皇上和定國公的意思是……」

「定國公是誰？」劉縯眉頭一挑，大聲打斷。

朱鮪的心臟頓時打了個哆嗦，連忙啞著嗓子解釋，「定國公就是王大當家。皇上封，封您的三叔做了大漢的國三老，封王大當家為定國上公，王二當家為成國上公，您的四叔做了……」

「知道了！」劉縯才懶得管自己那幾個叔叔從中拿到了什麼好處，再度冷笑著擺手，「襄陽那邊到底什麼意思，你先前不是說只要我肯受封，就立刻出兵嗎？」

「他們，他們……」朱鮪臉色再度開始發紅，猶豫半晌，才吞吞吐吐地解釋，「皇上，皇上和定國公是希望大司徒親自去襄陽協商。畢竟，畢竟繞路攻取長安，是大司徒率先提出來的。您不在場，百官不好隨便做出決定！」

「狗屁，又想玩鴻門宴那套，你當我大哥是沒有記性的三歲兒童嗎？」劉稷在旁邊聽得大急，搶先一步，替劉縯做出回應。「我大哥不去，要來，讓你們的皇上親自來宛城！」

「子禾！」劉縯迅速扭過頭，朝著他大聲斷喝，「休要再多嘴！襄陽城並非鴻門，世則也不是楚霸王！」

「大哥……」劉稷委屈得滿臉通紅，含著淚高聲提醒，「防人之心不可無！」

明知道他出自一番好心，劉縯卻不肯聽。嘆了口氣，將目光迅速轉回朱鮪，「長舒，子禾心直口快，你切莫跟他一般見識。既然爾等非要劉某再去襄陽一趟，才能出兵，那劉某就去一趟便是。你先回去繳令，劉某收拾一下，隨後就到！」

「多謝大司徒，多謝大司徒！」朱鮪頓時如釋重負，朝著劉縯長揖下拜。本以為，念在同朝為官的份上，劉縯肯定會對自己客氣一些，誰料，半晌卻都沒聽到任何回應。連忙含羞抬頭，卻見劉縯已經走到了二十餘步之外，留給自己的，只有一個染滿了敵軍鮮血的背影。

「大司徒，伯升兄……」朱鮪本能地拔腿去追，才邁開腳步，有一桿明晃晃的鋸齒飛鐮三星大刀，卻已經橫在了他的必經之路上。

朱鮪這輩子最怕的人裡頭，這把刀的主人絕對能排上前三。頓時，他就被嚇得站在了原地，慘白著臉低聲抗議，「子張，冠軍大將軍，你，你這是什麼意思？」

「沒別的意思，就是想知道，大司馬和冠軍大將軍，到底哪個的官職更大一些？你知道，馬某讀書少，不懂這些，所以才煩勞你來解釋一二。」馬武將嘴巴一撇，笑呵呵地回應。

朱鮪的心臟一次次抽緊，額頭鬢角等處，冷汗淋漓而下。

他相信劉縯會以大局為重，所以面對劉縯之時雖然害怕，口舌的靈活性卻不怎麼受影響。而面對馬武馬子張這個沒有多少「進取心」的殺星，他的舌頭，卻立刻打了四五個結。喃喃半晌，才終於陪著笑臉解釋道：「大司馬位列三公，卻屬虛職，沒太多實權。倒是，倒是子張的冠軍大將軍，手握重兵。可以隨時加號為大司馬！」

「這麼說，你官職在馬某之上嘍？」馬武甭看平素大大咧咧，關鍵時刻，卻變得仔細起來，迅速從朱鮪的話中，找到了自己想要的關鍵。

「表面，表面是如此。但實權，實權……」朱鮪本能地感覺到了危險，一邊後退，一邊大聲解釋，「實權卻是大將軍高一些。不信……」

一句話沒等說完，鋸齒飛鐮三星刀已經高高地舉起，「馬某與官兵交戰多年，幾度出生入死，卻只做了冠軍大將軍。你這廝，任何正事兒都沒幹過，怎麼就成了大司馬？來，來，來，且與馬某大戰一百回合，看看你這一肚子壞水的王八蛋，到底憑什麼爬到馬某的頭頂上？」

「伯升兄救命——」朱鮪嚇得魂飛天外，求救的話脫口而出。

以他的武藝，若是面對面單挑，在馬武面前肯定支撐不了一個回合。所以寧可賭劉縯的人品，也堅決不肯拔刀。而小孟嘗劉縯，果然不負他的期待。迅速轉過身來，大聲喝止：「子張，住手。司馬司徒，一個稱呼而已，沒必要太當真！」

「是，大將軍！」鋸齒飛鐮三星刀，穩穩停在了朱鮪頭頂，馬武朝著朱鮪笑了笑，繼續大聲提醒，「大將軍為了早日推翻王莽，可以忍受任何委屈，馬某卻是個混人，不懂什麼相忍為國。倘若有誰敢對大將軍不利，除非將馬某一起除了。否則，無論他做宰相也好，皇帝也罷，馬武早晚會提著刀找上門，還天下人一個公道！」

「是，是，是，大將軍說得對，大將軍說得對，相忍為國，相忍為國！」眼睜睜地看著一縷頭髮，從眼前緩緩飄落。朱鮪臉上卻不敢露出絲毫怒氣，拱起雙手，連聲回應。

「滾！」馬武迅速將鋼刀收起，轉身大步而去，「老子今天不希望再看到你！」

朱鮪死裡逃生，哪還敢再多囉嗦？立刻帶著隨從擠出了人群，縱身上馬，一溜煙朝南逃去。任背後傳來的笑聲再刺耳，也堅決不肯回頭。

「無恥村夫，負義小兒，朕將你二人碎屍萬段，碎屍萬段！」黑漆漆的御書房內，王莽手提寶劍，朝著兩個早已看不出模樣的木偶左劈右剁。

兩個木偶既不會說話，也不會閃避，只能杵在原地默默地承受著他的瘋狂。周圍的太監宮女們，也不敢上前勸解，集體低頭屏息，噤若寒蟬。

上一個敢在王莽發怒時上前勸解的太監胡德，屍體已經埋在了長安城外的亂葬崗。而上上個多嘴多舌的中官歐陽朔，則被派去塞外「招撫」匈奴。有這二人的前車之鑑在，皇宮當中，任何人在跟王莽說話之前，都需要先考慮考慮自己到底有幾顆腦袋。

御書房外，也是一片死寂。奉召前來議事的羲和魯匡、國將哀章等文臣武將，誰都不敢第一個請求當值的侍衛通報，唯恐王莽急火攻心之下，把氣撒在自己的頭上。而剛剛被王莽從監獄裡放出來的前任大司馬嚴尤和秩宗將軍陳茂，更不願意去自找沒趣。

二人心裡頭都很清楚，皇帝今天下旨召見自己，絕非已經打算寬恕上次喪師辱國的罪行。而是由於其他輸在劉縯、劉秀兄弟手裡的將領，全都沒機會活著離開戰場。沒機會向朝廷奏明南方那支叛軍的真實情況。

「負義小兒，若非朕極力擴大太學，你哪有機會拜在許子威名下！」

「無恥村夫，若非朕心懷慈悲，你們舂陵劉氏，早就被斬草除根。你哪有機會，勾結強盜造反作亂？」

「負義小兒，你當年在長安打傷了朕的族人，朕都沒跟你計較。你有何面目指責朕殘暴好殺？」

「無恥村夫，有本事你去造劉玄的反。被他騎到脖子上了都不敢吭氣，卻像瘋狗一樣咬著朕的宛城。」

「圍城打援，圍城打援。無恥村夫，你除了這招還有什麼其他本事……」

書房內的斥罵聲，越來越高，越來越急，震得窗外的桃樹，搖搖晃晃。

天氣已經轉暖，桃花從樹梢上繽紛而落，就像下了一場粉紅色的雪。魯匡、哀章、嚴尤、陳茂等人看在眼裡，卻感覺不到任何美麗，心中油然而生的，只有蒼涼。

大新朝所面臨的形勢，越來越嚴峻了。非但南北兩路綠林軍氣焰高漲，赤眉軍、銅馬軍，還有其他大大小小的反賊，也日益囂張。而蜀中、河北、揚州等地，也有許多心懷不軌的官員，認為朝廷氣數已盡。開始明目張膽地截留稅賦，招兵買馬。如果官軍不能儘快取得一兩場決定性的勝利，震懾宵小，也許整個國家都會分崩離析。

「呼——」一陣春風吹來，將地上的花瓣捲上半空，與空中正在下落的花瓣一道，蹁躚而舞。整個皇宮內，此刻它們是最快樂的。不為官軍一次次兵敗的消息煩惱，也不為改朝換代而擔憂。只要春來，就絢麗如舊。

「聖上，大喜，大喜！」一個愉悅的聲音，緊隨著春風傳到了御書房前，令在場所有人的心臟都猛地一抽，然後大夥齊齊帶著幾分同情扭頭。

在大新朝，好消息也不是能胡亂報告的。特別是當這個消息，有可能給朝廷帶來反面後果的時候，報喜者可能會一時得意，過後鐵定要吃刮落。不信，不信就請看上一個向皇上報告劉縯和王匡分道揚鑣的太監劉均，早在一個多月前就被王莽下令打斷了雙腿，丟到長安城外的窩棚中自生自滅。

「聖上，大喜，大喜。村夫劉縯上了反賊王匡的當，將劉秀、馬武、鄧奉、王霸等心腹爪牙，全都派到反賊王鳳麾下！」來人卻絲毫不認為自己大禍即將臨頭，一邊朝著御書房門口飛奔，一邊繼續高聲補充。

「怎麼可能？」魯匡、哀章和嚴尤等人，再也顧不上同情報信人，齊齊瞪圓了眼睛，驚呼出聲。

劉縯之所以能迅速崛起，實力一躍成為各路綠林「賊寇」之冠，所憑藉的，就是其弟劉秀多謀，其友馬武善戰，其心腹爪牙鄧奉、王霸等人悍不畏死。而把這些人統統派到王鳳麾下，等同於他自己砍了自家的胳膊。試問，對外，他還拿什麼去攻打宛城？對內，拿什麼去跟王匡爭鋒？

「如今綠林賊以王鳳為主將，王常和劉秀為副將，帶著一萬五千兵馬掉頭東進，直奔豫州和荊州交界的兩山關。大司空和大司馬，此前奉陛下之命調洛陽之兵南下，恰恰走的也是同一條路線。大司空得知賊軍主動送貨上門，特地派臣弟趕來，向陛下報喜！」來人根本不願意理睬魯匡、哀章等人的疑問，大步邁上御書房的臺階，推門而入。

眾文武這才意識到，此人姓王，名呈，乃是皇上的族弟之一。而其口中的大司空，則是王家的另外一個麒麟兒王邑。至於取代了嚴尤的大司徒，當然也姓王，乃是當年立下「勸進」大功的丕進侯王尋。

王呈乃是皇親國戚，當然不用擔心像其他臣子一樣遭受池魚之殃。而新朝皇帝王莽接下來的表現，也的確驗證了群臣的判斷。只聽他「嗆啷」一聲，將寶劍丟在了地上，喘息著問道：「此話當真，那村夫劉縯，怎麼會如此愚蠢？他就不怕，他就不怕，王匡其實東征是假，真正用心是剪其羽翼？老十四，其中詳情，你速速與朕道來！」

「是，皇兄！」王呈得意洋洋向門外看了兩眼，將聲音瞬間提得更高，「據細作冒死送回來的消息，上月二十日，劉玄以出兵繞路進攻長安為名，邀請劉縯前往襄陽議事，劉縯竟欣然應之。隨後，新市、下江、舂陵三路賊軍，就各出五千兵馬，在新野會師，宣布東征。大司空判斷，賊軍此舉，意在攻取洛陽。因此，已經下令沿途州縣以岑彭為楷模，殊死抵抗，延緩賊軍前進腳步。大司空和大司徒則帶領兵馬加速迎了上去，只待雙方相遇，就將其包圍起來，一舉全殲！」

「輿圖，來人，速速給朕拿輿圖！」王莽布滿血絲的眼睛裡，立刻閃出了喜悅的光芒，扯開嗓子，高聲吩咐。

作為古往今來「第二聖人」，他堅信自己的兵法造詣不輸於手下任何人。因此，聽了王呈的彙報，立刻決定親手對戰事做出部署。

「是！」縮在書房角落裡的太監們如蒙大赦，答應著飛奔而去。不多時，就將一個巨大的木盤抬了進來。

羲和魯匡、國將哀章等被召見的文武，連同奉命戴罪立功的嚴尤、陳茂兩個，也陸續報名而入，一個個臉上都寫滿了難以掩飾的驚喜。

綠林軍又分兵了，從南北兩路，硬生生又分出了第三支東征軍。這不僅僅意味著岑彭和他麾下已經筋疲力盡的宛城將士，又得到了喘息之機。同時還意味著，新市、平林、下江和舂陵四家「綠林賊」之間的關係，愈發地水火難以同爐。

都是沉浮宦海多年的人精，魯匡、哀章和嚴尤等輩，才不會只看劉縯和王匡雙方同時出兵，組成第三支人馬的表象。他們只要稍加琢磨，就能推斷出，此刻「反賊」內部幾個主要首領之間的關係是如何的劍拔弩張。

只有彼此已經毫無信任，才會連人馬數量，都一模一樣。只有彼此之間相互猜忌，才會放著岌岌可危的宛城不去合力攻打，而是繞路東征。只有彼此之間互相戒備，才會選了新市軍的王鳳做東征的主帥，卻讓來自舂陵軍的劉秀和下江軍的王常，作為他的左右臂膀。只有彼此之間……

「皇兄，據細作冒死送回的情報，王匡老賊在襄陽設下的原本是鴻門宴，大殿之外埋伏了甲士超過一千。而那劉縯，卻只帶了馬武、王常隨行。席間王匡多次舉起玉玨，示意劉玄下令動手。而劉玄卻因為馬武距離他太近，遲遲不敢摔杯。最後……」王邑的話繼續傳來，字字句句證實著眾人的判斷。

「當年項羽對付劉邦的故技，王匡這匹夫，居然拿來對付劉伯升！」王莽忽然笑了笑，撇著嘴打斷，「而那馬武，就做了當年的樊噲。只可惜，他王匡不是范增，劉玄小兒也做不得項羽！」

「陛下慧眼如炬！據細作說，那劉玄小兒在席間，連舉杯的手都哆嗦，將酒水灑了好幾回！」王呈立刻改變話題重點，對著王莽心癢處大搔特搔，「而那劉縯也蠢，居然沒看出劉玄的舉動怪異。酒宴之後，還留在襄陽城內跟王匡等人約定了出兵的時間和細節，兩天之後，才與馬武、王常兩個……」

「他不是蠢，還是料定了王匡不敢動手！」王莽再度撇了撇嘴，大聲打斷，「有趣，有趣，這劉伯升，的確沒辜負了小孟嘗的匪號。倒是王匡，竟是如此廢物，虧得朕這幾天還如此看重於他！」說罷，迅速將目光轉向已經被自家砍得不成模樣的木偶，用力揮手，「來人，將劉縯和劉秀兄弟兩個，給朕換新的來。至於王匡，就不必再雕了，已經雕好的，也都砍了去廚房燒火。如此蠢材，不值得朕將他放在心上。如果沒有劉縯，用不了多久，朕就能看到他的首級！」

「是！」門外有太監答應一聲，小跑著入內收拾。王莽微微一笑，將目光又迅速轉向眾文武，「爾等是不是奇怪朕為何厚此薄彼？很簡單，那王匡如果有三分項羽的本事，就能將楚懷王玩弄於股掌之中。而朕從細作的彙報裡頭，卻隱隱聽出，那劉玄已經隱隱要脫離王匡的掌控！」

「這……」魯匡、哀章、嚴尤等人先是一楞，旋即，齊齊向王莽俯身。「聖上英明，臣等望塵莫及！」

同樣在聽王呈的轉述，他們至多聽出了「綠林賊」內部幾大頭領劍拔弩張，而他們的君主王莽，卻聽出了劉玄不願再繼續給王匡做傀儡。君臣雙方之間的結論彼此對應，高下立判。

「爾等不必過謙，這是最正常不過的帝王心思而已。無論是誰，坐在劉玄小兒那個位置上，都不會甘於忍受他人擺布。」王莽心情大好，蒼老的臉上，瞬間灑滿了陽光，「劉玄小兒之所以不肯下令甲士入內擊殺劉縯，不僅僅是因為惜命，怕馬武跳起來，拚個玉石俱焚。他還試圖借機擺脫王匡，所以才故意裝作害怕得手軟腳軟，好讓劉縯等人看出王匡的陰險圖謀，雙方鬥個兩敗俱傷。然後在雙方明爭暗鬥之時，坐收漁人之利。呵呵呵，可笑那蟊賊王匡，從頭到腳，都被劉玄蒙在了鼓裡，還以為自己握住了一團軟泥。卻沒想到手中軟泥，分明就是一條毒蛇！」

「聖上高見，臣等佩服之至！」魯匡、哀章、嚴尤等人越聽越吃驚，越聽越欽佩，再度齊齊俯首。

「三家出兵，看似齊心，實則各懷肚腸。如此隊伍，怎麼可能有什麼戰鬥力？」難得有一次心情舒暢的時候，王莽談興越來越濃郁，從劉玄不肯摔酒杯命令甲士入內誅殺劉縯，又迅速分析到了東征軍上，「如朕所料沒錯，他們甭說打到洛陽，能打出荊州，都難比登天！」

「陛下所言甚是！賊軍東征人馬只有一萬五千，幾個主要將領之間又互相掣肘，恐怕沒等出荊州，就會碰個頭破血流。」

「賊軍自尋死路，天下安定指日可待。微臣為聖上賀！」

魯匡、哀章二人臉皮厚，立刻躬身大拍王莽馬屁。而素有知兵之名的嚴尤，卻不忍心讓王莽的希望又落了空，猶豫了一下，緩緩上前說道：「聖上之言有理，然而，據微臣所知，那東征的賊軍當中，劉秀、王常兩個都非等閒之輩。如果王鳳肯以大局為重，或者二人聯手架空了王鳳，也許……」

「你休要長他人志氣！」王莽正在興頭上，卻被迎面潑了一盆「冷水」，眉頭立刻皺了起來，

「王鳳如果那麼沒用，王匡怎麼會把他派出來領軍？」

「是，微臣想得太多了，聖上恕罪！」嚴尤的心臟猛地一抽，趕緊躬身行禮。

看自己將一個百戰老將嚇得如此惶恐不安，王莽心中又覺得有些不忍。舒展開眉毛，沉聲補充：「料敵從寬，你勸朕謹慎一些，也不算錯。這樣吧，你和陳將軍對綠林賊瞭解頗深，速速乘了快馬，去追趕大司空和大司徒，助他兩人一臂之力。」

「微臣（末將）謝陛下鴻恩。願為陛下赴湯蹈火！」嚴尤和陳茂兩個措手不及，楞了足足有七八個彈指時間，才雙雙向王莽致謝。

「罷了，二十萬大軍剿滅一萬五蟊賊，談什麼赴湯蹈火！」王莽笑了笑，輕輕搖頭，「朕派你們兩個過去，是為了以防萬一。此外，消滅了東征的賊人之後，大司空就會繼續向襄陽用兵，你們兩個，那時剛好能各展所長。」

「遵命！」被王莽如此輕視，嚴尤、陳茂臉上卻不敢露出半點委屈，再度雙雙行禮。

「上次兵敗，事出有因。且你二人都曾經有大功於國，所以朕就不再追究了！」非常滿意嚴尤和陳茂的態度，王莽繼續笑著擺手，「陳將軍官職不變，但大司徒之位，朕已經封了別人。是以，嚴卿，朕只能暫時委你以太御之職，待你立了新的功勞之後，再行升遷！」

「微臣不敢，能為陛下所用，微臣已經心滿意足！」沒想到王莽居然還記著自己曾經的功勞，嚴尤眼圈頓時開始發紅，哽咽著低聲回應。

「算了，你做太御，位置就在陳將軍這個秩宗之下了，將來你二人如何相處？」王莽忽然變得非常體貼，想了想，迅速改口，「朕正準備恢復三師，這太師一職，非卿莫屬。望卿此番一行，重振昔日聲威，切莫再讓朕失望！」

「微臣，微臣……」嚴尤又是感激，又是難過，眼淚不受控制地淌了滿臉。

秩宗原本為太常，乃是九卿之首。太御卻是王莽獨創的官職，雖然也有資格領兵，位置卻低於陳茂，與大司空王邑、大司徒王尋，更是無法相提並論。而王莽忽然心血來潮，給了他一個太師的封號，雖然沒有劃分具體職責，地位卻已經不在大司空、大司徒之下。今後三人一起商議軍情之時，他就不用執下屬之禮，說出來的話，多少也有了一些份量。

「大司空和大司徒，都是你的晚輩。你這個太師到了軍中，多指點他們！但是也別干涉過甚。」彷彿瞬間就猜透了嚴尤心中所思，王莽繼續笑著補充：「你們三個齊心協力，定然能替朕一舉蕩平荊州。二十萬兵馬，剿滅王鳳、劉秀足夠，再去對付劉縯和王匡，就略顯單薄了。太師、秩宗，朕許你二人，調動豫州之內所有郡兵，以為正軍助力。務必在年底之前，讓朕看到劉縯、劉秀兄弟兩個的首級！」

「微臣（末將），必不負聖上所托。」嚴尤、陳茂兩個被王莽的信任舉動，燒得心潮澎湃。含淚折腰，深深下拜。

再看魯匡、哀章等人，個個都羨慕得兩眼冒火，恨不得前一段時間被關進牢獄的是自己。

二十萬朝廷精銳，再加整整一個州的郡兵，總規模恐怕接近五十萬！

五十萬大軍，在綠林賊毫無察覺的情況下，迎頭打過去，這一仗，結果怎麼可能有任何懸念？無論領軍者換了誰，都一樣會立下蓋世奇功。

嚴尤、陳茂，你們兩個到底上輩子積了什麼德，居然被聖上如此看重？老天爺，你到底收了二人多少好處，今日竟然如此偏心？

「殺——」劉秀策馬，掄刀，從一名校尉身側急衝而過。銳利的刀鋒借助戰馬的速度，瞬間將對方胸甲連同身體，切開了一條兩尺長的口子。

血，如噴泉般射向天空，然後化作花瓣繽紛而落。劉秀被戰馬馱著衝向下一名對手，校尉的身體如草偶般墜向地面。馬三娘與鄧奉一左一右，從側後方護住劉秀的脊背。再往後，則是一千餘名全副武裝的輕騎兵。駕馭著各種各樣的戰馬，列隊飛奔，宛若滾滾洪流。

「殺，別讓我兄弟落得太遠！」馬武手持鋸齒飛廉三星刀，率領另外一支騎兵，在距離劉秀兩百步位置，發起另外一場進攻。劉隆、趙憙、傅俊、許俞、王霸等人，個個奮勇爭先。更遠處，還有王常、成丹、臧宮率領的下江軍；王鳳、王歡、李綱等人所率領的新市軍。四路兵馬齊頭並進，將嚴陣以待的大新朝官兵，衝得像狂風中的高粱般踉蹌而倒。

「嗚嗚嗚，嗚嗚嗚嗚嗚嗚，嗚嗚嗚嗚……」畫角聲響起，低沉而又哀怨。宛若寒冬時節淯水河畔上的晚風，總是能瞬間刺入人的骨頭。

一陣淩亂的箭雨，迅速覆蓋了兩軍交接之處，將毫無防備的官兵和躲避不及的綠林豪傑們，不分敵我成片射死。劉秀、馬武、王常、王鳳不得不放緩各自隊伍的攻勢，以免弟兄們做無謂的犧牲。沒有被自家箭雨覆蓋的官兵，則哭喊著掉頭狂奔，任由受傷的袍澤在血泊裡翻滾哀嚎。

雙方很快脫離了接觸，敗退下去的官兵，在一面寫著「張」字的戰旗下，重新聚集，再度擺開陣型。刀盾兵在前，長矛兵緊隨刀盾兵之後，再往後，則是數不清的弓箭手，拉開角弓，在兩軍之間的天空中，射出成片成片的箭矢。

「無恥狗官，又是這招！」朱祐捂著肩膀衝到劉秀身側，破口大罵。「拿士兵的性命不當命，早晚有一天被自己人半夜割了腦袋！」

因為身上套了雙層牛皮甲，關鍵部位還覆了鐵板，流矢只對他造成了皮外傷。然而，對方守將章泰為了穩固防線，連義軍帶自己人一起射的做法，卻讓他心中凜然生寒。

「先蓄養馬力，然後尋找新的機會。」劉秀輕輕看了他一眼，臉上沒有露出半點焦躁。「在他們眼裡，只有他們的皇上，士卒和百姓都不過是戶籍冊子上的數字而已。無論損失多少，只要城池不失，他們就可以加官進爵。而丟了城池，手頭剩下的兵卒再多，恐怕下場也會跟嚴尤一樣，直接被綉衣使者打入囚車。」

「奶奶的，大新朝從皇帝到百官，全都是狼心狗肺！」鄧奉在旁邊拉下面甲，喘息著詛咒。「等哪天咱們打進長安去，一定將他們全都千刀萬剮。」

「快了，用不了太久。」劉秀朝他笑了笑，豪氣干雲的點頭。「沿途總計不過二十幾座城池，咱們已經拿下了其中六座。」

「屆時我一定親自問問王莽，他心裡到底後悔不後悔。」嚴光也湊上前，咬著牙大聲發誓。

四人相對而笑，都盡力不去看彼此眼睛深處所隱藏的憂慮。儘管，四人在內心當中，都已經隱約感覺到了情況的不對。

兩個月前大夥從新野出發，挾宛城外連番大勝的餘威，接連拿下了比陽、舞陰、堵陽、葉縣，一路勢如破竹。沿途地方官吏或逃或降，根本組織不起像樣的抵抗。然而，過了葉縣之後，地方官吏卻一改先前的窩囊，利用城牆、地勢以及各種手段，不停地給義軍製造麻煩。雖然每一次戰鬥，最後的結果都是義軍大獲全勝。但義軍的推進速度，卻被大大地延緩。

有人給新朝的地方官吏下了死命令，讓他們不惜一切代價拖延時間。最近半個月，連素來不喜歡多想的馬三娘，心中都生出了警覺。但是，大夥卻弄不清楚，到底是誰給地方官吏下了如此殘忍的命令。更無法弄清楚，王氏朝廷犧牲了這麼多無辜將士的性命，是在給哪位「名將」創造戰機。

情報太少，這是「書樓四友」集體感覺到的切膚之痛。兵法有云，知己知彼，百戰不殆。而他們，現在非但對敵軍的舉動，一無所知。對自己身後的情況，也同樣模糊不清。

隨著與宛城之間的距離越拉越遠，他們對敵軍的瞭解程度，也日漸走低。除了對手的名姓之外，有關敵軍的規模、訓練程度、士氣狀況，以及城防設施是否完整等，都一無所知。甚至連沿途的地形地貌，都得臨時派出斥候去探索。而從宛城附近傳來的消息，卻越來越讓人無法放心。大哥劉縯不僅僅是在和岑彭作戰，同時還要提防來自身後的暗箭。偷偷瞄著他的不僅僅是王匡和劉玄，劉家的幾個族老為了滿足各自的權力欲望，也在磨刀霍霍。族兄劉嘉募集糧草有功，獲封上卿，成了舂陵劉氏年輕一代除了劉縯之外的第二個核心骨幹……

「偏將軍，成國公問你，可還有力氣再策馬衝陣？」武威中郎將王寬，舉著角旗匆匆趕至，帶著幾分心虛，朝著劉秀大聲詢問。

上一次進攻，就是劉秀率先發起的。按理說，這一次，該輪到其他人。然而，作為主帥的成國公王鳳，卻對劉秀「情有獨鍾」，總是巴不得讓所有硬骨頭都由他來啃。

「你家成國公莫非眼瞎？」鄧奉勃然大怒，策馬上前，就準備跟王寬論一論是非曲直。劉秀卻搶先一步將戰馬橫在了他的必經之路上，笑著朝王寬拱手，「請將軍且回成國公，請他放心。半炷香時間之後，劉某帶領弟兄們去取敵將首級！」

「多謝偏將軍，在下這就回去覆命！」王寬不敢多做逗留，朝著劉秀拱了下手，撥馬便走。唯恐走得慢了，被鄧奉、朱祐以及憤怒的騎兵們，一擁而上剁成肉醬。

「文叔，小心王鳳借刀殺人！」不願當著外人的面質疑劉秀的決定，待王寬的身影去遠，嚴光立刻大聲提醒。

「臨行之前，大哥跟我說過。咱們打得越好，他越安全！」劉秀迅速扭頭，回答得斬釘截鐵。「東征，東征，表面上是幾支綠林軍團結一致，繞過宛城，開闢新的戰場。事實上，卻是南北兩路綠林軍，在搶奪聲望和民心。

前一段時間，舂陵軍聯合下江軍，將前來支援岑彭的官兵，一次次打得丟盔卸甲，新市軍和平林軍，卻忙著立皇帝，大封文武百官。所以，王匡、陳牧等人，雖然成功把持了襄陽小朝廷和劉玄這個傀儡皇帝，卻約束不了劉縯這個柱天大將軍。而柱天大將軍劉縯，雖然沒有被推上皇位，一聲令下，卻能讓無數英雄豪傑欣然響應。

一方面也是為了亡羊補牢，另外一方面也是為了削弱舂陵軍的實力，王匡、王鳳等人，才想起了劉縯曾經的建議，決定由王鳳帶隊組建東征軍，迂迴攻擊洛陽。兵馬，由新市軍、舂陵軍和下江軍各自承擔三分之一，將領，大半兒卻要從劉縯身側抽調。

接到朱鮪傳來的「聖旨」，劉秀立刻表示了反對。但是，大將軍劉縯卻以「建議最初是我所提」為理由，堅持前往襄陽，當著劉玄的面兒，與王匡等人商定了東征的具體事宜。東征軍臨出發前，為了避免劉秀出工不出力，他還親自將弟弟叫到身邊，反覆叮囑。許多話，都是老生常談。但其中一句卻令劉秀無法不表示贊同。

「全天下人都看著呢，劉玄和王匡只要不傻，就不敢輕易拿我開刀。此番東征，你們打得越好，為兄我聲望就越大。你們手中掌握的實力越強，王匡他們就越底虛。」

「咚咚咚，咚咚咚，咚咚咚……」低沉的戰鼓聲，從王鳳的帥旗下響起，剎那間，打斷了劉秀的所有思緒。

「跟我來！」劉秀深吸一口氣，扭頭朝背後的弟兄們招呼。隨即抽刀躍馬，衝向遠處的敵軍。長兄如父，多年前，父親亡故，是哥哥劉縯一手帶大了他，並且冒著跟整個家族決裂的風險，將他送進了長安太學。現在，他已經長大，必須對哥哥有所回報。

如果哥哥選擇做皇帝，他就會手擎帥印，為其蕩平所有反對者。哥哥選擇相忍為國，他就選擇成為新漢朝的第一勇將，讓所有企圖對哥哥不利的傢伙，都明白，除非能同時將兄弟兩個人一網打盡，否則，對方一定也會在劫難逃。

幾支羽箭迎面飛來，被他揮刀輕輕撥落。天空中刮著南風，一百多步的距離之外，羽箭很難保證準頭。馬三娘和鄧奉雙雙追上，各自豎起一面皮盾，像兩扇貝殼般，緊緊護住他的身體。刀盾、長矛、弓箭三疊陣對付騎兵很有效，卻絕非剋星。關鍵是，看敵我雙方的主將誰的決心更大，誰身邊的弟兄更悍不畏死。單純的人數優勢，也不意味著勝券在握。鐵錘之下，再多的雞蛋，也轉眼粉身碎骨。

南風呼嘯，落矢越來越密，漸漸宛若暴雨。

三人齊頭並進，身背後，朱祐、嚴光、李秩、李通帶領著千餘名騎兵，緊緊跟上。每個人都左手持盾，右手持刀，在疾馳中，排出一個整齊的楔形。

天空中羽箭如梭，大部分都被南風吹歪，少部分則被皮盾格擋，能射入楔形陣列內部的，不足十一。馬蹄聲宛若奔雷，地面上下起伏，敵我之間的距離，轉眼就被拉到了七十步內。更多羽箭襲來，騎兵隊伍中，終於跳起了數團血花。但中箭者卻將身體伏在了馬背上，任由坐騎帶著自己，繼續向前飛奔，飛奔，飛奔……

列隊高速馳騁，落馬者肯定會被馬蹄踩成肉泥。而留在馬背上，即便不主動控制韁繩，坐騎也會憑藉「合群」的本能，與周圍的戰馬保持一致。這，是劉秀和他麾下的騎兵們，經歷無數次戰鬥，才悟出的寶貴經驗。關鍵時刻，足以救命。

「放箭，放箭！」面對著急衝而至的義軍，兩山關守將張泰臉色發白，揮舞著手臂高聲叫喊。這次衝過來的義軍只有一支，然而，帶給他的壓力，卻遠超過上次四支人馬齊頭並進。所以，寧願多浪費些箭矢，他也不想跟對方發生近距離接觸。

站在隊伍後排的新朝弓箭手們，也被馬蹄聲敲得個個頭皮發乍。聽到命令之後，立刻將箭壺裡的羽箭接二連三朝著半空中射去。覆蓋性射擊，不需要瞄準，只需要保持箭矢的密度。這一規矩，他們當中每個人也都記得清清楚楚。

數以千計的羽箭騰空而起，剎那間，令陽光都為之一暗。正在高速前衝的義軍隊伍，猛地發生了一下停頓，不止一匹戰馬連同背上的主人轟然而倒，血光飛濺。然而，沒等頭頂的箭雨變稀，停頓已經結束，整個隊伍以更快的速度朝官兵靠近，根本不管途中發生了多少傷亡！

「放箭，放箭！射，射死他們，千萬不要讓他們靠近。」看到對手的衝鋒速度根本沒有減慢的跡象，張泰喊得更為慌張。

他今天原本可以龜縮在關內，憑險據守。但官場同行偷偷送來的消息，卻讓他決定冒險出來表現一下自己對朝廷的忠心。

大司空王邑和大司徒王尋帶領著二十萬精銳，已經抵達了潁川，距離兩山關的路程，已經不足十日。而太師嚴尤和秩宗將軍陳茂也收攏了近二十萬郡兵，正星夜兼程朝著荊州撲了過來。緣林反賊的覆滅，已經指日可待。如果在這之前他也像其餘地方官員那樣閉門死守的話，毫無疑問，剿滅反賊的功勞，將跟他不會產生任何聯繫。

「放箭，放箭，快放箭！沒吃飯啊你們！」幾名校尉、軍侯，也扯開嗓子大聲催促。唯恐各自麾下的士卒們心疼物資，不能全力貫徹自家主將的命令。

他們心裡，沒守將張泰那麼多彎彎繞。然而，他們卻清楚，如果放任對面的騎兵衝到近前，大多數人今天都要在劫難逃。

「嗖嗖嗖……」第二波箭矢騰空而起，化作死亡的陰影，籠罩了義軍騎兵的頭頂。數十名騎兵慘叫著掉下馬背，但整個隊伍，卻絲毫沒有停歇。一眨眼，就將戰馬與官兵之間的距離，拉近到了五十步以內。

所有官兵都感覺到了地面的顫動，呼嘯而來的馬蹄聲音壓住雙方的戰鼓聲和吶喊聲，震得人手腳發麻。

弓箭手們哆嗦著再次彎弓，將箭矢朝弦上掛。他們只剩下了射出一箭的機會，如果再不能擋住對方的腳步，接下來，就要承受馬蹄的踐踏。站在前排的刀盾手們，一個個的臉色煞白，全身上下開始不住地顫抖。站在第二排的長矛手們，則齊齊彎下了腰，雙唇緊閉，兩股戰戰。

如果不是畏懼於軍律，他們之中大多數人早已逃走。急衝而來的戰馬太高，馬蹄聲太響亮，馬背上的刀光冰冷如霜。僅憑著一排木盾和一層長矛，很難阻攔得住。即便大夥有機會將它攔住，也會被那些倒下的屍體活活壓死。

新一波羽箭，終於騰空，無論密度還是威力，都跟前幾波不可同日而語。已經百孔千瘡的楔形騎兵陣列，毫無停滯地從箭雨下穿過，帶隊的劉秀，猛地舉起了左臂，奮力前揮。

頭頂的天空再度變暗，一支投矛帶著呼嘯，砸向官兵的軍陣。將一面盾牌和藏在它背後的盾牌手，同時推翻在地。緊跟著，是數百支投矛，中間還夾雜著大量的鐵磚。

擋在劉秀面前的軍陣，瞬間崩塌出一個半丈寬，五尺深的豁口。盾牌兵、長矛兵，連同長矛兵身後驚慌失措的弓箭兵們，像冰雹下的麥子般，成片地栽倒。血流成河，馬蹄卻飛一般掠過「河面」。紅色的淤泥四下飛濺，劉秀、馬三娘和鄧奉手中的鋼刀，化作三道閃電。

一名官軍校尉，連抵抗的動作都沒來得及擺，就被劉秀劈上了半空。緊跟著，便是另外兩名弓箭手。馬三娘策動坐騎，用身體護住他的左肋。右手將鋼刀斜向下伸開，借助戰馬飛奔的速度向前橫掃。鄧奉用身體擋住劉秀右側的空檔，左手揮刀奮力斜抽。

兩名軍侯、五名長矛兵，還有數名弓箭手，陸續栽倒。身體上的傷口處，血如噴泉。劉秀與馬三娘、鄧奉從屍體上策馬而過，衝向下一隊驚慌失措的敵人，宛若猛虎撲向了羔羊。

沒有任何人能夠延緩他們三個的腳步，馬蹄所過，官兵要麼被殺死，要麼撒腿讓開去路。一面面戰旗在三人身邊消失，一排排隊伍像遇到洪水的沙牆般，轉眼四分五裂。

朱祐、嚴光、李通、李秩帶領著其餘騎兵迅速跟進，沿著劉秀、馬三娘和鄧奉衝開的通道，將缺口不斷擴大。近距離交鋒，哪怕是長矛兵，在無法結陣的情況下，都對騎兵構不成太大威脅。更何況是刀盾手和弓箭兵？戰鬥轉眼間就變成了一邊倒的屠殺，不夠機靈和閃避速度太慢的大新朝將士，紛紛成了刀下之鬼。

「放箭，放箭！快放箭啊！放箭擋住他，擋住他！」兩山關守將張泰看得兩眼流血，撥轉坐騎，一邊全速逃遁，一邊大聲叫喊。

他今天只想稍微表現一下，就收兵回關。他今天原本已經做了充分準備，只要形勢不對，就立刻選擇壯士斷腕。憑藉不分敵我的羽箭覆蓋式打擊，他今天已經成功地阻止了一次「賊軍」的進攻。而這一次「賊軍」投入的兵力，分明只有先前的四分之一，為何他的所有招數全部失靈？

親兵們紛紛舉起騎弓，向劉秀、馬三娘和鄧奉發射箭矢，阻擋三人追殺自家主帥。他們的應對策略非常得當，他們每個人也表現得足夠忠勇。然而，他們今天不幸遇到了殺紅眼睛的劉秀。

後者只是來了一個馬腹藏身，就躲開了射向他的大部分冷箭。另外一小部分冷箭，則被後者身邊的馬三娘和鄧奉用兵器和盾牌格上了半空。下一個瞬間，劉秀的身影重新出現在馬鞍上，手起刀落，將兩名攔路的親兵斬於馬下。緊跟著，又高高地舉起了左手，將剛剛順勢從馬鞍旁摘下來的投矛奮力前擲，「呼——」

銳利的投矛帶著風，從背後追上兩山關守將張泰，將此人射了個透心涼。

「殺，莫放走了一個——」

「搶關，搶關——」

看到敵陣已破，王鳳果斷揮動令旗，吩咐全軍壓上。

馬武、王常、傅俊等將領人人奮勇，綠林弟兄們個個爭先，向潮水般撲向驚慌失措的敵軍，轉眼間，就將後者殺了個屍橫遍地。

不願功勞白白便宜了別人，朱祐乾脆直接帶著一部分親信撲向了關隘。關中守軍見自家主將身死，也個個膽寒。沒等朱祐這邊豎起雲梯，就一哄而散。結果，等王鳳想起了趁機搶關之時，劉秀的認旗，已經飄揚在了關牆之上。把王歡、李綱等新市軍將領羨慕得兩眼發紅，卻無可奈何。

兩山關乃是橫在荊州和豫州之間的重要門戶，易守難攻。此關告破，豫州就像磕破了殼的雞蛋般，暴露在了大軍面前。接下來數日，義軍高歌猛進，勢如破竹，將葉縣、郾城和昆陽三地，也收入囊中。並且將旌旗北指，準備取陽關，攻潁川，然後直搗洛陽。

比起險要的兩山關和城防嚴整的昆陽、郾城，距離昆陽二十里的陽關，不過是個小小的土圍子而已。成國公王鳳從斥候口中得知，此地只有三千郡兵駐防。故而也不願讓別人再出鋒頭，找了個理由，安排劉秀、馬武和王常三個領著各自麾下弟兄修整，親自率領嫡系，去替大軍頭前「開路」。

「只要打贏，誰人功勞大得過你這個東征軍主帥？」劉秀、馬武和王常等人一眼就看穿了王鳳的「良苦」用心，紛紛偷偷撇嘴。然而，轉念想到這一路打來，手下弟兄們早已人疲馬倦，便懶得跟王鳳爭執，隨口說了幾句祝福的話，轉身各自回營靜候佳音。

誰料一直到酉時，大夥也不見有人回來稟報戰況。甚至連平素傳遞消息的斥候，也踪影全無。聯繫到最近官軍的異常表現，劉秀頓覺情況不妙。與身邊將領們兩個反覆商量過後，留下王常帶領步卒在昆陽看守輜重，自己和馬武兩個，則帶了五百騎兵，火速到陽關查看究竟。

初夏已至，白晝越來越長。騎兵趕到了陽關城外，天色還沒有完全變暗。借著晚霞的餘暉，劉秀舉目張望。只見陽關城門四敞大開，裡邊根本沒有任何人影。而關隘背後，卻隱隱傳來一陣陣鬼哭狼嚎，彷彿傳說中的惡魔降臨，正在興高采烈地擇人而噬。

「不對，陽關應該早就被拿下了。變故出在陽關之後！弄不好，是王鳳貪功冒進，在追殺敵軍時中了人家埋伏！」馬武作戰經驗豐富，迅速衝到劉秀身側，大聲提醒。

「那也不該連個求救的人都派不出來。還有，弟兄們胯下的坐騎怎麼了？居然好多都在拉稀！」嚴光心細，瞬間觀察到了更多的異常，皺著眉頭大聲反駁。

劉秀和馬武等人扭頭細看，果然發現，很多戰馬都打起了哆嗦，屎尿齊流。而幾個主要將領胯下的坐騎雖然神駿，此時此刻，也全都緊張得全身僵硬，兩耳筆直。彷彿在陽關城的背後，連通著鬼蜮一般。

「子陵帶著一百弟兄留下看守退路，其他人，下馬，跟我來！」越看，心中越是緊張，劉秀果斷下達命令。

無論對王鳳的個人觀感多差，見死不救這種事，他都做不出來。所以，即便前方是龍潭虎穴，他也必須親自前去一探。

三娘、馬武、鄧奉、朱祐等人的想法，也跟劉秀差不多。眾人相繼下了坐騎，提刀持盾，列陣緩緩前進。一路穿陽關城而過，沿途都沒遇到半點險情。待出了陽關北門，迎面立刻撲過來一股腥風。

屍體，到處都是屍體。有義軍將士的，也有敵人的，甚至還有狗熊、老虎和豹子的。鮮血宛若溪流，就在城外官道兩側肆意奔湧，腥臭的氣味鋪天蓋地，熏得人幾乎睜不開眼睛。

「嗚——」「嗚嗚——」「嗚嗚——」

「嗷，嗷，嗷嗷——」

獸吼聲不絕，老虎、豹子、狗熊、野牛……上百隻發狂的猛獸，正在肆無忌憚地往來衝殺。牠們皆以食肉為生，爪子、牙齒、頭顱、身體，乃至尾巴，都是武器！而義軍將士，卻被分割得東一群，西一簇，揮舞著兵器苦苦掙扎。不但要抵禦猛獸的無情攻擊，還要不時地承受來自敵軍的箭雨。

劉秀親眼看見，一頭巨象向一隊義軍士卒狂奔而去，登時就將七八人撞得衝天飛起。還沒等受傷者落到地面，一群狼在馴獸人的驅趕下蜂擁而上，對著天空張開血盆大口。

一頭狗熊緊跟在巨象之後，衝到狼狽躲閃的義軍身側。猛然立起，前掌揮舞，猶如拍蒼蠅一樣，一連拍飛四個義軍。其中有兩人的腦袋直接被拍飛，不知去向。另外兩個運氣比較好，勉強保留了全屍。從腰部往下，血肉模糊。

「嗚——」一隻老虎帶著風，從戰車上跳下，將一名新市軍屯將撲倒於地。屯將的親信連忙揮舞著環首刀過來相救，卻被老虎一尾掃中胸膛，登時狂噴鮮血，仰面跌倒。

借著老虎分神的機會，屯將起身狂奔。才跑出了三五步，一隻野牛從側面急衝而至，黑漆漆的牛角宛若兩把尖刀，從他左肋刺入，又從前胸穿出，將他釘在看自己醜陋而又沾滿鮮血的腦袋上。

「救，救我，救——」可憐的屯將一時無法斷氣，在牛角上哭喊掙扎。野牛將他當做肉盾，頂在頭上繼續前衝，直奔一名拿著長矛的士卒。那士卒本來已經舉矛欲刺，看到自己的袍澤擋在前面，動作立刻猶豫，剎那間被野牛撞得騰空而起，血流滿地。

「嗚嗷——」一頭帶著金錢斑紋的豹子，迅速從一名義軍士卒面前掠過。牠身形遠遠小於野牛、老虎、大象和狗熊，招數卻更為凶殘。還沒等被牠盯上的兵卒做出反應，利爪已經化作了數把鋼刀。可憐的義軍兵卒慘叫一聲，半跪於地，兩顆眼珠全都掉出了眼眶。

「孽畜，住手！」劉秀看得眼眶崩裂，大吼一聲，揮刀衝向距離自己最近的一隻花豹。那豹子正欲咬斷對手的喉嚨，猛然受到驚嚇，立刻扭過頭，縱身撲向了劉秀的頭頂。四隻利爪，在晚霞中閃閃發亮。

這種野獸最是欺軟怕硬，你越是害怕躲閃，牠就越是囂張。劉秀以前跟馬三娘行走江湖，熟知花豹脾性，當即深吸一口氣，邁步前衝。就在豹爪即將抓中自己的面孔之時，將身子猛地一蹲，刀尖向上急刺，然後順勢下剖。耳畔只聽「嘩啦」一聲，豹子肚皮開裂，滿腹的下水盡數脫體而出！

「殺！」不待內臟器官落地，劉秀大吼一聲，又衝向一頭正在撕咬屍體的野狼。手中鋼刀快如閃電，瞬間刺破了野狼的咽喉。

「殺野獸，救人！」馬三娘、鄧奉、馬武、朱祐等人高喊著，緊隨其後。鋼刀長槊齊揮，將攔路的猛獸，盡數刺翻於地。

他們幾個都是百戰之將，結伴前衝，短時間內，當然遇不到太大危險。然而，他們身後的普通兵卒，卻根本沒有任何對付野獸的經驗。戰鬥開始沒多久，就有不少人因為手腳發軟掉了隊。而周圍的虎豹熊狼，雖然不懂得排兵布陣，卻知道先撿軟柿子捏。避開了劉秀、三娘和馬武組成的刀鋒之後，立刻掉頭撲向了他們的身後，將跟不上隊伍的兵卒，一個接一個變成口中血食。

「救命，救命——」

「將軍，將軍救命！」

「將軍救我……」

掉隊的士兵在絕望之際，本能向劉秀呼救。慘叫聲和嘶吼聲，再次響徹原本已經逐漸寂靜的戰場。可此時此刻，劉秀哪裡還顧得上回頭？只管揮動著鋼刀向前衝去，衝散一群又一群猛獸的阻攔，從馴獸人和新朝官兵當中，撕開一道粗大的缺口，強行闖入戰場深處，去尋找並營救不知道現在是死是活的東征軍主帥王鳳。

雖然後者老奸巨猾，且對柱天都部懷有深深的忌憚與惡意，但蛇無頭不走，兵無將難聚。此人若是死了，東征洛陽的上萬漢軍，定然會四分五裂。將士們兩三個月來的所有犧牲和付出，必將前功盡棄！

一頭老虎被亂刀砍倒，又衝來一群餓狼。

一群餓狼被劉秀和馬三娘等人聯袂殺盡，不遠處，煙塵翻滾，又冒出數十隻巨大的牛頭。

身邊的弟兄越來越少，頭頂的天色越來越暗，前方的猛獸，卻越殺越多。四周圍，數千漢軍像沒頭蒼蠅般到處亂竄。哪裡才能找到王鳳的身影？只有連綿的戰鼓聲和號角聲，清晰地告訴他，眼前擇人而噬的猛獸，是被官軍所驅趕。陽關城北不是地獄，而是朝廷精心布置的陷阱。

「嗷——」正在劉秀急得火燒火燎之時，一頭丈餘高狗熊，忽然向馬三娘撲了過去。倉促間無法通知三娘躲閃，他只好側身前撲，先將三娘推到一旁，然後持刀迎戰巨熊。誰料，還沒等他的刀刃與熊爪接觸，身背後，又傳來了一聲怒吼，「嗚——」。另一隻狗熊晃過鄧奉，徑直朝著他後腰撞了過來。

「文叔小心！」鄧奉急得兩眼發紅，卻根本來不及相救。眼看著，好朋友就要被兩隻巨熊生生夾成肉醬，就在此時，劉秀的身體卻忽然往上一竄，像風箏般騰空而起。隨即，耳畔傳來「轟」地一聲巨響，兩隻狗熊撞在一起，雙雙變成了滾地葫蘆。

「嗷——」兩頭巨熊被撞得頭暈腦脹，張開嘴巴大聲慘叫。還沒等他們弄清楚目標到底去了什麼地方，劉秀已經從天而降。鋼刀橫掃直刺，乾淨不囉嗦地將牠們全都變成了瞎子。

「嗷——！」可憐的畜生受痛不過，四掌著地，慘叫著四處亂衝。宛若兩團黑色的旋風。無論撞到人還是其他動物，都是一巴掌翻拍。緊接著就調轉屁股狠狠坐下，將對方硬生生壓成一團肉餅。

「孽畜，停下！」兩名馴獸人見狀，慌忙揮舞著皮鞭衝過來試圖控制局面。卻被巨熊一巴掌一個，雙雙拍倒在地。幾頭惡狼躲閃不及，也被巨熊當做的點心，「喀嚓」，「喀嚓」，咬了個稀爛。

剩餘的惡狼見勢不妙，撒腿就跑。迎面正遇到一夥趕過來施放冷箭的官軍，立刻伏低身體，毫不猶豫地從隊伍中央穿過。瞎了眼睛的巨熊，殺性未盡，用鼻孔聞著惡狼的味道邁步緊追。彈指間，就來到了官兵隊伍之前，像兩塊巨石般橫衝直撞。

「啊——！」

「娘咧——！」

「快跑，熊瞎子發瘋了……」

眾官兵哪裡曾料到野獸會掉頭反撲，倉促間，被撞得屍橫遍地。兩頭巨熊兀自不解氣，大吼著繼續向前，將沿途遇到的一頭老虎、兩隻豹子，先後拍得筋斷骨折。另外三頭野牛見勢不妙，乾脆調轉頭，撒腿追趕野狼的腳步，黑漆漆的犄角左擺右挑，將躲避不及的官兵將士戳得腸穿肚爛。

「殺，跟著熊瞎子往裡殺！」劉秀在旁邊看得真切，果斷舉起鋼刀，號令弟兄們變更前進方向。

「殺，狗熊倒戈了！野牛也倒戈了！」跟劉秀前來救人的四百士卒已死傷盡半，先前全憑一口氣在苦苦支撐。忽然看到狗熊和野牛都在替自己開路，登時喜出望外，大聲叫喊著，追向兩隻瞎了眼睛的狗熊，以牠們為先鋒，向前猛衝。短短十幾個呼吸間，就又殺掉猛獸十餘隻，闖破阻攔隊伍三道，氣勢如虹。

野獸沒多少智力，卻懂得如何保全自己的性命。發現逆著狗熊前進，肯定難逃一死。而跟著狗熊一起跑，則所向披靡。立刻改變了方向，紛紛掉頭回衝。不多時，兩熊三牛數隻野狼組成的獸群，規模就擴大了兩倍。一頭老虎、五隻花豹、兩隻大象也加入了進來，不管不顧地向北狂奔。

「孽畜，停下，停下！」又有幾名馴獸人揮著火把快速衝上，試圖利用野獸怕火的天性，驅趕牠們繼續為朝廷效力。馬武在遠處看得真切，俯身抄起一根長矛，奮臂擲去，當場將其中一人釘翻在地。

傅俊、李秩、李通紛紛仿效，數支無主長矛騰空而起，彈指間，將幾名馴獸人盡數殺死。火把落地熄滅，猛獸怒吼著從屍體旁急衝而過。

「向我靠攏，向我靠攏，結伴突圍，結伴突圍！」趁著周圍官兵被猛獸衝得自顧不暇的機會，劉秀跳上一輛無人的馬車，舉起鋼刀大聲高呼。幾支冷箭朝著他頭頂飛至，被馬三娘和鄧奉兩個一左一右，盡數格落於地。

「太常偏將軍劉文叔在此，大夥結伴突圍！」

「劉將軍來救你們了，像藍鄉那次一樣！」

「劉將軍在此，劉將軍在此！」

「想活命者，速速向將軍靠攏！」

「劉將軍來了，大夥不要慌……」

朱祐帶領幾十名弟兄，扯開嗓子，放聲高呼。將劉秀來了的消息，盡可能地傳入更多人的耳朵。數月前，在藍鄉，就是劉秀持槊逆衝，在千軍萬馬當中，救出了無數綠林兄弟的性命。這一次，他到來的消息傳開，立刻宛若初升旭日，照亮了臨近所有綠林將士的眼睛。

劉文叔來了！他冒著生命危險，又來救大夥了！有他在，大夥就有活著離開戰場的希望！有他在，那些官兵和野獸就不敢過分囂張！

很多上次曾經被劉秀所救的綠林將士，瞬間恢復了清醒。結伴殺開一條血路，朝著喊聲傳來方向靠攏。很多沒有被劉秀救過，聽說過他救人舉動的將士，也收拾起慌亂的心神，揮刀舞槊，逼退追殺自己的野獸，果斷對呼喊聲做出響應。剩餘既沒被劉秀救過，也稀裡糊塗沒聽說過他往日戰績的兵卒，見很多人都開始朝著同一個方向衝殺，也毫不猶豫地選擇加入隊伍。不多時，已經被夜幕籠罩的戰場上，就憑空出現了數道求生的人流。

「子張兄，你帶五十人去左邊接應。」

「士載，你不用管我，帶五十名弟兄去接應右邊。」

「仲先，你帶五十名弟兄，繼續驅趕那些狗熊和野牛，製造混亂。」

「次元……」

「季文……」

劉秀深吸一口氣，繼續快速發號施令。

馬武、鄧奉、朱祐、李通向來佩服他的勇氣和智慧，毫不猶豫選擇了服從。李秩和傅俊等人，雖然還沒習慣受一個年輕人指揮，在急於擺脫困境的情況下，也果斷上前接令。眾將士以馬車為核心，分頭行動，很快，就將周圍一兩百步範圍之內，所有受困的綠林將士，都接了過來。然後齊心協力，繼續驅趕著「倒戈」的野獸大步向前，雖然依舊佔不到上風，卻已經不至於被官軍一邊倒地屠殺。

夜幕很快就籠罩了整個戰場，繁星漫天，南風大起。忽然間，不遠處響起了一陣怪異的笛聲，「嗚嗚，哇哇哇，哇哇，嗚嗚……」，如無數條毒蛇爬過竹林，令每個人身體上都寒毛倒豎。

正在被朱祐驅趕著開路的瞎眼狗熊和野牛、老虎、豹子，瞬間就恢復了冷靜。調整方向，如歸圈的綿羊般，紛紛衝向笛聲起處。被自家猛獸逼得手忙腳亂的官軍將士和馴獸人，也果斷後退，任由馬武和鄧奉如何挑釁，都堅決不肯回頭。

很快，戰場上的形勢就變得清晰起來。官軍和義軍，涇渭分明。借著微茫的月光四下看去，劉秀赫然發現，在距離自己百餘步外一叢灌木之後，有數十名狼狽不堪的「漢軍」，緩緩現出了身影。

「是王鳳！」便是看不清楚領軍者的面孔，馬三娘也能猜測得到。除了此人之外，其他任何義軍將領，都無法在劉秀號召大夥向自己靠攏之時，還能留下一群嫡系在身邊，舉著鋼刀為他充當肉盾。除了此人之外，其他任何義軍將領，也不會明知道靠攏在一處，才更容易結伴突圍，卻偷偷藏了起來，等待趁亂溜走的時機。

「成國公趕緊離開，末將負責殿後！」雖然心中厭惡至極，當發現了王鳳的身影，劉秀依舊果斷朝著對方大聲高呼。

「有，有勞劉將軍了。弟兄們，咱，咱們先走一步，別，別拖劉將軍後腿！」難得臉色紅了一下，王鳳啞著嗓子，朝著身邊親信大喊。隨即，邁開雙腿，帶頭朝一里之外的陽關城衝去。

他剛才之所以不走，一方面是被嚇得兩腿發軟，另外一方面，則是發現猛獸有個特點，誰跑追誰，越是逃跑，就死得越快。眼下既然有人主動替自己斷後，他豈能客氣？趕緊選擇腳底抹油。

「多謝劉將軍！」

「劉將軍也趕緊走，官兵是在聚集猛獸，準備發起新一輪攻擊！」

「劉將軍快走，官兵馬上就會再殺過來！」

「劉將軍趕緊走，趕緊走……」

王鳳身邊的親信，遠比他本人有良心。見劉秀殺得渾身是血，手中的鋼刀也布滿了豁口。頓時眼睛開始發燙，一邊奔跑著追趕自己的東主，一邊張開嘴巴大聲催促。

沒等給他們的話音落下，四周圍的笛聲，又是一變。「嗚嗚，哇哇哇，哇哇，嗚嗚……」，緊跟著，就有低沉的鼓聲連綿而起，貼著地面，敲得人心臟不停震顫。

「結陣，結陣，先給敵軍一個教訓，然後回去憑城而守。」劉秀知道敵軍的下一輪進攻馬上就要開始，縱身跳下馬車，抄起一面盾牌，大聲命令。

今日誰都可以戰死，唯獨令人噁心的王鳳不能。所以，他必須盡可能地帶領大夥拖延時間，給王鳳創造安然離去的時機。

「結陣，結陣迎戰。然後一起回城！」鄧奉、朱祐、馬武，迅速帶著弟兄向劉秀靠近，在移動過程中，結成一個小小的方陣。

其他剛剛被救下來的綠林將士原本想著各自逃命，見劉秀如此冷靜，頓時被羞得面紅耳赤。把心一橫，紛紛聚攏到了方陣周圍，舉刀豎槍，準備跟再度撲過來的官兵一決生死。

還沒等大夥將陣型重新排列整齊，笛聲和戰鼓聲戛然而止。緊跟著，就是奔雷般的馬蹄聲，鋪天蓋地。

「他們剛才撤回猛獸，是為了派出騎兵衝鋒！」

「他們的戰馬，居然不怕虎豹！」

「他們當中有奇人，居然能指揮野獸……」

鄧奉、傅俊、李通、朱祐等人驚呼著以目互視，都在對方眼睛裡看到濃濃的緊張。光是懂得驅趕猛獸衝鋒固然可怕，但大夥依舊能找到破敵之策。野獸畏火，這是人盡皆知的事實。但是，能讓猛獸和騎兵相互配合，能讓戰馬和老虎並肩同行，則超過了在場所有人的想像力極限。大夥以前聽都沒聽說過，更甭說能靜下心來沉著應對。

但是，此刻再想退，已經徹底來不及。官軍的騎兵還沒靠近到五十步之內，一陣箭雨先至。

宛若冰雹落入麥田，將數十名義軍瞬間射倒。

「弟兄們，跟我來！殺一個夠本兒！」馬武忽然推開劉秀，拎著鋸齒飛鐮三星刀撲向敵軍，高大的身影，在夜幕下宛若巨靈降世。

「弟兄們，跟著我和馬將軍！」劉秀楞了楞，果斷邁開雙腿跟在了馬武背後。他不知道馬武為何要率先發起進攻，卻知道停在原地，大夥肯定全都成為箭靶。所以，只能選擇相信馬武的經驗，帶著所有弟兄死中求活。

五十步的距離，戰馬只需要兩個彈指。而人和馬對衝，則時間更短。就在劉秀的喊聲落下的同時，馬武的身影，已經來到一名敵將面前。

天色太暗，後者顯然是沒料到全是步卒的義軍，竟然敢主動撲向騎兵，正在挽弓的手，瞬間就是一僵。而馬武要的，就是這個效果。雙膝下蹲，鋸齒飛鐮三星刀奮力橫掃，「唪嚓」一聲，砍斷了戰馬的前蹄。

「唏吁——」可憐的戰馬嘴裡發出一聲哀鳴，轟然而倒。將背上的武將，直接甩出了一丈多遠。一手持刀，一手舉盾的劉秀恰恰趕至，毫不猶豫揮動盾牌，將此人拍暈。然後單手拎在身前，邁開大步繼續飛奔。

「李將軍——」

「李將軍——」

原本勝券在握的官兵們，個個大驚失色。紛紛策動坐騎衝向劉秀，試圖營救自家上司。而一擊得手的馬武，才不管剛剛飛到自己身後的傢伙，是什麼將軍不將軍。以倒地的戰馬身體為戰壕，怒吼著繼續揮刀，一刀一個，將臨近的其他坐騎相繼放倒。

「殺，殺一個夠本兒！」

「殺，殺兩個賺一個！」

「殺啊，劉將軍已經上去了！」

「殺啊，跟著馬王爺！」

鄧奉和朱祐帶頭高呼，率領著弟兄們上前保護劉秀。馬三娘搶在所有人之前來到劉秀身側，用肩膀貼住後者的肩膀，與他排成一個簡單的燕尾陣。四五匹戰馬同時衝至，馬背上的騎兵張牙舞爪。只是顧忌著自家將軍的生死，他們誰都不敢放手廝殺。而劉秀卻毫無忌憚，直接把手裡的將領當做了大錘和盾牌，朝著靠近自己和馬三娘的騎兵猛掄。

「啊……」

「卑鄙！」

「無恥！」

「放下我家將軍……」

眾官兵不得不策馬閃避，嘴裡發出一連串叫罵。就在此時，鄧奉、朱祐、李通、傅俊等人紛紛趕至，圍在劉秀和馬三娘兩人身側，揮刀向四下猛砍。

失去了速度優勢的官兵，頓時就吃了啞巴虧。接連被砍斷了十幾條馬腿，慘叫著墜落於地。跟上來的其他義軍亂刀齊下，轉眼間，就將他們全都剁成了肉泥。

陸續衝過來營救自家將軍的官兵，怒不可遏。繞開劉秀，揮舞兵器與義軍戰做一團。若換做別人的部隊，先被猛獸噬咬，又遭到騎兵的襲擊，此刻只怕早已喪失勇氣與信心，四散而逃。但劉秀親手帶出來的弟兄，大部分都不止一次跟他同生共死過。因此，在主將沒倒下之前，根本不懂得什麼叫做逃命。爭相撲到戰馬附近，揮刀猛剁馬蹄。一時間，竟與這些失去陣型的騎兵，戰了個旗鼓相當！

「看住他，跟我奪馬！」發覺敵軍騎兵竟然捨棄了速度和陣型，劉秀大喜。將被生擒的敵軍將領猛地朝傅俊身邊一丟，飛身衝向距離自己最近的高頭大馬。

馬背上的騎兵，正忙著應付來自腳下的進攻，卻不料劉秀從天而降。連轉身都沒來得及，就被一刀砍掉了腦袋。鮮血，頓時濺了劉秀滿頭滿臉，他卻根本顧不上擦。單手拉住韁繩，又一個縱身跳上馬背，鋼刀橫掃，將另外兩名官兵掃落坐騎。

三娘拉住一匹失去主人的戰馬，飛身而上。與劉秀一左一右，繞著周圍的官兵盤旋，宛若兩條憤怒的蛟龍。天色太黑，手忙腳亂的官兵，大部分都沒意識到有戰馬已經易主。稀裡糊塗當中，就接連被砍落於地。而鄧奉、朱祐、李通、趙憙等人，則陸續繳獲了坐騎，再度變成了騎兵，結伴橫衝直撞，將戰果不斷擴大。

「傅道長，這裡交給你，其他人，跟我去救馬大哥！」劉秀迅速察覺到了逆轉之機，果斷下達命令。然後帶領著三娘、鄧奉、朱祐和十幾名剛剛搶到坐騎的弟兄，掉頭衝向敵軍大隊。正在包圍著馬武團團打轉的官兵們，對此毫無提防。轉眼間，就被眾人硬生生撕開了一道巨大的缺口。

「多謝了！」已經多處受傷的馬武絕處逢生，怒吼著跳上一匹無主的坐騎，揮刀殺入敵軍深處，所向披靡。

「馬大哥不要戀戰！」劉秀高聲叮囑了一句，隨即舉刀發出新的號令，「次元、季文兄，你們帶著人保護馬大哥。士載、仲先，跟我掉頭回去幫助其他弟兄！」

「諾！」眾將轟然答應，心中對他的佩服無以復加。

在生死關頭，方寸不亂，並能想出破敵之策。在所有人都絕望之時，豪情不減，策馬生擒敵軍主將。在發現退路之時，不忘職責，堅持招呼所有弟兄共同進退。這三條，傳說中的白起、樂毅，也未必能盡數做得到。而劉秀卻一一行之。

如此看來，假以時日，劉秀功業，怎麼可能在白起、樂毅之下。如此看來，能追隨在劉秀身後，大夥即便年齡比他稍微長了一些，又有何可恥？

正感慨間，劉秀已經再度殺回了自家隊伍旁邊。鋼刀揮舞，劈開重重血浪。周圍失去了陣型的騎兵，儘管人數眾多，本事卻照著他相差太遠，一時間，竟被殺得丟盔卸甲，抱頭鼠竄。

「讓開，我來會會他！」一聲大吼忽然從夜幕後傳來，緊跟著，一匹通體雪白的戰馬，踏著夜色衝到劉秀的身側。馬背上的敵將揮舞大戟，左右擺動。「噹啷」一聲，將劉秀手中的鋼刀磕歪了出去，火星四冒。

「啊……」劉秀被震得半邊身體都失去了感覺，頓時知道來者是一名勁敵。趕緊將鋼刀交在了左手，同時側轉腰桿躲閃。

對方的槊鋒，在離著他腰桿足有兩尺遠的位置急掠而過，帶起一陣呼嘯的風聲。下一個瞬間，對方的面孔，也跟他對了個正著。「快走，不要再死撐。能跑多遠跑多遠。朝廷動用了四十萬大軍，你和次元兄再不走，肯定死無葬身之地！」

「啊？」劉秀身體巨震，終於明白最近地方官兵的表現為何越來越怪異了。

他們在努力拖延時間，等待朝廷大隊兵馬的到來。他們認定了只要堅持上十天半個月，綠林軍就要被趕來的朝廷大軍團團圍住，灰飛煙滅。

「快走，皇上這次真的發了狠。任何人殺了你和令兄，都可以被賜予關內侯，世襲罔替！」向他示警者不是別人，正是曾經和他、三娘、李通在黃河渡口附近並肩作戰過的賈復。唯恐他聽不清楚，後者一邊揮舞著長槊朝著他身體兩側的空氣猛刺，一邊繼續大聲補充。「不但嚴將軍和陳茂來了，還有大司空王邑，大司馬王尋！」

「賊子敢爾！」正衝殺過來的馬武看不真切，還以為劉秀遇到了危險，大喝一聲，揮刀直劈賈復後腰。賈復卻好像身後長了眼睛般，單手將長槊當做鋼鞭向後掃去，「噹啷」一聲，將刀鋒砸得火星四濺。

馬武輕敵大意，肩膀一麻，鋸齒飛鐮三星刀差點脫手。頓時驚得兩眼圓睜，嘴裡發出一連串怒吼：「賊子，好大力氣，居然給朝廷做狗！文叔、三娘，你們倆趕緊走，點子扎手！」

「哥，你先走，帶著弟兄們走。我跟文叔應付得來！」始終伴隨在劉秀左右的馬三娘，早就認出了持槊者是賈復，氣得將刀朝著自家哥哥虛劈了一下，大聲命令。

「啊──」馬武先前是因為擔心自家妹妹和劉秀，才來不及分辨敵我。此刻見妹妹在劉秀「遇險」之際，居然還有空將刀刃朝自己亂晃，立刻猜到其中必有貓膩。趕緊將已經砍向賈復的刀鋒斜了斜，順勢撥轉馬頭，「啊呀呀，好厲害的賊子，老子改天再跟你一分高下！」

兩名跟上前撿便宜的莽軍校尉，不知道馬武在說瞎話，還以為他想逃走，聯袂封鎖去路。馬武立刻把剛才憋在肚子裡的火氣，全發洩在了二人身上。鋸齒飛鐮三星刀豎砍橫剁，一個回合不到，就將二人連同手裡的兵器全都砍成了兩段。

其他衝過來的官兵見馬武如此凶殘，嚇得趕緊放緩坐騎腳步。趁著這個機會，馬武將大刀高高地豎起，朝著周圍所有綠林將士喊道：「別戀戰，都我來，回陽關城。整頓了隊伍，再給死去的弟兄報仇！」

「回陽關城，回陽關城！」李通也認出了賈復的身份，與自家哥哥李秩一道，扯開嗓子大聲高呼。

剛剛獲救的綠林將士原本就沒多少戰心，見馬王爺號召撤離，便不再咬著牙苦撐，調轉身形且戰且退。不遠處，劉秀、馬三娘和賈復之間的「戰鬥」，此刻也見了分曉。只見三娘趁著賈復急著「追殺」劉秀的機會，抽冷子一刀砍去，竟然不偏不倚，正中此人馬尾。

「唏吁吁……」戰馬雖然沒有受傷，卻嚇得連聲慘叫，張開四蹄，晃著光禿禿的屁股，落荒而逃。任賈復如何「努力」控制，都無濟於事。劉秀朝著此人的背影哈哈大笑，隨即，撥轉坐騎，與三娘一道，揚長而去。

傅俊、王霸、劉隆、趙憙等人，一併衝上前接應。大夥先匯合了馬武、李通和李秩，然後互相照應著退向陽關城內。周圍的莽軍哪裡肯放？打起火把，叫嚷著緊追不捨。才靠近陽關的城牆，卻聽見「嗚嗚嗚嗚嗚嗚……」，一陣雄壯的畫角聲響。數百支火箭伴著角聲從城頭快速射下，將追得最急了數名莽軍將士，瞬間射成了刺猬。

戰馬怕火，騎兵也缺乏對抗箭矢的設施，無奈之下，莽軍只好暫時停止了追殺。眼睜睜地看著劉秀等人，潮水般退入關牆之後。

站在關牆上指揮弟兄們用弓箭掩護劉秀等人入城的，正是先前被他留在陽關另外一側的嚴光。而被大夥捨命從重圍中救下來的王鳳，卻早已帶著親信返回了昆陽。馬武、劉隆、李秩等人氣得破口大罵，傅俊、鄧奉和朱祐等人雖然涵養好，也個個兩眼冒火。唯獨劉秀，原本就對王鳳沒抱什麼希望，所以也不覺得失望。笑了笑，向所有人高聲說道：「成國公身繫全軍，早些離開，倒是也解決了我等後顧之憂。陽關城乃彈丸之地，肯定守不住。大夥趕緊收拾一下，趁著官軍還沒有大舉攻城，咱們也連夜撤往昆陽。」

「給我留下一百名弟兄，我替大夥斷後！」話音剛落，馬武立刻主動請纓。

「我來，子張，你乃騎將，不適合守城。」傅俊推了他一把，大聲爭搶，「文叔，你帶著人走，官軍勢大，看模樣，昆陽也未必守得住。與王鳳匯合之後，儘快派人向大將軍示警！」

「還是我留下守城最好，我會一些雞鳴狗盜之術，容易脫身！」劉隆第三個站出來，將馬武和傅俊，擋在了自己身後。

「哪裡輪得到你等，王某才最合適！」王霸立刻紅了臉，推開劉隆，大聲請纓。

「還是我！」

「我來！」

……

鄧奉、朱祐和趙憙，也紛紛請纓。唯恐斷後的任務，落在別人頭上。

見了先前敵軍的聲勢，他們心裡其實都非常清楚，憑藉區區數百兵馬，陽關城根本頂不住對手的傾力一擊。然而，他們卻寧願豁出去自家性命，也要替大夥爭取撤離時間。

劉秀見此，心頭頓時一片滾燙。又笑了笑，搖著頭道：「誰都不用留下，本將自有辦法讓莽軍今夜不敢攻城。子陵、仲先，你們兩個帶人去搜索全城，若是還有沒逃走的百姓，就全都將他們帶到城外。其他人，下去準備火把，一刻鐘之後，跟我一道，去焚了此城！」

「諾！」眾將齊聲領命，同時喜上眉梢。

陽關城只有幾百戶人家，先前在王鳳率軍打過來之時，早就逃散一空。所以嚴光和鄧奉二人帶著弟兄們搜了一大圈兒，連半個多餘的人影都沒發現。反倒是乾柴、燈油、破麻布之類，趁機搜羅了幾大車。

耳聽著城外戰鼓聲又起，莽軍即將發動新一輪進攻，劉秀果斷下令棄城。眾人從城門口開始放火，邊放邊撤，待出了南門，整個陽關，已經化作了一片火海。

趁著莽軍被大火燒了個措手不及的機會，眾將簇擁著劉秀，啟程而去。歸途中，紛紛誇讚劉秀處事果斷，應變得當。然而劉秀的臉上，卻看不到任何開心神色。直到眾將都從平安脫離險地的興奮中恢復了冷靜，才將大夥召集到自己的戰馬旁邊，沉聲彙報：「據可靠消息，朝廷動用了四十萬官軍，咱們無論如何都抵擋不住。所以，劉某才下令放火燒掉了陽關，帶著弟兄們返回昆陽！」

「四十萬？怎麼可能？四十萬兵馬的開銷，足以將國庫徹底掏空。王莽都拿來對付咱們，將來怎麼對付赤眉軍和其他起事者？你是從哪裡得來的消息？我們先前怎麼連斥候的影子都沒看見？」沒等其他人做出反應，李秩第一個皺起眉頭，大聲質疑。

「咱們派出去的斥候，恐怕都凶多吉少！」劉秀苦笑著看了他一眼，低聲解釋，「至於消息來源，季文兄，請恕我不能如實相告……」

「都是同生共死的兄弟，有什麼不能說的？」李秩根本聽不進去，皺著眉頭大聲打斷。其族弟李通看見，連忙輕輕揮了下馬鞭，「大哥，別囉嗦，文叔不能說，自然有他的苦衷！」

隨即，又迅速將目光轉向劉秀，笑著拱手，「是戰是退，全憑將軍一言而決。我等皆唯將軍馬首是瞻！」

「末將願為將軍馬首是瞻！」李秩對自家族弟素來服氣，立刻明白，消息的渠道恐怕極為特殊。也迅速拱起手，大聲附和。

「願為將軍馬首是瞻！」傅俊、王霸等人也在馬背上坐直了身體，鄭重拱手。

一次次目睹劉秀奮不顧身救助袍澤，他們已經對這個比自己年齡小了許多的偏將軍，佩服得無以復加。願意將自己性命和前途全都交在此人手裡，任憑驅策。

唯獨馬武，素來想什麼說什麼，不會考慮其他複雜問題。策馬走上前，大聲道：「文叔，我不是長他人志氣。如果四十萬消息屬實，咱們這些人，就算把性命全賭上，也肯定抵擋不住！」

他的勇悍，人盡皆知。所以，周圍諸將，誰也不會懷疑他貪生怕死。只是，每個人臉上的表情，瞬間都變得無比凝重。

「文叔，大夥肯定都會唯你馬首是瞻。」沉吟片刻之後，嚴光再度發聲，「但是，接下來該怎麼打，在哪裡打，你恐怕需要慎重考慮再做決斷！」

「敵我雙方兵力相差過於懸殊，在哪裡打，恐怕結果都差不太多。馬大哥說得對，咱們就算全都把性命搭上，也肯定擋不住。」劉秀嘆了口氣，鄭重點頭。隨即，又迅速搖頭，「但此時此刻，咱們絕不能未戰先逃！」

「對，絕不能逃！」嚴光反應極快，立刻醒悟過來，大聲附和，「咱們若是走了，王鳳肯定會棄了昆陽，緊跟著撒腿逃命。屆時，非但東征軍分崩離析，萬一莽軍撲向宛城，大將軍就要腹背受敵！」

「所以，接下來第一步，咱們必須返回昆陽，設法穩住整個東征軍。同時，派人前往宛城、襄陽，向大將軍和王大當家示警。若是能以昆陽、兩山關、葉縣、堵陽、博望等城池為依仗，且戰且退，將莽軍的腳步拖延上一兩個月，局面也許就截然不同！」劉秀眉頭緊鎖，一邊思考，一邊緩緩做出決定。

「不妥，王鳳那廝當山大王當慣了，素來沒膽子打硬仗。今夜又剛剛吃過猛獸的大虧，若是知道莽軍有四十萬之巨，才不肯留在昆陽冒險。」李通猛地一拍戰馬脖頸，大聲提醒。

「唏吁吁……」可憐的戰馬吃痛，嘴裡發出一聲悲鳴，迅速張開四蹄。李通被自家坐騎閃了一個趔趄，差點一頭栽下馬背。虧得朱祐和王霸兩個手疾眼快，先伸手扶住了他本人，然後又努力用戰馬夾住了他的坐騎，才避免了他被摔個頭破血流。

經過這樣一番折騰，眾人心中的恐慌稍解。但一個個臉上的表情，更加凝重。

李通的話雖然尖刻，卻沒有說錯。王鳳是個做山大王做慣的，這輩子打過的硬仗屈指可數。在敵我雙方兵力如此懸殊的情況下，指望他來帶領大夥節節抵抗，拖延莽軍的腳步，無異於痴人說夢。

「我有一計，應當可行！」就在大夥都愁眉不展之時，劉秀的好兄弟朱祐，臉上忽然閃過一絲詭異的笑容，策馬向前湊了幾步，大聲說道。

「什麼計策？」劉秀微微一楞，滿臉懷疑地看著朱祐，低聲強調，「仲先，這當口可不要只顧著再哄大夥開心。」

「怎麼可能？排兵布陣的確非我所長，可你別忘了，我當年在太學裡，學得乃是縱橫之術！」朱祐朝著他一聳肩，滿臉不服，「論拉幫手，揣摩人心，你們幾個當年誰比得上我！」

說罷，也不待劉秀等人繼續發問，就又將聲音提高了幾分，迅速補充：「黑燈瞎火的，莽軍到底來了多少人，咱們肯定看不清楚。而咱們一把大火燒了陽關之後，莽軍想要追過來，恐怕也得是後半夜。咱們現在返回昆陽，只管告訴成國公，敵情未明便是。想必他自己剛剛死裡逃生，也不能苛求咱們必須知曉莽軍虛實！」

「你這不是揣著明白裝糊塗嗎？」

「雖然沒看清楚，但陽關距離昆陽如此之近，天亮之後，莽軍肯定會殺到城下！」

「天亮之後，王鳳站在城牆上往外看看，豈不全都清楚了？」

「可不是麼，仲先，你這算什麼縱橫之術？」

……

眾人聽得滿頭霧水，一個個眨巴著眼睛大聲否決。

「沒錯，天亮之後，成國公自然能看清莽軍虛實。」朱祐咧嘴一笑，滿口雪白的牙齒被火把照得閃閃發亮，「可那時候，他再想不戰而逃，還來得及嗎？」

「這……」眾人先是齊齊苦笑，隨即，又快速將目光轉向了劉秀。

朱祐的辦法的確切實可行，但是，萬一日後有風聲傳進王鳳的耳朵裡，一個蓄意欺騙主帥的罪名，參與者肯定逃不掉。所以，此時此刻，必須由劉秀這個領軍之將，來做最後的決斷。

「若是成國公怪罪下來，劉某一力承擔！」劉秀毫不猶豫地點了下頭，大聲承諾。

眾人默默拱手，然後誰都不再說話。心裡頭，都打定了主意，不讓王鳳知道莽軍有四十餘萬的真相。以防此人像剛才一樣，只顧著自己逃命，導致整個東征軍不戰而潰。

也不怪眾人離心，王鳳行事也的確沒有個做主帥的模樣。看到陽關方向火光沖天，他居然沒派出一兵一卒過來接應。反倒迫不及待命令手下親信收拾好了沿途繳獲的所有細軟，準備見勢不妙，隨時向兩山關「轉進」。

倒是下江軍頭領王常，左等右等不見王鳳調兵遣將去接應劉秀，氣得破口大罵。然後把心一橫，將張卯留在城內以防不測，自己帶著所有嫡系衝出了城外。

劉秀沒想到王常竟然如此仗義，在歸途中與其相遇，心中大受感動。而王常見劉秀殺得渾身是血，卻依舊走在整個大軍的最後，也佩服得無以復加。雙方之間的關係迅速拉近，沒等返回城門口，已經悄悄地達成了默契。以後在東征軍中，舂陵與下江共同進退，堅決抵制任何亂命。

待大夥平安進入了昆陽城，時間已經是後半夜。王鳳早已累得眼皮都睜不開了，強撐著向大夥說了一些感謝的話，就打著哈欠宣布休息。劉秀、傅俊、李通等人，見他對戰事不聞不問，也樂得不承擔罪名，相對苦笑著搖了搖頭，也抓緊時間去做大戰前最後的準備。

昆陽城被義軍拿下時，戰鬥不算激烈，因此城頭上大部分防禦設施還保存完好。東征軍在沿途斬獲甚豐，因此糧草、甲冑、兵器、箭矢也儲備充足。唯一遺憾的是，東征軍雖然在途中招納了不少小股義賊，也強徵了不少被俘的郡兵，總規模依舊只有兩萬出頭。短時間內拖延一下莽軍腳步勉強夠用，想要像岑彭守宛城那樣長期守住昆陽，無疑是痴人說夢。

時間在忙碌中過得飛快，不知不覺，就到了五更天。眼看著窗外又開始發亮，而很多事情還沒有來得及去安排，劉秀急得額頭汗珠直冒。就在這當口，耳畔忽然傳來了一陣低沉的畫角聲，「嗚嗚，嗚嗚嗚，嗚嗚嗚嗚……」如虎嘯，如龍吟，瞬間傳遍了整個昆陽。

「來了！」劉秀與眾將以目互視，都從對方眼睛裡，看到了幾分決然。

一座方圓不到十里的彈丸小城，兩萬各懷心思的烏合之眾。卻即將面對四十萬全副武裝的莽軍。這一仗，根本看不到絲毫取勝的可能。但是，大夥卻必須留下來打這一仗，否則，數月來所有努力和犧牲，都將成為過眼雲煙。

「偏，偏將軍。外邊，外邊來了大，大隊莽軍。四面，四個方向都有！」一名屯將慌慌張張地闖入，朝著劉秀大聲示警。「看，看不清楚到底有多少，旗幟，旗幟遮天蔽日！」

「知道了，你趕緊派人去向成國公彙報！」預測中的最壞情況，已經變成了事實，劉秀的心中反而不像夜裡時那般緊張。輕輕朝屯將揮了下手，笑著吩咐。

「哎，哎，卑職，卑職這就去，這就派人去！」見他表現得如此鎮定，屯將臉色微微一紅，結結巴巴地回應。「他，他老人家睡得沉，現在未必起身！」

「成國公是主帥！」劉秀立刻豎起眼睛，大聲強調。

「屬下，屬下這就去，這就去！」屯將心裡打了突，不情不願地轉身離開。

如果有可能，他才不想去王鳳這個主帥面前給自己找罪受。後者知道有大股莽軍來襲，第一反應肯定是拒絕相信。第二反應，則是驚慌失措，手忙腳亂。絕不會像太常偏將軍劉秀這樣，天塌下來都不驚於色。

「子陵，準備守城的事情交給你。其他人，跟我一起去城牆上看看。免得弟兄們面對如此多敵軍，卻找不到一個主心骨。」劉秀從屯將離去之前的眼神裡，看出了此人對自己的依賴，想了想，迅速做出決定。

「敵軍從東方而來，你去城東。子張去城南，傅某去城北，季文和次元兄弟倆去城西！」傅俊迅速站起身，大聲補充。「務必讓弟兄們緊閉四門，不經過大夥共議，誰也不得擅自做出撤離決定。」

「理應如此！」劉秀的眉頭皺了皺，鄭重點頭。

眾將都知道傅俊如此安排，提防的是誰。於是也不多浪費唇舌，默默地站起身，分別跟在劉秀、馬武、傅俊和李通、李秩五人身後，走向昆陽城的四門。

「嗚嗚嗚，嗚嗚嗚，嗚嗚嗚嗚，嗚嗚嗚……」城外的畫角聲，宛若寒冬臘月時的北風，吹得一聲比一聲急，一聲比一聲淒涼。

城中百姓雖然不清楚外邊來的是哪一支大軍，卻從畫角聲所包含的敵意裡，知道惡戰將至。紛紛緊閉門窗，以防禍從天降。城中的義軍將士，對畫角聲遠比百姓熟悉，迅速判斷出敵軍規模龐大，一個個緊張得臉色煞白，額頭冒汗，東一簇，西一簇，擠成了數十團。

當劉秀、馬武、李通、傅俊等人的身影出現在街道上，立刻吸引了成百上千道目光。有兵卒崇拜馬武武藝高強，主動拎著兵器，向其靠攏。有兵卒知道傅俊待人誠懇寬厚，也邁開大步，主動追隨其後。更多的兵卒，則曾經多次目睹劉秀在戰場上縱橫衝殺，力挽狂瀾英姿。今日見他像閒庭信步般沿著街道緩緩而行，心中的慌亂頓時大降。爭先恐後地奔向他，請求他帶著大夥殺出生天。

對於弟兄們的請求，劉秀既不馬上應承，也不表態拒絕。只是笑著向大夥揮了揮手，然後繼續大步朝城東而行。結果，待他走到城東門口的馬道附近，身後主動追隨過來的弟兄，已經超過了三千。每一個人都努力挺直了脊梁，高昂著頭顱，彷彿剛剛凱旋歸來一般。

城門口當值的主將乃是下江軍四當家臧宮，看見劉秀，趕緊將他迎上了城頭的敵樓。二人手扶敵樓的欄杆向下觀望，只見錦旗蔽日，塵土漫天。一隊隊盔甲鮮明的莽軍步卒，在距離東門不到二里遠的位置，旁若無人地安營紮寨。一支支揮舞長刀大槊的莽軍騎兵，則拉開架勢，嚴陣以待，隨時準備給敢於出城迎戰的義軍當頭一擊。

除此之外，還有數以千計的鐵籠，在騎兵的隊伍正前方百餘步處，一字排開。鐵籠內，大象、老虎、豹子、狗熊，野狼，紛紛張開大嘴，厲聲咆哮。嘴裡噴出的腥臭氣，順著東風，直沖城頭。將城頭上的義軍弟兄們，個個熏得臉色發青，頭暈目眩。

「城裡的反賊聽著，早點出來投降，免得餵了猛獸，死無葬身之地！」一個壯逾熊羆的將官，忽然從鐵籠後衝了出來，揮舞著鋼刀，朝著城頭大呼小叫。每一聲叫嚷過後，都伴著一連串猛獸的怒吼，響若悶雷。

「巨毋霸！」馬三娘眼神好，立刻認出了此人的身份，眉頭迅速皺了個緊緊。

「這廝，居然還沒被老天收掉！」劉秀定神確認，然後鐵青著臉感慨。

與馬三娘結伴闖蕩江湖那些年，他見過許多貪官污吏，卻沒有任何一個，如巨毋霸這般，讓他每一回看到，都覺得煩悶欲嘔。正準備找一張角弓來，打掉此人的囂張氣焰，身背後，卻又傳來了王鳳那氣急敗壞的聲音。「這，這些官兵到底是從哪裡來的？這，這叫本帥如何是好？偏將軍，你，你可將本帥坑死了！怪不得你昨夜一把大火燒了陽關，原來，原來你早就知道他們抵擋不得！」

「昨夜黑燈瞎火，你被敵軍包圍了那麼久，都沒弄清楚他們的虛實。我們幾個忙著救你，哪顧得上打聽敵軍多寡，實力如何！」馬三娘聽得心頭火起，豎起眼睛，大聲反駁。「再說了，我們歸來時，你連聲謝謝都沒說就忙著去挺屍了，我們即便探聽到了敵軍虛實，又找哪個去彙報？」

幾句話，句句都說在了點子上。把個王鳳羞得，面紅耳赤。順口嘟囔了一句誰也聽不清楚的俚語，跌跌撞撞走向欄杆。雙手強撐起身體，向外觀望。

「嗚嗚嗚嗚，嗚嗚嗚，嗚嗚嗚——」一連串畫角聲恰恰在城外響起，緊跟著，就是一片驚天動地的獸吼「嗷——，嗷嗚，嗷嗷嗷嗷——」

昨晚被猛獸圍攻的淒慘景象，頓時又浮現在眼前。王鳳被嚇得胳膊一軟，頭暈目眩。身子不由自主地翻過欄杆，直奔地面而去！

「國公——」親兵們發現異狀，驚呼撲上去援救，哪裡還來得及？眼看著一代梟雄腦袋朝地，就要摔得四分五裂。就在此刻，劉秀拉著一根拴守城器械用的粗繩，直墜而下。半空中單手抓住了王鳳的腳，奮力上甩，「嗖」地一聲，將其甩回了敵樓，與撲上來的親兵隊正相撞，雙雙摔成了滾地葫蘆。

「國公！」親兵們驚叫著衝過去，七手八腳將王鳳扶起，一個個臉色嚇得慘白如灰。

「成國公小心，地面濕滑！」劉秀單手拉著繩索，腳踏城牆，身體與地面平行，快步走回。剛剛翻過欄杆，就主動替王鳳找臺階下。

然而此時此刻，王鳳早就被嚇得失去了理智，竟然對他的救命之恩毫無感激。猛地甩了下肩膀，將攙扶著自己的親兵甩到一旁。然後邁開大步，轉身就走：「突圍，立刻突圍。趁著官兵還沒紮住營盤。否則，咱們今日肯定都死無葬身之地！」

「成國公且慢！」劉秀聞言大急，果斷追上去，側身擋住下城的馬道，「敵軍勢大，弟兄們預先毫無準備。倉促突圍，無異於自尋死路！」

「讓開，東征軍哪裡輪到你來做主？」王鳳根本沒心思聽，抬起手，像撥高粱般，將劉秀向城牆邊緣撥去。

他的臂力自問不算太差，武藝堪稱一流。然而，大手撥在了劉秀的肩膀上，卻宛若蜻蜓撼動石柱，根本無法令對方移動分毫。

「劉文叔，你要謀反嗎？」連推了兩下沒有推動，王鳳頓時覺得丟了顏面。雙眉倒豎，怒目圓睜。「來人，給我把他拿下！」

「是！」他的親兵高聲答應，然而，待看到要拿下的對象乃是劉秀，又紛紛遲疑著停住了腳步，將手放在了各自的兩腿邊，不敢再輕舉妄動。

且不說劉秀昨晚對他們有過相救之恩，就憑劉秀在歷次戰鬥中所展露出來的英勇，他們也沒膽子上前自討沒趣。更何況，此時此刻，城牆上下，還有數千名義軍弟兄，在對他們怒目而視。如果他們為了討好王鳳不顧一切，恐怕沒等碰到劉秀一根寒毛，自己就先被亂刀砍成肉泥。

「你們，你們都聾了嗎？拿下，把他給我拿下！」王鳳發過命令之後，光聽到聲音卻沒見到有人前來幫忙，氣得暴跳如雷。

「成國公何必難為他們！」劉秀搶先一步，握住王鳳的手腕，笑著勸解，「大敵當前，你我之間卻起了衝突，豈不是被天下英雄看了笑話？」

「讓人看笑話的是你，不是本帥！」王鳳一邊努力將右手手腕往回抽，一邊快速將左手探向腰間劍柄，「昨夜明知道敵軍來勢凶猛，卻不向本帥稟告。今天還當著這麼多弟兄們的面，質疑本帥的決定。若是將士們人人像你，本帥……」

劍柄已經拔出了一半兒，他的頭皮忽然發緊，聲音動作，都戛然而止。馬三娘拎著一把刀，滿臉不屑地站在了他身後。鄧奉、劉隆、朱祐和臧宮，則不知何時已經在劉秀左右兩側站成了一個雁翅形。擎在手裡的兵器耀眼生寒。

「太常偏將軍，太常偏將軍不要誤會。國公剛剛睡醒，剛剛睡醒！」王鳳的左右臂膀王歡和李綱見勢不妙，趕緊從不遠處擠了過來，揮舞著空空的手掌大聲叫嚷，「起床氣，起床氣，他並不是真的想針對將軍。國公，您老也暫且息怒，暫且息怒，大敵當前，咱們理應齊心尋找脫險之策，而不是自相殘，不，不是互相埋怨！」

「我哪裡敢埋怨他！」王鳳脊背處冷汗滾滾，卻裝作從沒想過對劉秀動手的模樣，鼓起腮幫子抱怨。「我只是趁著敵軍立足未穩，帶著弟兄們突圍而去罷了。哪想過抱怨任何人！」

作為刀叢中打了半輩子滾兒的老江湖，他對危險的感覺出奇的敏銳。知道剛才如果自己真的拔劍出鞘，肯定就是個身首異處的下場。所以，再也不敢對劉秀動什麼歹念，只想先把眼前危機化解開，以免給了對方殺死自己的藉口。

劉秀此刻心中也是暗暗後悔，剛才不該出手救下一頭白眼狼。然而，後悔歸後悔，他卻必須以大局為重。見王鳳已經收起了囂張氣焰，便笑著鬆開了對方的手腕，退開半步，沉聲補充：「國公體恤弟兄們的性命，末將不勝感激。然而，我軍騎兵不足五千，倉促間又沒做任何準備。此刻下令突圍，肯定會遭到敵軍的重兵堵截。屆時，步卒必然全軍覆沒，即便是有戰馬可乘者，能成功脫身的，恐怕也十不足一。」

「那，那也好過坐在城裡等死！」王鳳的臉色一陣紅一陣白，咬著牙死強。

事實上，他內心裡非常清楚，倉促突圍，肯定大部分弟兄會被敵軍殺死在半路上。然而，即便兩萬人馬只成功突圍出去兩百，他也有十足的把握，自己在那兩百人之內。更有十足的把握，自己回到綠林山中之後，用不了幾年，就能重新拉起另外兩萬兵馬來。

只是，這些肚子裡的彎彎繞，都見不得光。更不能在此刻公開宣之於口，讓弟兄們心冷。否則，在突圍的路上，就沒有人再肯替他阻擋追兵。更沒有人再肯捨了自己的性命，來換取他這個綠林二當家的死裡逃生。

「成國公明鑑！棄城而走，九死一生。而留在城內，卻未必沒有破敵之機！」劉秀知道如果自己不儘快給王鳳一顆定心丸，對方必然不會打消逃跑的念頭。笑了笑，故作輕鬆地拱手，「我軍實力雖然遠不如莽軍，然而，昆陽卻並非彈丸之地，城牆高闊，糧草充足，各項防禦設施齊備。想當初，岑彭帶著幾千殘兵敗將，還能力保宛城不失，令家兄和一眾英雄豪傑數月不得寸進。如今，昆陽不過是另外一個宛城而已，只要成國公能振作精神，率領弟兄們齊心迎戰，外面莽軍再多，也休想踏上城牆半步！」

「嗯，你說得倒是有幾分道理。」王鳳眼下只求先不跟劉秀發生正面衝突，其他一切都可以過後再作打算。所以，故意裝作被說動的模樣，皺著眉頭回應，「只是當日大司徒身邊只有區區幾萬人，而城外的官兵卻有幾十萬。並且還有猛獸……」

「猛獸在野外，能嚇住我等的戰馬，令其邁不開腳步。但是，猛獸卻不懂得如何攀爬城牆！」劉秀迅速接過話頭，大聲補充。「這也是末將勸阻國公不要倉促突圍的理由。我軍戰馬都沒經過特殊訓練，遇到猛獸就兩腿發軟。而徒步向外衝殺，弟兄們又怎麼可能快得過敵軍的騎兵？恐怕到頭來末將即便想捨命相護，也力有不逮。而國公想要再返回城內堅守，卻退路被斷，徒呼奈何！」

「國公，太常偏將軍所言甚是，戰馬畏懼虎豹，此刻突圍，怕是正合了莽軍的意！」王歡和李綱立刻表態贊同，一邊說，一邊偷偷向王鳳眨眼。

他們兩個平素雖然跟王鳳關係走得近，心裡卻不缺弦兒。知道這當口若是跟劉秀起了衝突，大夥都沒什麼好果子可吃。此外，放眼東征軍中，劉秀的武藝雖然排不到第一。可像劉秀這般肯捨了性命援救王鳳的將領，卻找不到第二。如果劉秀不肯一道突圍，大夥就算勉強保著王鳳衝了出去，到最後也是被莽軍亂刃分屍的下場。還不如暫且留在城內，等待恰當時機。

「嗯，你們說，你們說得也有幾分道理。」見連自己最親信的人，都不贊同立刻棄城，王鳳說話的語氣更軟，「只是敵軍來勢凶猛，我等如果想不出化解之策，被困在這裡，終不是個辦法。」

「末將肯定不會建議國公坐以待斃！」王歡趕緊又接過話頭，大聲補充，「末將以為，莽軍一上來就擺開架勢，將昆陽團團圍困，其意不在攻城，而在製造恐慌。只要我們不自亂陣腳，利用好昆陽城堅池固，設施齊全的優勢，守上三五日，應該無妨！」

「嗯！」王鳳輕輕點頭，「也罷，就依爾等，先堅持個三五日再說。太常偏將軍……」

「在！」劉秀肅立拱手，給足王鳳面子。

「你跟我一道返回中軍，咱們……」王鳳有了足夠臺階，滿意點頭。猶豫著正準備裝模作樣發幾道命令，忽然間，城外戰鼓聲乍起，「咚咚咚，咚咚咚，咚咚咚咚……」敲得天空變色，地動山搖。

剎那間，王鳳的臉色又開始發白，心亂如麻。除了大喊「準備迎戰」四個字之外，任何有效的命令都發不出。好在劉秀先前早有準備，採納了傅俊的意見，與馬武、李通等人各自去了一面城門穩定軍心，才避免了莽軍有機可乘。但想要趁著莽軍立足未穩，派遣精銳出城殺一殺他們的銳氣，卻絕無可能了。

為了避免形勢更加混亂，劉秀只能先請王歡和李綱兩個，保護著王鳳回中軍「坐鎮」。然後將願意追隨自己的弟兄分成四組，由鄧奉、劉隆、朱祐和趙憙帶著，分到四面城牆上去補充實力，鼓舞士氣。緊跟著，又派人傳令給嚴光，讓他帶領精銳在城內巡視，以免有人趁機作亂，給莽軍做內應。

城中很多將士都不是他的嫡系，但見他安排得有條不紊，原本慌亂的心神，頓時鎮定了下來。主動趕赴四門，協助防禦。下江軍頭領王常昨夜已經跟他暗中達成了協議，此刻見大難降臨，也果斷傳下命令，要求麾下弟兄與舂陵軍共同進退。如此一來，城內的秩序大為改觀。某些原本打算主動響應莽軍的高門大戶，見無機可趁，也乖乖地縮在了家中，以免便宜功勞沒撈著，反倒搭上了全家的性命。

待一切安頓停當，劉秀才手按刀柄，緩緩走回了東城敵樓。

這是敵人最早出現的方向，也是敵人最多的方向。畫角和戰鼓聲已經漸漸停歇，人喊馬嘶聲也不似先前般嘈雜。但城上城下的氣氛，卻變得格外壓抑。

進攻方以木盾連綿為牆，不停地將陣線前推，試探防守方的最大攻擊範圍。而防守方，則將弩車上弦，開水燒滾，釘拍、檑石等物準備停當。隨時準備給進攻方迎頭痛擊。

「偏將軍，敵軍距城牆還有一百步。來得倉促，只來了雲梯和盾車。」臧宮看到劉秀出現，主動上前彙報。

「先不要放箭，讓他們距離更近一些！」劉秀深吸一口氣，大聲命令。

從來沒指揮過軍隊守城，但是今年早春，他卻和大哥劉縯一起，領教過岑彭的厲害。諸多手段，如今在他腦海裡飛快閃過，幾乎每一招，都可以拿來照葫蘆畫瓢。

「諾！」臧宮拱了下手，迅速下去約束弟兄。與下江軍大當家王常一樣，他現在對驍勇善戰又多次奮不顧身救助袍澤的劉秀，也是心服口服。所以對此人的任何命令，都不折不扣去執行。

「調整這一面城牆上的所有弩車，瞄準正對著這敵樓的那面將旗。一會兒聽我命令，同時發射！」劉秀又吸了一口氣，從容不迫地吩咐。

昆陽城上次被義軍拿下之時，戰鬥不算激烈。因此大部分防禦設施都保存完好。其中光是在東側城牆和敵樓上的床弩，就有十二架之多。如果這些床弩分頭射擊，肯定給敵軍造成殺傷更大。但集中起來瞄準同一個目標，氣勢卻跟單獨發射截然不同。

「諾！」趙憙小跑著去傳達命令，不多時，城頭上「喀喀」之聲大作，所有床弩都在弩手們的推動下，調整了目標，將閃著寒光的弩鋒悄悄地瞄準了正對敵樓的認旗。

認旗下的大新朝跳蕩將軍張班也是自己作死，絲毫沒發覺有十二架床弩把他同時當成了目標。見城牆上半晌都沒有半根羽箭射下，還以為守軍都被嚇破了膽子。因此，將寶劍向前一指，帶著麾下弟兄再度加速向前。

盾牌如牆，齊頭並進。弓箭手挽著角弓，舉著大黃弩，緊隨盾牌手之後。再往後，則是數百名抬著雲梯的勇士，每個人都把環首刀叼在了嘴裡，猩紅色的眼睛裡精光四射。

「咚咚咚咚，咚咚咚咚咚咚……」戰鼓聲在城下響起，伴著一連串虎嘯。

「擂鼓！示威，讓他們不服就儘管來戰！」劉秀毫不客氣下令以鼓聲反擊，同時將鋼刀抽出了刀鞘。

城外正在大步前行的莽軍將士被城頭上忽然響起來的鼓聲嚇了一跳，前進的速度猛地一滯。劉秀迅速判斷了一下敵我雙方的距離，將環首刀高高舉過了頭頂，「所有弩車，瞄準既定目標，發射！」

鼓聲戛然而止，幾乎就在同一瞬間，十二道閃電，猛地從城頭劈落。伴著呼嘯的風聲，接二連三，砸向了正在向前移動的莽軍將領認旗。

「轟轟，轟隆，轟轟，轟……」弩箭與盾牌或者地面相撞的聲音，宛若悶雷。這種威力巨大的武器，向來沒有什麼準頭。但十二支砸向同一面認旗，效果卻極為嚇人。當最後一聲雷聲消失，大新朝跳蕩將軍張班，已經徹底不見踪影。其原來所在的位置，則出現了一個半丈寬，六尺深的豁口。碎裂的盾牌和殘破的肢體灑了滿地，鮮紅色的血漿宛若溪流，在陽光下肆意流淌。

「啊——」跟在張班身後的新朝兵卒，都不是初次上戰場的雛兒。但是，卻誰都未曾見過，如此慘烈的場景。嘴裡發出一聲慘叫，丟下沉重的木盾和雲梯，潮水般向後退去。從頭到尾，沒來得及向城頭上發射一根箭矢。

「督戰隊，上前嚴肅軍紀！」新朝大司空王邑在遠處革車上看得真切，毫不猶豫地下達了命令。

「遵命！」立刻有親信帶著督戰隊策馬衝上，迎著潰兵就是一通亂刀。上百名倉皇後撤的莽軍兵卒，連一聲「饒命」都沒來得及喊，就倒在了自家刀下。剩下的三千餘名兵卒，在死亡面前迅速恢復了心神，慘叫著停下了腳步，望著血泊瑟瑟發抖。

「鷹揚將軍，你帶弩營左部上去，給張跳蕩復仇！」王邑對於死在督戰隊刀下的潰兵不屑一顧，扭過頭，朝著自己的親信單鷹吩咐。

「諾！」鷹揚將軍單鷹答應一聲，立刻帶著千餘名弩兵大步向前推進。直接穿過失魂落魄的潰兵，在距離城牆一百步外散開隊形，迅速抬起裝好了箭矢的大黃弩。

大黃弩乃是軍中第一利器，射程遠，準頭足，百步之內可穿透重甲。在大秦一統六國之戰中，就曾經大放異彩。隨著時間推移，工藝不斷改進，如今威力更勝從前。操作靈活性，也得到了大幅度提高。

「舉盾，舉盾，所有人，將身體縮回垛口之後！」劉秀曾經多次吃過大黃弩的虧，對此物印象極為深刻，見城下剛剛抵達的隊伍，忽然將弩機舉起，立刻大聲向所有人示警。

「舉盾，舉盾，所有人，將身體縮回垛口之後！」

「舉盾，舉盾，所有人，將身體縮回垛口之後！」

「舉盾……

臧宮、趙憙、馬三娘，還有敵樓中的其他將士，扯開嗓子，將劉秀的命令迅速傳遍城頭。然而，還是慢了半拍。一千支弩箭同時騰空，白亮亮宛若一道倒掛的瀑布。昆陽城頭，塵煙與血光同時飛濺，數十面盾牌連同盾後的兵卒，被弩箭直接射穿。七八處垛口，同時被射塌了半個角。藏在垛口後的兵卒躲避不及，被弩箭推得倒退數步，慘叫著身亡。

「奶奶的，老子跟你們拚了！」臧宮的兩眼迅速發紅，帶領著麾下弟兄，挽弓向城外還以顏色。成百上千支羽箭，向冰雹般砸向莽軍弩手。然而，指揮弩手的單鷹，卻毫不猶豫地帶領麾下弟兄集體後退，讓倉促射下來的大部分羽箭都落在了地上。只有少數幾支僥倖命中了目標，卻因為距離太遠的緣故，無法給弩手造成致命傷。

「咚咚咚，咚咚咚咚，咚咚咚咚……」大司空王邑趁機命令敲響戰鼓，派遣心腹愛將王爍接替張班，組織人馬展開了第二輪進攻。

這一回，莽軍總結上一輪的教訓，將王爍的認旗，藏在了整個隊伍最後。而鷹揚將軍單鷹，則帶領著麾下的弩手，在城頭羽箭的有效射程之外，重新裝填箭矢，然後再度以分散隊形靠近城牆，對守軍進行新一輪打擊。

即便有居高臨下的優勢，角弓的射程也遠不及大黃弩。而床弩雖然威力巨大，數量卻只有十二座，並且每一根弩箭都造價高昂，不適合用來對付普通目標。局面迅速變成了一邊倒，城牆上血流成溪。雖然在劉秀、臧宮等人的指揮下，義軍用角弓和羽箭，給盾牌後的莽軍也造成的極大的殺傷，但比起四十萬大軍，這點傷亡簡直微不足道。

不少漢軍暗暗叫苦，恨不能從城牆上跳下去，衝到敵軍的弩兵身邊，跟他們拚個你死我活。就在此時，城外的敵軍，猛地發出一聲高喊，盾牆向左右開裂。數十架雲梯，被千餘名百戰老兵抬著，迅速架上了城頭。

趙憙立刻帶著弟兄們，將檑木滾石沿著雲梯砸下，把試圖攀著梯子而上的敵軍砸得筋斷骨折。臧宮帶人抬起裝滿了沸水和滾油的大鍋，朝著莽軍頭頂猛澆，瞬間澆得城外肉香四溢。然而，沒等弟兄們臉上露出笑容，又一排白花花的弩箭破空而至，將城頭上射得血光飛濺。

兩名正在抬著檑石往下推的弟兄，當場氣絕。檑石也倒著滾回了垛口之內，將幾名躲閃不及的弟兄，軋得筋斷骨折。一個正在裝滿沸水的大鐵鍋也被射穿，裡面滾燙的液體四下流淌，附近幾名弟兄猝不及防，被燙得慘叫著跳起，旋即被天上如蝗飛矢射中，死不瞑目。

「穩住，穩住，不要將身體露在城垛之外。盾牌手，盾牌手上前為其他人提供保護！」劉秀大急，不顧親兵的攔阻，提刀衝出敵樓。先調整部署，減少自己一方損失。然後又快步衝向一座雲梯。

城牆高逾三丈，雲梯斜下來，卻依舊能與城牆齊平。頂部四尺範圍，都覆蓋著一層厚厚的鐵皮。最上方還帶著粗大的抓鉤，極難推動。他揮刀砍了幾下，手中鋼刀迅速變成了鋸子，雲梯卻毫髮無傷。緊跟著又端起一鍋沸水倒了下去，燙的正在往上爬的莽軍士卒大聲慘叫。但是，附近的雲梯上，卻又更多的莽軍士卒在弩箭和弓箭的掩護下，像螞蟻般爬了上來。

「閃開！」趙憙帶著十幾名弟兄，抬起一根巨大的木頭，撞向雲梯。雲梯頂端的抓鈎在撞擊下迅速變形，雲梯本身也發出吱吱呀呀的聲響。但是，在城外莽軍士卒的攙扶下，竟然遲遲沒有挪動分毫。

「再來！」趙憙帶著弟兄們後退，喊著號子加速，再度將巨木撞向雲梯。這回，雲梯終於向後倒去，攀附在上面的莽軍士卒，像入冬後的柿子般紛紛掉落。

不是所有將領，都像趙憙這般機靈。周圍另外幾座雲梯上，迅速冒起了人頭。劉秀帶著親兵四處堵漏，將爬上城牆的敵軍將士一個接一個砍死。但城牆上的莽軍士卒卻越來越多，很快，就控制住了其中幾個城垛，開始為後續爬上來的同夥清理空檔。

三兩個城垛丟失，不足以給守軍造成威脅。但是，如果五六個城垛連接成段，距離整面城牆的易手，就沒多遠了。劉秀年初跟隨劉縯久攻宛城不下，早就掌握了足夠多的攻擊和防守的技巧。但第一次從進攻方變成防禦方，卻仍然有些手忙腳亂。正急得焦頭爛額之際，耳畔忽然聽到一聲大吼，「別慌，倒滾油，用滾油迎頭往雲梯上澆！然後放火燒他娘的！」

「滾油，上滾油！」將士眼睛同時一亮，抬起距離自己最近的滾油，向雲梯澆去。緊跟著，將燒滾水和滾油的木柴，丟在了雲梯與城牆接觸的邊緣。

火光騰空而起，一座座堅固的雲梯，相繼變成了火炬。上面莽軍將士被燒得皮開肉綻，慘叫著掉落。已經爬上城牆的莽軍兵卒失去了後援，迅速被臧宮帶人壓縮到一隅，亂刃分屍。

「用油布纏住箭矢，射下面的盾牌！」嚴光帶著十幾名親兵快步衝上，一邊跑，一邊扯開嗓子高聲叫喊。

劉秀心中大喜，立刻命人將破布浸油，接著纏在羽箭前端，瞄準城外的盾牌展開齊射。轉眼間，就將莽軍手中的木質盾牌，全都射成了風火輪。盾牌手無奈，只能丟下「風火輪」，亂哄哄的向後撤退。躲在盾牌後不斷向城頭發起偷襲的莽軍弩手，迅速被暴露在了義軍的羽箭下，被射得東倒西歪。

這一回，因為距離太近，又猝不及防的緣故，莽軍弩手傷亡慘重。鷹揚將軍單鷹無奈，只好帶著剩餘弩手再度大步後退。失去了弩手支援的莽軍弓箭手，優勢盡去，被臧宮帶著弟兄們居高臨下一通亂射，丟下上百具屍體，落荒而走。

新朝大司空王邑再度命令督戰隊押上，用刀鋒逼著潰兵們重新組織進攻。他的心腹愛將王爍也在親信的團團保護下，帶頭衝向了城牆。鷹揚將軍單鷹，退到一百二十步外重整隊伍，利用弩箭的射程優勢，替所有自己人開路。不怕死的選鋒將軍車立，也帶著千餘精銳抬著嶄新的雲梯，再度衝到了城牆腳下。

他們表現不可不謂英勇，然而，同樣的招數使出來第二次，威力卻大打折扣。義軍將士受到前兩輪勝利的鼓舞，士氣高漲。就連一些原本懷著見勢不妙就躲進民宅心思的新兵，見劉秀手持鋼刀，冒著箭雨在城牆上往來衝殺，也熱血沸騰，叫喊著抬起沸水、滾油，朝著莽軍頭上猛潑。

莽軍第三輪進攻很快就被擊退，第四輪進攻，緊跟著也無果而終。跳蕩營傷亡超過三成，不堪再戰。新朝大司空王邑暴怒，揮舞著旗幟把前鋒營又調了上來。然而，因為急著趕路，沒有攜帶井欄、投石車、衝車等笨重的攻城器械，前鋒營對著嚴陣以待的義軍，也束手無策。打了足足一個時辰，丟下七百餘具屍體，也因為損失太大，不得不退下去修整。

隨後又是捕虜營、橫野營、緝盜營，各色雜號將軍帶著麾下精銳，輪番上陣。從上午辰時剛過，一直打到日光西斜，除了用鮮血染紅的城牆之外，進攻方一無所獲。

劉秀見敵軍翻來覆去，永遠是那幾招，緊綳著的神經，大為放鬆。正準備跟嚴光交代一下，去臨近的南城查探軍情，忽然間，腳下的城牆卻微微一晃。緊跟著，巨大的撞門聲，就在敵樓附近響了起來。

他心臟猛地一抽，趕緊衝到臨近的馬臉[注一]上，側著身體朝城門口觀望，只見兩大隊莽軍扛著剛剛砍下來樹幹，喊著號子，朝城門猛撞。「咚，咚，咚，咚……」，每一下，都震得敵樓簌簌土落。

昆陽城牆十分堅固，被樹幹撞上十天半個月，都未必有事。然而城門，就不好說了。劉秀當機立斷，趕緊調集弓箭手，站在馬臉上朝著城門口的敵軍攢射。隨即又叫過趙憙，命令他帶人下到城內，用碎磚和泥土堵死了門洞。如此一來，即便城門被莽軍撞碎，等待著他們的，也是跟城牆一樣厚的碎磚亂土。想要殺入昆陽城內，卻是毫無希望。

待做完這一切，劉秀又想起一事，急忙俯在地上傾聽，果不其然，有新朝將士，竟然在城下，用鋤頭鐵鍬亂刨亂挖。他笑了笑，叫過臧宮，命後者派人仔細觀察，找準方位，再派得力弟兄守在城內。莽軍挖不進來還好，若是真挖了進來，定叫其有來無回！

這一場攻防戰，從早上一直打到傍晚，莽軍付出了巨大的代價，卻一無所獲。守城的義軍損失不足莽軍的十分之一，但因為其整體規模還不到莽軍的半成，也算傷筋動骨。眼看著夜幕已經將城頭籠罩，麾下將士筋疲力盡，新朝大司空王邑無奈，只好下令鳴金收兵。鑼聲剛起，城下所有士卒就如同退潮般，「呼啦」一聲全部向後跑去，對留在城下的屍體，根本沒力氣相顧。

海量的鮮血染紅了大地，腥臭的氣味引來了無數蒼蠅、禿鷲和烏鴉，當著敵我雙方的面兒，在城牆和軍營之間的空地競相爭食，各不相讓。

城上的漢軍也終於長舒一口氣，軟軟坐倒，靠在牆壁上抓緊時間歇息。劉秀命人嚴加戒備後，也快馬加鞭來到昆陽縣衙，向王鳳彙報軍情。

才來到縣衙門口，就看到馬武、傅俊、李通等人也策馬飛奔而至。大夥一邊往裡走，彼此之間一邊迅速交流戰況，這才發現，今日，非但東側城牆承受了巨大的壓力，其他幾面城牆處，打得也極為凶險。好在敵軍缺乏大型工程器械，所掌握的攻城手段也不多，所以暫時四面城牆都平安無事。

然而，令他們無法輕鬆的是，就在大夥捨命搏殺的時候，更多的新朝大軍，源源不斷的從四面八方湧了來。彈丸之地昆陽，在洶湧的人潮下，就像驚濤駭浪中的一葉扁舟，隨時都有可能被打翻沉落海底！

「諸位，如果現在要突圍，往哪個方向走最好？」王鳳雖然大部分時間都「坐鎮」於縣衙之內，臉上的表情，卻比任何將領都緊張，不待劉秀等人喘過一口氣，立刻大聲發問。

「萬萬不可！」傅俊大驚，趕緊出言勸阻，「國公，如今新軍不斷趕來，早已將昆陽合圍，無論我們從哪裡殺出，只怕都只是送死之舉！」

「住口！」王鳳立刻拍案而起，指著傅俊，厲聲怒吼，「若非爾等故意隱瞞，我軍豈會被圍困在此處難以脫身？既然留在這裡是死，突圍也是死，何不冒險一搏？就這麼定了，誰要是再囉嗦，休怪王某跟他老帳新帳一起算個清楚。」

注一、馬臉：古代城牆為了防禦不留死角，專門凸起的部位。

知道劉秀受大夥擁戴，所以他堅決不將矛頭對準劉秀，而是選擇傅俊為突破目標，大發雷霆。劉秀和馬武等人聞聽，立刻明白，大夥昨夜故意隱瞞敵情之事，被王鳳給探聽到了。惱怒之餘，對此人倒也湧起了幾分欽佩。

「王二你若是把對付自己人的一半心思，用在對付敵軍上，恐怕我等也不至於打得如此艱難！」當即，馬武毫不客氣，叫著王鳳的綽號，大聲回應。「的確，莽軍有好幾十萬，我等昨夜就知道了。但是，之所以不向你彙報，就是因為怕你未戰先逃，亂了軍心，導致我等全都死無葬身之地。」

「你……」王鳳敢跟傅俊耍橫，敢跟劉秀擺主帥架子，卻唯獨不敢招惹馬武。頓時，被憋得臉色鐵青，喘息半晌，才強忍怒氣低聲強調：「子張，這裡是中軍帥帳，多少也得講幾分規矩。本帥不是要追究傅道長的欺瞞之罪，只是，只是，你們如果早些把真實敵情向本帥彙報，咱們，咱們還能從容布置。不至於現在被堵在昆陽城內等死！」

「國公這是哪裡話來？今天的戰事雖然緊張，但莽軍的損失卻十倍於我。」劉秀不想在這個節骨眼兒上義軍內部爆發衝突，上前推開馬武，笑著給王鳳吃定心丸，「況且莽軍來得匆忙，井欄、衝車之類的攻城器械，都沒有携帶。光憑著雲梯蟻附，根本沒希望破城！」

「那又如何，莽軍是我軍二十幾倍。咱們都死光了，他們至少還能剩下一半兒！」王鳳嘆了口氣，滿臉沮喪，「他們沒有携帶井欄衝車，砍了木頭現在開始造，也來得及。只需要半個月時間，就能弄出幾十具來。到時候，咱們也不是一樣要死無葬身之地？你年輕氣盛，總覺得王某怕打硬仗。卻不知，王某若是計較這一城一地之失，早就死在官軍手裡了，哪可能堅持到現在？」

這些話，倒是基本屬實。敵我雙方兵力相差過於懸殊，十倍的傷亡，莽軍也承受得起。而昆陽城外樹林很多，莽軍中也不缺會木匠手藝的兵卒，現場趕製攻城器械，肯定沒太大難度。

至於不爭一城一地之失，乃是綠林軍以前的生存信條。憑著打了就跑的靈活戰術，他們才和前去圍剿的官軍周旋到現在，不像其他反抗勢力那樣，旋起旋滅。

只是，以前的綠林軍規模不大，沒有立國，沒有想過跟王莽爭奪天下，當然怎麼跑路都不算錯。而現在，東征軍身後，卻還有襄陽和宛城。

「成國公說得在理，然而，王莽興兵四十萬，卻不光是想著消滅我們這支東征軍。襄陽和宛城，才是他們的真正目標。如果咱們不堅持一下就走，非但大司徒那邊要腹背受敵。定國公那邊，恐怕也會被打個措手不及！」見王鳳終於開始講道理，也走上前，大聲陳述利害。

「這……」王鳳可以不顧別人死活，對於自己的老搭檔王匡的安危，多少還放在心上。聽嚴光說得在理，又開始猶豫不決。

就在此時，主簿石堅忽然跳了出來，大聲喊道：「成國公，休聽此人胡說。他們昨夜已經派人去向宛城和襄陽示警，這會兒定國公和大司徒，應該已經得到了莽軍殺來的消息。此地距離襄陽足有四、五百里路，莽軍沒有不先去救了宛城，卻直撲襄陽的道理！」

「你放屁！」馬武氣得兩眼冒火，大步上前，就準備給石堅一個教訓，「有種你再說一次，莽軍會先去宛城？咱們綠林軍這麼多年來，始終成不了大事，就是因為你這種人，總是只顧著自己，不顧別人死活！」

「石主簿，原來你存的是讓我們舂陵軍擋刀的心思。嘿嘿，嘿嘿，你可真聰明！」鄧晨這個厚道人，終於也忍無可忍，手按劍柄，對石堅怒目而視。

主簿石堅嚇得一哆嗦，趕緊將頭縮到王歡身後，「我，我不是這個意思。我，我的意思是，莽軍應該先去跟岑彭匯合。大司徒也可以先率部撤到襄陽。」

「然後呢，然後被莽軍堵在襄陽一網打盡？」李通眉頭緊皺，目光瞬間銳利如刀。「王莽麾下的綉衣使者遍地，李某很是懷疑，你也是其中一員！」

「冤枉，冤枉！」主簿石堅嚇得臉色大變，趕緊扯開向王鳳求救，「國公，在下冤枉！」

「次元，不要嚇唬他，他就是個書呆子！」王鳳心裡頭，也暗罵石堅嘴快，暴露了自己的真實企圖。但是念在此人對自己忠心的份上，卻不得不為他提供保護，「他剛才的提議，並非想拿大司徒的人馬擋刀，而是想說，其實我等即便現在走了，也不會讓大司徒和定國公那邊被莽軍打個措手不及！」

「不能走！」劉秀看了他一眼，果斷搖頭，「即便已經無關家兄和定國公的安危，我等也不能現在走。莽軍初來乍到，士氣正盛……」

「文叔，你今天早晨說走不得，老夫已經依了你！」王鳳臉色一黑，皺著眉頭提醒，「你們昨夜故意隱瞞敵情，老夫也沒打算計較。可你翻來覆去就三個字，便否決了老夫的所有提議。老夫這個主帥，還有什麼當頭？不如乾脆讓賢，也好過整天坐在這裡礙眼！」

「撂挑子了，嚇唬誰？以某家之見，你早就該讓賢！」馬武在旁邊再度豎起眼睛，大聲冷笑。「沒了你，東征軍肯定打得更好！」

「國公最近勞累過度，歇息一下也好！」李秩撇著嘴，幽幽地在後面補刀。

許多將領早就看王鳳不順眼，臉上立刻露出了輕蔑的冷笑。或者上前給馬武幫腔，或者乾脆勸劉秀接替王鳳出任主帥，堅決不給此人出爾反爾之機。

沒想到自己如此不得軍心，王鳳頓時慌了神。然而，說出的話如潑出去的水，卻無法回收。正急得額頭冷汗亂冒的時候，卻聽劉秀笑著說道：「各位兄長、各位同僚，且容劉某說幾句話。大夥對劉某的厚愛，劉某心領了。但眼下我軍身處重圍，還是應把心思都放在如何對外上。況且東征軍主帥人選，乃是定國公帶領朝中幾位重臣和家兄商議的結果，我等還是不要輕易改變為好！」

「對，對，成國公剛才說的是一句氣話，如何能夠當真！」王鳳的親信王歡、李綱等人，也趕緊趁機開口，宣布剛才自家主公的話不能算數。

馬武和李秩哪裡肯聽，堅持要讓王鳳讓賢。其他大部分東征軍將領，也冷笑著說軍中沒有戲言。好在劉秀主意堅定，始終不肯接受眾人的推舉。而王鳳本人，也連忙起身四下拱手，承認自己剛才頭腦發暈。大夥才勉強鬆了口，同意讓後者食言而肥。

只是如此一番折騰，棄城的話，就再也沒人敢提了。大夥商量了一番如何加強防禦，以及接下來幾天的守城安排，便匆匆散去。

「文叔，你到底什麼打算？王鳳那廝膽小，即便今天被大夥逼著放棄了逃跑的念頭，如果不給他一些希望，他早晚還會舊話重提。」回去路上，李通快步追上劉秀，低聲詢問。

「舊話重提還好，就怕他不聲不響，帶著自家的嫡系，半夜偷偷跑了！」傅俊搖搖頭，大聲提醒。

「是啊，文叔，你今天就該趁機奪了王鳳的兵權。否則，早晚出事！」鄧晨也壓低了聲音，認真地補充。

他們三個都非意氣用事之輩，但三人卻都不看好，在王鳳繼續擔任主帥的情況下，東征軍的前途。俗話說，兵熊熊一個，將熊熊一窩。有王鳳這種喜歡轉進如風的主帥，東征軍肯定安不下死守孤城之心。眼下損失不大，勉強還能坐下來商量對策，統一行動。若是日後形勢越來越艱難，恐怕主張逃走和主張死戰的兩派，就要各行其是。

「死守此處，只能是坐以待斃！」劉秀扭頭看了看，發現連王常、張卯、臧宮等下江軍的將領也跟了上來，眼巴巴地看著自己，果斷地大聲說出心中的決定，「我今天不肯趁機奪了成國公的帥印，是不想壞了規矩。畢竟今後各家還要並肩對抗朝廷，劉某今天做了初一，別人便有藉口做十五。但劉某絕非想拖著所有人一起死戰到底，替家兄爭取準備時間。劉某的打算是，先穩住形勢，將莽軍拖在昆陽，讓他們無法迅速撲向宛城。然後，再尋找恰當時機，派人突圍出去，搬來救兵，在莽軍背後製造麻煩。如此，非但昆陽可以守得更長久，待家兄和定國公那邊準備停當，甚至可以合兵一處殺過來，讓城外這四十萬莽軍有去無回！」

「你說什麼？」聚集在劉秀身邊的眾將大驚失色，根本無法相信自己的耳朵。以兩萬對四十萬，大夥連戰個平手都不敢抱希望，而劉秀，居然打算將敵軍一股腦全殲！

「先穩住形勢，將莽軍拖在昆陽。然後派人突圍出去，搬兵騷擾其身後。待其筋疲力盡，再匯合各路豪傑，聯手殲之！」劉秀將聲音稍微提高了幾分，緩緩重複。年輕的臉上，看不到半點開玩笑的神色。

「好，這主意好。若是真的能全殲這四十萬大軍，王莽手上，恐怕就沒有多少可用之兵了。接下來，咱們想打洛陽就打洛陽，想打長安就打長安！」馬武神經最為粗大，很快就從震驚中恢復了心神，笑呵呵地用力撫掌。

「為了自家妹子，你算豁出去了！」王常看了他一眼，心中悄悄嘀咕。隨即，又快速將目光轉向劉秀，非常鄭重地拱手，「太常偏將軍志向高遠，王某望塵莫及。但俗話說，巧婦難為無米之炊。咱們只有區區兩萬弟兄……」

「兩萬弟兄足夠，多了戰時反而會是負擔！」劉秀笑了笑，迅速給出回應，「岑彭麾下只有幾千弟兄，也照樣守住了宛城。至於莽軍那邊，看似人數眾多。但諸君請想，城牆寬度有限，這四十五萬大軍，能同時撲上來的能有幾何？況且據劉某所知，四十萬大軍當中，嚴尤從洛陽周圍收攏的郡兵就占了一半兒。大夥跟郡兵多次交過手，其戰鬥力幾何，當心知肚明。而剩下那二十萬精銳，則是莽賊臨時從剿滅赤眉的戰場上撤下來的。體力和士氣，在赤眉軍身上，已經磨掉了大半兒。撤下了之後又沒來得及做任何修整，就匆匆忙忙趕了過來，從上到下就疲憊不堪！」

這些，都是他一邊戰鬥，一邊觀察，然後經過思索總結，才得出的結論。雖然不怎麼成熟，卻令周圍的將領們眼界頓開。

「以疲憊之師，匯同烏合之眾，想要勢如破竹直搗宛城，簡直就是痴人說夢！」迅速朝臉上掃了一遍，他的聲音變得更高，「眼下初次跟我軍接觸，仗著人多，也許還能鼓起幾分士氣。萬一久攻昆陽不下，其士氣必然大挫，其軍心必然大亂。到那時，家兄帶兵從宛城殺來，定國公揮師從襄陽趕至，與昆陽裡應外合，定然能殺他一個片甲不留！」

「對，人多頂個屁用，大不了咱們每人多砍幾刀！」馬武立刻接過話頭，大聲附和。

「昔日楚霸王項羽帶著兩萬楚軍，破釜沉舟，擊潰秦兵四十萬，俘虜過半。我軍現在也是兩萬眾，四十萬莽軍何足懼哉？」朱祐也趕緊舉起胳膊，文縐縐地補充。

「哈哈哈……」眾將被二人的馬屁舉動，逗得放聲大笑。笑過之後，心中都豪氣陡然而生。

的確，莽軍全部加起來有四十餘萬，可真正能稱得上精銳的能有多少？王邑為了著急趕路，連衝車、井欄之類的攻城利器都顧不上帶，哪裡可能抽出時間來讓士卒們休息？一群勞累到了極點，又來自不同地區，缺乏訓練整合的疲兵，怎麼可能做到速戰速決？而只要時間充裕，大將軍劉縯和大頭領王匡二人那邊，也各自能從容拼湊出二十萬人馬。以兩萬對四十萬毫無取勝的希望，以二十萬對四十萬，義軍未必就沒有勝算！

有道是，帥乃三軍之魂。眾將受了劉秀的感染，信心大增。回到營中後，也將這股子自信傳播開去，讓各自麾下的士卒，精神大振。結果接下來三天，義軍越打越順手，竟然連一次爬上城頭的機會都沒讓莽軍摸到。而莽軍那邊，則越打越沒精神，連續幾次進攻連雲梯都沒架好就草草收場。

王鳳見此，心中稍微安定。又開始坐在中軍帳內，指手畫腳。劉秀對他的命令，向來是能聽就聽，不能聽就敷衍。大部分將領，也只認太常偏將軍，眼睛裡看不到成國公。讓此人每每氣得兩眼發青，卻無可奈何。

第五日，天光乍亮，劉秀正在城頭巡視。忽然間，聽到城外傳來一陣絕望的哀號，「娘咧……」「我的孩子啊……」「軍爺，饒命，饒命，我們都是平頭百姓，都是平頭百姓啊！」「軍爺，我們沒跟反賊勾結，真的沒跟反賊勾結啊……」

「怎麼回事？」劉秀心裡頭悄悄打了哆嗦，趕緊走到垛口旁，凝神向外望去。緊跟著，就覺得頭髮根根倒豎！

只見兩里多遠的莽軍大營外，煙塵四起，無數老幼婦孺被莽軍士卒像牲口一樣趕著，向昆陽湧了過來。有人走得稍慢，就被鞭子、棍棒伺候。有人腿軟倒地不起，立刻被兵卒們迎頭一刀，砍成了兩段。

「他們，他們在幹什麼？那些人，那些人可都是平頭百姓！」王常也快步湊到垛口處，急得睚眦俱裂。「他們要驅趕百姓攻城，該死，百姓們根本沒受過任何訓練，怎麼可能爬得上城牆！」

這，已經是他能想到的，最惡劣的情況，也是他對人性的最低判斷。然而，接下來莽軍的動作，卻徹底擊碎了他的幻想。

「嗚嗚嗚，嗚嗚嗚，嗚嗚嗚嗚嗚……」隨著莽軍中央大帳附近，猛然響起一陣低沉的號角，如鬼魅夜哭，吹得人從頭到腳一片冰冷。

緊跟著，大隊的士卒，推著下面安裝了木頭輪子的鐵籠，從軍營內快速走出。馴獸師打開籠門，用皮鞭和火把驅趕著豹子、野狼、野牛、老虎、狗熊、大象，直奔百姓身後而去。

「快閃！」押送百姓的士卒大叫一聲，轉身就走。眾百姓心知大難臨頭，顧不上再哀嚎求肯，也撒開雙腿，直奔城牆。但是，人的兩條腿，哪裡跑得過被故意餓了數日的猛獸？才跑出十幾步，就有成群的老弱婦孺，被虎狼從身後撲倒在地，轉眼間就成了後者口中血食。

百姓中的青壯男子，雖然跑得稍快，但幾百步外就是昆陽城牆，又怎麼可能插翅飛過。短短幾個呼吸之後，也被虎豹豺狼衝散，分割，包圍，迅速變成一具具血肉模糊的屍骸。

「畜生！畜生，你們這樣做，就不怕天打雷劈！」朱祐看得雙目盡赤，手拍著城牆大聲叫罵。

「畜生，畜生！有種來攀爬城牆，欺負百姓算什麼英雄！」

「王邑狗賊，你不得好死！」

「王邑狗賊，你早晚被點了天燈……」

其他眾將，也一邊痛罵，一邊彎弓搭箭，盡可能地替城外百姓提供一些支援。有的野獸受傷，慘叫一聲，夾起尾巴逃向莽軍大營。有的野獸被激怒，撲到守軍腳下，用身體朝著城牆亂撞。但更多的野獸，卻對從半空中飛下來的箭矢視而不見，繼續瘋狂地追逐著百姓，撞擊，撕咬，不死不休。

「跟我去將東門的障礙物搬開，然後出城救人！」王常終於無法再忍受下去，朝著麾下心腹臧宮大喊一聲，隨即撒腿衝向馬道。

「來不及，來不及，城門，城門堵得太緊！」臧宮抹了一把臉上的血和淚，痛哭失聲。

五天前為了防止莽軍撞破城門，大夥特意用泥土磚頭等物將城門塞得死死。如今，成千上萬的無辜百姓在大夥眼皮底下被莽軍驅趕野獸吞噬，大夥想要去救，卻無門可出！

「刨城，把莽軍前幾天鑿出的窟窿刨開！」王常扭過頭，臉上淌著兩條猩紅色的血跡。「能救一個算一個！」

「刨城，能救一個算一個！」眾將恍然大悟，爭先恐後朝著城下狂奔。

「對，能救一個算一個！」就在大夥轉身的同時，城牆上，忽然有兩道身影抓著拴釘拍的繩索跳起，像兩隻白鶴般，翩然而下。

「文叔，三娘！」馬武急得大叫，從身邊搶過一邊鋼刀在手，隨即，也抓著繩索墜向了城外。雙腳沒等落地，鋼刀已經凌空潑出了一團寒光。

有一頭狗熊正追著兩名青壯沿著城牆繞圈兒，沒想到半空中忽然落下來一個殺星。被鋼刀正好砍在了腦門上，深入數寸。

下一個瞬間，刀斷，熊死。馬武穩穩踩在狗熊的肚皮上落地，俯身撿起一支昨日莽軍丟下的長矛，大聲怒吼，「殺賊！」

「殺賊！」劉秀、馬三娘也各自砍死了一頭野獸，高高地舉起了手中鋼刀。

「殺賊！」半空中，鄧奉、朱祐、傅俊、李通、劉隆、王霸、趙憙，以及數十名百戰餘生的勇士，扯著拴守城器械的繩索，鐵鍊，紛紛而下。每個人嘴裡，都爆發出雷霆般的怒吼。

「殺賊！」張卯、成丹、李秩、王歡等人，也扯著前一波人留下的繩索，迅速降落。

「殺賊！」城頭上，暫時找不到繩索攀援的義軍，則一邊等待，一邊怒吼著，將羽箭、投矛、石塊、磚頭，朝著野獸頭上招呼，每個人眼睛中都血淚交流。

在士大夫和官軍眼中，他們是賊，綠林賊。終日劫掠四方，只會破壞，不會建設。他們曾經為此心虛，為此自卑，為此覺得無顏面對自家祖宗，無顏面對自家妻兒。

而今天，他們忽然明白了，他們不是！對方才是！

他們不是賊，率獸食人者才是賊。

以改制為名，行魚肉百姓之實者才是賊。

橫徵暴斂，養肥自己兒孫，卻將千家萬戶逼得無路可走者才是賊！

獨夫民賊！

縱使讀了再多的書，縱使滿嘴微言大義，也是！

縱使買通無恥文人為自己歌功頌德，縱使在全天下立滿生祠，也是！

「殺賊！」剛剛獲救的十幾名青壯，猛地從恐慌中恢復清醒，俯身撿起一隻染血的兵器，大吼著追向了劉秀。

「殺賊！」劉秀揮刀砍倒兩頭野狼，緊跟著又與馬三娘並肩，將一頭老虎開腸破肚。

「殺賊！」馬武抖槍刺死一頭野牛，緊跟著又挑飛了兩頭豹子，緊隨他們伉儷腳步。

「殺賊！」鄧奉、朱祐、傅俊、李通、劉隆、王霸、趙憙、張卯、成丹、李秩、王歡帶著數十名弟兄，快步追上來，就像一道決堤的山洪，將沿途遇到的猛獸全部掀翻於地。

「殺賊！」更多的將士，從城頭上拉著繩索一波波墜下來，一波波跟著前方的袍澤，如驚濤駭浪。

「殺賊！」王常帶著更多的弟兄，從城牆下廢棄的破洞吶喊著湧出，讓驚濤駭浪繼續奔流下去，橫掃一切阻擋。

「殺賊……」

「殺賊……」

「殺賊……」

獲救的百姓們，撿起石塊，磚頭，刀槍、棍棒，加入復仇的隊伍，前仆後繼，誓不反顧。

「殺賊……」

「殺賊……」

「殺賊……」

「殺賊……」

這洪亮的吼聲，響徹原野，響徹天地，迴蕩於青史之中與人民心頭，從古至今，永不消失！

殺賊！

野獸雖然嗜血，通常卻都欺軟怕硬，且不像人類一般為了大義可以蔑視死亡。當發現同類一個接一個被「獵物」斬殺，而「獵物」卻成群結隊地掉頭反撲回來，立刻就失去了進攻的勇氣。

體型相對龐大的狗熊，老虎怒吼著停住腳步，朝著「獵物」張牙舞爪。體型相對小的野狼、豹子則調轉頭，撒腿狂奔。任馴獸師如何用鞭子和火焰威脅，都阻擋不住。

「站起來，跑！往城牆下跑！」劉秀大吼著從一群嚇癱了的婦孺身邊衝過，揮刀砍向兩名手裡拿著鞭子的馴獸師。後者沒想到有人居然能將獸群打得掉頭逃命，手忙腳亂地用鞭子招架。被劉秀一刀一個，轉眼砍翻在地。

「站起來，別楞著。不想死就趕緊往城下逃！鑽洞進城！」馬三娘挺刀刺死一頭不肯讓路的狗熊，扭過頭，朝著百姓們繼續提醒。「別等人扶著你們！」

「啊，哎，哎，恩公，多謝恩公，多謝恩公！」獸口餘生的婦孺們，這才意識到自己得了救，哭喊著道了一聲謝，抱起孩子，相互攙扶著直奔昆陽城的牆洞。

「別戀戰，先殺手裡拿著鞭子和火把的，救人。」劉秀揮刀又砍倒一名馴獸師，緊跟著，舉起血淋淋的刀鋒大聲呼籲。

「別戀戰，殺手裡拿著鞭子和火把的，救人！」鄧奉、朱祐、傅俊、李通等人，揮舞著兵器重複，一個奮勇向前，宛若瘋虎。

「遵命！」跟過來的將士們答應一聲，齊心協力，優先「照顧」莽軍中的馴獸師，轉眼間，就將他們砍了個七零八落。失去了皮鞭和火焰威脅，野獸們逃得更快。原本還咆哮著死撐的狗熊、老虎、巨象，也迅速失去了膽子，丟下嘴邊的獵物，掉頭逃命。

「蠢貨，巨毋霸這個蠢材，丟盡了老夫的臉！」站在軍營深處革車頂上的大司空王邑，被突如其來的打擊，氣得臉色發紫。咆哮著調整戰術，「捕虜營、橫野營、緝盜營、前鋒營，給我一起上，把營外這些反賊全部殺了，趁亂攻進昆陽！」

負責傳令的親兵大喊一聲「得令」，立即用號角聲和旗幟，將王邑的指示傳遍了全營。短短幾個呼吸時間之後，便有四路兵馬，合計兩萬餘眾，咆哮著整理好隊形，像洪水般朝劉秀等人緩緩碾軋過來。

「巨毋兄，請你的猛獸營退後掠陣，避免誤傷！」帶領親兵，朝著一個鐵塔般的將官大叫，示意此人不要阻擋自家軍隊的道路。

內心深處，他也不認同大司空王邑讓巨毋霸用猛獸捕食百姓的行為，但大司空王邑和大司徒王尋兩人，卻堅持說昆陽附近的百姓早已經心向叛匪，不可再留，並且認定了這樣做，可以嚴重打擊「賊軍」的囂張氣焰，大幅減少新朝將士在下一次攻城時的損耗。

人微言輕，趙正當時沒勇氣繼續爭辯，以免被認為有通匪的嫌疑，稀裡糊塗掉了腦袋。這會兒，看到巨毋霸和他麾下的猛獸吃了癟，心情卻是說不出的痛快。連帶著，對「賊軍」的敵意，都下降了許多。

捕虜、橫野兩營的主將，跟趙正的想法差不多，也帶領親兵扯開嗓子，朝著巨毋霸大聲呵斥：「讓開，讓開，速速讓開。別讓你麾下的野獸擋了大軍的道。否則，我等只能先殺了野獸，再去殺反賊！」

「我，我，也罷！幾位將軍先上，巨毋霸今天輕敵大意，被賊人所趁。以後，定親手洗雪此恥！」那人正是猛獸營壘尉巨毋霸，聽出眾人話語裡的嫌棄之意，氣得臉色一片黑紫，強壓怒火點頭。

「巨毋不要灰心，有你麾下猛獸吃肉的時候！」只有前鋒將軍田秋膽子小，怕巨毋霸過後到王邑面前告大夥黑狀，主動在旁邊大聲安慰。

「那是自然，虎行千里吃肉，狗兒心軟卻只能吃屎！」巨毋霸張開血盆大口，狂笑著回應。隨即，命人吹響特製的竹笛，通知自己麾下的其他馴獸師，將野獸盡可能地調往軍營兩側，給自家大軍讓開出擊通道。

畢竟不是人類，野獸即便再訓練，也不可能像人類一樣對命令響應迅速。待巨毋霸和他的「兒孫」們終於給莽軍讓開了道路，劉秀和眾英雄豪傑，已經組織起倖存下來的百姓，果斷後撤。轉眼間，就與莽軍拉開了距離。

「跟我來，無論如何不能讓他們跑掉！」前鋒將軍田秋害怕王邑怪罪大夥貽誤戰機，果斷招呼起兩百餘名親信，搶先一步策馬直撲為百姓斷後的劉秀。以騎對步，他本以為自己可以將對方一衝而潰。卻不料，還沒等靠近劉秀身邊，忽然，十二支巨弩從半空中帶著風，朝著他的頭頂砸來。

「啊——」前鋒將軍田秋被嚇得魂飛魄散，趕緊策動戰馬閃避。「轟！」「轟！」「轟！」……，弩箭與目標撞擊聲，在他前後左右絡繹不絕。雖然沒有成功命中他本人，卻將他身邊的親信，砸了個人仰馬翻。

跟在後面的騎兵為了避免衝撞自家主將，連忙拉緊戰馬韁繩，饒是如此，依舊有十幾名騎兵撞在了一處，相繼變成了滾地葫蘆。整支騎兵隊伍的推進速度，頓時一滯。還沒等前鋒將軍田秋從恐慌中恢復鎮定，距離他只有四五丈遠的劉秀已經開始加速，三步並作兩步來到他面前，鋼刀凌空掃出一道閃電。

「啊！」田秋嚇得嘴裡發出一聲驚叫，連忙揮畫戟招架。他的武藝自問不差，然而，騎在失去速度的戰馬上，動作卻遠沒有徒步的劉秀靈活，三招兩招，大腿上就被鋼刀掃開了一道血淋淋的口子，疼得冷汗亂冒。

周圍的騎兵趕緊圍攏上前相救，卻被馬三娘、鄧奉、朱祐三人聯手擋住，短時間內，根本無法靠近自家主將身側。而穩穩占據上風的劉秀，則再度縱身而起，半空中接連砍出三刀，刀刀不離前鋒將軍田秋的胸口。

「啊——」又一股血跡從田秋的肩膀上冒出，他慘叫一聲，不敢再耽擱，撥馬就逃。哪裡還來得及，劉秀一個箭步追上去，鋼刀正中此人的後心。緊跟著，棄刀，加速急行數步，左手拉住戰馬的韁繩，雙腿凌空而起。「咚！」地一聲，將只剩下最後一口氣的敵將踹下了坐騎。

身體迅速下落，屁股穩穩坐上了馬鞍。一彎腰，劉秀撈起田秋的畫戟，高高地舉過了頭頂，「南陽劉文叔在此，不怕死的儘管過來！」

「劉將軍，劉將軍，劉將軍！」城樓上，歡呼聲猶如雷動！留守城內的將士們，都認出了劉秀斬殺的對象，正是昨日曾經率部攻打東門的一員主將，心情像三伏天飲了冰水般酣暢淋漓。

跟在田秋身後的騎兵們則因為主將陣亡，士氣一落千丈。被馬武帶領著其他義軍弟兄迎頭一衝，紛紛掉頭落荒而走。剎那間，昆陽城外，就出現一幅怪異景象。兩萬餘莽軍從三個方向迫近不到五百義軍和近萬百姓，而五百義軍非但沒有倉皇逃命，卻追著一百八十餘名全副武裝的莽軍騎兵大砍大殺，將其像羊群般攆得倉皇逃竄。

「催戰，給老夫催戰。哪個再猶豫不前，軍法從事！」站在莽軍大營的革車上觀戰的王邑，被親眼看到的景象，氣得暴跳如雷。從爪牙手裡搶過鼓槌，親自擂向戰鼓，「咚咚咚咚，咚咚咚，咚咚咚……」激烈的鼓聲，立刻從軍營中傳出，剎那間，傳到另外幾名奉命出擊將領的耳朵中。

捕虜、橫野、緝盜三個莽軍營頭的主將，不敢再做任何拖延，連忙催動各自麾下的隊伍加速。

以免去得慢了，眼睜睜地看著劉秀逃入城內。前鋒營雖然失去了主將，但絕大部分指揮體系都還完整。因此，稍微遲疑了幾個呼吸之後，也在一名雜號將軍注二的帶領下，跟在了大隊人馬之後。

兩萬大軍齊頭並進，人和馬踩起來的煙塵，遮天蔽日。剛剛從猛獸嘴裡逃得生天的百姓們，頓時嚇得慌了神，拚命湧向城牆下的數個洞口，各不相讓。

那些洞口原本是莽軍為了攻入城內所鑿，大小高矮不一。雖然先前從城內被王常帶領弟兄們打通，但寬度卻只能供兩到三個人同時半蹲著前行。被蜂擁而至的百姓們一擠，頓時，所有牆洞都卡得死死。

「別擠，別擠，大夥一個接一個來！」王常急得滿頭大汗，帶著弟兄們努力維持秩序。然而，早進城一步就是活，晚進城一步就會被抓回去餵野獸，下場如此懸殊的情況下，百姓們哪裡肯聽？非但沒有鎮定下來響應他的號召，反而擠得更加瘋狂。

「仲先，你口才好，你去幫王大哥！」劉秀與勇士們結束了對敵軍騎兵的追殺，剛好退到城下。見到百姓亂成一鍋粥的尷尬局面，果斷向朱祐下達命令，「必要時，實行軍法！」

「是！」朱祐楞了楞，大聲答應。隨即，點起十幾名距離自己最近的弟兄，拎著血淋淋的鋼刀，直撲擠成一團的百姓，「停下，都停下，再不停下，不用官軍來殺，老子先剁了你們！」

眾百姓聞聽，嘴裡發出大聲哀哭，愈發擠得爭先恐後。朱祐無奈，只好調轉刀刃，用刀背朝著其中最結實的幾名青壯砸去，「停下，停下，跟女人孩子搶洞口，爾等羞也不羞！」

「停下，停下，跟女人孩子搶洞口，爾等羞也不羞！」城上城下，斥責聲響成了一片。洞口

注二、雜號將軍：指的是在偏將軍，俾將軍之下的將軍。一般都有個頭銜做區別，如捕盜、折衝之類，級別可高可低。

處的百姓終於鬆了鬆，有人喘息著通過，進入城內。有人則絕望地蹲在了城牆根兒旁，準備將生命交給老天。

「馬大哥，三娘，士載，可還有力氣再戰？」劉秀沒時間再組織百姓們入城，用力吸了一口氣，舉起畫戟大聲詢問。

「我跟你在一起！」

「不用問，我啥時候拖過你的後腿！」

「還未過癮，氣力正足！」

馬三娘、鄧奉、馬武各自搶了一匹敵軍丟下的坐騎跳上去，揮著兵器高聲答應。

「諸位，可願與劉某再逆衝敵陣？」劉秀開心地笑了笑，旋即，又將目光轉向其他弟兄。

傅俊、李通、劉隆、王霸、趙憙、張卯、成丹、李秩、王歡齊聲大笑，帶領著其餘四百六十多名勇士振臂高呼，「殺賊，殺賊，殺賊——」

「好！」劉秀朝著所有人欣慰地點頭，然後將戰馬撥轉，對準越來越近的敵軍，「背對百姓，結錐形陣，跟我來！」

「殺賊！」眾將士再度齊聲高呼，以他、馬三娘和鄧奉一道，迅速組成了一個銳利且堅實的錐形。錐鋒處對準敵軍，錐底部擋住努力鑽洞進城的百姓，總計不到五百人，卻好似千軍萬馬。

「咚咚咚，咚咚咚，咚咚咚，咚咚咚……」嚴光命人在城頭敲響戰鼓，替城外的勇士們助威。留在城牆上的大部分義軍將士，則將弩車重新裝填，將角弓拉滿，對準越來越近的莽軍。城垛口處，也有少部分義軍將士，墜著繩索魚貫而下，或者幫助朱祐和王常維持秩序，或者邁動腳步衝向劉秀身後，將錐形陣的尾端，變得更寬，更穩。

被嚇得驚慌失措的百姓們，發現劉秀居然帶著義軍主動替大夥斷後，感激之餘，理智又迅速恢復。有青壯男子從隊伍中退出，主動將位置讓給了婦孺。還有一些失去了家人，或者膽子較大者，則從地上再度撿起了莽軍遺落的兵器，掉頭走向了錐形陣後。

「好膽色，只可惜從了賊！」綌盜將軍趙正所處位置與劉秀正對，見他居然為了萬餘素不相識的平頭百姓，兩度將生死置之度外，忍不住低聲讚嘆。

然而，讚賞歸讚賞，兩軍陣前，卻不准許他再故意留情。猛地將手中鋼刀高高舉起，刀尖直指距離自己不到一百步遠的錐形軍陣，「殺過去，報效皇恩！」

「殺——」綌盜營五千將士，咆哮著加速。捕虜、橫野兩營莽軍，則從左右兩翼向中間擠壓。跟在最後的前鋒營因為義軍規模太小，無法加入戰團。果斷停住腳步，取出角弓，朝著身前一百步位置，拋下一陣瘋狂的箭雨。

「嗖嗖嗖……」大部分箭矢都被曉風吹歪，沒有發揮任何作用。但少部分羽箭，卻成功落在了劉秀的身前身後，在錐形陣中帶起一道道血光。城頭上，嚴光立刻組織弟兄們還以顏色，居高臨下，將箭矢、投矛，砸向莽軍頭頂。大量的莽軍受傷倒地，但與兩萬總規模比起來，卻微不足道。沒受傷的莽軍將士吶喊著瘋狂加速，宛若一道道驚濤駭浪。轉眼間，就將劉秀帶領義軍組成的錐形陣，吞沒在了刀光的海洋當中。

「文叔——」嚴光緊張地大聲吼叫，親自衝到一輛弩車旁，扣動機關，將弩槍朝著錐形陣正前方射去，也不管這樣做到底能不能幫上劉秀的忙。

「劉將軍——」城頭上，來自舂陵軍、新市軍和下江軍的將士們，怒吼著張開角弓，將羽箭朝著敵軍頭頂上猛潑，從沒有一刻，心氣如現在這般整齊。

劉秀不能死，這一點，哪怕是王鳳的嫡系親信，心裡頭都非常清楚。如果劉秀死了，東征軍肯定覆滅在即。所以，他們必須盡最大的努力殺傷敵軍，盡最大的努力，替劉秀分擔壓力，阻攔來自正前方和左右兩翼的進攻。

彷彿聽到了他們的喊聲，下一個瞬間，劉秀又帶著整個錐形陣從刀光的海洋中浮現出來。他的渾身上下都被血水染紅，但是，他卻始終沒有倒下。他在進攻，帶領身側和身後的弟兄們，向數十倍於己的敵軍展開對攻。他手中的畫戟宛若一條銀龍，搖頭擺尾，將周圍的刀光撕碎，踹爛，然後硬生生頂得倒捲而回。

「射，所有弩弓，瞄準劉將軍前方二十步處射！」嚴光歡喜得連聲音都變了調子，揮舞著胳膊大喊大叫。「弓箭手，弓箭手錐形陣兩翼的敵軍，注意跟自己人保持距離，注意不要誤傷！」

不用他招呼，城牆上的義軍弟兄們，也知道如何去做。弩手們紛紛將弩槍掛上弩機，齊心協力推動絞車，張開弩臂。弓手們將羽箭一支接一支搭上弓弦，快速射向敵軍頭頂和胸口。手中沒有角弓的其他弟兄，則更多的繩索甩下城頭，將百姓當中身體強壯者用繩索拉進昆陽，盡可能地加快百姓們的進城速度……

「嗖、嗖、嗖……」七八支弩槍同時發射，雖然為了避免誤傷，落地點與劉秀保持了一定距離。但弩槍巨大的殺傷力，依舊讓擋在劉秀正前方的敵軍瞬間攻勢為之一滯。

「殺！」趁著敵軍銜接出現混亂的瞬間，劉秀舞動畫戟，將一名敵將刺落於馬下。緊跟著，催動坐騎，奮力前衝。不能停，停下來，所有弟兄都會身陷重圍。而只要繼續前進，哪怕速度慢一些，與錐形陣接觸的敵軍，數量就有一個極限！

他早不是多年前剛剛離開太學的那個書生，他在多年的遊歷和數個月的廝殺中，積累下了足夠多的應敵經驗。他知道該如何給敵軍最大的打擊，同時盡可能地保全自己。他左側有鄧奉，右側有三娘，身後有一群義薄雲天的弟兄。他可以放心地向前衝殺，無須側首，無須反顧。

有名校尉打扮的傢伙剛剛靠近，就被鄧奉一槍捅了個對穿。一名屯將措手不及，被馬三娘連頭帶肩膀砍去了半截。兩名兵卒尖叫著將兵器亂舞，劉秀一戟一個，將二人送回了老家。跟上來的五名莽軍將士被嚇得臉色蒼白，手腳發虛。劉秀策馬衝過去，與三娘，鄧奉一道，將對手的屍體踩翻於馬蹄之下。

在巨大的壓力下，錐形陣前方的敵軍開始分裂，很多人叫喊得聲嘶力竭，肩膀和雙腿卻本能地向兩側傾斜，避免與錐形陣的尖鋒正對。有幾個手持長槍的兵卒繞開劉秀、馬三娘和鄧奉，試圖從三人後方側翼製造障礙，被馬武揮動長矛橫掃，紛紛吐著血後退。一名持刀的敵將試圖偷襲馬武，卻不料正擋在了傅俊身前，被傅俊一劍刺穿了心窩。

眼前忽然一空，劉秀的前進速度驟然加快。抬起頭，他迅速掃視四周，隨即策馬撲向距離自己最近的認旗。認旗下緝盜將軍趙正氣得兩眼發黑，正在努力調整部署，忽然間看到劉秀撲向了自己，被嚇了一大跳，趕緊揮動長槊策馬迎戰。劉秀一戟刺過去，將此人的長槊蕩開半尺。隨即又是一戟，正中此人大腿。銳利的戟鋒，將此人大腿上的護甲直接洞穿。雪亮的戟刃貼著皮肉急速而過，瞬間帶起一團紅色的煙霧。

「啊——」緝盜將軍趙正大聲慘叫，身體迅速趴在馬背上，縮蜷成了一隻大蝦。沒等劉秀再補上一戟，趙正的親信奮不顧身撲上，四五個人擋住了他的戰馬，另外十幾個牽制趙正的坐騎，轉身就逃。

「率獸食民之賊，哪裡走！」劉秀眼裡，趙正與巨毋霸乃是同夥，早就惡貫滿盈。大吼一聲，策動搶來的戰馬緊追不放。身後整個錐形陣，也被他帶著驟然加速，騎兵、步兵沿著莽軍裂開的縫隙，高呼而進。剎那間，將裂縫撕成了巨大的缺口。

「殺反賊，殺反賊！」最後幾排的莽軍將士不知道前方的情況，咆哮著向前推進。趙正的戰馬瞬間被自己人擋住，寸步難行。而劉秀卻因為跟他之間被拉開了一段距離，速度沒受到太大影響，揮舞著畫戟，越追越近，越追越近。

「讓開，讓開！」趙正的親兵隊正趙旋急得大呼小叫，命令擋在自己前方的自家士卒讓路。「將軍受傷了，將軍受傷了！」

「擋住劉秀，擋住劉秀，不要管我，不要管我！」趴在馬背上的趙正，則扯開嗓子，發出了與親兵隊正趙旋完全相反的命令。

正努力前衝的莽軍士兵們頓時不知所措，你推我搡，一片混亂。「讓路，讓路，先放將軍過去，然後你們去擋住劉秀！」趙旋大急，揮起槍桿一通亂抽，將人群硬生生抽開一到縫隙，帶著趙正努力遠離。

幾名生力軍策馬趕來，試圖擋住劉秀，封堵缺口，同時營救自家主將。然而，在缺乏有力支援的情況下，他們的努力，注定徒勞。無論是個人身手，還是對戰機的把握能力，他們照著劉秀都差了不止一點半點。他們身邊的親信兵卒，與馬三娘、鄧奉、馬武、傅俊這個人相比，更是地下天上。

「轟、轟、轟、轟……」又一排弩槍飛至，將錐形陣前方十步遠位置的敵軍，射得人仰馬翻。劉秀借機帶著馬三娘和鄧奉奮力前推，將亂做一團的攔路者接二連三殺死。馬武、傅俊、李通則帶領大夥緊隨其後。十步、二十步、三十步、四十步，越戰越勇。

周圍的敵軍紛紛避讓，誰也不敢再阻擋他們的鋒纓。劉秀策馬追上趙正，畫戟奮力刺向此人後背。一名親兵打扮的莽軍士卒捨命撲過來，用身體擋住了畫戟，慘叫著死去。趙正的速度驟然加快，瞬間將自己與劉秀的距離拉開了四五丈。劉秀正欲加速追過去，忽然發現前方變得異常空曠。扭頭再看，錐形陣居然已經從莽軍緝緝盜營背後透了出來，所過之處，血流成河。

「殺回去！」再度舉起畫戟，他毅然做出決定。在朝陽的照耀下，全身紅霞縈繞，就像一尊下凡的戰神。

「殺回去！」鄧奉、馬武、傅俊、李通等人豪情萬丈，也舉起兵器大聲高呼。緊跟著，帶領弟兄們，再度於劉秀身後結成錐形，方向直指莽軍捕虜營，宛若一群天兵天將。

「停下，停下，轉身結陣，轉身結陣！」聽到來自側後方的喊殺聲，莽軍捕虜營主將急得兩眼冒火，飛快地揮舞手中令旗，調動麾下弟兄轉身阻截義軍。

太屈辱了，簡直是奇恥大辱。兩萬多武裝到牙齒的官兵，竟然被五百義軍從正中央將大陣鑿了個對穿！緝盜將軍身負重傷，整個緝盜營徹底失去了再戰之力。

仗打成這樣，即便官兵能獲取最後的勝利，結束後，各營將士恐怕也得不到任何獎賞。而如果將劉秀等人放回昆陽，今晚緝盜、捕虜和橫野三個營的主將人頭，就得掛上轅門外的高竿。

不行，絕對不行。不惜任何代價，都必須將劉秀抓住，碎屍萬段！一邊咬著牙，捕虜營主將一邊努力撥轉坐騎。當他終於艱難地轉過了頭，卻被眼前景象嚇了個目瞪口呆。

劉秀和他身邊的「反賊」將士總計剩下還不到三百人，其中只有二十幾名是騎兵，並且幾乎個個帶傷。然而，這二百餘人，卻像鋼刀般，刺進了捕虜營深處。而正在艱難調整方向的捕虜營將士，彼此之間根本形不成有效配合。人數分明是「反賊」的十多倍，大多數卻無法靠近戰團，只有很少的一部分弟兄，在一個狹窄的缺口處，艱難抵抗。轉眼間，缺口就被撕到了整個軍陣的中線，沿途血肉橫飛，屍骸滿地。

「攔住他們，攔住他們！」捕虜營主將眼前一黑，差點沒一頭栽倒馬下。如果照著這種速度，只需要二十餘個呼吸，反賊就會殺到他的認旗之下。而他的武藝，自問還不及趙正。除了戰死當場之外，幾乎沒有其他選擇。

「攔住他們，攔住他們！」捕虜營的官兵也覺得無比委屈，大聲叫嚷努力去阻擋「反賊」的腳步。然而，剛剛轉過身的他們，既沒有配合，又沒有速度，每個靠近「反賊」隊伍的人，都是在憑著個人勇武單打獨鬥。反過來再看對手，卻始終以劉秀為尖鋒，保持著一個銳利的錐形，穩步前進。將擋在錐形正前方和兩側的官兵，像犁地般，成排成排的犁翻。

「攔住他們！攔住他們！」一名校尉帶著幾個親信艱難地推開不知所措的自家袍澤，努力向劉秀刺出一槊。劉秀手中畫戟猛地一撩，立刻將長槊撩上了半空。校尉的親信慌忙上前拚命，又被他一戟一個，刺倒在地。借助親兵用性命換回來的時間，勇敢的校尉讓開劉秀的馬頭，俯身去撿地上的鋼刀。馬三娘毫不猶豫衝過去，一刀將此人的身體砍掉了半邊。

「攔住他們，攔住他們！」又一名軍侯吶喊著從側翼撲上，試圖衝散錐形軍陣。沒等他靠近到軍陣三尺之內，李通一鐗拍將過去，將此人拍了個仰面朝天。

「擋我者死！」劉隆、王霸、趙憙、張卯、成丹、李秩、王歡等人齊齊出手，帶領著身邊的弟兄們，將錐形陣兩側的莽軍一層層殺死。馬三娘、鄧奉一聲不吭，揮舞兵器，死死護住劉秀身體兩側。馬武、傅俊則在二人身後努力策應，令錐頭和錐身，始終保持相同的速度和節奏。整個錐形陣越推越快，越推越順暢，如入無人之境。

一排又一排官兵艱難地上前迎戰，然後一排又一排被錐形陣穿透。陣亡的捕虜營將領越來越多，軍陣的裂縫卻越來越大。很多兵卒對勝利徹底失去信心，偷偷地停止了向錐形靠近的腳步。一些屯將、隊正也被死亡和鮮血，嚇得兩腿發軟，不肯再向前移動分毫。

兩軍接觸之處，捕虜營的抵抗越來越乏力，越來越乏力，很快，就出現了崩潰跡象。而錐形陣兩側，則出現了巨大的空隙。附近的莽軍兵卒嘴裡喊得無比響亮，兵器卻全砍在了空氣上，對義軍沒有造成任何殺傷。

「死戰，死戰，皇上在看著咱們，大司空在看著咱們！」捕虜營主將嘴裡吐出一口黑血，拎著鐵脊長矛，親自上前阻敵。

在他記憶中，大新朝的官軍從來沒有這般窩囊過。無論是對上塞外的匈奴，還是對上泰山赤眉。他們總是憑藉嚴整的陣型和精良的武器，碾壓敵人。他們總是將敵軍殺得肝膽俱碎，然後像雪崩般落荒而逃。

但是，今天，一切都好像掉了個樣。他們的陣型完全沒有發揮作用，他們的武器幾乎成了擺設。他們始終被敵軍碾壓，他們當中大多數人，已經沒有勇氣再戰，時刻準備著調轉身形，逃之夭夭。

不能，絕對不能！在榮譽的驅使下，捕虜營主將忽然變得無比英勇。先揮矛砸翻了七八名畏縮不前的兵卒，又將一名帶頭逃命的校尉捅了個對穿。緊跟著，他策馬衝向了劉秀，正在滴血的鐵脊長矛，紅霧繚繞。

「當——」劉秀用畫戟將長矛蕩開，隨即一戟刺向對手的胸口。捕虜營主將側身閃避，緊跟著再度用長矛向前劈刺。一塊鐵磚忽然凌空飛至，正中他的面門。一杆長槊緊隨鐵磚之後，以無比詭異的角度，瞬間捅入了他的軟肋。

劉秀揮戟，撩矛，策馬，將對手的屍體撞落於地。與馬三娘、鄧奉二人的配合，如行雲流水。周圍的莽軍捕虜營的兵卒嘴裡發出一聲大叫，本能地後退閃避。整個軍陣，從雙方接觸處，迅速土崩瓦解。

「將軍死了！」有人大叫著丟下兵器，轉身逃走。

「將軍死了？」有人站在原地，呆呆發楞。

「將軍死了！將軍死了！」更多的人，哭喊著互相推搡，為錐形陣讓開通道，以免不小心步了自家將軍後塵。

再也沒有兵卒去阻擋義軍的腳步，儘管，儘管此刻捕虜營還有四千六百餘人，規模仍舊是劉秀身邊義軍的十倍以上。

「跟緊我！」劉秀對莽軍的避讓毫不領情，果斷調整方向，帶領自家隊伍向左橫推。數十名莽軍連招架的勇氣都沒有，就被直接推翻。其他莽軍爭先恐後轉身，落荒而走。

「殺，跟緊劉將軍！」鄧奉的眼睛忽然一亮，舉起長槊放聲高呼。

當年在兵法課上，老將嚴尤提到過一種戰術。以精銳將士碾碎一部分敵軍的勇氣，逼著他們退向自家本陣。然後咬緊其尾部繼續施展壓力，就能驅趕著他們為開路先鋒！

這一招，聽起來很神奇，鄧奉卻從來沒用過，也沒見到別人使用過。然而，今天，他卻忽然發現，這一招施展的機會，就在眼前。

「跟我來！」

「還有百姓沒進城！」

「咱們今天已經夠本兒！」

「跟上劉將軍！」

……

劉隆、王霸、趙憙、張卬、成丹、李秩、王歡等人大叫著，帶領身邊弟兄，調整方向。他們不像鄧奉一樣聰明，也沒系統地學習過戰術和戰策。但是，他們卻各自都有充足的理由，誓死追隨劉秀的腳步。

而劉秀，卻圓睜著雙眼，緊緊盯著自己前方四尺外的潰敗者，不停地刺出畫戟，將其中跑得慢的敵人戳翻於地。對敵軍的仁慈，就是對自己的殘忍。此刻，他下手不敢絲毫留情。他面前的潰兵們，則被身後不斷傳來的慘叫聲和不斷濺起的血光，嚇得沒勇氣回頭，只管發瘋般邁開雙腿，逃命，逃命，推著自家袍澤一道逃命。

「擂鼓，擂鼓，給劉將軍助威！」城頭上，嚴光大叫著撲向戰鼓，奮力將其敲響。

「咚咚咚咚，咚咚咚，咚咚咚……」鼓聲瞬間宛若驚雷，震得天空中的流雲四分五裂。

城牆上的義軍們，則繼續彎弓搭箭，瞄準城下的莽軍猛射，堅決不給他們任何喘息之機。

莽軍將士，也沒有任何時間去喘息，繼緝盜營之後，捕虜營也在更短的時間內，徹底崩潰。近半將士亂哄哄地逃向大軍主營，另外一半兒，則被區區兩百多名義軍，像趕羊一樣，趕向了橫野營。

「站住，站住！」面對威脅到本陣安全的潰兵，橫野營將士毫不猶豫地舉起了刀。然而，在「叛軍」面前沒膽子還手的捕虜營潰兵，面對敢於阻擋自己逃命道路的橫野營將士，卻瞬間爆發出了最大勇氣。刀矛齊揮，將阻擋自己逃命的人掀翻在地。然後踏著他的屍體，繼續向前，堅決不肯回頭。

無論裝備還是訓練程度，莽軍捕虜營都一點兒不比橫野營差，短短幾個彈指功夫，就將橫野營的側翼，撕開了數道血淋淋的缺口。劉秀帶著兩百餘名勇士迅速跟進，繼續驅趕著捕虜營，將缺口撕得越來越寬。幾十名橫野營將士見勢不妙，慘叫著轉身，也加入了逃命隊伍。整個橫野營的側翼，像烈日下的積雪般，消融，消融，然後四分五裂。

「驍騎營、鐵騎營、陷陣營、果毅營、鐵甲營、白馬營，跟老夫一起出擊，殺光他們，碎屍萬段！」站在革車上勝券在握的新朝大司空王邑，遲遲沒等來劉秀的人頭，卻看到了自家橫野營即將崩潰的危險，惱羞成怒，大吼著發出命令。

太可惡了，那個姓劉的小賊，居然憑著五百草寇，前後兩次，將官軍大陣殺了個對穿。並且將緝盜營、捕虜營相繼擊潰，又驅趕著潰兵朝著橫野營發起了瘋狂進攻！如果他再不親自率領大軍押上，今天的戰鬥，就會變成一個空前絕後的笑話！

兩萬新朝大軍，敗於五百草寇之手，將領被陣斬過半，兵卒逃散一空！

如果那樣的話，他王邑這輩子，都不可能再有任何領兵機會。長安城內的皇兄即便再對他信任有加，也不能准許他如此丟大新朝的臉。而小賊劉秀，必將踏著他的臉，一戰成名。今後哪怕被官兵抓到千刀萬剮，史書之上，也會留下一卷輝煌。

他必須立刻將那個小賊殺死，堅決不能再讓此人回到城內。哪怕為此付出再大的犧牲，哪怕殺了小賊劉秀之後，再也沒力氣去攻打昆陽城。今天這仗，他王邑輸不起，大新朝也一樣輸不起。

「嗚嗚，嗚嗚嗚，嗚嗚嗚，嗚嗚嗚……」號角聲連綿不絕，將王邑的命令，傳遍整個軍營。

「咚咚咚，咚咚咚，咚咚咚……」戰鼓聲響徹天地，將四十萬大新朝官兵的憤怒與羞惱，表達得淋漓盡致。

橫野營主將聽到來自中軍的角鼓聲，知道王邑已經出離憤怒，強行壓下心中的恐懼，紅著眼睛帶領親信撲向劉秀。而正在驅趕著潰兵衝擊敵陣的劉秀，卻對從遠處傳來的畫角聲和戰鼓聲充耳不聞，繼續揮動戰戟四下劈刺，每一擊，都帶走一條敵軍的性命。

「跟上劉將軍，跟上劉將軍！」鄧奉手擎長槊，大開殺戒，渾身上下早已經被鮮血浸透，不知道哪些是來自敵軍，哪些是來源於自己。

「殺賊，殺賊！」馬三娘揮刀護在劉秀身體左側，手下無一合之敵。每前進一步，她身邊都會落下兩行血跡，後背和前胸的鐵甲，在朝陽下紅光閃爍。

「殺賊，殺賊！」馬武、傅俊、劉隆、王霸、趙憙、張卬、成丹、李秩、王歡等人也高呼著向前，用兵器給敵軍製造噩夢。他們每揮動一次手臂，就有一層敵軍被擊倒。他們每向前推進一步，都掀起一道道耀眼的血光。

沒有人打算撤回城內，他們全都徹底將生死置之度外。城上城下傳來的鼓聲如歌，眼前飛濺的熱血如酒。他們都沉醉其中，不願醒來。他們每一個人，都感覺酣暢淋漓。

時間幾乎靜止，空間也變得模糊。周圍的敵軍行動笨拙，紛紛轉身逃走。而他們，卻好整以暇地排著錐形陣跟上去，將敵軍從背後砍倒，殺死。沒有人能夠在他們面前支撐夠一個回合，哪怕是莽軍當中最凶猛的將領，也不能。他們彼此之間的配合默契得宛若手臂和身體，而莽軍的動作則慢得像木偶。他們向前，向前，再向前，踏過死亡，踏過恐懼。他們威風凜凜，豪情萬丈！

橫野營主將終於逆著人流衝到了劉秀面前，鋼刀舞得像車輪般潑水難透。而劉秀卻正用畫戟刺向一名新軍校尉的後心，根本來不及撤戟自救。鄧奉果斷橫起長槊，擋住了橫野營主將的鋼刀。馬三娘一刀切開了此人小腹。劉秀的畫戟從校尉的身體內收回，恰恰擋住刺向鄧奉的利刃。鄧奉的長槊在半空中轉變方向，狠狠刺入了衝向馬三娘的敵軍胸口。

嗖！嗖！嗖！嗖！數不清的羽箭忽然落下，將周圍的莽軍射得屍橫遍地。劉秀在戰鬥的狂熱狀態瞬間恢復清醒，扭頭張望，恰看見洪流般撲過來的數萬大軍。

「文叔，東門！」嚴光在敵樓中，拚命揮舞著旗幟，替他指引脫身方向。

「劉將軍，靠近城牆，靠近城牆！」昆陽城頭，將士們一邊高呼，一邊將羽箭射向撲過來的莽軍主力，拚命延緩他們的腳步。

夾在城牆和莽軍主力之間的一萬七千餘莽軍「殘兵」，則成了沒人管得棄子。雙方發射的箭矢，不斷從他們頭頂落下，將他們射得血流成河。

「東門！」劉秀相信嚴光，就像相信自己的心臟。毫不猶豫帶領隊伍，穿過二十倍餘己的莽軍「殘兵」。兩頭受氣的莽軍殘兵，沒勇氣阻攔，也不想阻攔，紛紛主動讓開道路，然後看著他們揚長而去。

「給我追，不要管陣型，殺劉秀者，賞金萬兩，官拜上將軍！」王邑氣得簡直發了瘋，揮舞著寶劍高聲吩咐。

麾下的騎兵們迅速加速，冒著城頭射下來的箭雨，撲向劉秀的背影。沿途遇到自家「殘兵」的阻攔，無論對方是有意無意，皆一刀砍倒。

「馬大哥，你帶著他們先走，我來斷後！」聽著馬蹄聲距離自己越來越近，劉秀猛地帶住坐騎，高聲吩咐。

「你和三娘先走，斷後的事情交給我！」這回，馬武卻沒有接受他的指揮。忽然從錐形陣裡退了出來，策馬擋在了他的身前。

「要走一起，要死也是一起！」傅俊搖搖頭，也迅速停住腳步。緊跟著，是李通、王霸和所有倖存的弟兄。總計加一起，已經不到兩百人。卻像一座高山般，擋在了追兵面前。

「反賊，哪裡走！」第一個追上來的，是王邑的親信王全。看到劉秀居然停下來等死，他頓時喜出望外。然而，還沒等他將嘴巴合攏，馬武和傅俊同時迎上前去，將他瞬間砍成了三段。

第二個追上來的敵將被嚇了一大跳，趕緊放緩速度，等待同伴過來支援。劉秀哪裡肯給他機會，一戟刺過去，切斷了此人的喉嚨。

第三，第四，第五名追過來的敵將嚇得亡魂大冒，果斷將馬頭撥歪。劉秀等人則哈哈大笑，彼此掩護著，繼續撤向東門。動作舒緩得猶如閒庭信步。

「給我上，亂刀砍死他們！」帶領親兵衝過來的王邑氣得七竅生煙，再度提高賞格，「殺劉秀者，賞十萬金。官拜大將軍！」

「殺劉秀！」重賞之下，必有勇夫。數十名將領咆哮著同時衝上。就在此時，敵樓中，忽然有狂風聲大做。十二支弩箭呼嘯而下，將王邑的帥旗砸得應聲而折。

「大司空！」

「保護大司空！」

「保護大司空！」

其餘將士被嚇得魂飛魄散，連忙驚呼著去查看自家主帥王邑死活。還沒等他們得出確切結論，昆陽城的東門，忽然四敞大開。劉秀的姐夫鄧晨，帶領千餘騎兵蜂擁而出。

「王邑死了，王邑死了……」嚴光帶領弟兄們，在敵樓中大聲喊叫，將新朝大司空王邑的「死訊」，迅速傳遍城上城下。

鄧晨率領騎兵繞過劉秀等人，直奔追趕過來的數十名敵軍，將後者殺了個落花流水。其餘莽軍驚慌失措，一時間，竟不知道該繼續向前，還是向後。

「老夫沒死，老夫沒死！」王邑身影終於在弩槍帶起的煙塵中出現，揮舞著寶刀大聲命令。「去殺劉秀，去殺劉秀，老夫沒死，不要管老夫！」

周圍的新朝將領和親信哪裡敢聽，齊心協力簇擁著遠離城牆，遠離弩車的攻擊範圍。

「去殺劉秀，去殺劉秀！」當王邑終於退到了距離昆陽城五百步之外，重新發出命令。

昆陽城的城門，已經慢慢合攏。

劉秀、三娘、馬武和一百八十餘名勇士，還有出來接應他的鄧晨等人，已經完全退入了城內。城牆下的洞口，也被義軍陸續從城內重新封死。

所有從虎狼之口倖存下來的百姓，都消失不見。只留下滿地的屍骸，還有永遠化解不掉的仇恨。

「殺賊——」有聲音依舊在風中回蕩，一遍遍刺激著莽軍將士的耳朵，久久不散，久久不散。

「謝各位將軍救命之恩！」昆陽城內，獲救的百姓跪做兩排，蔓延百米，對著筋疲力盡的勇士們頂禮膜拜。

劉秀見了，連忙伸出手去攙扶。然而攙起了這個，又跪下了那個。百姓雖然見識少，卻知道如若沒有眼前少年和他身後這群好漢的捨命死戰，今日自己肯定在劫難逃。所以，心甘情願地把少年和他身後的同伴們，當成在世神明。

馬武、傅俊、王霸、劉隆等人和浴血而歸的其他勇士們，則羞澀地向百姓們拱手。以前打家劫舍，將浮財分給百姓，他們也能獲得百姓的大禮參拜。但沒有一次，他們能從對方的動作和言語中，感覺到如此真誠。他們是將軍了，不再是「好漢爺爺」。他們從今天起，與城外的莽軍，正式變成了兩國交鋒。而不是土匪挾裹著百姓對抗官兵。

「劉將軍，劉將軍！」

「劉將軍威武，劉將軍威武！」

堅守在城內的義軍將士，也個個心中激蕩。他們知道今日自己的鮮血沒有白流，他們知道戰死的袍澤並非白白的犧牲。他們知道從今天起，他們在百姓眼裡不再是賊寇。他們知道，今後哪怕莽軍來得更多，昆陽內外的百姓們，都會永遠跟他站在一起，把對方視作永遠的仇敵。

唯一不激動的，此刻只有成國公王鳳。見到劉秀被百姓們視作恩人，見到全軍將士看向劉秀的目光中充滿了崇拜，他心裡就好像打翻了一百瓶子醋，酸水橫流。裝模做樣向前迎接了幾步，大聲問道：「太常偏將軍此戰營救百姓近萬，又大滅敵軍威風，功勞赫赫。本帥定然會將你等今日之壯舉，奏明皇上，為你們請求重獎。然城外的莽軍越來越多，並且越發不擇手段，還請太常偏將軍早點兒拿出個辦法來破敵，以免將來莽軍攻進來，讓滿城軍民玉石俱焚！」

話音落下，周圍的義軍將士和百姓，立刻意識到自己仍處於絕境當中。感激聲和歡呼聲立刻小了下去，每個人臉孔都籠罩上了一層陰雲。

劉秀知道王鳳是故意在給自己添堵，也不跟對方客氣，隨便拱了下手，高聲回應：「眼下昆陽城內器械眾多，糧草充足，只要全城軍民齊心協力，外邊的莽軍甭說四十萬，就算來了四百萬，也休想越過城牆半步？不過若是有人懷了二心，或者偷偷跟莽軍內外勾結，結果就很難說了。但劉某保證，一旦這樣的人被劉某發現，劉某拚著城破，也要先將他碎屍萬段！」

「對！四十萬莽軍如何，今日我等不到五百人，照樣打得他兩萬兵馬毫無還手之力。我昆陽城內有兩萬弟兄，照今日這般算法，足足打他八百萬！」

「沒錯，只要我軍上下齊心，莽軍來得再多，不過是多砍幾刀的事情！」

「對，只要沒有內賊，外邊的莽軍肯定過不了城牆！」

……

馬武、傅俊、鄧奉等人接過劉秀的話頭，七嘴八舌地大聲補充。

周圍的將士和百姓們聽了，精神頓時就為之一振。同時將懷疑的目光看向王鳳，彷彿他就是鄧奉口裡的那個內賊。

王鳳被氣得面皮漲紫，想要擺一下東征軍主帥的威風，卻又怕犯了眾怒。只好重重哼了一聲，帶領自己的親信，灰溜溜離去。

劉秀和眾將撇嘴冷笑，對此人愈發地瞧不起。然而，此刻城外鼓聲如雷，惱羞成怒的莽軍將士進攻在即，大夥也沒時間跟王鳳過多去計較，只能集中起全部精神和體力，先應付外敵。

接下來連續數日，莽軍都擺出了不死不休的架勢，對昆陽城展開了一輪又一輪強攻。在劉秀、嚴光等人的指揮下，義軍沉著應對，每一次都讓莽軍鎩羽而歸。但是，畢竟兵力照著對方差得太遠，隨著時間的推移，局勢日漸嚴峻。

某日激戰正酣，新軍突然暫停攻城，潮水般向後退去。義軍將士莫名其妙，不由地從城頭探出腦袋向外觀望，只見西北方煙塵滾滾，數百輛井欄、樓車、攻城槌等龐然大物，在一隊人馬的護送下，緩緩朝著昆陽而來。

王邑的攻城器械終於運過來了，從現在起，莽軍的進攻將愈發瘋狂。而昆陽城的援軍，卻不知道此刻身在何方？

「這，這該如何是好？」立刻有人將消息彙報給了王鳳，後者聞聽，趕緊小跑著衝到了城牆上。手扶城垛向外一看，頓時被嚇得臉色煞白。「我早就說咱們應該棄城，你們都拿我的話當耳旁風。如今，如今人家把攻城棰都運來了……」

「反賊聽著！」沒等劉秀出言安慰，城牆外，忽然傳來一聲霹靂般的咆哮，將王鳳的後半截抱怨，瞬間憋回了肚子裡。

眾將強忍拍手的衝動低頭觀看，只見一個非人非熊的傢伙，身著甲冑，騎在一匹巨大的駱駝上，在城外耀武揚威。發現有人看向自己，立刻將手中大戟往上猛的一指，繼續大聲補充：「我家大司徒，已經從洛陽調了攻城器械過來，定然要將爾等碾成齏粉！爾等若是聰明，就趕緊自己綁了，出來投降。念在爾等知道改過的份上，大司空也許還能饒爾等不死！若是繼續負隅頑抗，城破之後，不分男女老幼，一起綁了，餵我麾下孩兒！」

語畢，揚起頭，放聲狂笑。宛若魔鬼逃脫了地獄，親自來到了人間。其身後，數百隻虎豹狼豺，也齊齊發出一連串長嚎，「嗚嗚——」「嗷——」「嗷嗷嗷——」，腥臭之氣瀰漫。

饒是王鳳身經百戰，也被嚇得兩腿一軟，差點又一頭栽下城外。鄧奉看得怒不可遏，從箭囊之中夾出一枝羽箭，搭在弦上，瞄準巨毋霸迎頭便射。只聽「噹啷」一聲，巨毋霸的兜鍪落地，滿頭長髮全都被風吹得高高飄起，狂笑戛然而止。

「射死他！」「射死他！」王霸、劉隆、臧宮等人，也一起引弓，將羽箭劈頭蓋臉朝巨毋霸砸去。巨毋霸氣得破口大罵，卻騰不出手來還擊。只好一邊招架著，一邊迅速撤退，不多時，就跟其麾下的虎豹狼豺一道，消失得無影無踪。

「成國公不必驚慌，此人只不過是在虛張聲勢。即便有了攻城器械……」嚴光心細，見王鳳嚇得面無人色，急忙出言寬慰。王鳳卻不等他說完，用力搖了搖手，顫顫悠悠的轉身下樓，再也不肯留在城頭，受這種生死兩難的折磨。

劉秀見此人一副失魂落魄模樣，深覺擔憂。但很快城外又號角大作，他只能將安慰王鳳的事情暫時放在一旁，專心致志地帶領弟兄們應付敵軍的進攻。

這一次，莽軍憑藉新到達的攻城器械，直打明月高懸，才悻然退去。士卒的屍體，堆積如山。敵我雙方的血漿，也再度將城上城下染得通紅。

劉秀命人安葬好死去的士卒，方才下樓，回縣衙議事。然而主帥王鳳卻因為白天受到了驚嚇，雙目呆滯，需要不停飲酒，手才會停止發抖。眾將見他如此窩囊，心中失望至極，隨便安慰了幾句，就分別找理由告辭而去。

「如果成國公不願振作，為了大夥的性命，咱們只能換個主帥了！」前腳一離開縣衙，王常立刻低聲跟劉秀商量。

「的確，兵熊熊一個，將熊熊一窩。咱們不能被他給活活拖累死！」

「換了文叔做主帥，弟兄們肯定心服！」

「當年若不是楚霸王項羽宰了宋義，哪裡能破得了四十萬秦軍？」

「換帥，換帥……」

馬武、臧宮、李通、王霸等人，也低聲叫嚷。都明確表態，不願意承認王鳳的指揮權，只肯擁戴多次捨命救人的劉秀。

劉秀想起王鳳在白日間，聽到巨毋霸叫囂時的模樣，也覺得極為不安。但想到王鳳與王匡之間的關係，以及義軍內部如今的劍拔弩張情況，卻只能笑了笑，低聲道：「成國公只是不習慣於跟官軍正面硬碰硬，並非膽小怕死。當年楚霸王殺宋義，固然痛快了一時。此後各方諸侯見了霸王，卻人人自危。彭越、英布、季布等豪傑，日後也紛紛棄之而去。所以同室操戈這種勾當，劉某斷不敢為！換帥一事，大夥也休要再提。」

大夥無奈，只好悻然作罷。待眾人紛紛散去，嚴光卻又單獨走了回來，低聲向劉秀提議：「你不願壞了規矩，我等也不強迫。但王鳳今天那副模樣，卻不像單純是被嚇壞了。人心隔肚皮，有些事情，還是多防範一些為好。」「你儘管放手去做，只是別讓對方發現！」劉秀想了想，輕輕點頭。

當夜，他因為擔心軍心不穩，輾轉反側。到了四更天，才好不容易沉沉睡下。結果，五更剛過，卻又被朱祐氣急敗壞地推了起來，「文叔，果然不出子陵所料，王鳳那廝派行軍長史石堅出去乞降了！」

「啊！」劉秀激靈靈打個哆嗦，渾身上下睡意頓消。「子陵呢，可曾全力阻止？」

「沒有，子陵故意把石堅給放出了城外。然後派人包圍了縣衙！」朱祐臉色鐵青，握在腰間刀柄的手背，青筋亂蹦，「已經證據確鑿了，還跟他客氣什麼？我已經派人去通知馬大哥和王頭領他們，等會兒大夥一起衝進縣衙，將王鳳拉出去砍了，然後你來做東征軍主帥！」

「不可，萬萬不可！」劉秀急得額頭汗珠亂滾，一邊迅速穿鞋子，一邊大聲阻止，「仲先，你休要胡鬧。趕緊去把大夥攔住。我大哥對身後毫無防範，如果王鳳出了事，王匡肯定會跟岑彭勾結起來，讓他腹背受敵！」

這才是他堅決不肯取代王鳳的原因。殺了對方簡單，奪取東征軍兵權，讓將士們歸心也沒什麼難度，但大哥劉縯，卻要替他承受王匡的憤怒。而以大哥劉縯性子，此刻肯定把全部精力都放在攻打宛城上，根本不會對身後做太多防範。

「啊——」朱祐乃是劉縯認領回來一手帶大，名義上稱劉縯為兄，實際上視其為父。聽了劉秀的話，立刻發現自己不小心將大哥擺在了一個極為危險的位置，頓時汗流浹背。

「楞著幹什麼，還不趕緊跟我去救王鳳！」劉秀狠狠瞪了他一眼，抄起寶劍，走出門外。

朱祐楞了楞，含著淚跟上。兄弟倆才走了幾步，卻看嚴光笑呵呵地策馬跑了過來，「文叔，仲先，莫慌，莫慌，事情解決了，圓滿解決了！」

「解決了，如何解決的？」劉秀聽得滿頭霧水，瞪圓了眼睛大聲追問。

「石堅死了！」嚴光笑著撇了撇嘴，回應聲裡帶著幾分幸災樂禍，「他沒等進入莽軍營門，就被人拿下了。然後被王邑親手刺死，將腦袋砍下裝入籃子裡，交給巨毋霸丟到了城門外！」

「那巨毋霸怎麼說，王邑不肯接受王鳳的投降？」劉秀眉頭緊鎖，沉聲詢問。

「全城上下，一個不赦！」嚴光又笑了笑，回答得一字一頓。

「啊……」劉秀眉頭微蹙，不知道該說什麼好。

從自己角度上，他真的應該感謝王邑的殘暴，等同於幫助自己徹底堵死了義軍當中那些心志不堅定者的出路，讓他們不得不跟自己一道捨命死戰到底。而從一個讀書人角度，他又無法不為對手的瘋狂而感到憤怒。

兩國交兵，不斬來使。如果連使者都隨便殺害的話，那中原和蠻夷，又有什麼不同？

「新莽一朝，從上到下都虛偽至極。滿嘴仁義道德，但做起事來，哪一次不是用刀劍說話？」朱祐對王邑的反應，倒不覺得怎麼驚詫，撇撇嘴，大聲道：「只是這下，白白便宜了王鳳。他只要將事情朝石堅頭頂上一推，我等就拿他無可奈何！」

「他如果聰明，就知道該怎麼做。」劉秀想了想，苦笑輕輕點頭，「走吧，趕緊去縣衙。免得有人性子急，真的弄出什麼事情來？」

「這樣也好，只是，文叔，你果真不想……」嚴光猜不透此話的含義，皺了皺眉，小聲試探。

「大敵當前，切忌同室操戈！」劉秀看了他一眼，腳步越走越快。

嚴光和朱祐兩個以目互視，無奈地搖頭。隨即也徹底放棄了將王鳳拉下馬的打算，快走跟在了劉秀身後。

情況正如朱祐的推測，得到石堅被殺的噩耗，王鳳立刻將投降的事情，全都推到了此人身上。然後，又親自走出來門外，當眾大聲宣布，要死守昆陽，與所有軍民共同進退。奉了嚴光指使帶兵包圍了縣衙的鄧奉雖然被氣得牙根癢癢，然而抓不到王鳳向敵軍搖尾乞憐的真憑實據，就無法對其下手。得到朱祐通知趕來找王鳳算帳的馬武、傅俊、王常等人，也跟鄧奉一樣，只能眼睜睜地看著王鳳拍打著胸脯大裝英雄。

待劉秀、嚴光和朱祐趕來，形勢立刻變得更加平靜。眾將士意識到劉秀沒有取代王鳳之心，只能再度偃旗息鼓。而王鳳本人，也終於「光棍」了一次。直接宣布，因為自己不善於守城，所以從現在起，東征軍由劉秀代為指揮。自己這個主將，會把所有心思，放在為大夥打理糧草輜重，保證大軍補給無缺上。

「多謝國公厚愛，劉某必不負將士們所望！」這回，劉秀沒有做任何推辭，立刻站出來，躬身領命。

「應該的，應該的，你這一路上的功勞，大夥有目共睹！」王鳳心裡頭百味雜陳，卻強行裝出一副大度模樣，攙扶住劉秀的手臂，大聲補充。隨即，又迅速將目光轉向將士們，繼續說道：「從此之後，爾等見到太常偏將軍，如見本帥。誰要是不服，本帥肯定饒他不得！」

「遵命！」將士們齊聲答應，一個個喜形於色。

王鳳見此，愈發知道，自己已經失去了弟兄們之心。乾脆好人做到底，再度提高了聲音，向大夥宣布，「石堅自尋死路，誰也救他不得。但東征軍不可沒有長史，從今日起，長史一職，就有嚴光兼任。大夥務必記得清楚，切莫因為子陵年紀小，就怠慢了他。」

「遵命！」眾將士喜出望外，答應得愈發響亮。

劉秀驍勇果決，嚴光足智多謀。東征軍交給二人，遠比掌控於王鳳手裡，安全得多。至少，大夥不用再擔心，自己於城牆上打生打死，做主帥的卻已經寫好了降書，隨時準備獻城。

接下來數日，莽軍在大量攻城器械輔助之下，從四個方向朝昆陽展開了狂攻。義軍則在劉秀、嚴光兩個人的調度下，沉著應戰，始終不放一名莽軍爬上城頭。數月前的宛城防禦戰的種種招數，幾乎在昆陽原樣重演個遍。只不過這次進攻方和防守方相易，戰鬥慘烈程度也翻了一倍。

眼看著城中的箭矢和糧草越來越少，而城外的敵軍卻絲毫沒有撤退跡象，王鳳心裡頭急得火燒火燎。雖然明知道交出去的指揮權，短時間內不可能再收回，卻又以勞軍的藉口，找了個莽軍退去的傍晚，在縣衙內擺開酒席，把所有核心將領都請來一洗征塵。

劉秀和嚴光能猜到他的小心思，卻正好也有事情需要跟大夥商量。所以也不戳破，只管帶著弟兄們前去赴宴。不多時，酒過三巡，王鳳將酒盞輕輕放到一邊，乾笑著問道：「文叔、子陵，最近二位休息得可好？」

「嗯？」眾將聞聽，忍不住面面相覷。都在彼此眼睛裡，看到了深深的困惑。最近幾天，莽軍的進攻一日比一日瘋狂，劉秀和嚴光二人忙得幾乎是衣不解帶，怎麼可能睡好？而王鳳明知道劉秀和嚴光兩個已經多日沒離開過敵樓，卻故意詢問二人的休息情況，又是安的什麼居心？

「回國公的話，眼下昆陽城四面被圍，形勢危如累卵，末將豈敢安睡？每時每刻，都在思索如何應對當前局面，料想其他將軍也是如此。」劉秀的回答聲，卻比任何人想得都快，年輕的臉上，看不出半點厭煩之色。

「是極，大家都在窮心竭力尋找退敵之法，奈何苦無良策啊！」王鳳要的就是他這句話，嘆了一口氣，緩緩搖頭，「文叔、子陵，老夫把東征軍交給了你們二人，等同於將自己和弟兄們的性命，都交到你們二人之手，你們兩個，可是得早做打算？否則，老夫固然不惜一死，這滿城百姓，可全都沒了活路。大難臨頭之時，恐怕個個都會死不瞑目！」

「是極，是極！劉將軍、嚴長史，滿城軍民的性命都在二位手上，是繼續苦撐，還是擇機突圍，二位可得早下決心！」一個籬笆三個樁，王鳳身邊，有王歡、李綱這種敢於死戰的勇將，也不乏貪生怕死的馬屁精。紛紛站起身來，七嘴八舌地幫腔。

「突圍，四面八方都是敵軍，如何突圍？」王歡最近終日跟在劉秀身後血戰，身上豪氣越來越濃，狠狠瞪了幾個馬屁鬼一眼，大聲質問。

「國公，若是突圍，我等倒有機會脫身，尋常百姓，恐怕全都得葬送於虎狼之口！」李綱的性子比他柔和，但也看不慣王鳳出爾反爾的舉動，想了想，沉聲回應。

「王邑那天只是嚇唬我等，他身為新朝大司空，怎麼可能真的把滿城百姓盡數殺光？」

「對，我等事後想來，被虎狼吃掉的百姓，當日還不到三成。王邑根本就是在故意嚇唬人，想利用百姓把我軍拖在昆陽！」

……

王鳳的鐵桿嫡系們，巴不得現在就突圍，將頭轉向王歡和李綱兩個，大聲反駁。

眼看著，一場勞軍宴，就要吃成散夥席。嚴光忍不住怒火中燒，猛地一拍桌案，大聲斷喝：「住口，全都住口。爾等的心思，嚴某已經聽清楚了。不就是要破敵之策麼，有的是！嚴某這就可以拿出幾道破敵之策來，就看諸位有沒有膽子去實施！」

「這……」王鳳身邊的心腹們以目互視，誰也不敢再隨便接茬兒。

在江湖上混了這麼多年，膽子，照理說他們誰都不缺。但是，嚴光和劉秀兩人先前所做那些事情需要的膽子，卻遠遠超過了他們所能付出的極限。

「子陵且說，咱們如何才能破敵？」實在受不了手下幾個窩囊廢給自己丟人，成國公王鳳只能親自上陣，笑著向嚴光舉了下酒盞，大聲請教。

「兵法有云，天時不如地利，地利不如人和。眼下莽軍雖然是我軍的二十餘倍，卻分為正兵與郡兵，待遇懸殊，彼此之前互相看不順眼。一些良心未泯的帶兵主將，對王邑縱容巨毋霸，肆意戕害百姓的行為也頗為不滿。所以，在下所主張的策略，自然還是憑城據守，以待援兵。只要我等上下齊心，再守上兩到三個月，縱使大司徒那邊還騰不出手來，敵軍肯定會知難而退！」嚴光笑了笑，回答得斬釘截鐵。

「原來還是死守！」王鳳本以為嚴光能提供一條輕鬆的破敵之策，結果一聽還是老辦法，面孔立刻就沉了下來，「這一招有何新鮮，還需要你來故弄玄虛？不瞞諸位，老夫最近在衙門裡反覆思量，越想，越覺得不能坐以待斃。雖然我軍當前糧草充裕，城中百姓也願意跟我軍共同進退，可若是弟兄們長期看不到脫困的希望，士氣必然一降再降……」

「國公此言甚有道理！」嚴光笑了笑，還不猶豫地以其人之道還治其人之身，「我等不能坐以待斃，理應儘快讓弟兄們看到獲勝的希望。所以，在下另外一策可供諸君選擇。那就是，派一員勇將率領少量精銳突圍出去，尋找援兵，在外圍對莽軍進行牽制。同時向襄陽、宛城求救，請大司徒或者定國公速速前來，與莽軍決一死戰！」

這本是劉秀在數日之前，就向大夥提過的策略。只是當時東征軍的主帥還是王鳳，城外的莽軍也士氣正旺，所以就沒有繼續落實推進。如今，外邊的莽軍漸漸現出了疲態，而劉秀又不動刀兵就從王鳳手裡奪取了整個東征軍的控制權，所以，嚴光就瞅準時機，將補充完整後的策略，當眾亮了出來。

「這，這，這……」王鳳先是臉色一喜，隨即驚了個目瞪口呆。

他一直聲稱的不能坐以待斃，是希望大夥棄了昆陽，找機會保護自己一道突圍。而嚴光的不能坐以待斃，卻包含了突圍、牽制、反擊、決戰四個步驟。突圍只是其中第一步，並且突圍出的人，也僅僅是少數精銳將士，大部分義軍還要留在昆陽城內與莽軍周旋。

這套策略，已經完全超越了他多年的領兵經驗，甚至超越了他的想像極限。在他看來，面對四十萬莽軍，大夥能夠突圍出去，保住性命，已經是老天爺開恩。至於突圍之後是逃回綠林山，還是跑去襄陽跟王匡匯合，都需要根據實際情況「隨機應變」。而嚴光，卻從一開始，目標就是反敗為勝，就是全殲城外這四十萬莽軍！

真是初生牛犢不怕虎！被驚呆的不止王鳳一個，那些第一次聽說要擊敗莽軍的將領們，也紛紛瞪圓了眼睛。那可是四十萬人，而不是四十萬頭綿羊，怎麼可能輕易被擊敗？就算王匡和劉縯放棄前嫌再度聯手，就算綠林新市軍、平林軍和舂陵軍都傾巢而出，義軍這邊頂多也只能湊出二十萬將士。比城外的莽軍依舊少了二十萬，哪裡就可能穩操勝券！

「成國公，諸位將軍！」早就將眾人的反應算了個清楚，嚴光笑了笑，大聲補充，「嚴某知道，這個策略有些出乎諸位意料，但嚴某絕非異想天開。嚴某之所以提這個大膽的方略，也正出於兵法中那六個字，天時，地利，人和！」

「嗯，聽起來好像甚有道理，子陵不妨說得明白一些！」王常四下看了看，果斷帶頭捧場。

「子陵，請恕在下愚鈍！」臧宮明明從劉秀嘴裡聽到過這個計劃，卻故意裝作傻楞楞的模樣，要求嚴光當眾做詳細陳述。

他們兩個都是下江軍的統領，職位不比劉秀低，無論如何也都算不上劉秀的嫡系。然而，他們兩個，在經歷了一系列戰鬥之後，卻都開始堅信，跟著劉秀站在一道，反莽大業才能看到希望。而選擇支持王鳳，則大夥這輩子永遠是一群打家劫舍的綠林好漢，永遠不可能翻身。

「子陵，儘管說明白！我等皆願意聽你和劉將軍調遣！」

「子陵，我等讀書少，你不妨多講一些！」

……

能在綠林軍混出頭的，就沒一個笨蛋。其他義軍將領，無論先前聽過類似的提議，還是第一次聽，見王常和臧宮都主動替嚴光撐腰，也紛紛笑著拱手。

王鳳原本還想阻攔，卻已經來不及。只好也笑著向嚴光舉起酒盞，表示願聞其詳。

「所謂天時，諸位請看！」嚴光胸有成竹，信步走到窗口，一把推開了木窗。

「呼——」一股狂風帶著濃重的血腥味兒吹了進來，將塵土灑得滿屋飛揚。眾人面前的酒菜立刻沒法再吃，一個個哭笑不得地搖頭。嚴光卻對大夥的懊惱表情視而不見，雙手先用力將木窗推緊，然後繼續大聲補充：「農諺云，月暈四月天，不雨也風顛。前天半夜當值，嚴某就在月亮周圍，看到了巨大的月暈。而今天上午，就有大風從北刮至，並且越刮越大。此乃老天賜給我軍派遣精銳突圍之機，我若失之，必遭天棄！」

「子陵，這是什麼道理？大風天，與突圍有什麼關係？」王鳳越聽越糊塗，本能地大聲追問。

「大風一起，受影響的，第一是箭矢的射程和準頭，第二是人的視力。狂風自西北而來，並且越刮越烈。若我軍派遣精銳趁著天黑從南門殺出，必然能殺莽賊一個出其不意。屆時，他們第一很難發現我軍靠近，第二，想要放箭攔阻，縱使萬箭齊發，在狂風中逆射，也是枉費力氣！」

「對！」

「是極！」

「這場大風來得好！」

「真是天祐大漢……」

眾將領如夢方醒，拍著桌案大呼小叫。全然忘記了，剛才酒菜被狂風捲著塵土弄髒的事實。

「昆陽四周雖無高山，卻多丘陵河谷，利於藏兵。而莽軍皆為遠道而來，對昆陽周圍人地兩生。

我軍只要派遣數員良將突出包圍圈外，就可以收攏附近的義軍，或切斷莽軍糧道，或者截殺其信使斥候。令其變成一群聾子瞎子，且坐吃山空。如此，其必然要分兵去進剿，對昆陽的威脅就會大減。若進剿不順，且昆陽久攻不克，將士疲敝，便會心生去意。屆時，王邑即便一意孤行堅持死撐到底，其麾下兵將皆無戰心，也奈何不了昆陽分毫！」

「嗯，那倒是！」

「嗯，裡外呼應，總比一頭挨打不能還手合算！」

「對，這樣即便不能將王邑打跑，也能讓他集中不起兵力和精神！」

「子陵，你接著說，接著說……」

眾將越聽越覺得有道理，七嘴八舌地大聲議論。

「至於人和！」嚴光笑了笑，滿臉自豪，「其中包含兩項。第一，我大漢將士齊心協力，無論襄陽，還是宛城，都不會放任昆陽不救。只是來得早，還有來得晚的差別。而如果定國公和大司徒，都發現有一戰全殲新朝最後主力的機會，他們兩個，肯定不會放任戰機白白錯過。第二，則是民心所向。王邑老賊，這輩子做的最蠢之事，就是放任巨毋霸縱獸殘害昆陽周圍的百姓。表面上，是恐嚇住了城外的百姓，讓他們不敢再給我軍提供任何支持，實際上，卻等同於王邑已經將昆陽以東，目前我軍所掌控的大半個荊州，視作了敵國。帶著數十萬大軍，長期屯兵於敵國，四周百姓都恨之入骨，他如果賴著不走，豈不是自尋死路？」

「這……」王鳳的眼睛驟然一亮，然後大笑著撫掌，「怪不得，怪不得那日之後，不斷有城中大戶，主動找上門來輸糧送款。原來，原來是被王邑硬逼成了反，硬逼成了咱們的人。子陵，這話你怎麼不早說。早說，老夫也不至於老是催你！」

「哈哈哈哈……」眾將領都被王鳳的態度，逗得放聲大笑。一股子豪氣，從心底油然而生。

笑罷之後，劉秀見王鳳已經不像先前那般急不可耐，便緩緩站起身，向此人肅立拱手，「定國公，天時不會我待。所以，劉某今夜趁著風高，帶領少量精銳突圍。這守禦昆陽的重任，還得……」

「萬萬不可！」王鳳嚇了一哆嗦，臉上的笑容瞬間無影無踪，「文叔，你若是帶人走了，士氣必然大降。老夫縱使豁出性命去，也未必守得住昆陽！」

「嗯？」劉秀微微一楞，瞬間就明白了此人的真實意圖。眉頭緊皺，繼續肅立拱手，「那就請國公點上五百餘精銳，今夜趁風高突圍。然後按照子陵所說方略，一邊安排弟兄向家兄和定國公求援，一邊在外邊收攏各地兵馬，襲擊王邑身後並斷其糧道！」

「這……」王鳳緊張得滿頭大汗，臉色一會兒白，一會兒紅，遲遲不肯做出回應。

城外四十萬莽軍不是沙子堆出來的，兩萬兵馬一起突圍，他還有把握在心腹死士的保護下，活著殺出包圍圈外。只帶五百精銳，他絕對不敢相信，自己還有機會看到明天早晨的太陽！

但問題是，如果劉秀帶領五百精銳突圍而走，把他留下守城，他又怕對方一去不回。畢竟，在擁立皇帝這件事上，他和王匡做得極不厚道。而在東征路上，他也曾經給劉秀穿過無數次小鞋。

「定國公是不是覺得五百兵馬太少，這樣，你可以帶兩千弟兄。如果你選擇留守，末將只帶兩百弟兄就足夠！」遲遲等不到王鳳的回應，劉秀嘆了口氣，再度做出讓步。

「文叔莫急，文叔莫催，此事，此事應該從長計議，倉促不得，倉促不得！」王鳳抬手擦了一把汗，話語在不知不覺間，就帶出了幾分懇求味道。

「國公，常言道，天有不測風雲。文叔可以等你，大風卻不會等著你！」王常在旁邊看得心焦，立刻長身而起，大聲催促。

「我知道，我知道！顏卿莫急，莫急！」王鳳額頭上的汗，越擦越多，臉色的變化也越來越頻繁。

老天爺不等人，今夜狂風呼嘯，明天也許就會變成清風徐徐。所以，突圍行動，當然是越早越好。但即便有兩千兵馬護送，對城外四十萬莽軍來說，依舊是滴水遇到了江河。他王鳳既沒有劉秀那麼高的武藝，也不像劉秀那樣受將士們擁戴，拿什麼去鑿穿莽軍的大營？

最好的辦法，當然是讓別人守城，劉秀帶領兩千兵馬保護著他一起突出重圍之外。但人活一張臉，樹活一層皮。王鳳再無恥，好歹也曾經是綠林二當家，斷然說不出這種自討沒趣的話來。

正急得火燒火燎之時，卻忽然聽嚴光大聲說道：「國公勿急，嚴某騎術不精，武藝也尋常，會留在昆陽城內，協助國公守城。突圍之事，九死一生，您乃東征軍主帥，切不可親自去冒險！」

「國公，鄧某會留在城內，與國公並肩而戰！」自從妻女去世之後一直不喜歡說話的鄧晨，也忽然站了起來，大聲許諾。

二人一個是劉秀的至交好友，一個是劉秀的親姐夫，如果他們倆留在昆陽，劉秀肯定不會一去不回。頓時，王鳳的臉色就不再變來變去。強打起精神，大聲回應：「子陵言之有理，老夫乃東征軍主帥，這種時候，怎麼可能把大軍丟下，自己先行突圍而去？文叔儘管放心去，老夫就跟偉卿、子陵兩個留在城內，等著跟你們回來裡應外合。」

「多謝定國公！」見王鳳終於拿出了幾分英雄氣概，劉秀連忙拱手稱謝。

然而，話音還沒落地，卻又聽見王鳳可憐巴巴地說道：「文叔，你如果今夜突圍走了，王邑肯定惱羞成怒，不惜一切代價攻打昆陽。所以，兩千兵馬肯定給不了你，我得多留一些弟兄，以備不時之需！」

「兩百即可！」劉秀頓時被氣得眼前一黑，隨即笑著做出了回應。「兩千，是剛才國公突圍需要的護衛。劉某剛才說過，若是國公守城，劉某帶兩百弟兄即可。」

「兩百，是不是也多了些？」沒想到劉秀真的言出必踐，王鳳根本沒有過腦子，就習慣性地繼續討價還價，「你的武藝那麼高，人多了反而要分心護著他們……」

「那就不帶一兵一卒好了！」馬武騰地站了起來，高聲打斷，「文叔，哥哥護著你出去。再留在城裡，哥哥真保不準，哪天會跳起來砍了某人的腦袋！」

「你……」王鳳的臉登時憋成一張紫茄子，卻沒勇氣指責馬武對自己這個主帥不敬。自己剛才那句順嘴跑出來的話，的確聽在任何人耳朵裡，都實在過於噁心。

正搜腸刮肚，試圖做一些補救之時。卻見馬三娘也手按刀柄長身而起，「文叔，我大哥說得對。何必跟某些貪生怕死之輩一般見識，咱們不帶一兵一卒。只要大哥和我還有一口氣在，就能護得你安全殺出重圍！」

她身高腿長，英姿勃發，站在王鳳對面，就像白鶴看著母雞。頓時，讓王鳳羞得無地自容，已經準備好的說辭，竟一個字也講不出來。

「哈哈哈哈，三姐果然是巾幗不讓鬚眉！」鄧奉大笑推開面前矮几，快步走向劉秀和馬三娘，「文叔、三姐，這麼英勇的事情，怎麼能少得了我？一起去，鄧某是將，不是卒！」

「文叔，從長安求學時起，我就沒落在後邊過。」朱祐舉起酒盞喝了一大口，笑著跳過矮几，直奔劉秀身側。「這次子陵是沒辦法才留在城裡，我不像他那樣足智多謀，守衛昆陽，不缺我一個！」

「當日若不是劉將軍賜飯，趙某早就餓死在荒郊野外了。」趙憙笑了笑，年輕的臉上滿是滄桑，

「所以，這條命，是劉將軍的！將軍在哪，趙某就在哪，絕不敢旋踵。」

「若非是文叔你幫忙，王某焉能擊敗嚴尤老兒，為戰死的弟兄們報仇雪恨！出城求援，算我一個！」王常看了一眼臉上紅得幾乎要滴血的王鳳，又看看英氣逼人的劉秀，大笑做出了選擇。

「也算我一個！」忽有一人從外面衝進屋來，乃是出身於下江兵，負責縣衙守衛工作的臧宮。一進門，便繼續大聲喊道，「王大哥對臧某有知遇之恩，臧某亦對太常偏將軍你佩服萬分，能與諸位並肩作戰，是我臧宮的榮幸！」

「還有我！」

「還有我！」

「文叔，還有我！」

……

一時之間，又跳出來王霸、劉隆、李通和傅俊等，個個都是身手高強，個個都曾經多次與劉秀並肩作戰，同生共死。

劉秀見了，心中感動莫名。紅著臉，向眾人緩緩拱手，「多謝諸君，能與諸位並肩，乃劉某一生之幸！」

「文叔這是什麼話，我等能與你並肩而戰，雖死無憾！」李秩忽然也站了出來，大笑著著向劉秀拱手，「再算我一個，雖然我武藝差一些。但好歹騎術還算精良。」

「多謝次元兄！」沒想到李秩也願意跟自己同生共死，劉秀大感意外，連忙拱手道謝。然而，客氣的話音未落，他已經明白了李秩選擇自己，而不是王鳳的緣由。

李秩此人，雖然貪功貪財，又愛說些不著邊際的大話，但膽氣卻不差。否則，以自己哥哥那樣的英雄人物，斷不會與此人傾心相交。否則，此人當初也不會冒著被官府殺全家風險，跟大哥一道密謀起兵。

「國公，末將乃是騎將，站在地上，一身本事發揮不出三分。所以，所以這次也跟劉將軍一起去了！」王鳳身邊，忽然又站起了校尉宗佻，紅著臉向他拱手。

王鳳原本大吃一驚，隨即，明白自己再不表態，身邊將領恐怕會一個不剩，連忙強壓下心中羞惱，大笑著道：「好！好！好！諸位英雄了得，那新軍大營即便是龍潭虎穴，也未必就能攔得住爾等！也罷，文叔，剛才本帥話說得急了，有失考慮。你還是帶上五百弟兄……」

「不必。」劉秀笑了笑，豪情萬丈，「剛才站出來的諸君，還有我的衛隊即可！請國公在城內，靜候劉某佳音。」

「好，那就依文叔你所言。」王鳳老臉一紅，尷尬地點頭。

雙方話不投機，說多了反而會引發麻煩。所以隨便客套了兩句，就宣布酒宴結束。

溫暖明亮的縣衙內，王鳳看著跳動的燈火，臉色陰晴不定。狂風呼嘯的縣衙外，劉秀與馬武、王常等人，則個個熱血澎湃。

沿著青石鋪就的官道上走了片刻，王常忽然回頭拉起自己的兄弟張卯和成丹，快步走向嚴光，「子陵，他們兩個剛才其實也想請纓突圍，是王某使了眼色，硬要他們留了下來。我走之後，他們倆連同下江將士，就唯你劍鋒所指。如果有人膽小，想逼著弟兄們保護他棄城而逃，該做什麼想必你不用王某來教！」

「我們倆單憑嚴長史調遣！」成丹、張卯拱起手，大聲向嚴光表態。

「多謝王大哥，多謝兩位將軍！」嚴光心中頓時就是一熱，連忙拱手還禮。

王常笑了笑，輕輕擺手，「子陵不必客氣。突圍在即，廢話我就不多說。今夜，萬一王某一去不歸，日後下江兄弟，還請子陵多加看顧。王某在此，先行謝過了！」

說罷，退後兩步，恭恭敬敬向嚴光做了一個長揖。

剎那間，有股寒氣就直衝嚴光頂門。他追了一步，然後停了下來，含著淚向對方還禮，「但有嚴某三寸氣在，定不負顏卿兄所托！」

「如此，王某就可以放心走了！」王常哈哈大笑，轉身，大步走向坐騎，「我先回去準備，文叔、子陵，半個時辰後，咱們南城門口見！」

「我等恭候顏卿兄！」劉秀和嚴光雙雙向王常揮手，身後的披風被吹得飄飄而起，宛若兩團暗紅色的流雲。

凌晨將至，狂風呼嘯，天色黑得伸手不見五指。

被人血染成褐色的昆陽城南門，忽然悄悄被人推開，劉秀、馬武、鄧奉、朱祐、王常、傅俊、李通、李秩、宗佻、劉隆、王霸、趙憙、臧宮等十三名將領，連同馬三娘依次策動坐騎疾馳而出，以最快的速度，在夜幕中排出一個簡單的錐形，直撲兩里外的莽軍大營。

一百名衛士，驅趕著四百多匹戰馬，緊跟在他們的身後，每一匹戰馬的蹄子上都包裹著厚厚的麻布，每一個人嘴巴都閉得緊緊。

輕微的馬蹄落地聲，被呼嘯的風聲掩蓋。將士們的脊背，被狂風推著宛若錦帆。順大風騎快馬，那種感覺讓人忍不住想放聲長嘯。但是，他們卻沒有發出半點聲音。他們知道，距離意味著成敗，動靜代表著生死，故而，他們努力遏制住心中的衝動。只管默默地加速，加速、加速……

兩里遠的距離，轉眼就被馬蹄拉近到了三百步，然後又被拉得更近。營中的莽軍毫無反應，整個軍營一片沉寂。

忽然，隊伍正前方的劉秀，俯身從馬鞍下抽出了一根投矛。包括馬三娘在內的十三名將領和一百衛士，也緊跟著齊齊俯身，手中的投矛尖端，亮起點點寒星。

莽軍依舊毫無察覺，由於兵力高達義軍的二十倍，他們營寨紮得極為隨意。大部分地段都沒有鹿寨，由木樁和繩索拉成的臨時寨牆，也早就被大風刮得千瘡百孔。

負責巡夜的士卒受不了大風帶來的低溫，瑟縮著躲在幾座靠近營牆的帳篷裡，點起火盆取暖。而火盆和火把的光芒透過帳篷，恰成為義軍的指路明燈。

靠近營牆帳篷內，巡夜的士兵圍著炭盆昏昏欲睡。其中一人忽然聽到了風聲背後動靜有些古怪，拎起兵器推開帳篷門向外觀望，就在此時，一根投矛順著狂風悄然而至，正中他的胸口。

「呃！」「呃！」可憐士兵的面孔瞬間因為劇痛而扭曲，絕望地舞動著雙臂，在帳篷門口來回踉蹌。前胸和後背，血如噴泉。

半邊帳篷，迅速被人血染紅，帳篷內的巡夜者迅速被驚醒，抄起兵器，蜂擁而出。更多的投矛悄然落下，將他們全部射倒在地。

「敵襲，敵襲——」臨近的帳篷內，也有莽軍士卒陸續衝出，緊跟著，就被投矛無聲地射倒。突圍的義軍錐形陣，像捅進了豬油的刀子般，順利突向莽軍大營深處。而巡夜士卒死去前發出的報警聲，卻被淹沒在呼嘯的狂風當中。

「加速！」劉秀揮臂擲出第二支投矛，隨即拔刀在手，低聲命令。

馬三娘、鄧奉、馬武、朱祐等人默默拔刀，就像一群猛獸忽然露出了牙齒。更多的環首刀，在他們身後舉起，剎那間，將錐形陣化作一座移動的鋼刀之林。

早已將生死置之度外的壯士們用腿狠踢馬腹，受了痛的戰馬昂首欲嘶，舌頭卻被主人用木棍和皮索勒住，只能發出低微的喘息聲。鬱悶到了極點的戰馬把火氣撒在了大地上，馬蹄用力擊打地面，數息之內又向前推動了五十餘步，與主人手中的鋼刀一道，將沿途遇到的所有障礙，無論是人還是帳篷，全都撞得四分五裂。

「敵襲！」「敵襲！」「敵襲……」

更多的莽軍士卒，從睡夢中被驚醒，昏頭脹腦地衝出帳篷。然後昏頭脹腦地倒在刀下，一排又一排，就像冰雹下的麥子。

血光飛濺，狂風肆虐，倒翻的火把和油燈被風吹得滿地亂滾。幾道火苗被風吹著掠過帳篷邊緣，迅速攀援而上。彈指間，整座帳篷變成了一支巨大的火把，在周圍照得一片通明。

劉秀的戰馬，迅速從「火把」照亮的邊緣處衝過，手中的鋼刀，砍向黑暗中的下一個敵人。他的動作極為乾脆，對手根本來不及招架，就被鋼刀砍在了肩甲骨處，慘叫著向後栽倒。帶血的刀刃借著戰馬的速度揚起，橫著掃向另外一名驚慌失措的莽軍校尉，在他的胸前掃出一道兩尺長的傷口。

「啊——」倒楣的莽軍校尉大聲慘叫，胸前的血宛若瀑布般向外狂噴。生命力隨著鮮血，瞬間被從他身體裡抽走。他的臉色迅速變得蒼白，圓睜著雙眼跪在了地上，慘叫聲戛然而止。

錐形陣繼續向莽軍營地內推進，在狂風的掩蓋下，任何聲音，都顯得格外輕微。雪亮的刀光，掃過一排排無助的人群。跳動的火焰，掠過一頂頂帳篷。

死亡伴著火光，大步向前推進。在黑暗的莽軍聯營內，推出一道耀眼的縫隙。縫隙的兩側，紅星飛濺，就像生鐵在高溫下融化。縫隙的正前方，則寒芒閃動，宛若巨龍的牙齒在不停地合攏。

剛在睡夢中醒來的莽軍，在「巨龍的牙齒」下，毫無抵抗之力。很多人連到底發生了什麼都沒弄清楚，就稀裡糊塗死去。更多的人則想都不想，光著身體逃出帳篷，不辨方向四散奔逃。

時間雖然已經是五月（農曆），但是忽然北國吹來的狂風，依舊冷得刺骨。逃命者只跑出了十幾步，就開始瑟瑟發抖。而他們的敵人卻絲毫不懂得憐憫，只要有活物擋在面前，立刻毫不猶豫地策馬掄刀撲上，如猛獸撲向羔羊。

半夢半醒之間的人動作遠不及平時靈活，逃命的莽軍將士往往沒來得及發出一聲驚呼，就被馬蹄踏翻在地。然後，就是另一匹戰馬的前蹄。

「裂縫」繼續向莽軍深處推進，將死亡、火光和恐懼，向驚醒的莽軍將士心底蔓延。

僥倖避開了「裂縫」波及範圍的莽軍士卒，呆呆地看著那座近在咫尺的錐形攻擊陣列，既沒有勇氣前去阻攔，也不知道該如何阻攔，失魂落魄。

更遠處，報警的號角聲則忽然穿破狂風，一陣接著一陣，無止無休。

四十萬莽軍，終於陸續從睡夢中醒來。就像一頭冬眠中的巨蟒般，扭動著沉重的身軀，努力查找是哪隻不開眼的蜜蜂，將自己刺傷。

各個沒有遭受攻擊的營頭，在底層軍官的努力下，一邊加強警戒，一邊努力整頓士卒。各營主將，則挑起火把，迅速奔向王邑所在的中軍，準備在自家主帥的指引下，向闖營者發起全力反擊。

「嗚嗚嗚，嗚嗚嗚，嗚嗚嗚嗚嗚……」，昆陽城頭，畫角聲也響了起來。嚴光和鄧晨組織起數千弟兄，在城牆四面製造動靜，混淆敵軍視聽。

站在高處，他們能看到莽軍聯營中那道高速向前推進的裂縫，他們都為自家兄弟的輝煌戰績而感到自豪。

然而，他們同時也能清楚地看到，儘管裂縫推進的極快，至今卻還沒走完莽軍聯營厚度的二分之一。剩下的另外一半兒擋在裂縫前的莽軍營地，卻已經慢慢亮了起來。

燈球火把，轉眼將黎明前的黑夜照成了白晝。

「阻擊！阻擊！」一個將領模樣的人瘋狂大喊著，帶著數十名親信，從聯營深處衝出來，企圖用自己的血肉之軀擋住劉秀，給自家主帥王邑爭取反應時間。

「放箭！放箭！」另外一支率先反應過來的隊伍，在將領的指揮下，彎弓搭箭。

「看箭！」

「受死吧反賊！」

「射死他們，射死他們！」

「亂箭穿身，讓他們亂箭穿身！」

……

喝罵聲伴著弓弦聲響起，數不清的羽箭騰空而起，像一道死亡的陰影，迅速落向劉秀、馬三娘等人的頭頂。

人可以揮舞兵器格擋羽箭，戰馬不能！

人身上可以披兩層鎧甲，戰馬沒有！

前來闖營的義軍只有一百多人，只要能讓他們胯下的戰馬受傷，只要能讓他們的速度放緩，十萬大軍一人一口吐沫，都可以將他們活活淹死。

看著羽箭從半空中落下，周圍每一名莽軍弓箭手，眼睛裡都充滿了亢奮。然而，就在下一個瞬間，狂風忽然變強，所有羽箭如同撞到一堵牆上般，陡然停了下來，緊跟著，瀑布般齊刷刷下墜，將正努力結陣阻擋劉秀的另外一隊莽軍，砸了個七零八落。

「殺！」劉秀哪裡肯放過老天爺賜給到了眼前的機會，手起刀落，將一名莽軍隊正連人帶兵器砍去了半截。緊跟著，戰馬如閃電般衝過攔路者的隊伍，直撲滿臉驚愕的弓箭手。

周圍的攔路者紛紛揮舞著兵器向他靠近，卻被馬三娘和鄧奉一左一右，砍得東倒西歪。馬武、王常和李通緊緊跟上，在馬三娘和鄧奉身後鋼刀齊揮，將缺口迅速擴大。王霸、劉隆、朱祐、趙憙等將領帶著眾侍衛急衝而至，將攔路者的隊伍，衝了個七零八落。

一名弓箭手鬆開弓弦，在極近的距離，迎面向劉秀施放冷箭。有股狂風恰恰吹來，將羽箭吹得在半空中打了旋，不知去向。還沒等此人搭上第二支箭，劉秀已經策馬殺到。一刀將弓臂砍為兩段，又一刀砍掉了此人的頭顱。

「老子跟你拚了！」帶隊的將領王德大怒，提槊直奔劉秀的坐騎。馬三娘在旁邊看得真切，抬手一塊鐵磚拍去，正中此人面門。

第三名撲上前的人做軍侯打扮，手中兩隻鐵鐧舞得就像旋風。劉秀猛地擲出一根投矛，從兩團「旋風」中央射入，將此人直接釘在了地上，慘叫著縮成一團蝦米。

第四名和第五名對手拎著盾牌和鋼刀，叫喊著撲上。被鄧奉迎頭兩刀，砍得盾牌火星亂濺。劉秀策馬急衝而過，用鋼刀斜著將一人掃翻在地。馬武跟上來反手又是一刀，將另外一人砍得矮下了半截。

周圍的其餘莽軍將士一哄而散，再也不敢去擋劉秀的馬頭。剛剛衝過來的一名黃臉兒將領怒不可遏，揮刀朝著潰兵亂剁。劉秀追著潰兵的腳步衝到，刀光宛若匹練。黃臉兒倉促招架，手臂蓄力不足，鋼刀「噹啷」一聲，被磕上了半空。

「死！」劉秀揮刀將黃臉斬於馬下，隨即驅趕著潰兵繼續向前推進。「春陵劉秀在此，不想死的讓開！」

……

「鳳凰山馬武在此，擋我者死！」

「南陽鄧奉在此，擋我者死！」

「爺爺乃是下江王常，不想死的滾蛋！」

……

吶喊聲，一句跟著一句，氣衝霄漢。跟在劉秀身後的將領們，紛紛自報家門，以免對手死後不知道該記恨誰。

「他是劉秀！」

「春陵劉秀！」

「劉秀來了，劉秀來了！」

……

從營地深處陸續湧過來擋路的莽軍將士，瞬間認出了帶隊衝殺的義軍將領身份，驚叫著放緩速度，不想再繼續前進。

數日前，劉秀為了營救猛獸口下的南陽百姓，帶領馬武、鄧奉等數百勇士，逆衝兩萬莽軍並且兩度貫穿軍陣的情形，依舊歷歷在目。無論是親身經歷了那場戰鬥的莽軍將士，還是旁觀了戰鬥者，都不願意再與劉秀交手。

第一，他們沒有把握殺上去後還能活著退下來。第二，對方縱身從城頭躍下，持刀衝向虎狼的身影實在太高大，讓他們個個自慚形穢。道義無聲，也看不到任何力量。但道義與武力相結合，有時候卻能讓武力的效果直接翻倍。

不願意上前與劉秀交手的將士在四十萬莽軍當中，十不足一。但他們的遲疑，卻令原本就運轉不暢的莽軍整體，愈發笨拙。

擋在潰兵正面的將士，或者主動，或者被迫，轉身閃避。把新迎上來和不明所以的其他將士，推得踉踉蹌蹌，陣型散亂。劉秀、馬三娘和鄧奉等人，卻策馬加速前推，乘著呼嘯的北風，將縫隙撕得越來越深，越來越深，眼看著，營地的外牆，已經遙遙在望。

「嗚——」半空中，忽然傳來一聲猛獸的怒吼，緊跟著，腥臭氣息從側翼直穿大夥鼻孔。

馬三娘的坐騎嘴裡發出一聲悲鳴，前腿高高地揚起。正在奮力廝殺的她猝不及防，差點直接掉下馬背。一名披著獸皮的敵將徒步靠近，一槍刺中她的小腹。馬三娘疼得眼前發黑，咬牙揮刀砍去，「咔嚓」一聲，將槍桿砍做兩段。

努力控制住坐騎，她低頭看去。只見自己的護心鋼板被戳得向內凹了一個坑，卻牢牢地護住了自己小腹。張嘴吐出一口瘀血，她再度揮刀，敵將手中的半截長槊連同右臂一同斬落於地。

「呼——」腦後再度有勁風襲到，馬三娘想要自救，已經來不及。千鈞一髮之際，衝在她前方的劉秀已經轉過了身，鋼刀脫手而出，貼著她的脖頸掠過，將一把鋼叉砸得火星四濺。

鋼叉被震歪，馬三娘被坐騎馱著遠離危險。從後面衝過來的馬武大叫著揮刀砍去，將偷襲者砍得踉蹌後退。

沒等他再補上一刀，有頭巨大的黑影，忽然從天而降。馬武果斷策馬閃避，緊跟著又是一刀。

「嗷——」獸吼聲震耳欲聾，有頭花豹落下，下頦和小腹之間，鮮血淋漓。

更多的虎豹狗熊忽然出現，眼睛裡閃著綠光，撲向劉秀等人。凌晨最黑暗時刻瞬間降臨，將士們胯下的戰馬，被嚇得前竄後跳，再也無法保持隊形。

闖過了三分之二莽軍大營的錐形陣，瞬間碎裂。將士們一邊努力控制坐騎，一邊抵擋野獸圍攻，彼此之間難以相顧。

不停有人落馬，然後被群狼圍攻。慘叫聲接連而起，虎狼的咆哮鋪天蓋地。

眼見不斷有士卒被黑熊老虎撲倒撕食，劉秀心急如焚，卻不敢停下來相救。他們只有區區百餘人，敵軍卻有四十萬。他們只要停下來，今晚的突圍就徹底失敗，等待著他們所有人的，就是死無全屍。

「吁吁吁……」身旁突然傳來幾聲馬聲嘶鳴，劉秀匆匆側頭，只見是臧宮和劉隆座下戰馬的臂部，均被猛獸的利爪刮去半邊，血肉模糊。

可憐的坐騎疼痛難忍，哀鳴停住腳步，任劉隆和臧宮兩個如何努力控制，都無濟於事。迎面忽然又射來無數羽箭，臧宮和劉隆兩個大驚，急忙棄了坐騎，舉刀自救。正在此時，前方再次響起催命符般的號角聲，霎時間，左右兩側各自衝過來數身穿獸皮的騎兵，牢牢地堵住了二人的去路。

「完了！」宛若有冰水兜頭潑下，臧宮和劉隆二人，四肢瞬間被凍僵。艱難地扭頭望去，只見包括劉秀和馬三娘在內的所有義軍，都被堵在敵營當中。而大夥的身後，獸吼連天，那些見了血的老虎豹子們，分噬了戰死袍澤和他們的坐騎，隨時都會再衝過來。

「三娘，妳先走。」劉秀深吸一口氣，朝著馬三娘大聲吩咐。我和馬大哥為妳斷後！」

說罷，不由分說策動坐騎，與馬武一道將三娘夾在了中央。正欲再度揮刀衝陣，又一陣狂風從西北方吹來，吹歪天空中所有羽箭，巨大的沙粒將他的頭盔打得叮噹作響。

身後猛獸的叫聲陡然變得十分怪異，不再充滿了殘暴與憤怒，代之的，竟是揮不去的惶恐。三人驚訝地扭頭，只見黑沉沉的天地間，一堵看不出寬度的沙牆高速推至。兩個彈指功夫，就將所有虎豹狼熊吞沒在了滾滾黃沙當中。

「沙暴，沙暴，大夥趕緊下馬。拉著韁繩跟在我身後！」劉秀瞬間臉色大變，扯開嗓子向身邊所有人示警。

哪裡還來得及？

只見黃沙如浪，滾滾而進。所過之處，樹木斷折，石塊自走，早起的鳥雀從空中直墜而下。

莽軍中的猛獸，無論大小，全都趴在了地上，前後爪子深深刨進土中，嘴裡發出一陣陣淒厲的悲鳴。

莽軍的騎兵，像熟透了的柿子般，一排排被狂風吹得從馬背上掉下，手捂眼睛，滿地亂滾。還有未乘坐戰馬的弓箭手，長矛兵、刀盾兵、輜重兵和馴獸師等，皆驚慌失措，三一群，五一夥，抱在一起瑟瑟發抖。

天地之威，暴烈如斯！

再看從昆陽城內突圍出來的義軍將士，除了劉秀、馬三娘和年初從太行山專程趕回來的劉隆是主動跳下坐騎之外，其他人也同樣被風沙硬從馬背上推落於地，緊握著兵器舉步維艱。

「三姐，去拉住大哥，然後讓大哥拉住傅道長，一個拉住一個，牽著馬繮繩走！」強忍著黃沙鑽入眼睛帶來的刺痛，劉秀將嘴巴湊到馬三娘耳畔，用盡全身力氣提醒。

「什麼——？」馬三娘只聽到三姐兩個字，其他全都無法聽清楚，扭過頭，大聲追問。

「拉住大哥！讓大哥再拉住別人，一個拉住一個！」劉秀用力拿手比劃，聲音卻全都被狂風捲得無影無蹤。

無奈之下，他只好棄了坐騎，單手拉住馬三娘的手腕，帶領後者，踉蹌著靠向劉隆。然後再用另外一隻手緊緊拉住劉隆，繼續高聲喊叫：「一個拉住一個，跟我來，跟我來。沙暴，他們沒見過沙暴！」

「一個什麼？」劉隆一張嘴，牙齒就變成了黑黃色，痛苦地眉頭緊皺。然而，當看到劉秀一手拉住馬三娘，一手拉住自己，踉蹌前行的模樣，頓時心領神會。

猛地掙脫劉秀的掌控，他冒著被沙暴直接掀翻的危險，三步併作兩步衝到距離自己最近的臧宮身側，奮力扯住對方手腕，「跟我走，一個拉上一個！」

「一個拉著一個！」劉秀扯著馬三娘，強忍眼部鑽心般的劇痛，踉蹌著奔向馬武。

馬武正被風沙吹得不知所措，見劉秀帶著妹妹直奔自己而來，連忙伸手迎上。三人的手很快挽在了一處，將頭躲在馬武和馬三娘之間，劉秀繼續努力補充，「沙暴，這是沙暴。拉著大夥一起走，趁著賊軍無法適應！」

「沙暴，這是沙暴。塞外很常見！」眼前忽然有靈光乍現，馬三娘也大聲叫喊。緊跟著，單手扯住身後阻擋流矢的披風，奮力扯下長長的一條，將劉秀的口鼻遮了個嚴嚴實實。

「遮臉，用披風遮臉，擋住沙子！」劉秀頓時有了主意，丟下馬武和三娘，雙手將自己的披風解下，奮力扯成兩片，一邊替三娘遮住口鼻，一塊塞給馬武。

「哥，快去，快去拉上其他人。大夥都沒去過塞外，從來沒見過沙暴！」馬三娘給了劉秀一個幸福的微笑，一邊任由他替自己遮擋風沙，一邊將嘴湊到馬武耳畔叫嚷。

她的話，一大半兒都被狂風吞噬，但馬武依舊從她和劉秀兩人的動作中，明白了二人的意思。先抓起劉秀遞過來的披風擋了口鼻，然後大步朝向距離自己最近的傅俊。

「去救人！」劉秀拉住三娘，奔向附近另外幾個袍澤，義無反顧。

「嗚嗚——」一頭野狼被馬武踩中爪子，卻不敢站起來報復。緊閉著眼睛匍匐於地，嘴裡發出乳狗兒一樣的嗚咽聲。

一頭狗熊的身影，忽然出現在風沙背後，距離三娘的大腿近在咫尺。然而，牠卻沒有做出任何攻擊姿態，將頭扎在兩個前爪之間，屁股高高撅起，身體抖若篩糠。

幾個莽軍兵卒，緊跟著出現，對從身邊走過去的劉秀和馬三娘視而不見。

還沒等馬三娘俯身從地上撿起兵器，其中一名隊正打扮的傢伙，忽然鬆開了同伴，撒腿就跑，「是李寡婦，李寡婦找我索命來了！」

「天罰，天罰，老天爺恨咱們拿百姓餵老虎！」另外一名夥長，也踉蹌著轉身逃命，儘管他此刻根本分不清東南西北。

「不要，不要殺我，小人是奉命，奉命行事啊！」

「我是被屯長逼著，才拿你兒子去餵熊瞎子的，冤有頭債有主，你去找他算帳，不要找我呀！」

「求求你不要勾我的魂，我家裡還有一個老娘！」

……

恐慌，像瘟疫般在風沙中蔓延，周圍的莽軍將士，如同都被魔鬼迷失心智般，一個個放下武器，要麼跪伏在地，連連叩頭，要麼撒開雙腿，踉蹌著四散逃走。

「他們沒見過沙暴！不光人沒見過，野獸也沒見過！老天爺，你總算開了一回眼！」馬三娘忽然鬆開了剛剛撿起兵器，揮舞著手臂向天空大聲歡呼。

她終於明白，為何野獸和莽軍將士，會被沙暴嚇得如此厲害了。

沙暴通常只出現於塞外，在幽州、冀州都很罕見，更甭說是黃河以南的荊州。

而這時代的普通人，卻很少像劉秀和自己這樣，足跡踏遍江南塞北。莽軍中的野獸，也都是從司隸、豫州兩地的群山中抓來，從沒去過漠上。

因此，當海嘯一般的沙暴忽然出現，無論人還是野獸，短時間內，都無法弄清楚這種異像因何而起，更找不到任何辦法去適應。

俗話說，沒做虧心事，不怕鬼敲門。

莽軍為了打擊義軍的士氣，在昆陽附近抓了百姓餵野獸，殘暴程度擊破了做人的底線。所以，當從沒見過的異相忽然降臨，那些做了虧心事的莽軍兵卒，本能地會往天罰方向去想。

「啊——」

「啊——」

「饒命——」

幾聲人類的慘叫，忽然從滾滾黃沙背後傳來，血腥氣隨風飄蕩。

馬三娘被嚇了一跳，連忙收回心神，扭頭張望。恰看到劉隆和臧宮、鄧奉三個，彼此之間用馬韁繩連在一起，踉蹌著摸向一夥官兵，從背後給一名武將打扮的傢伙，來了個透心涼涼。

其他莽軍聽到慘叫，本能地回頭。劉隆猛地晃了晃包裹著綢布的腦袋，嘴裡發出淒厲的長嚎叫，「嗚——嗚——」

「鬼啊——」

「魔鬼索命來了！」

「饒命……」

被驚動的莽軍將士嚇得魂飛魄散，連滾帶爬向遠處逃去，誰也不敢做出任何反擊。

「走——」劉隆朝著鄧奉和臧宮兩人做了個手勢，伏低腰身，迅速鑽入風沙之中。一邊努力收攏失散的自家袍澤，一般繼續裝神弄鬼。

「這廝——」劉秀看得連連搖頭，俯身也撿起一把被莽軍士卒遺棄的橫刀，然後拉著馬三娘，去收攏其他袍澤。遇到野獸則迅速繞過，遇到努力安撫士卒的莽軍將領，則立刻像鬼魅般靠過去，一刀奪命。

他們兩個武藝遠高於尋常將領，又曾經有過對付沙暴的經驗，因此只要下定決心「趁火打劫」，肯定越做越順手。

而周圍的莽軍將士，卻被風沙吹得彼此不能相顧，又個個心懷鬼胎。聽到慘叫聲不斷從黃沙背後傳來，頓時嚇得兩股戰戰。往往還沒等被「冤魂」找上門來，就自己落荒而逃。

很快，劉秀就找到了王常、趙憙和李通。然後，又從一匹死馬的背後，拉起了假裝死屍的朱祐和李秩。眾人三三兩兩用馬韁繩拴在一起，鏈接成組，一邊彼此配合著探索出路，一邊尋找其他袍澤，像滾雪球般，將隊伍越擴越大。不多時，竟然把隊伍擴充到了三十人上下。再與馬武、劉隆兩人收攏起來的弟兄匯合到一處，摸索著穿透莽營，揚長而去。

深一腳淺一腳走出了三里之外，天空終於漸漸發亮。黃沙漸漸變得單薄，十步之外，終於又可以重新看到人影。劉秀扭頭回望，卻沒發現任何追兵。這才偷偷鬆了一口氣，額頭鬢角，冷汗裹著泥土滾滾而下。

「老天爺，我服了，我真的服了。下半輩子，我再也不說你老人家一句壞話！您老明鏡高懸，對世間是非善惡都看得清清楚楚。」朱祐抬手抹了一把眼皮上的沙土，朝著褐黃色的天空連連賠禮，那模樣，要多虔誠又多虔誠。

眾人被逗得哈哈大笑，笑過之後，才覺得渾身上下涼颼颼濕得厲害。

到了此刻，大夥才發現，之前的突圍計劃是多麼的幼稚。莽軍的聯營，厚度足足有三里開外。莽軍將士的反應，也遠超過了大夥突圍之前的設想。若不是老天爺忽然開眼，降下了這滾滾黃沙，大夥今天凌晨恐怕全都要飲恨疆場。

「將軍，何去何從，還請將軍示下！」王常拍乾淨了身上的土，走到劉秀面前，無比鄭重的拱手施禮。

「這？」劉秀被他的動作嚇了一跳，連忙躬身還禮，「當然是去葉縣！王大哥，你這麼客氣做什麼？」

王常卻果斷斜著跨了一步，躬身領命，「是，末將熟悉地形，這就去給弟兄們頭前探路！」

「王大哥……」對王常的反應好不習慣，劉秀忍不住低聲抗議，「咱們多次同生共死，你不必如此客氣！」

「末將不敢！」王常回頭看了他一眼，然後轉過身，非常鄭重地著拱手，「將軍不要再叫末將大哥，將軍乃是有大氣運之人，末將不敢僭越。他日若將軍壯志得酬，身邊能有末將一席之地，末將就心滿意足。」

「王大哥，你，你這話什麼意思？」劉秀聽得滿頭霧水，皺著眉頭低聲追問。

王常卻不肯做任何解釋，又朝他深深施了一禮，大步而去。

「將軍，此番昆陽大戰結束，末將願繼續追隨鞍前馬後。」

「將軍，末將此後，唯你馬首是瞻！」

「將軍仁勇無雙，末將願永遠為您馬前一卒！」

臧宮、宗佻和趙憙三人，也聯袂上前，朝著劉秀鄭重表態。

「你們……」劉秀愈發感覺驚詫，連忙抬起頭，用目光向好朋友朱祐和鄧奉詢問究竟。卻看到，朱祐和鄧奉兩個，與劉隆、王霸、傅俊等人一道走了過來，俯身向自己行禮。「我等今生，願追隨將軍左右，刀山火海，不敢旋踵！」

「你們，你們這是幹什麼？」劉秀額頭上，又有熱汗冒出，將臉孔畫得黃一道白一道。

他很聰明，能敏銳地感覺到，此刻大夥的意思，明顯不是向自己表示一般的追隨之意。而是從現在起，就要永遠認自己為主公，福禍與共。而自己，只是一個區區偏將軍，官職比李通、傅俊、李秩三人還都小了一大截，如何，如何能……

「小賊，不要跑！巨毋霸今天跟你不死不休！」一聲霹靂般的怒吼，將他困惑，瞬間砸了個支離破碎。

劉秀和眾人同時扭頭，只見五十餘步外的沙塵中，有個龐大的身軀，騎著駱駝如飛而至。身背後，還有數百名騎著駱駝的兵卒，每個人跑得氣喘吁吁，臉上的泥漿成串成串往下掉。

「劉秀小賊，趕快上前受死！」發現目標正是劉秀，莽軍壘尉巨毋霸舉起門板一樣的大刀，繼續高聲咆哮，「老子就不信，老天爺還會再幫你！」

「大夥退入樹林！」不待劉秀做出反應，馬武果斷上前，用身體將他擋在了背後，「文叔，你跟三娘先走！」

「將軍，你跟夫人先走！」臧宮、宗佻、和趙憙緊跟在馬武身側，舉起橫刀，組成一道單薄的人牆。

朱祐、鄧奉、劉隆、王霸、傅俊等人，默默地互相看了看，帶領著弟兄們，在馬武身後迅速結陣。雖然全部將士加起來只有六十出頭，卻將人牆變成了一道堅固的堤壩。

這種情況下，劉秀怎麼可能帶著馬三娘逃生？笑了笑，提著橫刀走進了隊伍中央。

「哦，有趣！」沒想到對方反應如此迅速果決，巨毋霸楞了楞，緩緩拉住了駱駝韁繩。單人獨騎衝擊步兵陣列，縱使能殺掉劉秀，他也很難全身而退。所以，他必須先整頓隊伍，然後帶領著騎兵一擁而上。

「巨毋霸，你還有膽子來？劉某發誓，今天絕對不會饒你第二次！」劉秀不願意給巨毋霸組織兵馬的機會，舉著橫刀，試圖激怒此人，然後來個擒賊擒王。

「哈哈哈，哈哈哈哈……」彷彿聽到了世界上最好笑的笑話，巨毋霸抬起頭，放聲狂笑。「劉秀小兒，當初黃河岸邊，老子是以一敵三，才被賈復勾結你和李通所傷。老子今天就先割了你的腦袋，然後哪天再找機會作了姓賈的小賊，讓他知道，這世間有一種人，無論如何他都招惹不得！」

「威武，威武！」巨毋霸身後的駱駝兵，扯開嗓子，一邊大拍自家將軍馬屁，一邊擺開攻擊陣型。彷彿不需要任何力氣，就可以將劉秀等人一網打盡。

他們的確有如此囂張的理由，曠野之中，同樣規模的騎兵遇到步兵，絕對勝券在握。而他們，人數卻是對面的五倍以上，並且個個體力充沛。

然而，沒等他們的叫嚷聲落下。在他們的身後，忽然又出現了一支隊伍。領軍的武將手提鐵戟，邁開一雙大長腿，從背後直奔巨毋霸，「無恥狗賊，當初就不該饒了你！賈某在此，今天倒是要看看你到底如何招惹不得！」

騎兵沒加速度之前，背後最為虛弱。頓時，就像爛柿子般，被賈復用槊桿推落了一地。

「氣話，氣話，賈將軍切莫當真，我家壘尉說的是氣話，氣話！」眾駱駝騎兵卻不敢還手，一邊躲閃，一邊扭過頭大聲叫嚷。

「賈將軍，有話好說，有話好好說！」巨毋霸的長史柳竟和親兵隊正巨毋雙，也趕緊撥轉了坐騎，陪著笑臉迎上前，打躬作揖。

對方和巨毋霸都是大新朝的將領，彼此之間起了衝突，他們這些底下人，最是為難。不出手，過後自家主將肯定會給小鞋穿。出手，就是以下犯上，萬一官司打到大司空王邑面前，巨毋霸很難罩他們得住。

「滾一邊去！」賈復卻絲毫不體諒柳竟和巨毋雙二人的苦衷，抬起左手，一巴掌一個，將二人拍下了駱駝。隨即，一邊加快速度向前走，一邊舉起鐵戟，遙遙地指向巨毋霸的鼻梁骨，「狗賊，剛才你說什麼？有種再說一遍！」

「想搶功就直說，不要找藉口！」當著麾下這麼多弟兄的面兒，巨毋霸如何能夠服軟。立刻將門板般的大刀高高舉起，朝著賈復高聲斷喝，「老子今天要殺劉秀和李通，你若是糾纏不清，就是他們的同夥！」

他是一個官迷，對功名利祿看得極重。以己度人，便認定的賈復是為了搶功而來，所以，張嘴就祭出了一頂大帽子，試圖將賈復直接壓退。誰料，賈復聽到之後，非但沒有停下腳步，反而加快了速度，鐵戟直刺他的後腰，「沒錯，賈某正是他的同夥！狗賊，拿命來！」

「啊——」巨毋霸沒想到賈復真的敢對自己下狠手，嚇得寒毛倒豎。憑藉本能揮動大刀，扭身磕向鐵戟。

「當——啷！」金鐵交鳴聲震耳欲聾，周圍的駱駝悲鳴側轉腦袋，邁開四蹄，以免遭受池魚之殃。駱駝背上的騎兵們，仍然弄不清賈復是敵是友，一邊拉動坐騎給巨毋霸騰出交手的地方，一邊七嘴八舌地高聲勸解，「賈將軍，賈將軍，我家壘尉真的是無心之言。壘尉，壘尉，劉秀還在那邊，劉秀還在那邊，小心劉秀趁機跑掉。」

「楞著幹什麼，還不趕快去追劉秀！」巨毋霸氣得七竅生煙，一邊努力招架，一邊大聲呵斥。背對著敵人，因此，他應付起來極為彆扭，全身本事使不出三分之一。而賈復，卻猛地將大戟輪起來，車輪般橫掃，「殘民之賊，不得好死！」

「嗚嗚——」

「嗚嗚嗚——」

「啊呀——」

……

駱駝的悲鳴之聲和人的驚叫聲，不絕於耳。巨毋霸身後足足一丈寬的範圍內，駱駝小腿伴著鮮血四下橫飛。正奉命準備帶頭衝向劉秀的親信，一個個全都摔成了滾地葫蘆。

完全憑著反應迅速，巨毋霸才在鐵戟掃向自己的坐騎腳下之前，猛地夾了下大腿。催促坐騎向前竄出了半丈遠，才避免了和身邊親信一樣的下場。扭過頭，他兩眼登時一片通紅，「小賊，你要謀反嗎？」

「沒錯，賈某早就該反了！」數百雙憤怒和困惑的眼睛中，賈復猛地舉起鐵戟，回答聲宛若驚雷，「狗賊，賈某今天，要為民除害！」

說罷，身體一縱，高高躍起。手中鐵戟在半空中化作一條巨龍，朝著巨毋霸的後腦勺急拍而下。只見一道黑光從天而落，巨毋霸卻根本無法閃避，心中大叫一聲苦，晃動身體，朝左下方急速滾落。還沒等他的脊背著地，耳畔又聽見「噗」一聲。他的寶貝駱駝，被鐵戟直接拍成了肉餅。

「為民除害！」賈復的軍侯賈方猛地舉起橫刀，縱聲高呼。

「為民除害！」追隨賈復從沙暴中走出來的五百弟兄，也高高地舉起了橫刀，邁動雙腿從背後衝入駱駝兵當中，大砍大殺。

「反賊，反賊，你全家都得死無葬身之地！」聽到來自駱駝兵背後的喊殺聲，巨毋霸終於明白了賈復的真實想法，心中既恨又怕。一邊手足並用在地上躲閃，一邊破口大罵。

「賈某早就寫信，讓家人躲進了山林！」賈復撇嘴冷笑，揮動鐵戟，將撲過來試圖援救巨毋霸的駱駝兵，像拍蒼蠅般挨個拍成肉餅。然後繼續舉起血淋淋的戟鋒，朝著巨毋霸的身體猛刺，「你驅獸食人，賈某豈能與你為伍？今日就先殺了你，祭無辜百姓在天之靈！」

「救命，救命！」巨毋霸站不起身，兵器也摔得不知去向，根本沒辦法招架。只能憑藉未發跡前耍雜耍時練成的功夫，翻滾躲閃。

他的親兵隊正巨毋雙忠心耿耿，帶著十幾名鐵桿親信吶喊著上前相救。卻被賈復一戟一個，全都送回了老家。

借著親信們拿命換回來的時間，巨毋霸一個翻滾，躲到了距離自己最近的駱駝之下，然後連滾帶爬，向隊伍深處猛鑽。

「殘民之賊，哪裡跑！」賈復一戟刺死了巨毋雙之後，發現巨毋霸已經逃走。嘴裡發出一聲咆哮，邁開雙腿，緊追不捨。沿途遇到試圖擋路者，皆用鐵戟連人帶坐騎拍了個筋斷骨折。

「殺賊！」劉秀與馬武等人，先前還籌劃著如何利用周圍地形讓追兵知難而退，忽然發現賈復帶著親信臨陣倒戈，不覺喜出望外。互相看了看，舉起兵器，吶喊著撲上。

「殺賊！」賈復的軍侯賈方，恰好也帶著起義的弟兄們殺到，與劉秀等人前後夾擊，將光有坐騎，卻沒有任何組織、配合與速度的駱駝兵，殺得屍橫遍地。

巨毋霸費盡九牛二虎之力，終於脫離了危險，回頭再看，自家隊伍已經崩潰，頓時又悔又氣，怒吼聲宛若驚雷，「賈復，巨毋霸今生不將你挫骨揚灰，誓不為人！」

「你本來也不是！」賈復冷冷地回了一句，邁開大步，向他追了過來。所過之處，駱駝兵紛紛避讓，無人敢攔。

「你，你等著！」巨毋霸雖然長得就像一頭狗熊，腦子卻一點兒都不蠢。毫不客氣將身邊的兵卒扯下駱駝，自己跳了上去，撒腿就跑。「等我回去向大司空彙報此事，滅你滿門！」

「狗賊，有種別走！」賈復大罵著尾隨追殺，奈何兩條腿終究跑不過駱駝。只能把怒氣發洩在巨毋霸的爪牙身上，揮動鐵戟，將恰巧從自己身邊逃過的兩名駱駝兵，直接拍成了肉餅。

眾駱駝兵原本就已經崩潰，見到血淋淋的大戟橫在面前，哪裡還敢再去追隨巨毋霸？慘叫數聲，四散奔逃。

「君文！今天多虧了你！」劉秀喘著粗氣，徒步向賈復，滿臉感激。李通、鄧奉、朱祐三個，也熱情地迎上前，圍著賈復噓寒問暖。

其他眾將，隱約從兵器和身形上，分辨賈復乃是數日前在陽關城外故意放了大夥一馬的新朝勇將，感激之餘，看向劉秀的目光裡，卻愈發增加了幾分莫名的味道。

有漢一朝，鬼神之說盛行。

王莽當初為了篡位，也人為製造了大量的吉兆和祥瑞。所以民間對天命、神祐等事都深信不疑。而祥瑞色彩再絢麗，樣子再奇特，功能卻都全憑朝廷的一張嘴巴說，尋常人根本體會不到。今天，在大夥最絕望時刻，一場沙暴卻從天而降，卻將四十萬莽軍吹了個東倒西歪。任何祥瑞，都不及親眼看到奇蹟，更有說服力。

天命所歸，天命所歸！當從絕境之中走出來的那一刻，王常、傅俊、臧宮、王霸等人，都開始猜測，劉秀就是傳說中那個應該取代王莽的大氣運者。而賈復的出現，則給他們的推斷，牢牢地打上了一根鋼釘！

被千軍萬馬包圍時有滾滾黃沙降臨，筋疲力盡時有良將趕至，如果這還不是老天爺眷顧，還有什麼是？

本著如上心態，眾將雖然個個已經累得半死，士氣卻出奇地高昂。不待任何人吩咐，就將駱駝兵們丟下的坐騎收攏到了一處，然後給劉秀牽來了其中最雄壯的一匹，簇擁著他朝最近的一座青山而去。

王常、王霸等人都是鑽山林的老手，有他們帶路，大夥走得非常順當。很快，就徹底將莽軍的聯營甩得不見了蹤影。

看看太陽已經爬上了樹梢，劉秀便命令大夥停下來休息。然後又請馬武、鄧奉、傅俊等武藝出眾者，去周圍打一些野味，替大夥補充體力。

賈復和他麾下的弟兄，原本就帶著乾糧。見劉秀這邊補給匱乏，也主動將乾糧分出了一部分，跟大夥共享。眾將見了，感激之餘，愈發覺得劉秀乃天命之子，無論遇到任何麻煩都能逢凶化吉。

然而，再好的運氣，也有用完的時候。就在大夥吃完了朝食，正聚在一處商量下一步行動方向之際，王霸帶著幾名斥候匆匆跑來彙報，有一支規模在八百上下的敵軍，追進了山中。看旗號，領軍者應該正是新朝第一名將嚴尤！

「大司徒！」劉秀聽得微微一楞，質疑的話脫口而出，「怎麼可能？以他的職位，怎麼可能只帶八百人進山？」

「元伯，你這回肯定看走了眼！堂堂大司徒，帶兵怎麼可能還不如一個軍侯多？」王常與嚴尤打過多年的交道，對此人瞭解甚深。也用手指了指王霸，笑著反問。

馬武、朱祐、鄧奉、傅俊等人，也紛紛搖頭不止，都覺得無論以嚴尤的官職，還是以此人的謹慎，都絕不會只領著八百人來追殺劉秀。只有賈復，默默地走到劉秀身邊，嘆了口氣，小聲說道：「將軍，不用懷疑了。來的肯定是嚴將軍。他早已不是大司徒，此番前來，恐怕也是懷了必死之志！」

「為何？」劉秀聞聽，愈發覺得困惑，拱起手，非常認真地求教，「君文，請務必說得仔細些。咱們也好從容應對！」

「將軍客氣了！」賈復連忙側開身子還禮，然後帶著幾分惋惜的意味緩緩補充：「上次兵敗於令兄之手，嚴將軍深以為恥。朝廷也以喪師辱國的罪名，將他和陳茂兩個奪職下獄。直到這回擔憂大司空王邑能力不足，才又將他二人釋放出來。一個臨時給了個太師的顯職，一個封了秩宗將軍。但具體職責，卻未劃定。只命令二人盡可能多地收攏郡兵，去輔佐王邑和王尋。」

「原來是個虛名，再顯赫也說得不算！」王常頓時恍然大悟，嘆息著拍身邊樹幹，「怪不得他只能帶八百人，以王邑老賊的心胸，肯定容他不下！」

「王將軍所猜沒錯！」賈復笑了笑，嘆息著點頭，「嚴尤與王邑合兵一處之後，就被後者給掛了起來。平素所有謀劃，一概不予採納。還經常冷言冷語敲打一番，以免老將軍利用舊日在弟兄們中間的聲望，攫取大軍的掌控之權！」

「蠢貨，二十萬郡兵都交給他了。他還用防著這個？」

「這種蠢貨也能做大司空，王莽真是無人可用了！」

「不值，嚴尤老兒真是不值。」

……

雖然身為對手，眾將依舊對嚴尤的遭遇，憤憤不平。特別是在王常、臧宮兩人眼裡，老將嚴尤雖然跟他們有不共戴天之仇，可此老的本事和胸懷，卻著實令人折服。而王邑又算個什麼東西？除了指使巨毋霸這種惡徒驅趕野獸殘害無辜百姓之外，還能幹什麼正經事情！

「賈某在莽軍當中之時，也很是為嚴將軍不平！」賈復的話再度傳來，隱隱透出幾分惋惜與無奈，「但以嚴將軍對朝廷的愚忠，卻絕對不會跟王邑去爭。他能做的，就是不惜一死，來洗雪前恥。今天帶著八百人進山，想必便是懷著此種打算！」

「這……」劉秀臉色，立刻變得無比凝重。在太學讀書時，嚴尤對大夥的教誨，也一一湧上心頭。

……

大約半個時辰後，新朝昔日最有名的戰神嚴尤，領兵追到了劉秀等人吃飯處。先派人數了數臨時灶口數量，又仔細查驗了一番地上的腳印，果斷將大軍停在了原地，然後叫過嫡系校尉李方，吩咐此人帶著五十名親信頭前探路。

果然不出他所料，校尉帶著弟兄們才追處沒多遠，就遭到了劉秀的重兵伏擊。剎那間，金戈交鳴，喊殺聲、慘叫聲，不絕於耳。

「恩師，末將懇請帶領兩百弟兄……」秩宗將軍陳茂大急，立刻向嚴尤主動請纓。

「稍安勿躁！」嚴尤擺擺手，將他的話迅速打斷。「劉秀奸詐，如今又有賈復相助。肯定不會輕易使出全力，這一戰，李校尉有驚無險！」

「這……」陳茂將信將疑，然而多年追隨嚴尤所養成的習慣，讓他只能強壓下心中對弟兄們的憐憫，耐心等待。

片刻之後，山路上傳來的喊殺聲漸漸消失，校尉劉方，帶著三十幾名弟兄，興高采烈地衝了回來。「將軍，卑職幸不辱命。劉秀果然在路上布置下了伏兵，卑職惡戰一場，突圍而出！」

「傷亡如何？」嚴尤笑了笑，胸前白鬚隨風飄舞。

「當場戰死十一個，還有六個生死不知！」校尉李方眼神立刻一暗，停住腳步，拱著手回應。

「伏兵有多少人？士氣和戰鬥力如何？」嚴尤彷彿對此早有預料，點點頭，繼續微笑著追問。

「三百上下。」校尉李方想了想，皺著眉頭回應，「應該以賈復帶走的親信為主，所以士氣很差，並且個個看上去都很疲憊！否則，在下未必能如此順利殺出重圍。」

「這就對了！」嚴尤微微頷首，先命令李方帶領成功突圍回來的勇士們自行返回大營休整。然後帶領剩餘七百五十名兵卒，沿著先前的道路奮起直追。

此刻沙暴已經基本平息，山中陽光明媚。莽軍將士，得知對手戰鬥力一般，埋伏也被自家將軍識破，因此精神大振。很快，就追到了埋伏圈外，刀槍齊揮，將正在打掃戰場的「反賊」，嚇得落荒而逃。

嚴尤性子謹慎，也不全力追趕。只是像放羊般，遠遠地綴著敵軍腳步，同時吩咐麾下弟兄提高警惕，以防劉秀再出奇招。

事實證明，他老人家的安排，的確沒錯。沿著山路才又追出了一里多遠，耳畔忽然傳來了幾聲畫角，劉隆、鄧奉各自帶領一哨兵馬，從路旁樹林裡殺了出來。

莽軍將士先被驚出一身冷汗，隨即，對嚴尤的英明，個個佩服得五體投地。在此人的指揮下，收拾起慌亂的心情，有條不紊地展開反擊，只花了小半炷香時間，就將劉隆和鄧奉殺得翻山越嶺而逃。連剛剛從巨毋霸手裡搶來的駱駝也不要了，直接丟給了陳茂當肉食。

「給老夫沿著山路繼續追，注意不要走得太快！」嚴尤心神大定，果斷下令繼續向山區深處推進。「劉文叔心懷大志，絕不肯去做一個占山為王的強盜頭子！」

「諾！」眾將士士氣暴滿，回答得爭先恐後。

有道是，知徒莫如師。

劉秀的兵法，很大一部分都是嚴尤在太學所傳授。因此，後者對前者的預料相當準確。這一回，大軍沿著山路才追了不到三里遠，就重新咬住了「反賊」的尾巴。

這一回，劉秀也沒有再派左膀右臂來打嚴尤的伏擊。而是親自帶領兩百餘兵卒，擋住了昔日老師的去路。

雪亮的鋼刀，倒指地面。他雙手搭在刀柄之上，遙遙地向著嚴尤行禮，「恩師，朝廷率獸食人，你何必為虎作倀？不如跟著學生一起反了，誅殺……」

「住口！」根本不給劉秀把話說完的機會，嚴尤高舉寶劍，厲聲斷喝，「來人，隨某誅殺此獠，以報陛下厚恩！」

「殺——」今日追隨嚴尤出戰的，全是他的鐵桿嫡系。齊齊答應一聲，揮動兵器就往前衝。剛剛衝出了十幾步，身邊異變徒生。

樹林中，石塊後，甚至長滿青草的地面上，一個個「反賊」魚躍而出，在跑動中迅速結成幾個攻擊陣列，像刀子般，直撲嚴尤的帥旗。

「來得好！」早知道劉秀那麼容易對付，嚴尤立刻調整部署，分兵應敵。還沒等雙方戰在一處，身背後，又響起了一陣淒厲的號角，「嗚嗚嗚嗚，嗚嗚嗚，嗚嗚嗚嗚……」賈復、王常各自帶領百餘名弟兄，蜂擁而至。

「雕蟲小技，豈堪登大雅之堂！」校尉張超大怒，策動坐騎掉頭迎上。本以為對手真的像先前遇到的那兩支伏兵一樣，已經是強弩之末。誰料，才靠近賈復五步之內，就被後者一戟拍下了坐騎，隨即又是一戟，拍了個筋斷骨折。

「殺！」王常不肯落後，揮動鋼刀衝入莽軍當中，左衝右突，所向披靡。其身後的弟兄，也個個勇似下山猛虎。

饒是久經沙場，嚴尤也沒想到轉瞬間，敵軍體力和士氣都與自己先前的判斷大相逕庭，頓時身體就是一僵。而劉秀，豈會給他時間再做調整？帶領馬武，傅俊、劉隆、臧宮等人，吶喊向前衝殺，銳不可當。

「豎子，又是這招！」嚴尤忽然想起當初在宛城附近中計兵敗的過程，氣得破口大罵。連環計，又是連環計，上次在白河渡，劉縯、劉秀兩兄弟，就先拋出一連串計謀故意讓他順利破解，然後趁著他稍做鬆懈的當口，給了他致命一擊。這次，計策居然和上次一模一樣。然而，致命一擊已經落下，現在識破計策，又能如何？

眼看著劉秀、賈復、王常、鄧奉、馬武等人帶領著「反賊」，在自家隊伍裡縱橫往來，如虎入羊群。嚴尤心中痛如刀扎，將寶劍一橫，就朝著自己的脖頸抹去。誰料，還沒等劍刃與皮膚接觸，身背後，忽然飛來一塊石頭，「噹啷」一聲，將寶劍擊落於地。

「誰？」嚴尤大怒，扭過頭，朝著丟石塊者大聲咆哮，「左右不過一死爾！莫非你還要羞辱老夫？」

「郎君說不要你死！」馬三娘朝著他微微一笑，揮刀直奔他的坐騎，「你雖然不認他這個學生，他卻認你這個老師。所以，你至少不能死在他面前。」

嚴尤的親兵剛才被自家主將的動作嚇了半死，此刻心裡對馬三娘只有感激，因此根本不做認真抵抗，隨便比劃了兩下，就棄械投降。

「豎子，老夫想死，誰攔得住！」嚴尤見狀，羞怒交加，把心一橫，飛身撞向路邊的樹幹。還沒等額頭與樹幹相遇，朱祐一個箭步撲上來，高舉雙手拉住了腰帶。

「撲通！」嚴尤從半空中墜落，將朱祐砸了個鼻青臉腫。而他自己，卻毫髮無傷。含恨翻身坐起，正準備繼續找機會自殺，有一雙大手，卻已經牢牢按住了他的肩膀。

「恩師，輸給自己的弟子，你不丟人！」劉秀迅速蹲下身體，年輕的面孔上寫滿了坦誠，「昔日在太學，恩師曾經說過：『青，取之於藍，而青於藍。』願在場學子，個個將來能在你之上。今日恩師莫非忘之？」

「你？」嚴尤眼睛一紅，原本已經探向地上一根斷箭的手，再也落不下去。

見他死志已斷，劉秀迅速站起身，先一刀砍翻了他的帥旗，然後再度舉刀，向眾將大聲下令：「凡棄械投降者，不殺一個！」

「諾！」眾將聞聽，轟然響應。隨即紛紛扯開嗓子，將命令大聲重複。「嚴尤已經就擒，劉將軍有令，凡棄械投降者，不殺一個！」

「嚴尤已經就擒，劉將軍有令，凡棄械投降者，不殺一個！」

「嚴尤已經就擒，劉將軍有令，凡棄械投降者……」

嚴家軍在落入埋伏圈後，原本就沒剩下多少鬥志。此刻見到自家帥旗已倒，主將生死不知。又聽聞承諾不殺他們的人乃是劉秀，頓時就徹底放棄了抵抗。紛紛丟下兵器，束手就擒。陳茂、張鳳等嚴尤一手帶出來的將領，見士卒們不願再戰，也只好嘆息著放下了兵器，跳下馬來，任憑對手繩捆索綁。

不多時，戰鬥就宣告結束。八百嚴家軍除了奉命返回大營修整的三十幾人之外，其餘俱被義軍全殲。

將士們曾經親眼目睹過劉秀跳下昆陽城頭，捨命救助百姓的義舉，對投降後的處境，並不怎麼擔心。反正大不了今後就跟著劉秀混是了，比跟著王莽混差不了多少。萬一走運，將來還能混個開國功臣，子子孫孫都跟著享受榮華富貴。

只有嚴尤自己，雖然斷了自殺的念頭，卻對劉秀的勸降之詞嗤之以鼻。任憑後者說破嘴皮子，也堅決不肯點頭。猛然間聽得煩了，就破口大罵，「豎子，老夫教出你這個反賊來，已經很是對不起陛下。有何面目再投降於你？或者立刻放了老夫，或者殺我。老夫去了九泉之下，剛好問問許師兄，你今天所作所為，是否遂了他的意？」

「你……」猛然聽他提起已經身故多年的師父許子威，劉秀心中立刻痛如刀割。

師父的死，一部分是由於擔心他的傷勢，另外一部分，則是由於對大新朝，對王莽這個曾經的儒林君子，徹底的絕望。但是，絕望歸絕望，假如師父有在天之靈，卻肯定不會願意他走上造反的道路，親手去推翻當年儒生們臆想中的「聖人之國」。

「不降就殺了你！」王常曾經兩度差點兒死在嚴尤之手，心中仇恨難消。見此人被活捉了，居然還耍橫，頓時勃然大怒，抽刀在手，上前就剁。

「且慢！」劉秀猛地伸出胳膊，架住了此人的手臂，「王大哥且慢，我還有話要跟他說！」

「跟他囉嗦沒用，這人是鐵了心要跟王莽同生共死！」王常對劉秀既敬且畏，立刻停了手，抗議著後退。

「他說得沒錯，老夫只求一死！」嚴尤刀下撿回了一條老命，卻不肯領劉秀的情。聳聳肩般，冷笑道，「別多費唇舌了，王司空見老夫不歸，肯定會帶兵來救。屆時，你即便想要殺老夫，恐怕都來不及！」

「恩師何必自欺欺人？」劉秀聞聽，不怒反笑，「那王邑、王尋，巴不得你早死，怎麼可能會派兵前來相救？你不願意降，我放你走就是。劉某手中之劍，絕不沾染尊長之血！」

「文叔不可！」
「文叔，三思而後行！」
「放了他不啻於放虎歸山！」
「咱們前後那麼多兄弟死在他手裡，怎麼可以輕易就放過他？」
……
眾將聞聽，大驚失色，紛紛出言勸阻，請求劉秀切莫放虎歸山。
劉秀聽了，又是微微一笑，就近找了塊石頭站上去，朗聲回應：「諸位且聽劉某一言，王莽的大新朝，已經如墜崖之巨石，非人力所能拉回。放了他如何？咱們今日能打敗嚴將軍第二次，就不怕他來第三次！」
「這，也罷！」想到跟在劉秀身後，所創造的一系列奇蹟，眾將猶豫著輕輕點頭。
而嚴尤本人，卻無法相信劉秀真的肯放自己走。楞楞半晌，才低聲說道：「豎子，你真的要放老夫走？老夫他日領兵再來，卻絕不會念今日之情。」
「嚴將軍，你年輕時北驅匈奴，東掃下句麗，那是劉某心中的英雄。」知道此人愚忠，劉秀不願再稱呼其做恩師，點點頭，大聲回應，「你儘管走吧，其他被俘將士，如果願意跟你走，你也可以一併帶走。願今後你我兩個，莫再相逢於疆場。」
說罷，也不管嚴尤是感激還是驚詫。大步走到陳茂、張鳳等將領身側，揮刀割斷捆綁他們的繩索。
「你，好，你……」嚴尤見劉秀做得乾脆，又驚又愧，一時間，竟然不知道說些什麼好。又楞楞半晌，才走到被俘的莽軍將士身邊，詢問是否有人願意跟著自己離去。

被俘虜的將士一方面感激劉秀的仁義，另外一方面，則是被淩晨時突然出現的沙暴所震撼，肯跟他離去的，竟十不足一。

陳茂、張鳳等七八個高級將領家眷都在長安，不敢投降。所以只能跟著嚴尤走。但是，他們卻不想再拖累其他弟兄，紛紛壓低了聲音，向嚴尤勸告：「太師，算了，人各有志，莫要勉強。大司空驅趕虎狼吞噬百姓，實在有違天道人倫。弟兄們心冷，也是應該！」

「是啊，驅獸食人，古今獨此一家。咱們沒辦法，只能跟著朝廷走到黑。何必非來上他們！」

「是啊，太師。您老對我等有提拔之恩，我等唯死以報。至於弟兄們，算了！」

「算了，太師。連老天爺都幫他，降下滾滾黃沙讓我軍不戰自亂……」

……

「你，你，你們！」彷彿一瞬間老去了二十歲，嚴尤身體晃了晃，佝僂著腰，低聲呵斥，「休要滿嘴胡言，王邑所為，聖上，聖上並不知情！」

眾將領不願意他傷心，低下頭去，默然不語。嚴尤心裡頭卻明白，自己的話毫無說服力。驅獸食人之事，可以說不是王莽授意。可到現在，王莽也沒給王邑任何處罰。很顯然，在王莽心裡，百姓也只是編戶冊子上的一串數字而已。無辜死上幾萬，根本沒啥值得大驚小怪。

「走吧，太師！」秩宗將軍陳茂嘆了口氣，上前攙扶起嚴尤，緩緩走向山外。

「且慢，山中猛獸頗多，帶上兵器防身！」看著嚴尤已經駝得無法直起來的脊背，劉秀心中一酸，衝著二人的影子大聲喊道。

「大司徒，你不把我們當學生，我們卻無法將你教的東西還給您！」鄧奉和朱祐心中也頗為難過，各自從地上抓起一把帶鞘的佩劍，快步追上嚴尤。「拿上兵器，以防萬一！咱們師徒，希望後會無期！」

嚴尤本能地就想拒絕，然而，當回過頭看到鄧奉和朱祐二人臉上的表情，心中卻猛地一軟。伸手接過寶劍，咬著牙向二人點頭：「你們好自為之，今日僥倖遇到沙暴，卻未必次次能如此！」

「多謝恩師提醒！」鄧奉嘆了口氣，鄭重點頭。

而朱祐卻不認為今日大夥能成功突圍，完全是靠老天照顧。笑了笑，非常認真地回應：「恩師的話，學生一定會牢記於心。但是，恩師也早做打算。你老別生氣，學生不想跟您爭論。學生只想請恩師看看，這些年來，您終日替朝廷剿匪，而四下裡的反賊，是越剿越多，還是越剿越少？」

「這？」嚴尤的身體猛地一僵，隨即，臉上再也看不到任何血色。楞楞地看著朱祐，好半晌，才嘆了口氣，拎著寶劍，踉蹌而去。

其他因為擔心家眷遭到報復，而無法選擇投降的將領，也各自從被義軍繳獲的兵器堆裡，找了把佩劍防身。然後耷拉著腦袋跟在了嚴尤身後，從始至終，誰也沒勇氣回答朱祐的話，更沒有勇氣，去跟對手討要坐騎代步。

結果，足足走了一個時辰，他們才終於回到了聯營。每個人都累得筋疲力竭。而大司空王邑，卻絲毫沒有同情之心，聽聞嚴尤只帶著七八個嫡系徒步而歸，立刻派親信將眾人帶到了中軍帥帳。然後當著所有將領和幕僚的面兒，冷笑著問道：「太師、秩宗，還有各位將軍都辛苦了。劉秀小兒首級在哪？老夫已經準備好了酒宴，就等給各位慶功！」

「你……」嚴尤的臉，霎時就變成豬肝色，然而，他卻找不到任何恰當理由替自己辯解。

雖然只帶了幾百兵馬去追殺劉秀，可敵軍的總兵力卻比他更少。再度敗於對方手裡，只能說他這個大新朝常勝將軍徒有虛名。

「司空大人，司徒大人，去追殺劉秀，乃是末將的主意。今日不慎兵敗，責任也應該由末將獨自承擔。不關太師的事情！」秩宗將軍陳茂不忍眼睜睜看著老師受辱，上前一步，主動請罪，「太師是怕末將不是劉秀的對手，才跟著去的。沒想到，沒想到劉秀身邊還有賈復帶去的五百精銳。末將喪師辱國，願領任何責罰！」

「呵呵，呵呵，原來敵軍只有區區五百人！」大司空王邑聽了，放聲大笑，「老夫還以為，外邊有千軍萬馬在接應劉秀小兒！太師、秩宗，二位不會告訴老夫，就因為賈復帶領五百部曲投靠了劉秀，你們就輸得理所當然吧？那樣的話，老夫真的要懷疑，太師以前征討匈奴、高句麗和下江軍之時，輝煌戰績是如何而來？」

「王司空！」沒想到王邑連自己以前的戰績，也要一併否定。嚴尤氣得眼前一陣陣發黑，手指對方，大聲怒喝，「你說話之前，最好想清楚！老夫今日的確敗在了劉秀之手，折了我軍士氣。可老夫充其量，是八百對六百。而你統兵四十萬，卻被劉秀將大營殺了個對穿，又有什麼資格來羞辱老夫？」

這話，可問得有點狠了。八百對五百，兵力只是對方一倍半。而四十萬對一百，卻有四千倍之多。光看數字，誰輸得更慘，已經不言而喻。

當即，大司空王邑和大司徒王尋，全都氣得跳了起來。手按刀柄，厲聲咆哮：「老匹夫，你帶著八百嫡系出征，卻只帶了不到十個人灰溜溜逃了回來，居然還有臉嘴硬？劉秀能突圍出去，是因為天氣大變，風沙迷了我軍將士的眼睛。而你……」

「呵呵呵，呵呵呵……！」嚴尤又氣又恨，撇著嘴低聲冷笑，「嘴硬？老夫好歹還帶著兵馬去追了一回，大司空、大司徒，二位為何在風停之後，依舊按兵不動？若是隨便派上一營兵馬去支援老夫，老夫又怎會被殺得慘敗而歸？況且那賈復，又是誰的部將？老夫麾下，可沒人臨陣倒戈！」

「你……」大司空王邑和大司徒王尋兩個，這回終於嘗到被污蔑的味道，肚子裡的怒火上下翻滾。然而，嚴尤的話，卻讓他們根本無法反駁。

當初嚴尤提議去追殺劉秀，是他二人，堅信光巨毋霸一個人就已經足夠了，不願意給嚴尤機會去搶功。而「叛變投敵」的賈復賈君文，原本也隸屬於大司徒王尋帳下，跟嚴尤扯不上半點關係。

「呵呵呵，呵呵呵！」既然已經徹底撕破了臉，嚴尤索性一硬到底，「老夫怎麼了？老夫兵敗辱國，你們兩個拿下老夫，派人押往長安。如果陛下要老夫死，老夫也絕無怨言。可明知道劉秀身邊當時只有一百弟兄，卻不派精兵強將去追。明知道那巨毋霸根本不是劉秀對手，卻任其貪功冒進。明知道賈復與巨毋霸不睦，卻聽其緊隨巨毋霸身後！以上三件事背後是否彼此關聯，是否背後還藏著蹊蹺，老夫也肯定要提醒陛下一查到底！」

「老匹夫，你找死！」王尋終於忍無可忍，拔出佩劍，就準備與嚴尤拚命。陳茂手疾眼快，搶先飛起一腳，正中他的手腕，「噹啷！」寶劍騰空而起，戳在中軍帥帳的木梁上，震得黃土簌簌而落。

「噌！」「噌！」「噌！」中軍帥帳內，拔劍聲連綿不斷。跟嚴尤、陳茂兩個一道被放回來的將領們，紛紛走上前，以二人為先鋒，擺出了一個標準進攻陣列。

他們之所以在兵敗後主動返回營地，是害怕自己去追隨劉秀，會令家人受到拖累。卻不是對王邑這個主帥有什麼敬意，更不是對大新朝皇帝王莽有什麼忠心。如果王邑連活路都不打算給他們留，他們當然要拚個魚死網破。

「嚴伯石，你要造反嗎？」大司空王邑被眾人的舉動嚇了一大跳，原本已經拉出一半兒的寶劍，瞬間又插回了劍鞘。「你今日吃了敗仗，本帥莫非連問一聲都不行了？立刻，立刻叫你的人，把劍，把劍收起來。否則，本帥今日絕不放過一個！」

後半話，說得雖然聲色俱厲。比起剛才打算立刻問嚴尤兵敗之罪的模樣，卻明顯是虛了。

「今日吃了敗仗的，可不止是嚴某一個！」嚴尤原本也沒打算造反，只是被王邑羞辱得太狠了，才不得不針鋒相對。眼下看對方話語已軟，立刻冷笑著緩緩轉身，「把劍都收了，別驚了大司空。」

隨即，又迅速扭頭，「大司馬，你的劍，飛得太高，老夫就不替你往下摘了。哪天你想取老夫性命，自管提著兵器去老夫寢帳。看看殺了老夫之後，是有助你攻入昆陽，還是有助你儘快剿滅叛匪！」

「你，嚴伯石，王某念你年紀大，不跟你一般見識！」王尋的臉色一陣青，一陣白，丟下句狠話，果斷後退。

軍帳內，大部分將領都是他跟王邑的嫡系。帳門口，也站著數百盔甲鮮明的親信。然而，此時此刻，他和王邑兩人，距離嚴尤卻只有五步。雙方如果發生火併，肯定沒等他和王邑兩人的嫡系和親信靠近，嚴尤和陳茂已經帶著那八個死黨一擁而上，將他們兩個亂刃分屍。

「嚴伯石，念在你往日戰功赫赫的份上，今日兵敗之事，本帥可以暫不計較！」王邑的想法，跟王尋差不多。都知道五步之內，自己的親兵和嫡系都派不上用場。因此，說話的語氣越來越柔和，「趕緊讓他們把劍收起來，本帥可以承諾，不追究他們今日的魯莽。否則，傳揚出去，你我二人，都將成為反賊的笑柄！」

「原來大司空還知道，咱們兩個互相爭鬥，會被反賊看了笑話！」嚴尤看了他一眼，繼續冷笑不止。然而，終究不願讓大軍不戰自亂，再度將目光轉向自己身旁的弟兄，含淚拱手，「各位，多謝了。我等既為陛下之臣，終究要為大局著想。把劍收起來，咱們不能為了意氣之爭，就毀了陛下最後的這點依仗！」

「太師！」

「太師……」

「太師，末將遵命！」

眾將心裡怒火難平，卻知道，以嚴尤對朝廷的忠心，絕對不會真的帶著大夥宰了王邑和王尋，將四十萬大軍收歸己用。因此紅著眼睛，陸續將寶劍插回了劍鞘。

「大司空，今日之戰，嚴某受傷極重，需要長時間靜養。請大司空准許嚴某回寢帳休息，今後軍中各項謀劃，也請准許嚴某不再尸位素餐！」唯恐王邑心胸狹窄，作出出爾反爾之舉，果斷轉過身，大聲說道。

「太師儘管去靜養，不到萬不得已，本帥絕不派任何人打擾！！」王邑心中一鬆，隨即笑著點頭。彷彿剛才跟嚴尤之間的衝突，根本不曾發生。

「老匹夫，你要是早這麼機靈，今天誰有功夫為了區區八百來人跟你計較！」王尋心中偷罵，臉上的羞惱，也迅速變成了熱情。

王邑跟他兩個剛才之所以一見面，就擺出咄咄逼人姿態。就是擔心嚴尤借著劉秀成功突圍做由頭，爭搶大軍的指揮權。如今，既然嚴尤主動宣布靜養，先前的擔心自然就消失了。再看嚴尤，也順眼了許多。裝模作樣安慰了幾句，便雙雙起身，準備送對方早點兒離開。

嚴尤徹底心灰意冷，立刻帶著陳茂和另外幾個嫡系將領告退。一隻腳踏出了中軍帳外，卻忽然咬了咬牙，扭過頭，低聲說道：「大司空莫怪嚴某多嘴，嚴某自認不是劉秀小兒的對手，不會再染指軍權。但嚴某卻不敢不提醒大司空，劉秀小兒，絕不會一走了之。用不了太久，他就會帶著援軍殺回來，與城內的反賊裡應外合。」

「嗯？」王邑眉頭一皺，緊跟著，撇嘴冷笑，「他還敢回來？哼哼，本帥正求之不得。太師且放寬心，無論他帶著多少反賊返回，本帥絕對不會再放走一個！」

「大司空切莫輕敵！」嚴尤楞了楞，本能地大聲勸諫。

先前如果不是王邑輕敵，劉秀憑著區區百十號人，即便有沙暴幫忙，也絕對闖不出官軍的聯營！而現在，明明已經吃了一個大虧，王邑居然還以為自己可以將劉縯、劉秀兄弟一戰成擒，真不知道他的自信從何而來？

「輕敵，本帥難道說錯了嗎？」王邑又撇了撇嘴，對嚴尤的勸諫不屑一顧，「劉縯麾下充其量只有十萬兵馬，沒拿下宛城之前，哪來的力量支援劉秀？至於劉玄和王匡，現在還沒望風而逃，已經堪稱奇蹟。怎麼可能有膽子派出一兵一卒？」

「若不是……」嚴尤大急，反駁的聲音迅速轉高。然而，當看到王邑身後悄然多出來的數十名親近侍衛，剩下的話，他果斷又吞回了肚子內。

以對方的當下心態，他越勸，恐怕越適得其反。弄不好，還會引發一場火併。所以，還不如閉上嘴巴，少討人嫌棄。反正，軍營裡還有不少武將是自己以前一手帶出來的，自己暗地裡叮囑他們多加小心，也許比現在跟王邑據理力爭效果更好。

正沉吟間，又聽王尋笑著說道：「太師，您儘管放心休息。等斬殺了劉縯、劉秀兄弟，功勞絕對少不了你那份。」

「是啊，太師，您老最近太累。多休息幾天也無妨。如果你所料真的沒錯，等劉縯前來相救昆陽之日，就是兩軍決戰之時！」

「圍城打援！未必不是上策！」

「以昆陽為餌，釣劉縯和王匡，我軍定然能一戰而竟全功！」

……

王尋身側，一大堆王氏子弟揮舞著胳膊，大聲叫囂。彷彿他們個個都是孫子、吳起轉世一般，算無遺策。

嚴尤見此，更是沒心思多浪費唇舌。向王邑拱了下手，帶領著陳茂等人轉身而去。

終究不願意辜負了王莽對自己的知遇之恩，待回到自家寢帳，他立刻開始偷偷派人去提醒自己曾經帶過的將領，多加小心，不要再給「賊軍」可乘之機。然後也不管別人聽還是不聽，又將自己的鐵桿嫡系全都調動起來，讓大夥緊盯昆陽周圍的風吹草動。

果然，事實正如他所料，劉秀並未棄昆陽而去。憑著他自己血戰得來的名氣，在周圍收攏了幾夥綠林好漢之後，就立刻開始率兵騷擾官軍的補給通道。將接連兩批運往昆陽城外聯營的糧食和軍械，都搶了個乾乾淨淨。

王邑大怒，立刻派了心腹愛將王忠，帶領五千騎兵前去征剿。結果王忠到了荊州和豫州交界處的山區，還沒等發現「賊軍」蹤影。半夜裡，忽然聽到一聲號角響，緊跟著劉秀、馬武、王常、鄧奉就各領兩百弟兄，直撲他的寢帳。

王忠大驚，慌忙上馬組織人手迎戰。還沒等拉開架勢，賈復帶領著十餘騎兵如風而至，手起戟落，將他刺了個對穿。

其他將士見賈復如此勇猛，嚇得魂飛魄散。連王忠的屍體都沒勇氣搶，調轉身體，落荒而逃。待天明之後擺脫了追殺，再清點所剩同夥，已經湊不齊五百。並且大部分都是只帶著兩條腿逃離了險境，將兵器和戰馬，全都免費送給了對手。

劉秀得此飛來橫財，氣焰愈發囂張。與麾下將領圍著昆陽輪番出擊，將官軍派出去的斥候和小隊徵糧兵馬，殺了個屍橫遍地。每次都是得手後如風而去，讓王邑想派遣大軍追殺都來不及。

如此過了大半個月，王邑也被騷擾煩了。索性將斥候和徵糧隊伍全都縮回了聯營之內，同時派遣了數波信使前往豫州，告訴那邊不要再給自己輸送任何補給。反正，大軍所携帶的糧食還夠吃上好幾個月，斷了補給也不會餓肚子。而以劉秀那邊的實力，絕對沒本事過來硬撼四十萬官軍。

這一招，果然有效。劉秀撈不到任何便宜，只能暫且偃旗息鼓。王邑這邊，也可以安下心來，繼續指揮將士，向昆陽發起猛攻。

讓他非常無奈的是，昆陽城內的「賊軍」，都被王邑當初那句，「城破之後，雞犬不留」給嚇壞了，再也沒人敢當眾主張投降。城內的百姓，無論富貴貧賤，為了保住自家性命，也拿出全部力氣，支援「賊軍」堅守。結果，接連打了十幾天，昆陽城依舊巍然不動。官兵這邊，卻因為傷亡過重，再度失了銳氣，只能全都撤下來休整。

眼看著盛夏將至，營地內一日熱勝一日，不斷有人因為喝了髒水或者沾染了屍體上散發出來的疫氣病倒，老將軍嚴尤心急如焚。無奈之下，找了個傍晚休息時間，又硬著頭皮來到了中軍大帳，請求王邑放棄昆陽，轉頭去攻打沒多少「賊軍」防守的紅陽，將此城拿在手裡，供大軍入內暫做休整。

王邑聞聽，立刻放聲大笑。笑過之後，將一塊絹布輕飄飄地丟了過來，「太師勿憂，你以為王某是真的拿著昆陽無可奈何嗎？實話告訴你，王某是準備拿昆陽做餌，釣劉秀這隻土鱉而已。否則，裡邊即便有十萬「賊軍」，也擋不住有人跟王某裡應外合！」

「啊？」嚴尤微微一楞，趕緊俯身將絹布拾起。定神看去，卻是一副如假包換的血書。上面先用非常卑微的口吻，向王邑表達了崇敬。然後非常坦誠地告訴王邑，城內「賊軍」的指揮權，目前已經全落在了嚴光和鄧晨二人手裡，名義上的主帥王鳳，則躲在縣衙內，終日借酒澆愁。他們這些王匡的嫡系，心懷不滿，想要痛改前非。只要大司空王邑肯答應城破之後，給出一百個不殺的名額，他們就會在約定時間內，偷偷打開城門，接應官軍。

落款處沒有署名，但血書的字跡的工整程度和對雙方的瞭解程度上看，修書之人在「賊軍」當中地位絕對不會太低。

「這，這……，大司空，既然他們肯裡應外合，大司空何必吝嗇那一百個活命的名額？」強壓心中震撼，嚴尤抬起頭，向王邑拱手請教。

「太師再來看看這個！」王邑得意地笑了笑，信手又丟過第二份絹帛。

嚴尤上前半步，迅速接過。對著陽光展開後定睛細看，只見上面用毛筆寫著數行小字。卻是有人從襄陽那邊送來消息，說劉縯與岑彭的較量，已經到了關鍵時刻，接到劉秀的求援信後，左拼右湊，只派出了八千人馬。而劉玄這邊，除了朱鮪力主援救昆陽之外，其他人都主張放棄襄陽，退往荊山，暫避官軍鋒纓。所以，大司空儘管放心，襄陽方面不會派出一兵一卒！

「莫非，莫非……」饒是身經百戰，嚴尤聲音也因為激動而微微戰慄，「莫非大司空早就在劉玄身邊安插了死士，可以……」

「何必用死士，殺人放火受招安，是賊人的一貫路數。」王邑點點頭，笑著打斷，「而朝廷大軍壓境，反賊早晚會被犁庭掃穴，他們當中，豈能不出現一些聰明人？」

「既然劉秀四處哀求了將近一個月，只搬到了八千救兵。城裡那一百名額，就不急著給。免得他發現昆陽城已經陷落，帶著馬武、賈復等賊，一走了之！」王尋也得意地笑了笑，大聲在旁邊幫腔。

「原來大司空在等劉秀自投羅網！」嚴尤猛地鬆了一口氣，忽然間，心中湧起了幾分哀傷。再驍勇善戰又怎麼樣，再文武雙全又能如何？手頭沒有兵馬，身後沒有援軍，等著劉秀劉文叔的，依舊是死路一條。

「太師所言甚是！」王邑的話從帥案後傳來，伴著一陣低沉的雷聲。「劉秀下次露面之日，就是他授首之時。這回，本帥要盡起四十萬大軍，給他來個蒼鷹搏兔！」

「轟隆！」又一記悶雷，從半空中滾滾而過。閃電透過窗子，照亮一張張得意的面孔。

「轟隆！」炸雷滾過，閃電照亮劉秀那年輕而又堅毅的面孔。

雨點落下，打在他身後弟兄們的身上。七千弟兄排成長隊，在夜幕和雨幕的掩護下，快速前行。宛若一條行雲布雨的蛟龍。

這七千多弟兄，是一個月來，劉秀收攏到的全部家底。雖然還有八千援軍，正從宛城那邊匆匆忙忙往過趕，但面對近四十萬大軍，一萬五千人跟七千人，其實沒多少區別！

而昆陽城，卻已經沒法再堅持得更久！

昆陽城守不住了，昨天下午，王霸帶著斥候，就在距離昆陽城三里外的樹林裡，看到了城中騰空而起的三道巨大煙柱。那是臨突圍之前，他跟嚴光暗地約定的信號。

三道煙柱，說明城內軍心已亂，無力堅守。是走是救，他可以自行定奪。

走，也許是最精明的選擇。然而，此時此刻，劉秀卻寧願選擇「愚蠢」。

城裡，有他的姐夫鄧晨，他的好兄弟嚴光，還有數千相信他會領著大軍殺回來，日夜期盼他領著大軍殺回來的義軍將士，他如果選擇一走了之，這輩子內心都難以安寧。

所以，他來了，帶著所有能上陣的兵馬，再度來到了昆陽城外，再度來到了距離莽軍聯營不到三里遠的地方。

所以，今夜，他要帶領大軍，向四十倍於己的敵人，發起一次決死反擊。要麼將王邑殺得魂飛膽喪，要麼從此一去不回。

「喀嚓！」閃電落下，照亮他身邊一雙雙明亮的眼睛。

有快馬伴著雷聲如飛而至，馬背上，派往襄陽求援的勇士宗佻，向他抱拳行禮，「將軍，屬下無能，空手而歸，請准許屬下歸隊，與將軍同生共死！」

「入列！」劉秀笑了笑，年輕的臉上，看不到半分失望。

派宗佻去向王匡和劉玄求援，只是盡人力而已。事實上，他早就知道，在大哥親自率軍趕來之前，劉玄和王匡不會派出一兵一卒。

而宗佻明知道空手歸來，可能會戰死沙場，卻依舊趕了回來，就有資格跟他並肩而行。

「遵命！」後者答應著歸隊，不待將呼吸調整均勻，又迫不及待地彙報，「將軍，請恕屬下直言。劉玄並非可保之主。他非但沒有督促王匡派兵，還偷偷派人找到屬下，要屬下過來，從您身邊拉人回去為他效力。只要肯棄軍逃回者，不僅無罪，而且他保證將來會倚做臂膀！」

「哦？」劉秀眼睛一亮，迅速回過頭，用開玩笑的口吻提醒，「馬大哥、王大哥，還有各位兄弟，你們可聽清楚了？要走的話，現在可是還來得及！」

「去他奶奶的蛋！」馬武聞聽，不屑地大聲冷笑，「拆自家台的皇上，老子從來沒聽說過。老子不去，誰要是去了，老子絕不挽留！」

「去他奶奶的蛋！」王常撇了撇嘴，大聲重複。「什麼玩意兒，連王莽都不如。回去幫他，老子丟不起那個人！」

「去他奶奶的蛋！」

「去他奶奶的蛋！」

……

四下裡，唾罵聲不絕於耳。

鄧奉、朱祐、傅俊、王霸、劉隆、臧宮等人，全都狂笑著撇嘴。

十三位突圍的勇士，連同最近才被劉秀收歸麾下的幾個義軍頭領，竟無一人願去襄陽享受劉玄許諾的榮華富貴。都願意跟著劉秀繼續向莽軍大營靠近，靠近。

儘管，大夥心裡頭都清楚，此番一去，可能永遠無法回頭。

「去他奶奶的蛋！」

「去他奶奶的蛋！」

……

笑罵聲伴著雷聲，在隊伍中綿延不絕。暴雨如注，非但澆不滅將士們心中的火焰，反而使得大夥渾身上下，熱血沸騰。

劉秀見士氣可用，胸中豪氣陡然而生。但是，他的頭腦，卻越發冷靜。先向大夥點頭致意，然後笑著向賈復吩咐，「君文，你跟宗將軍說一下今晚咱們的打算。免得他一會交戰之時，跟不上隊伍。」

「遵命！」以賈復的聰明，豈能不明白，劉秀是想借自己之口，向眾將重申整個行動計劃。

立刻拱起手，大聲響應。

「宗兄，此番我軍雖然兵行險著，卻並非毫無勝算。莽軍雖然至今還有三十六七萬上下，但長期屯兵於城外，士氣已衰。」

「而王邑此人，又素來輕狂，上次被你等透營而過，居然不汲取教訓，依舊沒有吩咐將士們伐木紮牢營盤。」

「近日元伯奉命反覆觀測，王邑的帥旗，就紮在城西。而其寢帳……」

「轟隆！」「轟隆！」「轟隆！」一串炸雷滾過，天空地面，被閃電砸得搖搖晃晃。

「來人，取了蓑衣，跟老夫去巡營！」大新朝太師嚴尤，從床榻上翻身而起，抓起寶劍，就往帳篷外邊走。

他的軍帳是專門用牛皮加固過的，風雨不透。然而，作為一名百戰老將，他卻本能地感覺到有危險在雨幕之後，向自己悄悄靠近。

所以，他不敢在繼續於床榻上酣睡，堅持要親自去外邊，查驗軍營的防禦情況。

「太師，這麼大的雨……」親兵隊長嚴阜心疼他的身體，忍不住走進帳篷，低聲勸阻。

「怕什麼，又不是箭雨！」嚴尤笑了笑，推開他，從另外一名親兵手裡接過蓑衣。

「太師，大司空那邊……」嚴阜無奈，只好一邊邁步跟上，一邊繼續在他耳邊念叨，「大司空早就睡下了，如果您去巡營，卻沒有他的命令。明天一早，他肯定又覺得您老故意讓他難堪。」

「這……」嚴尤的腳步停在了泥水裡，昏黃的目光中，寫滿了屈辱和無奈。

無論他怎麼努力，也打消不了王邑對他的戒備！他做事越是認真，王邑越懷疑他想繼續爭奪兵權。而長安城中的陛下，對他已經信任不再。如果他還是不知道謹小慎微的話，此番班師之後，恐怕會落到跟劉歆一樣的下場。

「太師，回去吧。兩百多員武將，總不能光您一個人操心！」

「太師，聯營繞著昆陽一整圈兒，您老自己，怎麼可能巡視得過來？」

「太師，雨大，賊軍那邊頂多只有七八千人，不敢過來送死……」

勸告聲，一句接著一句，不停地湧入他的耳朵。

所有親兵，都不希望他繼續操勞。兵權是別人的，戰功也是別人的。他已經到了古稀之年，何必不高枕而臥，靜聽外邊雨急雨疏？

嚴尤的腳，緩緩挪動了一下，然後，猛地又向營地邊緣走去。「不行，老夫必須去。兩百多員武將，如果人人都如爾等所想，豈不是沒人操心？老夫巡視不完整個大營，至少能巡視幾個要害所在。老夫……」

「轟隆！」一個響雷，將營帳推的搖搖晃晃。

震耳欲聾之後，就是短暫的靜寂。

雨幕中，彷彿有什麼細碎東西在敲打地面，「的的，的的，的的的，的的的的的……」，聲聲急，聲聲催人老。

「弟兄們，跟我來！」劉秀雙腿猛一夾馬腹，胯下白龍駒得到信號，四蹄交替，砸的水花飛濺。

「諾！」三千騎兵，四千步卒，轟然響應。然後在馬武、賈復、鄧奉、王常等人的帶領下，加速前行，像一條發怒的巨龍般，撲向百步之外的莽軍聯營。

黑漆漆的聯營，宛若鬼蜮。所有莽軍將士都躲進了帳篷內，誰也不願意冒著暴雨去巡視營盤，一盡職責。

兵權是別人的，戰功也是別人的，做了那麼多壞事，萬一被挨了霹靂怎麼辦？還不如閉上眼睛，捂住耳朵，且混一夕安枕。

「直奔營門！」劉秀刀鋒前指，繼續大聲呼喝。胯下白龍駒，在雨幕中拉出一道白色的閃電。

「直奔營門！」

「直奔營門！」

「直奔營門！」

……

鄧奉、賈復、馬武、王常，快速將命令向後傳遞。同時控制坐騎，在劉秀身後將騎兵隊伍排成一個銳利的錐形。

閃電亂舞，雷聲滾滾，上千把高速移動的兵器，在電光的照耀下，宛如一道道翻滾的海潮。

馬蹄落地，水花四濺，地面上回聲如雷，與天空中的雷聲彼此呼應，連綿不絕。

轉眼已經距離營門只剩下兩百步，莽軍大營內依舊沒有任何反應。一串雷聲過後，馬蹄又向前奔跑了足足五十步，莽軍大營內，依舊一片安寧。

雷聲、閃電、馬蹄、刀光，又一百步的距離被快速跨過，莽軍聯營內，終於有了一些動靜。三十餘名睡眼惺忪的官兵，披著蓑衣，跟在一名隊正身後，從靠近門口的帳篷裡氣急敗壞地衝出來，對著大門橫眉怒目，「奶奶的，大半夜作甚麼妖？轅門縱馬……」

他們以為過來的是自家騎兵，所以訓斥起來毫不猶豫。卻不料，半空中，忽然落下一排投矛。剎那間，將他們全都釘在地上，一個個死不瞑目。

「殺！」劉秀策馬從屍體上躍過，鋼刀前指，豪氣直衝霄漢。

「殺！」鄧奉、賈復、馬武、王常、臧宮、王霸，在他左右兩側梯次而進，沿著營門通向中軍的大道，揮動兵器，朝著沿途擋路的帳篷猛砸。

被雨水打濕的帳篷，承受不住兵器的重擊，接二連三倒塌。剛剛從睡夢中被驚醒的莽軍將士，連兵器都沒來得及抓，就紛紛被裹在了帳篷內。

跟在鄧奉、馬武將領身後的漢軍騎兵，毫不客氣地策馬從上踏過，將帳篷和帳篷裡的人，直接踏成了一團爛泥。

「敵襲！敵襲！」漢軍足足向內推進了五十餘步，聯營內，才終於有了正常反應。數百名莽軍拎著兵器，從各自的帳篷內鑽出來，亂哄哄地叫嚷著，試圖封堵劉秀的去路。

「去死！」劉秀毫不猶豫地揮刀，砍斷其中一人脖頸。

「去死！」馬三娘、鄧奉與劉秀並肩而行，鋼刀左右翻飛，帶起一道道血光。

周圍的其他莽軍一擁而上，卻被賈復和馬武，用鐵戟像割麥子般割倒。傅俊帶著王常、臧宮、王霸繼續推進，將劉秀衝開的縫隙，瞬間變成豁口。朱祐、劉隆、趙憙等人帶著弟兄們策馬平推，將攔路的莽軍，推得屍橫遍地，血流成河。

「放箭！放箭！」一名軍侯腦袋還算清醒，在遠處揮舞著橫刀大聲呼喝。

陸續趕過來的莽軍士卒紛紛響應，彎弓搭箭。然而，暴雨打濕了尾部的箭矢，根本沒有任何準頭。脫離弓弦之後，立刻飛得東一支，西一支，給目標製造不了任何殺傷。

「去死！」鄧奉抬手飛出一支投矛，將軍侯射了個透心涼。

「去死！」一排投矛從騎兵隊伍中迅速騰空，然後落入正在努力調整弓弦的莽軍隊伍中，將他們射得人仰馬翻。

箭矢會受到暴雨影響，投矛卻不會。

弓箭手在暴雨當中，發揮不了任何作用，只能被人當做投矛靶子。而莽軍中的其他兵卒，慌亂中，卻很難結成軍陣，去阻擋騎兵的腳步。

數十名步卒叫囂著衝上去，被漢軍騎兵輕易地砍翻在地。

又數十名步卒衝上去，被高速飛奔的馬蹄，迅速踩成肉醬。

剛剛被驚醒的莽軍，誰也不知道該怎麼去阻擋偷襲者腳步，更不知道該如何發起反擊。只能徒勞地一波一波衝上去，一波波被劉秀等人砍翻，殺死，用馬蹄踩成爛泥。

他們甚至連劉秀等人到底是誰？從哪裡來？都無法弄清楚，嘴裡不斷發出驚恐的叫喊，「敵襲，敵襲，敵襲，敵軍要殺進昆陽去跟反賊匯合！」

「是劉縯，劉縯的宛城兵！」不知道是誰，鬼使神差突然喊了一嗓子，瞬間讓周圍所有莽軍恍然大悟。

「劉縯來了，宛城兵打過來了！」

「劉縯拿下宛城了，他和劉秀一起打過來了！」

「宛城兵打來了！」

「劉縯帶著宛城兵，來給昆陽人報仇了！」

「轟隆隆，轟隆隆，轟隆隆！」炸雷伴著閃電，將恐慌向瘟疫一般四下傳播，轉眼間，就傳遍了整個聯營。

聯營深處，剛剛被驚醒的莽軍兵卒，根本弄不清發生了什麼事情，聽前方傳來的叫聲淒厲，一個個被嚇得兩股戰戰，滿臉恐慌。

區區一個昆陽，打了這麼長時間都沒打下來，他們的體力和士氣，都早就被消耗到了極限。而劉秀、劉縯兩兄弟威名，卻猶如天空的驚雷一樣響亮。

先前只有劉秀一個，帶著百十號弟兄，就將聯營捅了個對穿，如今再加上一個據說比劉秀還厲害的劉縯……

「不要驚慌，不要驚慌，大帥還在，咱們這邊有四十萬人！」

「不要怕，敵軍沒多少，沒多少，還不及咱們這邊一成！」

畢竟是大新朝最後的精銳，領兵的將校，迅速發現了士兵們情況不對。紛紛扯開嗓子，大聲安撫。

他們的反應很及時，但是，安撫的效果卻是寥寥。

暴雨夜，雷電聲將馬蹄聲襯托得格外恐怖，一波波像麥子般被割倒的同夥，則讓所有安撫的話，都顯得蒼白無力。

「整隊，向中軍靠攏，保護大司空！」一名頭髮雪白的老將，騎著一匹滿身泥漿的戰馬，忽然出現在營地深處一夥六神無主的莽軍面前，手中寶劍寒光閃爍。

「太師，太師來了！」莽軍當中，頓時想起了一陣陣歡呼，無數人舉起兵器，向老將身側靠攏。

太師嚴尤，新朝第一名將，平生經歷戰事無數，罕有一敗。

他的出現，頓時如同一隻萬鈞巨錨，瞬間定住身體周圍所有風波。

在經歷了最初酣暢淋漓的闖營快感後，漢軍的推進速度明顯變慢。

莽軍實在太多，衝散一批又是一批。並且一批比一批準備更充分，一批比一批更難纏。作為大新朝最後的精銳，軍中將領在經歷了最初的慌亂之後，逐漸恢復了冷靜，根據自家潰兵跑動的方向和喊殺聲的位置，迅速做出了正確決斷。

保護中軍，不惜代價保護中軍。

只要中軍不垮，闖營者殺死再多的人，也彌補不了彼此之間懸殊的人數差距。

只要中軍不垮，各營兵馬，就可以慢慢匯攏過來，然後一人一刀，將闖營者全都碎屍萬段。

一方竭盡全力往中軍闖，一方千方百計阻攔、拖延，戰場形勢，從最初的一邊倒，緩緩變成了勢均力敵。

排成錐形陣列的漢軍以劉秀和馬三娘為錐頂，努力向前推進。一隊隊莽軍則在將領的指揮下化作城牆，前仆後繼。

紫色的閃電下，血花肆意飛舞。震天的雷鳴聲中，刀劍呼嘯往來。兩軍的士卒都鼓著雙目，咬著牙齒，用所有可以用到的武器和手段，去奪取對手的性命。

血水跳上半空，又落到地面，與雨水混在一起，匯流成河。

「殺！」劉秀揮刀砍翻一名校尉，隨即俯身橫掃，將另外一名隊正砍倒在血泊之中。敵軍由血肉組成的城牆，被他硬生生又撕開了一條裂縫。有名軍侯拎著長矛從側面偷襲，被跟上來的馬三娘一刀削掉了腦袋。另外一名屯將舉著盾牌迅速下蹲，試圖攻擊他的坐騎。跟上來的鄧奉手疾眼快，一戟將此人拍進了泥坑。

裂縫迅速擴大，周圍的敵人也更多。劉秀策馬掄刀，將數支矛頭掃上半空，反手又是一刀，砍斷一名偷襲者的頭顱。

「你儘管往前走，身後交給我！」馬武策動坐騎，與賈復雙雙跟上，鋸齒飛鐮三星刀和鐵戟並舉，將敢於靠二人五步之內的敵軍，全都拍翻在地。一名莽軍將領見勢不妙，果斷側身閃避。馬武一刀走空，緊跟著刀鋒中途轉向，硬生生將此人攔腰斬成了兩截。

又一名莽軍將領帶著嫡系上前封堵義軍的去路，劉秀從背後摸出投矛，奮力猛擲。隔四、五名莽軍兵卒，將此子擊落於馬下。緊跟過來第二名莽軍將領被濺了滿臉鮮血，扯開嗓子，大聲尖叫：「劉秀，他是劉秀，他不是劉縯，他是劉秀！」

「甄莼！」劉秀覺得聲音好生耳熟，本能扭頭朝尖叫者觀望。雙方目光在雨幕下相接，甄莼渾身一哆嗦，張開祖傳的血蛟弓，迎頭便射。

嘩嚓，閃電落下，照亮他驚惶的面孔。

雨水毫不客氣將箭矢砸歪，跟他相距只有十餘步遠的劉秀，毫髮無傷。根本沒勇氣射出第二箭，甄莼果斷棄弓，撥馬，掉頭就走。

當年在太學裡，他領教過劉秀的厲害，一次次被後者擊敗，一次次威風掃地。

他本以為，自己卒業之後官職如風箏般扶搖直上，這輩子再也見不到劉秀了。卻萬萬沒想到，今天竟然與對方重逢於沙場。

不用試，根本沒有取勝的希望！所以，他果斷選擇逃走，不管身邊嫡系是如何的失望。而劉秀，發現甄萉居然帶頭逃命，立刻喜出望外。嘴巴裡猛地發出一聲斷喝：「擋我者死！」躍馬掄刀，將擋在自己正前方的兵卒盡數斬殺，然後甩開兩側撲過來的其他敵軍，催動坐騎，像閃電般直奔甄萉後心。

「不是我，不是我，你認錯人了，你認錯人了！」甄萉嚇得肝膽俱裂，大聲喊叫著，倉皇逃命。將衝過來阻擋義軍的自己人，一隊接一隊，撞得人仰馬翻。

如此得力的先鋒官，劉秀怎麼可能不珍惜？策動坐騎，緊追不捨。馬三娘和鄧奉迅速跟上，一左一右護住劉秀，然後跟他一起，將甄萉替大夥開出來的通道，迅速拓寬。

馬武、賈復、王常、劉隆等人看準機會，帶領弟兄奮力前推，將通道變得越來越闊，沿著錐形軍陣的邊緣，莽軍紛紛栽倒，宛若秋日鐮刀下的粟稈。

義軍重新占據了上風，推進速度再度加快。莽軍防線，再度開裂，崩塌，然後沉底瓦解。剛剛趕來的莽軍將領帶著各自的嫡系，被潰退下來的自己人擋住去路，無法再向劉秀靠近一步。而潰退下去的莽軍兵卒，則張開雙手，將耽誤自己逃命的人推得東倒西歪。

近了，近了，在閃電的照耀下，劉秀已經看到了王邑的帥帳。就在此時，空氣中忽然傳來一串低沉的怒吼，「嗚嗚嗚——」，緊跟著，白龍駒打了個哆嗦，前蹄人立而起。而被他追得不敢回頭的甄萉，則一個跟頭從馬背上掉了下去，消失不見。

「哢嚓！」半空中又亮起一道閃電，甄萉的身影再度出現，被一頭狗熊像玩偶般用腳踩進水坑裡，然後一掌，一掌，又一掌，打了個血肉模糊。

「巨毋霸！」劉秀大吃一驚，心臟如灌了鉛般迅速下沉。左手迅速下探，死死抓住白龍駒的韁繩，雙腿用力夾緊，他才避免了跟甄莼一樣下場。而他胯下的坐騎白龍駒，則以不可思議的角度掉轉頭，撒腿就逃。

新軍壘尉巨毋霸來了，帶著他的野獸弟兄，擋在了義軍的必經之路上。義軍的戰馬，遇到猛獸，本能地就會選擇逃命。

「停下，停下！」劉秀拚命拉緊韁繩，將白龍駒拉得滿嘴是血，卻堅決不肯回頭。

馬三娘和鄧奉，也被坐騎帶著原地不停打轉，無論二人怎麼努力，都沒辦法再與劉秀保持步調一致。

馬武、賈復、王常、臧宮停了下來，無奈地咧嘴苦笑。

朱祐、王霸、傅俊、劉隆等人，還有陸續衝過來的義軍騎兵，或者停住坐騎，或者被坐騎帶著原地打轉，誰都無法再向前推進分毫。

「嗚嗚嗚，嗚嗚嗚，嗚嗚嗚，嗚嗚嗚——」怪異的笛聲，在雨幕後響起。

正在折磨甄莼屍體的狗熊，猛地趴在了地上，脊背高聳，四肢同時開始蓄力。

老虎、戰象、豹子，一群群野狼，隨著笛聲的指引，從正面和側翼的雨幕後，陸續現身。緩緩走向義軍，目光閃動，就像盯著一群黃羊。

劉秀胯下的白龍駒悲鳴一聲，停止掙扎，屎尿齊流。

面對一頭狗熊牠可以選擇逃走，面對數不清的猛獸，牠只能接受命運的安排。

馬三娘、鄧奉等人的坐騎，也停止了悲鳴，軟軟地屈下了四蹄。

太恐怖了，如牆一般緩緩迫近的獸群，總量需以千計。哪怕是傳說中的巨龍來了，也只能閉目等死！

「下馬！」劉秀猛地一咬牙，大聲斷喝，身體如鷂鷹般，從馬背上飄落。

「下馬！」

「下馬步戰！」

「下馬！」

「步戰！」

馬三娘、鄧奉、馬武、賈復，果斷作出響應，拋棄坐騎，徒步向劉秀靠攏。

「下馬！」「下馬！」「下馬」

……

呼喝聲此起彼伏，絡繹不絕，剎那間，令天空中的雷聲都為之一滯。

所有將士，全都跳下了馬背，手持兵器，向劉秀身側和身後靠攏，再度以他和馬三娘二人為錐鋒，組成了一個巨大的攻擊陣列。

「殺賊！」

「殺賊！」

「殺賊……」

黑沉沉的雨幕後，還有更多的義軍將士，徒步向劉秀這邊靠近，不管擋在面前的是如潮賊兵，還是妖魔鬼怪。

雨下得更大，天空金蛇狂舞。四下裡，虎狼環伺。更遠處，莽軍宛若潮水。

形勢嚴峻到了極點，但漢軍的錐形陣，卻緩緩向前推動，義無反顧。

他們是義軍，對面是官賊！

雙方實力懸殊。

但是義之所在，雖千萬人，吾往矣！

「嗚……」一頭老虎被撲面而來的壓力激怒，咆哮著躍起，直奔劉秀頭頂。

劉秀和馬三娘、鄧奉同時出手，兩把環首刀，一支畫戟，在虎身落下之前刺入其小腹。

血落如瀑，三人同時發力，將老虎的屍體朝前方甩去。「砰」地一聲，把一頭花豹砸了個筋斷骨折！

「嗚……」「嗷嗷，嗷嗷嗷嗷嗷……」虎嘯狼嚎聲不絕於耳，巨毋霸麾下的猛獸軍，在笛聲的唆使下，向義軍猛撲。

馬武正面對上了一頭龐大無比的黑熊，他一刀砍去，將黑熊開膛破肚，卻無法立刻取了黑熊性命。被疼痛刺激瘋狂的黑熊，拖著腸子衝向他，揮掌砸向他的脖頸。賈復在旁邊看得真切，挺戟直刺，將黑熊的喉嚨刺斷，身體架在距離馬武三步之外。

兩隻豹子看到便宜，悄然從側面撲上，宛若兩道黑煙。王常舉盾將其中一頭拍翻在地，臧宮上前擋住另外一頭豹子，將其頭顱劈得血肉模糊。

朱祐、王霸、傅俊、劉隆等將，也跟著劉秀緩緩前壓，不停揮動兵器，將試圖偷襲自己的猛獸當場擊斃，然而，身手如他們這般高強者，在義軍當中畢竟是少數。大多數義軍弟兄，卻被瘋狂撲過來的野獸，逼得舉步維艱，很快，就只剩下招架之功，再無還手之力。

令人絕望的是，不知巨毌霸是如何做到的，猛獸竟然能分辨敵我，只攻擊義軍，絕不對莽軍下嘴。而莽軍將士，卻在獸吼的刺激下，一個個兩眼發紅，加快速度向義軍展開了反撲。

人與獸，不知道誰奴役了誰，誰成了誰的倀鬼？

一名義軍校尉正在艱難地對付一頭野狼，從側面撲過來的莽軍士卒抽冷子刺出一槍，直接在校尉後腰處開出一個血洞。校尉吃痛，站立不穩，野狼咆哮著衝上去，一口咬住他的喉嚨。

幾名義軍合力頂住一隊莽軍的衝擊，雙方僵持不下。側翼忽然掠過一道黑影，下一瞬間，義軍士卒的大腿接連被花豹咬傷，陣型四分五裂。莽軍士兵獰笑著發起新一輪衝鋒，將他們一個接一個砍倒在地。

鮮血與雨水一道，再度匯流成河。

花豹、野狼、豺狗，淌著血水，在義軍腳下穿行，不停地朝他們發起偷襲。莽軍將士成群結隊，緊隨野獸腳步，看到義軍的陣型哪塊出現混亂，即立刻向該處發起重點衝擊。

錐形陣很快就被撕成了數段，儘管朱祐、王霸、傅俊、劉隆等將領，不停地轉身回救，卻無法讓大陣再度恢復完整。不多時，他們各自，也陷入了莽軍和野獸的圍攻當中，彼此之間再也無法相顧。

馬武被一群野狼圍住，自顧不暇。

賈復接連刺死了三頭狗熊，一頭大象，卻遭到了一群莽軍的瘋狂圍攻。他揮動鐵戟將包圍撕開缺口，更多的莽軍卻與野獸一道衝向了他，爭先恐後。

劉秀殺死一頭野狼，然後趁著其他野狼畏縮不前的機會，透陣而過。巨毌霸親自拎著大刀迎上，一刀快過一刀，恨不得將其碎屍萬段。

鄧奉和馬三娘上前救援，兩個姓王的將領各自帶著七八名親信衝上，堵住他們的去路，讓他們無法再向劉秀靠近分毫。

「咚咚咚，咚咚咚，咚咚咚……」鼓聲催命般響起，新朝大司空王邑帶著王尋、嚴尤、陳茂等將領和上萬精銳，緩緩出現在猛獸之後。

他們不著急參與進攻。

他們只需要觀戰即可。

勝券已經在握，劉秀即將倒在巨毋霸刀下，今夜所有前來襲營的義軍，都要死無葬身之地。

雨，不知道什麼時候已經停了下來。

烏雲彷彿受不了來自地下的血腥氣，迅速開裂，分散。

儘管四周圍黑如鍋底，昆陽正上方，卻出現了一片巨大的晴空，又圓，又闊，宛若一個巨大的破洞。

破洞處的天空，不再是黑色，而是一種深邃的藍。月光和星光，一起照了下來，照亮所有捉對廝殺的身影，照亮那些正在撲向人類的野獸，照亮在場每個人的動作和面孔。

天空忽然變得更亮，剎那間，人世間所有罪惡和野蠻，都被星光照得毫厘畢現。

正在圍攻馬武的野狼，停止了咆哮，夾著尾巴趴在地上。

正在撲向朱祐的老虎，嘴裡發出一聲悲鳴，掉頭就走。

幾頭正在義軍隊伍裡橫衝直撞的大象，也都停了下來，呆呆發楞。

幾頭正在撕咬人類的花豹，迅速轉身，落荒而逃。

「怎麼回事？」正準備收穫勝利的莽軍將士楞了楞，本能地抬頭。

一顆明亮的星星，拖著長長的尾巴，從烏雲的破洞處直墜而下，昆陽內外，亮度超過白晝十倍，所有人類和野獸，都被忽然墜下來的星光，照得眼前一片漆黑。

「轟隆！」巨響超過驚雷十倍，地面如海浪般上下起伏。

王邑、王尋、嚴尤等人，像下餃子般，從馬背上紛紛墜落。

雙方將士，都被震得東倒西歪。

當人類的視覺終於恢復，看到的景象，卻讓他們全都楞在了原地。

小半邊聯軍大營，已經消失不見，代之的，是沖天的火光和翻滾的熱浪。

那顆亮過太陽十倍的流星，竟然正砸在了王邑的中軍帳附近，將中軍帳周圍五十步範圍內，所有活物和死物，都掃蕩一空。

如果不是王邑和王尋等人已經離開了中軍，他們和他們的嫡系爪牙，將全都死在從天而降的災難之下，誰都不可能倖免。

「喀嚓！」一道極其刺眼的閃電劃破了夜空，再度照亮所有人的眼睛。

烏雲迅速向頭頂聚合，更多的閃電與雷聲交相呼應，一道接著一道，從天而落，劈得莽軍將士個個頭皮發麻，雙腿發軟，握著兵器的手不斷顫抖。

「嗷吼」一聲，一頭呆呆發楞的黑熊，直起身子就是一巴掌，將一個先前跟自己配合默契的莽軍將領的腦袋，瞬間拍進了他的肚子裡。

另有一頭渾身都是人血的大象，鼻子猛甩，將正在發傻的馴獸師捲起來，擲向人群，隨即撒腿狂奔，將擋住自己去路的莽軍將士，撞得筋斷骨折。

所有趴在地上的野狼，忽然恢復了力氣，轉過身，衝向臨近自己的莽軍，任馴獸師如何阻止，也阻止不住。

……

所有猛獸都發了瘋，不顧一切向戰場外圍衝，無論擋在身前的是義軍還是莽軍，都張開血盆大口。

天譴！

老將嚴尤從地上爬起來，望著發狂的野獸和亂做一團的莽軍，臉色鐵青，身體顫抖，再也說不出一個字。

天譴！

無數親眼目睹過猛獸吞噬百姓惡行的莽軍將士，都失去了抵抗意識，要麼帶頭逃走，要麼楞楞地站在原地，任由掉頭反噬的虎狼，將自己撕成碎片。

「天譴！」有人嘴裡發出大聲尖叫，將恐慌四下傳播，彷彿擔心莽軍崩潰的太慢。

「天譴——，老天爺發怒了！」越來越多的莽軍將士，忽然間明白了「老天爺」的意思，推開發楞的同伴，四散奔逃。

王莽當年為了順利接受幾歲娃娃的禪讓，派人製造了大量祥瑞和神蹟。導致鬼神之說盛行，大部分軍民都對天命深信不疑。

今夜，兩軍交戰的關鍵時刻，卻有火流星從天而降，正中莽軍的帥帳。

除了天譴之外，將士們誰也找不到其他解釋！

曾經讓王莽和他的支持者們受益無數的天命鬼神之說，瞬間變成了一個無形的漩渦，將莽軍將士原本就所剩無幾的士氣，瞬間吸了個一乾二淨。

「唶嚓」「唶嚓！」「唶嚓！」閃電一道道，無窮無盡。

烏雲聚合完畢，暴雨再度傾盆而下，卻澆不熄，聯軍營內翻滾的烈火。

不只是被流星擊中的中軍帳附近火頭翻滾，輜重營、糧倉、草料場，全都著了起來。火光迎著雨水扶搖而上，照亮一張張恐慌或者狂喜的面孔。

被分散切割成一簇簇的義軍將士，臉上帶著狂喜，向劉秀聚攏，發出的怒吼聲驚天動地，「殺賊——」

「殺賊——」馬武揮刀劈翻一名慌不擇路的敵將，又是一刀橫掃，將三名莽軍兵卒，攔腰砍成六段。

「殺賊！」馬三娘和鄧奉衝到劉秀身邊，與他一道迎戰巨毋霸，將此人逼得節節敗退。

「殺賊！」朱祐、王霸、傅俊、劉隆等將衝向依舊在試圖收攏野獸的馴獸師們，將他們一刀一個，全都送回了老家。

「殺賊！」賈復獨自一人拎著鐵戟，大步如飛，直撲王邑的帥旗。沿途何止千軍萬馬，誰也沒有勇氣擋其鋒纓。

「王玨、王歡，給我攔住他！」剛剛恢復了些許精神的王邑被嚇了一哆嗦，扯開嗓子，大聲點將。

「叔祖父，侄孫，侄孫手臂受傷，胳膊，胳膊抬不起來了！」安國將軍王玨啞著嗓子回應了一句，身體靠在親信的胸口，隨時都準備昏倒。

「大帥，末將，末將，末將無力再戰！」鎮軍將軍王歡也一改平日囂張，苦著臉大聲討饒。

沒能和其他人一道掉頭逃走，已經是他們兩個所能做到的極限。去迎戰賈復，那和自殺有什麼分別？

「大帥莫慌，陳某去擋住他，您且從容組織撤退。」關鍵時刻，還是秩宗將軍陳茂靠得住，拎起兵器，逆著潰兵大步前行。

「陳將軍，此戰若是獲勝，王某一定不忘你力挽狂瀾之功！」王邑感激得眼眶一熱，鼓勵的話脫口而出。

還沒等他的話音落下，身背後，忽然傳來了一陣驚天動地的鼓聲，「咚咚咚咚，咚咚咚咚，咚咚咚咚……………」

一支生力軍，忽然從昆陽城內殺了出來，像戰艦般分開四下跑動的潰兵，在火光的照耀下，直奔莽軍聯營。

「嚴光！」新朝大司徒王尋氣得咬牙切齒，拉起數百名嫡系，就準備上前迎敵。就在此時，更遠處的雨幕後，又傳來一陣低沉的畫角，「嗚嗚嗚，嗚嗚嗚，嗚嗚嗚……」，緊跟著，一隊騎兵伴著閃電如飛而至，切開正在逃命的莽軍潰兵，借助火光指引，撲向王邑的帥旗。為首一將，長槊翻飛，馬如流星。

「宛城已克，漢興新滅！」
「宛城已克，漢興新滅！」
「宛城已克，漢興新滅！」

……

跟在此人身後的騎兵們，揮舞著兵器，大聲高呼著，將潰軍從中央一分為二。

正在以一人之力抵擋劉秀、馬三娘、鄧奉三人聯手攻擊的巨毋霸，原本就被逼得手忙腳亂，忽然聽到身後有人高喊「宛城已克」，心中一慌，動作立刻出現了破綻。鄧奉看得真切，手中的畫戟趁虛而入，「噗」地一聲，在此人的大腿上劃開了一道三寸長的口子。

「啊——」雖然只是皮外傷，卻讓巨毋霸徹底失去了戰鬥的勇氣，慘叫一聲，撥轉駱駝就走。劉秀、馬三娘和鄧奉恨他驅趕野獸吞噬弟兄，堅決不肯放他離去，各自舉起兵刃，緊追不捨。四條腿終究比兩條腿快，巨毋霸驅趕著駱駝一心逃命，轉眼之間，就拉開了與劉秀等人的距離。然而，還沒等他偷偷鬆下一口氣，有隻發了狂的黑熊竟然橫著衝至，先一掌拍飛了某個來不及閃避的士卒，然後又一掌拍向了駱駝的腦袋。

「畜生，是我！你沒長眼睛啊？」巨毋霸氣得破口大罵，卻不得不揮動大刀，去砍肥厚的熊掌。那黑熊看起來又高又蠢，反應卻極為迅速，看到巨毋霸的大刀砍向自己的爪子，立刻咆哮著來了個轉身橫滾。前掌中途變向落地，躲開了巨毋霸的反擊。粗壯的軀體，卻在兩隻前掌落地的瞬間，貼著地面向前撞去，「嘭嚓！」一聲，將巨毋霸胯下的駱駝撞得筋斷骨折。

巨毋霸猝不及防，從駱駝上掉下來，摔了個四腳朝天。那頭發了瘋的黑熊根本不肯給他撿起兵器的機會，再一個翻滾上前，掉過屁股，奮力下坐。

「畜生！」巨毋霸大罵著伸出雙手自救。手臂處，迅速傳來兩聲脆響，「咯，咯」，他的雙臂，居然被狗熊硬生生坐著。而那狗熊的身體，卻繼續下沉，如同一座小山般，重重坐在了他的胸口上。

「噗——」一口黑血伴著內臟從嘴裡噴出，巨毋霸淒聲慘叫，面孔因為痛苦而扭曲變形。而那黑熊，也被他的叫聲嚇了一跳，低下頭，一巴掌拍在了他的臉上，將他半張臉皮連同左眼珠子，同時抓了下來。

「啊——」巨毋霸蜷曲雙腿，用膝蓋猛撞黑熊肋骨。黑熊吃痛，咆哮著躲閃。巨毋霸趁機坐直身體，用身體撞向黑熊胸口。「轟！」地一聲，與黑熊雙雙跌入泥坑。

泥坑水深，黑熊無法呼吸，只能站起轉身逃命。巨毋霸卻再度雙腿發力，如投矛般撞向了牠，將牠再度撞翻於地。黑熊暴怒，雙掌在巨毋霸後背亂拍，巨毋霸則合身撲進黑熊懷中，張開血盆大口，狠狠咬住了黑熊的喉嚨。

「嗚嗚，嗚嗚，嗚嗚……」黑熊無法呼吸，呻吟著甩動身體。巨毋霸的雙腿，如手臂般合攏，死死卡住黑熊的腰。一人一熊，在泥漿中翻滾，掙扎，用爪子和嘴巴互相攻擊，鮮血與雨水混在一起，淌得到處都是。

待劉秀、馬三娘和鄧奉終於追了過來，黑熊已經被巨毋霸活活咬死。而巨毋霸的後背處，也被黑熊用爪子掏出了兩個大洞，可以清晰地看見脊骨和內臟，縱使扁鵲在世，也無法施救了。

「活該！」馬三娘停住腳步，朝著奄奄一息的巨毋霸，狠狠吐了口吐沫。

「他不過是王莽的爪牙而已！」鄧奉嘆了口氣，上前揮戟砍斷了巨毋霸的脖頸。

「婦人之仁！」馬三娘看了他一眼，不屑地奚落。扭過頭，正欲跟劉秀請示下一步進攻方向。卻看到自家兄長馬武，揮舞著鋸齒飛鐮三星刀，將兩名熟悉的身影，像趕鴨子一樣趕了過來。

「姓顧的，你們也有今天？」還沒等馬三娘做出反應，鄧奉已經揮舞著畫戟迎面衝上，如同一座金甲山神，將逃命者去路擋了個嚴嚴實實。

「鄧奉！劉秀！」那兩人嘴裡發出一聲驚呼，不敢交手，側轉身，打算繞路逃走。哪裡還來得及？緊追過來的馬武手起刀落，將其中一人從肩膀根處豎著砍成了血淋淋的兩半。

「饒命——」另外一人嚇得魂飛魄散，丟掉兵器，跪地祈降，「文叔，饒命，我是醜奴兒的堂兄。我跟新野陰氏乃是一家。我……」

「你設計殺文叔時，可曾把他當做一家人？」馬三娘一刀刺下，將此人後半句求饒的話，切斷在喉嚨當中。

「你們認識？」馬武聽得好生奇怪，放下刀，一邊抬手擦臉上的雨水，一邊大聲追問。

「顧華和陰武，與甄蒓一樣，都屬於當年的青雲八義！」馬三娘笑了笑，俊俏的臉上寫滿了鄙夷。

「原來是那群窩囊廢！」馬武曾經從自己妹妹嘴裡多次聽說過青雲八義坑害劉秀的事情，撇撇嘴，大聲點評，「怪不得沒跟我交手，便落荒而逃。將軍，接下來去哪？」

後半句話，是專門對劉秀說的。雖然無論按年齡還是按輩分，他都是劉秀的兄長。但是，親眼目睹了大星降落，將莽營砸得一片稀爛之後，縱使是馬王爺，看向劉秀的目光，也無法再跟先前一模一樣。

「殺王邑，以免賊軍找機會重整旗鼓！」劉秀將目光順勢掃了掃，然後大聲命令。

「遵命！」馬武答應一聲，轉過身，向火光照耀下的莽軍帥旗衝去，沿途無論遇到莽軍將領還是兵卒，皆一刀一個，砍成兩段。

劉秀、鄧奉和馬三娘互相看了看，快步跟上。沿途遇到大股負隅頑抗的敵軍，皆一衝而散。遇到追殺敵軍的自家將士，則打個招呼，將其重新匯攏在自己身後。

不多時，三人就重新組織起了一支隊伍，沿著馬武衝開的道路長驅直入。

「文叔，那邊真的是大哥嗎？是大哥從宛城趕來了嗎？」朱祐帶著數十名弟兄，快步追上，朝著劉秀大聲詢問。

「未必是大哥，但莽軍自己嚇唬自己，咱們也沒必要告訴他們真相。」劉秀扭過頭，努力忘掉顧華和陰武臨死前的面孔，朝著鄧奉大聲吩咐，「你帶幾個人，去接應援軍，免得他們辨認不出敵我。」

「諾！」鄧奉朝著他拱了下手，留下大部分弟兄，只帶著四名親衛掉頭而去。

劉秀目送他走了幾步，還沒等回頭，隊伍的正前方，忽然傳來一陣喧譁，「大司徒戰死了，大司徒戰死了，快走，快走！」

定神細看，卻見馬武已經闖入了一支迎面趕來的隊伍中，鋸齒飛鐮三星刀橫砍豎剁，將周圍數百敵軍將士，逼得紛紛踉蹌後退。

來不及思索，他立刻帶領隊伍衝了上去，與馬武一道，將這夥負隅頑抗的敵軍徹底擊垮。然後整頓隊伍，再度殺向莽軍帥旗。

莽軍帥旗下，一名王氏子弟衝到王邑身邊，哭喊著提醒，「叔祖父，劉縯殺來了！」

「叔祖父，不行了，不行了！」安國將軍王玨一邊往馬背爬，一邊放聲大哭，「宛城丟了，劉縯殺來了，嚴光也從城裡頭殺出來了！快走，快走！」

「嚴尤呢，讓他率軍擋住漢軍，攔住劉縯！」

「嚴將軍，嚴將軍戰死了！」一名將領急著逃命，信口大聲回應。根本不管自己已經很長時間沒看到嚴尤身影的事實。

「大司徒呢，大司徒在哪？」王邑身體晃了晃，咬著牙繼續追問。

「死了，被馬武給殺死了！就在那邊，就在那邊。」王玨抹了把眼淚，繼續大聲回應，「劉秀也跟馬武在一起，馬上就要殺到這裡來了！馬上就要殺到這裡來了。」

「啊！」連番重擊之下，大司空王邑再也支撐不住，肥胖的身子晃了又晃，張嘴就又噴出了一口老血。

不可能，這不可能！自己分明帶著四十萬大軍，昨天傍晚，城裡還有反賊主動請求裡應外合。自己是奉著皇命而來，為國除害。自己身經百戰，無論閱歷和本領，都超出反賊頭目至少十倍，自己……

他無神的看著身邊的帥旗，只覺得旗面兒離自己越來越遠，包括所有的榮華富貴，好像都在跟自己告別遠去。

「大帥暈倒了，保護大帥！」見王邑死撐著不肯帶頭逃命，眾王氏子弟忍無可忍，大叫一聲，湧上前，夾著他的人和坐騎，落荒而逃。

秩宗將軍陳茂正帶著幾個鐵桿親信死命阻擋賈復，忽然聽到身後傳來的馬蹄聲，忍不住回頭。恰看見王邑與嫡系爪牙們簇擁著逃走的場景，頓時，心中那股悲壯之氣無處保存，張開嘴，噴出一口老血，仰面朝天倒了下去。

「陳將軍——」親兵們大哭著撲上前，抬起陳茂，加入逃命隊伍。賈復見陳茂吐血暈倒，也不願占他的便宜，任由此人的親信抬著他，從自己眼皮底下逃之夭夭。

「窮寇莫追，走，跟我去接應援軍！」王霸騎著一匹搶來的戰馬，拉著另外一匹戰馬，匆匆從後邊追趕而至，把多餘的韁繩遞給賈復，大聲發出邀請。

「是柱天大將軍親自來了嗎？」賈復翻身跳上坐騎，帶著幾分狐疑追問。

「肯定不是，但賊軍自己嚇破了膽子，咱們何必替他們糾正？」王霸笑著搖了搖頭，滿臉得意。

賈復聞聽，忍不住喟然而嘆，再回頭看四周抱頭鼠竄的潰兵，有股同情之意瞬間湧了滿腹。

俗話說，一將無能，累死三軍。

這昆陽城外的四十萬大軍，與其說是敗在了劉秀手裡，倒不如說敗在了王邑這個剛愎自用的糊塗蛋之手。

若不是王邑一開始就將昆陽城內外的百姓都當成了仇敵，若不是王邑指使巨毋霸率獸食人，若不是王邑拒絕了王匡的投降，發誓城破之後人芽不留，只有不到兩萬兵馬的宛城，怎麼可能在四十萬大軍的圍攻之下，堅持這麼久？

而只要迅速拿下宛城，莽軍的士氣就不會降到瀕臨崩潰的邊緣。只要能迅速拿下宛城，劉秀和大夥今晚的進攻效果，就不會被成倍乃至十倍的放大。只要迅速拿下宛城，莽軍哪怕是最終依舊戰敗，也輸不了這麼慘。

至於那顆從天而降的大星，賈復本能地將此事與巨毋霸驅趕野獸吞噬百姓的舉動聯繫到了一起。歸根結柢，還是由於王邑這個主帥殘暴糊塗，惹得老天發怒，接連降下了懲罰。

他乃是太學高材生，是這個時代讀書最多，見識最廣的頂尖精英，還避免不了把沙塵暴和火流星往天罰上想，莽軍和義軍中的其他將士，當然更是堅信，黃沙和落星，皆是老天爺故意的安排。

只不過，在莽軍將士看來，接連兩件異事，都是老天爺對他們的懲罰。而在義軍將士眼裡，黃沙和落星，則是老天爺對劉將軍的恩賜，是老天爺不願看到劉將軍遇害，兩度在關鍵時刻出手，給了官賊們傾力一擊。

王莽從籌備篡位之時起，持續努力製造了十六七年的祥瑞，這一刻徹底收到了回報。所有祥瑞和吉兆，加在一起，也敵不過四十萬將士親眼所見的兩場「天罰」。所有祥瑞和吉兆，在滾滾黃沙和從天而降的火流星面前，都顯得無比可笑。

莽軍將士和義軍將士中的大多數，都伴著天命和鬼神之說長大，都相信天命一定存在。但是，此時此刻，他們卻無法不相信，天命在劉不在王！

面對成群虎狼，從昆陽城頭一躍而下，義救上萬百姓的劉秀，才是真正的天命所在。老天爺愛惜百姓，那些為了實現個人野心，為了博取個人聲望，拿百姓不當人看，甚至詛咒百姓去死的傢伙，無論在朝在野，絕對不會受到老天的保佑。哪怕他讀了再多書，寫得文章再漂亮，念經的聲音再響亮，上香時磕頭磕得再虔誠，他也早晚會遭到老天的嚴懲。

一方士氣徹底崩潰，一方自認為有神明相助，戰鬥的結果，可想而知。義軍將士人人奮勇，個個爭先，追著倉皇逃命的官賊們大砍大殺。而大多數莽軍將士，心中卻根本沒有抵抗的欲望，只管撒開雙腿遠離戰場。

東方的天空漸漸開始發亮，雨卻還在下個不停。隨著戰鬥的進行，天地之間，竟然出現了三種顏色！

最上方，是雪白鋥亮的雨水，中間，是無邊無際黑衣黑甲的潰卒，最下邊，是血腥至極的紅色湖泊，並且無論這場大雨下的多猛烈，都不可能將地上的血色稀釋半分！

電蛇飛舞，悶雷滾滾，但暴雨聲和雷聲，竟然被義軍的喊殺聲和四十萬潰卒的求饒聲給盡數壓了下去。每一名義軍，都殺得渾身是血。每一名跑不動的潰兵，都雙膝跪地，哭喊著懺悔自己曾經犯下的罪行，如待宰羔羊！

可是，先前官匪占據優勢之時，王邑對義軍所下達的斬盡殺絕令聲猶在耳，此刻局勢逆轉，義軍怎麼可能輕易肯放下屠刀。

儘管劉秀、嚴光和帶領宛城義軍前來支援的劉稷，都及時地下達命令，要求弟兄們對放棄抵抗的官匪網開一面，少做屠戮。但是，依舊有大量跪地投降的官匪，被殺紅了眼睛的砍翻在泥漿當中。

有些將士恨官匪殘害百姓，故意放慢腳步，給其逃走機會。然後從身後將他們一個個砍死。有些將士，則避開劉秀、嚴光和劉稷等人的視線，偷偷向潰兵舉起屠刀。還有一些將士，則乾脆假裝沒聽見主將的命令，拒絕接受任何投降。逼著潰兵站起來繼續逃命，以給自己尾隨追殺的行為尋找理由。

如是又過了一個時辰，雨勢仍然絲毫未減，而跑在最前面的潰卒，卻聽見了河水的咆哮。原來他們已經到了昆陽北側二十里外的滍水。

令他們無比絕望的是，因為暴雨來襲，滍水高漲，竟將原先繫在岸邊的船隻盡數沖走！前有滍水咆哮，後有袍澤不斷湧來，以及如狼似虎的漢軍。那些以為自己撿了大便宜，才跑在最前面的潰兵，心中懊悔不迭，想回頭，卻已經找不到任何出路。把心一橫，乾脆直接走進了河水當中。

很快，最殘酷的一幕就發生了，成千上萬的官匪，彼此推搡著，向河道中央躲閃。站在最前面的人，或者主動，或者被迫，一排排，一列列，被河水捲走。百人，千人，萬人……

滍水突然停止了咆哮，天地間只剩下淒厲的哭喊聲，循環往復，無止無休。

等劉秀帶著馬武、王常等人趕到河畔，親自宣布的赦免命令，一切已經無法挽回。暴漲的滍水河面，飄滿了屍體。寬闊的河道，幾乎被淤塞。只有少數水性好的潰兵，和一部分莽軍將領，幸運地抵達了河對岸，但總人數恐怕連一萬都湊不出。他們拖著疲憊不堪的身體繼續向北狂奔，唯恐被義軍追上，逼著償還當初欠下的血債。

這場自寅時發起的戰爭，歷經四個時辰，一直打到巳時，隨著湍水被無數屍體斷絕，終於徹底結束。四十萬莽軍，被殺被俘三十六萬餘，失蹤人數超過三萬，基本上可以算是全軍覆沒。而劉秀所統帥的東路義軍，從當初昆陽被圍開始，到最後結束，也損失了八千餘人，接近當初的一半！

不知是誰帶頭，舉起兵器，指向了湍水。

剎那間，無數人默默響應。

劉秀、馬武、馬三娘、鄧奉、朱祐、賈復、王常……以及所有漢軍士卒，面色凝重，心潮澎湃。

他們贏了。

他們創造了楚霸王項羽在鉅鹿之戰以來，最輝煌的勝利。從此之後，再沒有任何官軍，能夠阻擋他們的劍鋒。

遠處，一個中年將領默默看著這一切，心中翻起滔天巨浪。他便是奉定國上公王匡和更始帝劉玄之命，從淯陽趕來昆陽探查虛實的朱鮪。

他本以為，趁著劉秀等人慘敗的機會，可以為自家主公劉玄，拉去一批驍勇善戰的將領，壯大自家主公實力，徹底改變如今兵權盡被王匡、劉縯掌握，皇帝徒有虛名的窘迫況情況。卻不料，等他到時，恰恰看到王邑、王尋所部四十萬大軍，被劉秀、嚴光和劉稷等人，像羊一般驅趕追殺的壯觀景象。

從此，襄陽高枕無憂！

漢軍進入長安的場景，指日可待！

明亮的前景，讓朱鮪激動不已。與此同時，他的背部，卻又寒氣直冒。尤其是當他看到眾將站成一圈，像眾星捧月般將劉秀簇擁在正中央，看到義軍弟兄們，不斷向劉秀躬身致意的模樣，背部的寒氣，瞬間就又衝到了他的頭頂。

四日前，偷偷經過宛城時，同樣的一幕，他也曾經親眼目睹。只是那一刻，站在所有將領最前面的，不是劉秀，而是其兄劉縯。

又過了兩日之後，昆陽城北處，多出了十幾個巨大的土堆，每個土堆中，皆有成百上千具屍體。正值酷暑，死在昆陽大戰中的雙方數萬士卒，若不儘早掩埋，必會引起大的瘟疫。

獨有一具屍體沒與其他屍體混葬，那便是新朝大司徒王尋的。但他的待遇，比普通戰死的士卒還要不如。普通士卒，死後尚且能夠入土為安。他的腦袋卻被割了下來，用漆封住，由李秩快馬加鞭送往了襄陽。

李秩是同朱鮪一同走的。諸將之中，只有李秩受傷最輕，王鳳便命他回去報捷，其餘人原地休整，等候朝廷封賞。

誰料，七日後，嘉獎並沒有到，更始帝劉玄卻派人前來頒旨，命令成國上公王鳳帶領眾將返回宛城，參加遷都慶宴。

「上次劉玄在淯水畔倉促稱帝，並未得到大哥和你的參拜，如今他方遷都宛城，表面是讓我們全部回去，其實，主要是讓你回去而已。」昆陽城頭，天氣初晴，嚴光與劉秀並排站著，不無憂慮的繼續提醒，「子禾他們奉大哥之命前來相助，必然會使我柱天都部留守宛城的兵力減少，需要提醒大哥，提防劉玄、王匡趁機下黑手。」

「該來的總會來，即便我提醒了，以大哥性子，也未必會多加留意。」經過昆陽大戰的洗禮，劉秀好像又長大了幾歲，言談舉止更加沉穩，臉上的表情，大多數時候，也是波瀾不驚，「王匡膽小，劉玄手中沒多少兵權。只要大哥不離開柱天都部太遠，誰也無法動他分毫。」

「事實的確如此，但是得防有人圖窮匕見。」嚴光想了想，搖頭苦笑，「如今大哥克宛城，降岑彭，你又滅昆陽，敗二王，兄弟二人都已經立下不賞之功。王匡、陳牧他們幾個，便是一時不敢動你和大哥，彼此之間，也會盡棄前嫌。我倒不怕他們真敢當面撕破臉皮，但是，明槍易躲，暗箭難防！」

劉秀身體微微一震，眉頭迅速皺緊，「如今大業未成，天下還在王莽手上，難道他們真的會不分輕重？子陵，倘若真的如此，你以為該如何應對？」

嚴光默然半晌，低聲道：「我也拿不出太好辦法，除非大哥肯做項羽……」

沒等他把話說完，劉秀立刻搖頭，「這話休提，大哥若是肯，早就做了。不會等到現在！」

「那就只能如文叔你剛才所言，緊握兵器，讓某些人不敢輕舉妄動。這次，聖旨調你們返回，我跟士載、子張，還有君文，就稱病留在昆陽，以防萬一！」

「恐怕不易如願，你們幾個留下，若手中無兵，終究是巧婦難為無米之炊！」

「兵可以再招，昆陽大捷，我軍威震天下，不愁沒義士率部來投！」嚴光笑了笑，年輕的臉上寫滿了自信，「你不用擔心我，我眼下唯一需要面對的麻煩，只有嚴尤和陳茂。逃過河之後，不甘失敗，又在對岸試圖重整旗鼓。」

「那你也需要多加小心，嚴司徒畢竟是百戰之將！」劉秀笑了笑，輕輕點頭，「還有，據元伯打探，潁川郡那邊，已經組建了一支郡兵，隨時準備西進替朝廷平叛。帶頭的郡掾叫馮異……」

「可是當初在棘陽跟咱們一道對付岑彭的那個馮異？」嚴光大吃一驚，追問的話，脫口而出。

「好像正是他。當初眾人當中，除了大哥，就數他最為多謀善斷。」劉秀笑了笑，無奈地點頭。

當年大夥聯合起來，為了馬武和三娘對付岑彭。而現在，岑彭已經投降了大哥劉縯，馮異卻成了擋在東征軍必經之路上的一頭老虎。

這亂世，敵人朋友，還真沒那麼容易分得清！

數日後的晌午時分，王鳳帶著劉秀、王常等人快馬加鞭返回了宛城。

大司徒親自帶著麾下弟兄迎出城外，柱天都部的弟兄，一見劉秀等人走近，立刻擂動戰鼓，吹響畫角，向凱旋而歸的勇士，致以最崇高的禮敬。昔日的棘陽縣宰岑彭也跟在劉縯身後，滿臉尷尬地向大夥見禮，讓人愕然之餘，心中又添幾分豪情。

王鳳心裡頭有愧，勉強跟劉縯寒暄幾句之後，便告辭先行進城休息。當著如此多將士的面兒，劉縯也不方便對劉秀表現得過於親熱，笑著拍了拍後者肩膀，就將目光轉向了王常、宗佻、傅俊、王霸等人，與大夥交談甚歡。直到設在宛城郡守府的接風宴結束，所有人都滿意地散去，他才又重新走到自家弟弟面前，低聲道：「三兒，我就知道你能行，只是沒想到，你比我希望的，還強了十倍。走吧，咱們回家，中午忙著招呼別人，沒工夫管你。你嫂子已經帶人準備下了家宴，今天晚上，咱們兄弟倆不醉不休！」

「哥！」劉秀心中熱流洋溢，點點頭，與劉縯一同跳上馬背。

半路上，一隊隊巡邏的兵士見到大司徒兄弟，都主動停下來，行禮歡呼。劉秀見他們盔甲齊整，士氣旺盛，且行止有度，不覺有些驚詫。在他原來的設想中，宛城之戰打了這麼久，將士們應該非常疲憊才對，卻沒料到，這才過了不到半個月，柱天都部上下，已經全都變成了生龍活虎。

「好多都是新來投奔的生力軍，宛城一克，我軍向北一片坦途。而你在昆陽將四十萬官兵打得全軍覆沒，也讓江湖豪傑們徹底看清楚了，王莽那邊徹底日薄西山！」劉縯順著劉秀的目光看了幾眼，帶著滿臉的自豪解釋，「這回，我遵從了你當初的意願，讓習長史嚴加把關，把那些名聲很差，或者不願意接受約束的，全都拒之門外了。肯留下的，都是原本就有俠盜之名，並且懂得令行禁止的。而朝廷不斷運到宛城的糧草和盔甲兵器，也全便宜了柱天都部。」

「這……？」劉秀楞了楞，本能地低聲提醒，「大哥將前來相投者去蕪存菁，是應有之舉。但是要小心那些被拒之門外的傢伙，心存怨恨。」

「他們怨恨又能如何？」劉縯笑了笑，舉目四顧，滿臉驕傲，「他們還敢去投奔莽軍，或者聯合起來，擋住我柱天都部的去路？我不殺他們，已經算是客氣了。就憑他們以往做下的那些事，我其實應該為民除害才對。」

「我是擔心，有人趁機藏污納垢！」劉秀也四下看了看，聲音壓得更低。「劉玄那邊，本來以為我會慘敗，派人去拉東征軍的將領為他效力……」

「那廝，也就會點兒上不了檯面的花招！」劉縯聞聽，不屑地撇嘴，「的確有不少在我這邊被拒之門外的，去投靠了他。那廝，也是終於明白了，王匡準備拿他當楚義帝。所以他才急著積聚實力，以免王匡將來廢了他。另外，平林部那邊，也有人受不了王匡的囂張，主動向他靠攏。」

劉秀聽得心中一緊，連忙低聲追問：「如此，襄陽朝廷內部，豈不是亂成了一鍋粥？」

「不是襄陽了，馬上，他們就要來宛城，已經走到了半路上，只是皇家出行，講究太多，所以走得稍微有點兒慢。劉玄那廝想得很美，準備以為兄來牽制王匡，再利用王匡來牽制為兄。」

劉縯一邊笑，一邊搖頭，「那廝本不過是個膽小如鼠的懦夫，王匡、王鳳當初立他，就是看中他軟弱可欺，同時又是高祖後裔，血脈比你我兄弟純淨。可這世上最神奇的東西，莫過於皇帝寶座，無論是誰，只要一旦坐上它，立刻就不願意再下來，也不願意再任憑他人擺布。」

頓了頓，他繼續說道：「儘管劉玄上位才短短幾個月，卻已培植出自己的班底。謝躬、申屠健、宗廣之輩，別的不行，卻全是內鬥的高手。遷都的提議，就出自謝躬之手！陳牧那邊帶頭響應，朱鮪也收攏了一批江湖好漢，在旁邊吶喊助威。王匡無奈，只好寫信向我求援，請我跟他一起拒絕劉玄。可我為何要拒絕？我是大司徒，劉玄是他們立的皇上，大司徒哪有拒絕皇上的資格？」

「噢！」劉秀這才明白為何大哥辛辛苦苦打下了宛城，卻不反對王匡前來摘桃子的玄機。想了想，又低聲道：「劉玄和王匡彼此之間起了嫌隙，大哥你這邊，反倒安全了許多。但是也千萬不要掉以輕心……」

「我一直警醒著呢，你還是多操心自己才是！」很不習慣弟弟替自己擔憂，劉縯笑了笑，再度輕輕搖頭，「劉玄和王匡雖然對我不滿，但如今天下未定，他如果對我下黑手，只會便宜了王莽。況且最近趁著咱們跟莽軍打得難分勝負之時，赤眉軍迅速崛起，聲勢甚大。如果劉玄和王匡連我都容不下，赤眉軍怎麼可能放心前來投效。天下其他各方勢力，怎麼可能相信劉玄和王匡會善待他們？」

「道理是這樣道理，但是，就怕有人利令智昏！」發現哥哥有些過於自信，劉秀連忙大聲補充。

「利令智昏又怎麼樣？他們想害我，總得找到合適的時機和藉口。」劉縯聳聳肩，不屑地撇嘴，「機會我不會給他。至於藉口，當初我沒跟他爭皇位，如今他想拿宛城做都城，我也拱手相讓。這兩件事，全天下的凡是長著眼睛的人都能看得見，他總不能都推翻了不認帳！」

根本不給劉秀再勸的機會，他頓了頓，又快速補充：「三兒，如今，雖然在明面上，他們盡占先機，是天下的正統。但在實際上，戰功、威望、實權、人心，這四樣最緊要的東西，全都在咱們兄弟手裡。在這種況情況下，若說危險，他們比我們更危險！故而他們的第一個舉措，就是竭盡全力避免我再立新功。只可惜，人算不如天算。宛城最終沒能擋住我，而昆陽又成就了你。」

「目前來看，他們當初的舉措，的確是偷雞不成蝕把米。」想到當初王匡和王鳳以東征為名，千方百計削弱柱天都部實力的作為，劉秀笑著點頭，「但是，大哥你一定記住，能留在軍中，儘量留在軍中。臨回來之前，子陵也跟我說過，明槍易躲，暗箭難防！」

「子陵真是囉嗦，小小年紀，卻好像比我還老了十幾歲！」劉縯不願意在同樣的話題上反覆糾纏，又不想傷了弟弟的心，聳聳肩，大聲打斷，「行了，行了，你的意思我知道了。我儘量不出門，不跟他們過多交往就是！」

「如果不得已去交往，也帶上一個靠得住的將領，帶足了兵馬做侍衛。」劉秀依舊不放心，繼續大聲叮囑。

「我知道，我知道！」劉縯想了想，不耐煩地揮手，「不說了，總之一句話，局面沒你想得那麼差。特別是你領兵在外的情況下，他們即便不怕我，也得想想，惹不惹得起你這以兩萬滅四十萬的絕世名將！」

「大哥——」劉秀氣惱自家哥哥漫不經心的態度，皺著眉頭抗議。正準備再多勸幾句，卻看到大嫂帶著兩個侄兒，從街道盡頭迎了出來。

「到家了，到家了，家中不談國事！」劉縯如蒙大赦，跳下馬，三步兩步來到妻兒面前，抱起較小的兒子劉興，扭頭說道，「回家，回家。」

劉家大嫂，也笑著向前跟劉秀見禮。雙方寒暄幾句，正準備入內。耳畔卻忽然傳來了劉興奶聲奶氣的追問：「嬸娘呢，怎麼沒見嬸娘。我要嬸娘帶著我騎馬射箭！」

「對啊，老三，馬姑娘呢？」劉縯這才注意到，馬三娘沒有跟弟弟在一起，皺了皺眉頭，低聲追問。

「她去陰府找醜奴兒去了。陰家在宛城也有宅院。我在路上接到了醜奴兒的信，她在信裡說，已經搬到這邊。」劉秀臉色微紅，笑著解釋。

「原來不是你小子見異思遷，那就好，就好！」劉縯頓時放了心，笑著打趣：「你可真是有福氣的，能同時擁有娥皇女英。」

「大哥！」劉秀的臉上的血色，瞬間延伸到了脖子根部。望著自家哥哥，抗議得愈發大聲。

「哈哈，哈哈，不說，我不說！」比起王匡的排擠和劉玄可能造成的威脅，弟弟對馬三娘負情薄倖，才是劉縯眼裡最可怕的事情。如今既然弟弟有本事讓馬三娘和陰麗華情同姐妹，他這個當哥哥的，就只有成全的道理，絕不會棒打鴛鴦。「不過，三兒，你今年也不小了，終身大事早定早好。我看，擇日不如撞日，趁著這次回宛城……」

劉秀雖久經沙場，但聽到哥哥提起自己的終身大事，心中竟不免慌亂起來，忙起身告辭道：「知道了大哥，時候還早，我先去一趟陰家，把，把三娘接，接回來。」

說罷，又向自家嫂子行了個禮。在劉縯的大笑聲中，落荒而逃。

幸福的日子，過得總是很快。

還沒等劉秀跟馬三娘和陰麗華兩個，說起三人的婚事，大漢天子劉玄的車駕，已經在百官的簇擁下，來到了宛城。

雖然對劉玄這個便宜皇帝有幾分瞧不起，但眼下王莽未滅，義軍絕對不能窩裡鬥。劉縯和劉秀都明白這個道理，因此，稍作商量之後，便決定以大局為重，各自帶領麾下將士，主動迎出了城外。

數月未見，天子的鑾駕又花哨了許多，劉玄本人亦是神采飛揚，舉手投足之間，隱約竟有了幾分睥睨天下的味道。

而定國上公王匡，卻一改當初擁立劉玄時的跋扈。竟主動走上前，拉住了劉縯的手臂，大敘別離之苦和對劉家兄弟倆的欽佩之情，彷彿彼此從沒鬧過彆扭般，先前暗中布置下死士，準備一言不合就將劉縯拿下的，也不是他。

「有趣，有趣！」朱祐看得暗暗納罕，俯在鄧奉耳旁，小聲嘀咕。

還沒等鄧奉回過頭來接話兒，馬車上，劉玄忽然長身而起，朝著所有文武，大聲宣布：「眾位愛卿辛苦了，最近捷報頻傳，朕心甚慰。擇日不如撞日，今晚，就請眾卿蒞臨朕暫時駐蹕的宛城太守府。朕將親自把盞，為諸卿慶功！」

「謝陛下隆恩！」四下裡，歡呼聲響成了一片。朱鮪、申屠健、謝躬等一干皇帝的左膀右臂，表現得格外激動。

「嘿嘿，長進了，真的長進了！」朱祐混在人群中，一邊笑，一邊偷偷撇嘴。

劉玄當年是個什麼樣的窩囊廢，他在太行山中，可是看得清清楚楚！要不是因為劉秀念著同族之情，多次出手相救，此人的屍體，這會兒早就落在了山崖中，爛成了一堆腐土。

「仲先，別胡鬧，給大漢朝留點兒臉面！」鄧奉怕他言多惹禍，扭過頭，用極低的聲音提醒。

「我是實話實說，他現在，真的有幾分皇帝模樣了。下口諭時，居然沒先朝王匡那邊看！」朱祐卻不在乎，繼續小聲嘟囔。

鄧奉翻了翻眼皮，懶得再跟他理論。但是，內心深處，卻也隱約覺得，劉玄的確已經脫胎換骨。不光他和朱祐兩個有如此感覺，劉秀、馬三娘還有劉隆等曾經與劉玄有過數次交往的將領，幾乎都覺得，此時的劉玄與當年太行山裡頭全憑一張嘴巴討生活的窩囊廢，完全不像是同一個人。莫說當年，在大夥記憶裡，便是數月之前，劉玄還是個唯唯諾諾之徒。據說在淯水畔登基時，文武百官向他跪拜，差點將他嚇得跌倒在地。

而如今，劉玄舉手投足，充滿了帝王威儀。好像這半壁江山，還真是他親自率兵，一座城，一寸土，血戰而定。至於滿朝文武，則都是幸運地依附上了青龍尾巴，才獲得了今日富貴榮華。

待酒宴開始之後，這種感覺更盛。由太守府改成的臨時皇宮內，充滿了劉玄中氣十足的聲音。或者向某個勇將勸酒，或者向某個文官表示嘉許，獨自一人，就牢牢地控制住了宴席的節奏。

劉秀早就跟哥哥事先商量過，在天下未定之前，不會主動挑起義軍的內部爭鬥。所以，儘管覺得劉玄的表現有些過猶不及，卻也懶得搭理他。只管不動聲色的轉頭四顧，偷偷打量酒席上的眾人表現。

坐在下首的申屠健、李松、謝躬等人，一個個志得意滿；坐在上首的定國上公王匡，則面含淺笑，始終神色如常；坐在王匡身旁的成國上公王鳳，彷彿剛剛賭輸了一筆錢般，滿臉晦氣。緊挨著王鳳落坐的陳牧，則有些心不在焉，不停地四下東張西望。

「王匡沒想到自己養了一隻白眼狼，後悔了。王鳳是懊惱劉玄剛才敬酒時，把他排在了最後，所以不高興。至於陳牧，恐怕是覺得酒宴吃得毫無滋味，官做得也毫無滋味，巴不得早點散場。

而申屠健、李松、謝躬，則是開心自己從龍從得早，前程似錦……」觀人之術，是太學裡的一個偏門課。當年劉秀讀書時，只是隨便聽了幾耳朵，並沒認真往心裡記。今天，卻忽然發現，這門課竟能學而致用。

「太常偏將軍！」劉玄的聲音，忽然從御案後響起，將他的思路瞬間切斷。

「末將在！」緩緩站起身，劉秀不卑不亢地向劉玄行了個軍中之禮。身上的武將常服，瞬間被燭光照得燁燁生輝。

「免禮！」劉玄對劉秀的反應和禮數很滿意，笑著揮手。隨即，和顏悅色地說道：「劉將軍，東路軍能以少勝多，在昆陽擊敗四十萬莽賊，你功勞居首！朕在襄陽和來宛城的路上，聽人將此戰大致經過講了無數遍，卻總覺甚不過癮。今天正好眾卿都在，你不妨給朕仔細講講，是如何冒死越下城牆，義救數萬百姓？是如何帶領鐵騎突圍，殺得莽賊魂飛膽喪？還有，明明大司徒所派的援軍已經在路上，你為何那麼急，不等援軍抵達，就對王邑老賊的中軍發起了傾力一擊？朕想聽所有細節，朕真恨不得，當日就在昆陽城外，跟你並肩而戰！」

「是極，是極，我等也想聽聽，太常偏將軍在昆陽城外的壯舉。」謝躬、李松等人也站了起來，舉著酒盞，向劉秀表達敬意。誰都不肯，多向王鳳那邊看上一眼。

王鳳的臉色劇變，按在面前矮几的手背上，青筋突突亂跳。

以他的江湖經驗，如何沒聽出來，劉玄是借著向劉秀這個大功臣示好的機會，在向他王某人亮刀！很顯然，當初在昆陽城內，他兩次派人偷偷向王邑祈降的事情，被俘虜中的莽軍將領，招供給劉玄的人了。而謝躬和李松等輩，正努力幫助劉玄擺脫王匡和他的控制，恰好可以利用此事大做文章。

只是，他聽得出來，卻無法阻止對方的陰謀得逞。

在昆陽大戰之前，他奉族兄王匡的暗中指點，沒少打壓劉秀。昆陽大戰之初，他也多次不顧劉秀的連番救命之恩，斥責此人謊報軍情，耽誤撤退之機。而現在，劉玄親自把刀子遞進了劉秀手裡，謝躬和李松等人在旁邊搖旗吶喊，換了任何人站在劉秀的位置上，豈能不報當初百般刁難和忘恩負義之仇？

「如果劉秀接了劉玄的刀，大哥，咱們怎麼辦？」知道自己沒資格去求劉秀高抬貴手，王鳳當機立斷，將目光迅速轉向族兄王匡。

然而，令他無比絕望的是，族兄王匡居然眼觀鼻，鼻觀心，當場練起了道家內功。對他的求救，視而不見。

「我命休已！」王鳳心中大叫，剎那間，有股寒氣，從頭頂直透腳底。

很明顯，這劉玄是鐵了心要追究他的通敵之罪！而他的族兄王匡，則是想要丟車保帥！此刻無依無靠，他恐怕真的要在劫難逃。

狠狠掐了自家大腿一下，王鳳便欲起身離位，跪在殿前請求劉玄念在自己曾經的擁立之功份上，放自己一馬。怎奈因為驚嚇過度，雙腿居然軟得像麵條般，根本無法用力。只得顫抖著雙手，撐住酒桌，一寸寸向外挪。

就在此時，一個清晰的聲音，忽然落入了他的耳朵，「成國公，陛下詢問之人，乃是末將。不如先聽在下幾句話。若有什麼遺漏之處，再由成國公您親自補述？」

「啊？」王鳳半躬著身，抬眼去看酒席對面的劉秀，滿臉難以置信。

劉秀卻不再看他，站直身體，朗聲向劉玄彙報，「陛下，此番能夠救下昆陽，擊敗王莽大軍，全賴成國公忍辱負重！全靠眾將士破釜沉舟，以一當百！若非成國公不計個人榮辱，多次示弱於敵，與末將相互配合，豈可能有昆陽大捷？是以，頭功非成國公莫屬，末將真的愧不敢當！」

話音落下，滿座鴉雀無聲。

非但想利用他來打擊王匡、王鳳勢力的劉玄楞住了，劉縯、習鬱、鄧晨等人，也都詫異地轉頭看著他，弄不清他葫蘆裡到底賣的是什麼藥？

先前王匡、王鳳兄弟聯手，可是沒少給柱天都部，給大將軍劉縯，給他劉秀本人，製造麻煩。上一次襄陽之行，王匡甚至設下了鴻門宴，準備將劉縯趁機殺死，然後盡吞其地盤與部眾。而現在，好不容易有機會報仇雪恨，砍掉王匡一隻手臂。劉秀卻果斷選擇了放棄。他，他莫非瘋了嗎？還是他也有把柄被王鳳握在手裡，不得不替其努力遮掩？

正詫異間，卻看到王鳳哆哆嗦嗦地站了起來，含著淚向劉秀躬身施禮，「劉將軍客氣了。王某即便臉皮再厚，也不敢竊取你的血戰之功。王某，王某只是按照你的提議，寫了幾封信向敵軍示弱而已。王邑老賊未必真的上當，四十萬莽軍，也不會因為王某的那幾封信，就放鬆警惕，任憑你殺進殺出！」

「啊，王鳳寫信向敵軍祈降，居然跟劉將軍串通好了，故意示弱，慢敵將之心？」

「原來如此，怪不得王邑帶著四十萬大軍，卻遲遲拿不下昆陽！」

「那王邑肯定信以為真了，否則不會殺了石堅！要公然宣稱城破之時，人芽不留！」

「被俘的敵將，也都招供說，定國公寫信投降。很顯然，他們都被蒙在了鼓裡……」

……

議論聲，轟然而起。

沒親身參加過昆陽大戰的各部將士，都以為劉秀和王鳳兩個說得全是實情，震驚之餘，對王鳳的胸懷和勇氣，也佩服得無以復加。

設想當時的情況，劉秀和王鳳兩個在謀劃驕敵之策時，肯定將知情者限制在了很小的範圍。身為一軍主帥，王鳳三番五次向對手祈求投降，所要承受的，豈止是來自敵軍的羞辱？萬一當時被不知情的麾下將領誤會，以為他出賣了大夥，他就有可能被憤怒的弟兄們，直接給剁成肉醬。此計，非大智大勇者，絕不敢為。而劉秀殺出重圍求救之後，王鳳居然還繼續冒險執行二人約好的計策，更可見其氣魄非凡！

想到連續一個半月來，王鳳承受的巨大壓力，沒親自參加昆陽大戰的眾文武，禁不住額頭見汗。看向此人的目光，也不再包含半分輕蔑，而是發自內心的佩服。

對於親身參與昆陽大戰的眾將來說，此刻心中，卻完全是另外一番滋味。

脾氣急如馬武者，一個個兩眼冒火，恨不得走到劉秀對面去，問一問他到底想幹什麼。而脾氣柔和如傅俊、鄧晨，也忍不住低下頭，將手指捏得微微作響。

「馬大哥，這劉玄是想借刀殺人。文叔他，不想給劉玄當刀，就只好先便宜了王鳳。」朱祐為人機靈，假裝替大夥添酒，迅速走到馬武身邊，附在他耳朵上，低聲解釋。

「刀？」馬武楞了楞，眼睛裡的火苗，瞬間消失了個無影無踪。

他脾氣急歸急，江湖經驗，卻絕對足夠豐富。知道某些不成器的傢伙，萬一山寨裡有了一些存糧，就喜歡窩裡自相殘殺的模樣。是以，聽了朱祐的話之後，立刻明白了，劉秀此刻的選擇和心情。

「大夥稍安勿躁！文叔什麼時候做過蠢事？」馬三娘也偷偷站起來，小聲示意王霸、劉隆等人，耐心看下去，等待最後水落石出。

「恩公、道長，文叔不會做蠢事！」朱浮則在不遠處，也借著敬酒的機會，向鄧晨和傅俊低聲耳語，「劉玄覺得有了嫡系，便要擺脫新市軍的掌控。順便挑動王匡跟咱們結仇，他好坐收漁翁之利。」

「嗯？」鄧晨和傅俊楞了楞，同時扭頭向劉玄看去。果然見劉玄分外「真誠」的抬手制止眾人的議論，大笑著道：「原來如此，朕就知道，外邊那些謠言背後，必有隱情。成國公，你和劉將軍不用互相謙讓了。朕來決斷，此番昆陽大捷，劉將軍功勞居首，你位列第二。你們兩個，一人忍辱負重，一人血戰殺場，都是我大漢的千秋柱石！諸君，請滿飲此杯，為劉將軍和成國公賀！」

「為劉將軍和成國公賀！」王匡第一個站起來，帶頭大聲響應。

「為劉將軍和成國公賀！」劉縯和王常相視而笑，舉著酒盞，向劉秀晃了晃，然後各自一飲而盡。

「為劉將軍和成國公賀！」其餘在座眾將，無論是對王鳳和劉秀兩個的話相信也好，懷疑也罷，見王匡、劉縯和王常三個，都沒提出任何異議，頓時知道了該如何去做。紛紛舉起酒盞，鯨吞虹吸般喝了個痛快。

一場借刀殺人的陰謀，沒等實施，就被劉秀化解於無形。一隻腳踏入了鬼門關又被硬扯了回來的王鳳心中，固然對劉秀充滿了感激。而那些背後替劉玄出謀劃策者，則失落得偷偷扼腕。好在他們的主公劉玄，今天並不是只準備了一記殺招，喝完了杯中酒水之後，又笑著說道：「太常偏將軍和成國公配合默契，將那王邑硬生生蒙在了鼓裡。可笑那王邑，恐怕現在都沒想到，原來你們兩個，是聯手在設局誆他！痛快，真是痛快，朕真恨不得親臨戰場，看二位當時如何大展身手！來，諸君，再飲此杯，為兩位大漢柱石賀！」

「為兩位大漢柱石賀，為陛下賀！」眾人不知道劉玄到底想說什麼，亂哄哄地跟著舉杯。

而劉玄，也沒讓他們等得太久。一口吞掉酒水，立刻笑著問道：「既然劉將軍知道有定國公在，昆陽高枕無憂，為何那麼急就向莽軍發起了反攻？據朕所知，當時大司徒派出的援兵，已經在路上。劉將軍莫非是把握十足，不需要任何支援？還是別有苦衷，不得不冒險跟王邑狗賊拚個你死我活？」

「這廝！」正在端著酒盞跟馬武、賈復兩個竊竊私語的朱祐大怒，手背處立刻現出了根根青筋。

「無恥！」劉隆、王霸等人，更是將手直接按在了刀柄上，就準備隨時衝出去，跟劉玄將新帳舊帳算個清楚。

剛才劉玄試圖借劉秀這把刀去殺王鳳，大夥勉強還能忍。至少劉玄此舉對柱天都部沒有造成直接危害，並且也能給劉縯、劉秀兄弟出一口氣。而現在，劉玄卻直接開始在劉縯、劉秀兩兄弟之間下蛆，真是卑鄙至極，罪無可赦。

然而，還沒等他們跳起來質問劉玄居心何在，剛才被劉秀救了一命的王鳳，已經斷然挺身而出。搶在所有人做出反應之前，大聲說道：「陛下此言差，大錯特錯。當時昆陽城並非高枕無憂，而是危如累卵。如果不是劉將軍洞察天機，果斷率部直搗王邑中軍。微臣與滿城軍民，恐怕早就死無葬身之地，哪有可能還活到現在！」

「什麼？竟有此事？你們不是……」沒想到王鳳居然這麼快就對劉秀投桃報李，劉玄楞了楞，本能地低聲追問。

「陛下，那王邑也是百戰之將，哪可能一而再，再而三的上當？」王鳳迅速扭頭看了一眼滿臉震驚的劉縯和王匡，又看了一眼欲言又止的劉秀，咬了咬牙，繼續大聲補充：「微臣那條驕兵之計，已經反覆使用了一個多月，王邑再傻，也早就看出微臣是跟劉將軍串通好了，故意在騙他。而劉將軍得上天相助，率領十三騎殺透四十萬大軍，更是令王邑老賊心生惶恐，恨不得立刻打下昆陽，以免夜長夢多！」

「上天相助，上天相助是怎麼回事？」

「我隱約聽說過，劉將軍他們突圍的時候，天上忽然降下了滾滾黃沙！」

「不會吧，有這麼巧，陛下在戰報中，可沒說此事！」

「沒此事，王鳳為何要說？」

「噓，如果真有此事，襄陽那邊，當然巴不得藏起來不給人知曉！」

「有沒有此事，咱們找人打聽一下就清楚了。好幾萬雙眼睛看著呢，真的假不了！」

……

四下裡，議論聲瞬間又宛若潮水。所有沒親身經歷過昆陽之戰的文武，都一邊豎起耳朵傾聽，一邊跟周圍的同僚交頭接耳。

「定國公，朕沒想到，當時城內情況居然如此危險。辛苦你和劉將軍，來，請再飲……」劉玄聽得後悔不迭，連忙舉起酒盞，努力將話題朝別處岔。

而王鳳，恨他先前試圖殺自己立威，恨族兄王匡剛才見死不救，把心一橫，索性好人做到底，

「陛下且慢，且容微臣把話說完。否則，非但會埋沒了劉將軍的血戰之功，而且會讓老天爺覺得，我大漢君臣都是狼心狗肺，根本不知道什麼叫做感恩！」

劉秀在昆陽城內即便做得再過分，頂多也就是奪了他王鳳的兵權，將其軟禁在縣衙當中。卻從沒想過要殺害他，大戰之後，還主動替他遮掩了多次向敵軍祈求投降的醜事。而劉玄和王匡，一個是他所擁立，一個是他的族兄兼盟友，卻恨不得砍了他的腦袋，威懾三軍。三方互相比照，該選擇跟誰為友，再清楚不過！

所以，他王鳳今天就是要投桃報李，就是要讓所有人知道，自己也不是一個軟柿子，可以隨便拿捏。有誰不開眼想謀算自己，就必須付出足夠的代價。有人給了自己一滴水，自己必回贈以湧泉！

「成國公此言誇張太過，劉將軍率領十三騎突圍成功，上賴陛下洪福，下賴將士用命，關天恩何事？」劉玄新招納的臂膀張定發現情況不妙，連忙站起來，大聲質疑。

「成國公醉了，醉了！」謝躬、申屠健還有王匡等人，也紛紛開口，試圖打斷王鳳的話頭。

「不，我沒醉，我這輩子，從沒有一次，像今天這般清醒！」王鳳把心一橫，豎起眼睛高聲斷喝，「在座諸君，誰要是覺得十三騎殺透四十萬敵軍簡單，儘管自己也去試試。老夫不用四十萬，有四千人，就能將他剁成肉泥！」

「這……」張定、謝躬等人被他看得心裡發虛，一個個無言以對。王匡則皺著眉頭，朝著他連連使眼色，提醒他不要忘記，究竟該站在哪一邊。

「諸君有所不知，太常偏將軍第一次突圍，雖然殺得莽賊屍橫遍野，可身邊終究只有十三名勇將和一百護衛，縱使人人以一擋千，當四十萬莽軍前仆後繼衝上來時，也硬生生被耗得筋疲力盡。當時，微臣在城頭，已經絕望欲死，正準備率部殺出去，與太常偏將軍共赴國難。誰料，天色忽然大變，黃沙如牆，滾滾而至，剎那間，就將四十萬莽軍吹得不辨東南西北，而莽軍中的那些猛獸，更是嚇得趴在地上，抖若篩糠……」

他乃是走江湖出身，口才遠好於身手。雖然當時根本就不在城牆之上，對劉秀潰圍而出細節，也瞭解得不甚清楚。但是，此刻將當時的情況添了無數佐料說出來，卻比當事眾將的親身感受，都驚心動魄了數倍！

短短幾句話過後，整個太守府大堂鴉雀無聲。在場眾人，都被他的話帶入了那場突圍戰中，耳畔響著呼嘯的風聲，眼前閃過如牆黃沙，心中熱血激蕩如沸。

「當時微臣激動得，熱淚盈眶。心道那王邑驅趕野獸吞噬百姓，這回，終於引起了老天爺的憤怒，給了他一個狠狠的教訓。然而，微臣卻沒料到，劉將軍有如此運氣，在他捨命夜襲莽賊的那天夜裡，老天爺竟然再度發威相助……」王鳳自己，也被自己感動，含著淚，繼續大聲補充。將劉秀當夜襲擊敵軍，天空中電閃雷鳴，流星下墜，直接砸爛了王邑中軍帥帳，令野獸炸營，莽軍抱頭鼠竄逃命的奇跡，講了個精彩絕倫。

若是放在後世，他這樣做，肯定有損於劉秀的勇武形象。也對不起當時前仆後繼醉臥沙場的義軍將士。但是，在天命鬼神之說盛行的大新朝，這一番話，所帶來的衝擊，卻遠遠超過了單純描述劉秀及其身邊弟兄的英勇！

在座眾文武，包括親身經歷過此戰的王常、馬武、傅俊、王霸等人，一開始還只是熱血澎湃，如醉如痴，到後來則不約而同地仰頭看向了劉秀，目光之中，充滿了欽佩和莫名的崇拜！

王莽之所以能順利竊取帝位，一部分靠的是當時的好名聲，一部分，則靠的是層出不窮的祥瑞。而劉秀現在的名聲，比王莽沒篡位之前只高不低。至於祥瑞，多少種道聽塗說的祥瑞，恐怕也比不上關鍵時刻從天而降的沙暴和流星分毫！

「如果劉秀是天眷之子，那……」目光偷偷掃過面帶微笑，榮辱不驚的劉秀，再偷偷轉向被王鳳氣得臉色發黑，雙手不斷顫抖的「大漢天子」劉玄，在座至少一大半文武，都不得不承認，兩個之間的差距，判若雲泥！

「這小子……」此時此刻，最開心的人，莫過於柱天大將軍劉縯。雖然弟弟身上散發出來的光芒，將他自己也蓋了過去。但劉秀卻是他一手帶大，「長兄如父」四個字，用在他身上也再恰當不過。

世間的父親，都盼望兒子青出於藍，很少有父親會嫉妒自己的兒子。此時此刻，在劉縯看來，弟弟劉秀做得越出色，就越證明自己這個當大哥的，數年前寧可借貸，也要送弟弟去長安讀書的決定沒錯！

自己一直沒錯，錯的是族裡那些長輩。

是他們當初鼠目寸光，阻撓自己送劉秀、鄧奉和朱祐三人去長安求學。

是他們後來鼠目寸光，為了滿足個人的控制欲，勾結王匡和王鳳強推劉玄上位，讓自己腹背受敵。

而現在，劉玄羽翼漸豐，一天天脫離他們的掌控。自己和弟弟，卻一個在宛城，一個在昆陽，大破莽軍，立下赫赫戰功。不知道那些拿血脈遠近說事兒的族老們，如今心裡到底後不後悔？

正準備扭過頭去，欣賞一番三叔劉良和四叔劉匡此刻臉上的表情，忽然間，卻看到劉玄的舅舅謝躬，快速站了起來，搶步來到大堂正中央，朝著劉玄大禮參拜：「臣，謝躬，賀陛下洪福齊天，兩次血戰，都得上蒼垂青，庇佑劉將軍無往不利！」

「啊？」非但在場眾文武沒反應過來，劉玄本人也被謝躬的舉動弄楞住了，臉色鐵青，兩眼僵直，不知道該如何回應才好。

「陛下身負天命，光復漢室。竟連手下大將也分得了陛下的運道，接連兩戰，都得鬼神相助！此乃大漢之幸！萬民之幸也！」謝躬從地上爬起，面帶虔誠，繼續扯開嗓子，向劉玄道賀：「臣，恭賀陛下得此福將。臣，懇請陛下重賞太常偏將軍，和昆陽之戰有功之士！臣，懇請陛下早做決斷，派遣精兵強將，北上長安，消滅王莽逆賊，解萬民於倒懸！」

「恭賀陛下！」

「陛下洪福齊天，延澤劉將軍！」

「劉將軍托陛下洪福，得鬼神相助。此乃大漢之福，萬民之福……」

李松、申屠健、朱鮪等一干劉玄的臂膀們，爭先恐後站出來，朝著劉玄施禮道賀。高高撅起的屁股排成一排，剎那間，令屋子內的燭火，都為之暗淡。

「哈哈哈，哈哈哈哈……」終於明白了謝躬等人的良苦用心，劉玄仰起頭，放聲大笑。「諸位愛卿說得是，此乃大漢之福，蒼生之福。天祐我大漢早日討平莽賊，救萬民於水火！」

什麼蒼天庇佑，什麼鬼神相助，只要自己是皇帝，這些福運，就應該屬自己，而不是麾下帶兵作戰的將領。

「陛下，如今莽賊精銳盡滅，通往長安和洛陽兩地的門戶洞開。微臣懇請陛下，早日派大軍出征，討平亂臣賊子，恢復大漢正統！」朱鮪再度躬身，繼續大聲提醒不要再給劉家兄弟任何表現時間。

「理應如此！」劉玄巴不得早點結束先前的話題，笑著放下酒盞，大聲道：「昆陽大捷，全賴成國公和太常偏將軍二人配合默契。朕決定，酒宴結束之後，成國公和太常偏將軍立刻返回昆陽，整頓兵馬繼續向東，先取洛陽，再掉頭西進攻打長安！」

「陛下且慢！」話音未落，王鳳立刻高聲拒絕，「微臣經此一役，已經心力憔悴，而且年老體衰，只盼留在陛下身邊，過幾天清閒日子。至於領兵出征之事，微臣以為，要麼交給大司徒，要麼直接交給太常偏將軍。他二人，才能都是微臣十倍，定能不負陛下所托。」

「嗯？」情況變化，又一次出乎劉玄的預想，他的眼神再度發直，放在身側的手，因為緊張和憤怒，不停地曲曲伸伸。

還沒等他麾下的爪牙跳出來解圍，劉秀卻笑了笑，主動響應他的號令，「陛下，且莫聽成國公的自謙之言。東征軍上，都願意唯成國公馬首是瞻！」

說罷，又迅速將頭轉向了王鳳，「成國公，昆陽一役，多虧您老忍辱負重，我等方能大獲全勝。若您執意退養，讓我等以後如何自處？大軍士氣，恐怕也會一落千丈！還望成國公不辭辛勞，繼續率領我等進軍洛陽，待討平了莽賊之後，再想著含飴弄孫，也不為遲！」

「劉將軍，你……」王鳳拱起手，不知道此刻該說什麼才好。

只要不是瞎子，都能看出來王莽的大新朝馬上就完蛋了。這個時候放棄帶兵出征的機會，等於把無數唾手可得的功勞，讓給了別人。如果不是剛才心裡頭涼得太厲害，他肯定不會主動選擇留下頤養天年。可劉秀的話，卻讓他已經被冰凍的心臟內，忽然生出了幾分人間溫暖。

「成國公可曾記得咱們被困昆陽之時所說過的話？」劉秀衝著他笑了笑，輕輕點頭。

又一股熱浪從心底湧起，王鳳的兩隻眼睛裡，瞬間就有了淚光。當時被困昆陽，大夥說過很多激勵士氣的話。但此時此刻，他印象最深的一句就是：「所有兄弟，生死與共。」他雖然做過很多糊塗事，但那些糊塗事，卻都沒來得及給東征軍造成實質性危害。所以，在劉秀等人眼裡，他還是東征軍的人，跟大夥還是兄弟。

「哈哈哈，哈哈哈，哈哈哈……」實在不想再任由事態朝不受自己控制的方向發展下去，劉玄再度放聲大笑，「成國公，太常偏將軍，你們兩個能夠如此相知相得，朕心甚慰。二位不用再退讓了，成國公，朕不准你留下。朕需要繼續你外出領兵，為國效力。至於朕身邊，有定國公和大司徒他們幾個，就足夠了。」

「陛下，微臣願為陛下效死！」王鳳深吸一口氣，拱手領命。緊跟著，又大聲提議：「然而，昆陽一役，劉將軍居功至偉。陛下想要將士們踴躍爭先，還應儘快重賞劉將軍，以激勵後來者以其為楷模！」

「那是自然！」劉玄知道，這是王鳳向自己開出的底價，雖然不高興，卻只能笑著點頭，「朕原本就有此意。朕，不會辜負任何對大漢有功之臣。來人，替朕擬旨，太常偏將軍一戰消滅莽賊四十萬，功勞顯赫。朕決定，封其為湞陽縣侯，拜振武將軍，東征軍副帥！」

「啊？」大堂之內，驚呼聲再度響成了一片。

「劉司徒。」劉玄要的就是這種效果，迅速將目光轉向了劉縯。

「微臣在！」劉縯昂然上前，不卑不亢地拱手。

「劉司徒，令弟立下的功勞雖然不小，但你打下宛城，亦為不世奇功。」劉玄含笑望著劉縯，緩緩說道，「不過，你這個大司徒的官銜，已算是位極人臣，朕想來想去，就只能動一動你的爵位了！」

「啊？」眾文武再度低聲驚呼，然後紛紛扭頭看向定國上公王匡，很多人的目光當中，都充滿了憐憫味道。

劉玄登基之時，不僅封劉縯為大司徒，更賜他漢信侯的爵位。此乃郡侯，僅在兩位國公之下。今天劉玄說要再動一動，明擺著是也要擢升劉縯為國公！

表面上看，劉玄這是為了酬謝劉縯打下宛城的戰功，而在實際上，任何人都知道，他是在拉攏示好劉縯，藉以打壓定國上公王匡。

「陛下，老臣以為，大司徒雖立下大功，但此刻便封為國公，卻是為時尚早！」以王匡的性子，豈肯輕易吃虧？果斷站了出來，大聲反對。

「成國公何以這樣認為？」劉玄見王匡目光灼灼，心中不禁有些害怕，但仗著此刻自己也有了一票嫡系，硬起頭皮大聲詢問。

「陛下，如今天下未定，莽賊仍竊據舊都，手下還有百餘城池，數十萬甲兵，老臣以為，還未到大肆封賞之時。而且，劉司徒雖打下宛城，卻也不是他一個人的功勞。老臣聽說，當日淯陽侯從昆陽突圍而出，劉司徒不顧宛城事急，仍將大股兵力抽調去援助淯陽侯。他們兄弟情深，著實令人感動。只是，只是此舉實在過於冒險，若非岑彭將軍棄暗投明，宛城恐怕此刻仍在莽賊之手！故而，劉司徒立下大功，必須重賞，只是國公一職，卻不可輕予。不如稍稍延後，待劉司徒又立新功，再商議此事也不遲。另外，陛下剛冊封小劉將軍為淯陽侯，又封劉司徒為國公，一日為他們兩兄弟加官進爵，也實在是，實在難以服眾……」

「誰不服？宛城難道是假的？依我看，在場所有人裡頭，恐怕只有你一個人不服才對！」李秩勃然大怒，跳起來，大聲奚落。

「你，你信口雌黃！」王匡被李秩囂張態度，氣得兩眼冒火，指著對方鼻子，大聲呵斥。

李秩卻對他不屑一顧，快速走到劉玄面前，長揖及地，「陛下，末將有話要說！」

「李將軍但說無妨。」劉玄正愁沒人替自己分擔面對王匡的壓力，見李秩站了出來，登時喜上眉梢。

「謝陛下。」李秩再度抱拳，冷笑著說道：「適才末將聽聞，有人說大司徒功勞尚不夠被封為國公。末將卻想問問，此人又立下過什麼功勞，居然可以位居定國上公？」

「大膽！」幾個王匡的爪牙起身護主，朝著李秩大聲咆哮，「姓李的，當眾嘲諷定國公，你到底意欲何為？」

「我看，大膽的是你們吧！」李秩冷笑著回頭，雙目當中寒光四射，「是陛下讓李某說話的，爾等若是不滿意，可命令陛下收回口諭。呵呵，你等的確有這種本事，李某差點就忘了！」

實話，總是最有力道。非但將王匡及其手下的爪牙們，氣得直打哆嗦。皇帝劉玄，也鐵青了臉，咬著牙重申：「的確，是朕准許李將軍說的。李將軍，你繼續說，朕聽著呢。」

「是，陛下。」李秩示威般朝著王匡看了看，挑釁的話，如同暴風驟雨般從嘴裡傾盆而出。

「成國公，當日你帶著麾下兵馬掉頭南下，若非劉司徒竭力堅持，我們此時焉有機會坐在這裡指點江山？」

「你口口聲聲說是岑彭將軍棄暗投明，才有宛城之勝，你可知道，在此之間，大司徒帶領麾下弟兄，到底打退過多少路朝廷的援軍？你可知道，多少弟兄，長眠於宛城腳下，才終於嚇得周圍莽賊不敢再來支援，讓岑彭將軍對王莽那邊徹底絕望？你一句輕飄飄的棄暗投明，就否認了大司徒的所有功勞，否認了那麼多弟兄的前仆後繼，你到底安的是什麼居心？天下剩餘四都尚在，你若真有本事，也帶兵去攻打其中一個，看看守將會不會看到你王匡的帥旗，就立刻望風而降？」

「你，你……」王匡氣得眼前陣陣發黑，卻找不到一句恰當的話反駁。

他先前否認劉縯的功勞的那些說辭，根本禁不起任何推敲。而領兵攻打堅城，更非他所擅長。若是受不了李秩的激將法，主動請纓帶兵出擊，勝敗在兩可之間不說，劉玄更會抓緊時機，「收回」被他掌控的那些權柄。

「成國公，大司徒派兵援助淯陽侯不假，但此舉皆是因為，昆陽那裡圍著四十萬新軍！萬一昆陽支撐不住，賊軍長驅直入，下一個目標是哪，你可知道？」李秩似乎早有準備，質問的話一句接著一句，句句如刀。

「萬一王邑帶著四十萬大軍直撲襄陽，以你的本事，可有膽子堅守城池，等待大司徒前來支援？萬一城破，你想要陛下如何自處？文武百官，還有宗親皇族，去哪裡安身？」

到最後，李秩幾乎用盡全身力氣在嘶吼，震得梁上積塵簌簌而下。王匡的臉色，則是變了又變，額角青筋一根根亂蹦。

李秩將頭再度轉向劉玄，肅立拱手，「陛下，劉司徒為我大漢披肝瀝膽，所立下的功勞，又豈只有打下宛城這一樁？縱然他弟弟封侯，又豈能成為劉司徒不能封公的理由？末將以為，劉司徒封公，理所應當。如是不封，才真的叫天下人不服，眾將士寒心！」

「李將軍說的極是！」不等王匡手下的爪牙反駁，岑彭霍然站起，向劉玄拱手道，「陛下，罪臣以為，劉司徒德義兼備，功勞亦高出眾人遠甚，若不封公，罪臣難以心服！」

「的確，劉司徒理應封公！否則，微臣只好辭去定國公，與劉司徒為伴！」王鳳大聲附和，臉上的笑容好生暢快。

見連王鳳都不肯與王匡站在一處，尚書令謝躬心中竊喜，先朝劉玄使了個眼色，然後緩緩道：「陛下，臣贊同李將軍，岑將軍之言，懇請陛下封劉司徒為國公。」

「臣附議！」

「臣附議！」

……

陸續有劉玄手下，以及王鳳派系的大臣和將軍，站起來表示贊同。傅俊、李通、習鬱等柱天都部的文武，更是激動不已。只有劉秀，隱約感覺情況有些不對，悄悄地看了一眼咄咄逼人的李秩，又看了一眼自家哥哥，眉頭瞬間皺了個緊緊。

然而大庭廣眾之下，他也不方便找自家哥哥去核實，李秩跳出來跟王匡對著幹的行為，事先跟沒跟哥哥商量。只能將困惑藏在肚子裡，靜觀事態發展。

「哈哈哈，哈哈哈，哈哈哈哈……」沒讓大夥等得太久，劉玄已經大笑著點頭，「眾位愛卿之所言，朕深以為然。定國公，你今日所言，恐怕是考慮得有失周到了！」

「我……」王匡萬萬沒想到，劉縯兄弟倆如此得人心，脊背迅速駝了下去。深呼吸一口氣，苦笑著認錯，「是，陛下責備得對，老臣失言了！請陛下寬恕老臣考慮不周之罪。」

「你也是一心為國，何罪之有？」劉玄終於如願贏下了一個回合，非常大度地笑著搖頭。隨即，立刻高聲吩咐，「來人，替朕擬旨，加封大司徒為安國上公，世襲罔替！」

「謝陛下！」身處漩渦的中央，卻從始至終沒機會說話的劉縯，笑了笑，淡然躬身致謝。彷彿被封為國公，只是件芝麻綠豆大小的事情，根本不值得自己心裡生出任何驚喜。

劉玄見他這般表情，頓時有些失望。但封出去的爵位，已經不能收回。想了想，果斷向心中下一個目標邁進，「如今我軍占據宛城，又擊敗新朝主力，天下大勢逐漸明朗。但仍有宵小之輩，如赤眉銅馬之流，企圖染指神器，故而，我軍應當火速打下長安，滅新朝，誅王莽，方能震懾群醜，復我漢室山河！」

說罷，不待任何人做出反應，忽然提高了聲音命令，「成國公、湞陽侯聽令！朕命你二人，明日便出發，前往昆陽整頓兵馬，然後劍指洛陽！所需糧草器械，朕會全力為你們兩個供應。朕已經準備好了五萬大軍，四十餘員戰將，盡供你們兩個一併帶走。」

「是，陛下！」王鳳和劉秀互相看了看，抱拳回應。

「申屠御史，李司直！」劉玄朝著二人點點頭，隨即將目光轉向自己的親信。

綉衣御史申屠健和丞相司直李松雙雙上前，肅立拱手。

「申屠御史，朕封你為奮武大將軍，與李司直領兵五萬西進，直取長安！」劉玄奮力揮手，將早就在肚子裡背了無數遍的口諭，大聲宣布。「若是遇到困難，立刻向定國上公請示。他將不遺餘力，為你們兩個提供支援！」

此言一出，眾人又是吃驚不小。看向劉玄的目光裡頭，欽佩之意也占了一大半。

申屠健和李松都是劉玄的心腹，他卻交給定國公來指揮。一方面安撫了王匡的情緒，另外一方面，則利用王匡，對劉家兄弟形成了新的制衡。

這，又是一招神來之筆。

果然是富貴養人，此刻的劉玄，與當初登基時差點嚇尿了褲子的窩囊廢，簡直判若雲泥！

「鏘」的一聲，兩柄劍狠狠撞在一塊，緊接著兩個勁裝武士急速分開，各自揮舞長劍，復又撲在一起，每一招，每一式，都又險又絕，令人眼花繚亂。

兩人纏鬥了小半個時辰，一人方虛晃一招，向後跳去，微喘著擺手，「不打了，不打了。三兒，你的劍術，已不在我之下！」

「是大哥讓我！」另外一人，回劍入鞘，笑著搖頭，「論真本事，兩個我綁在一起，也不是大哥的對手。」

月光穿過雲彩縫隙，照亮二人的面孔。

比劍的兩人，正是劉縯、劉秀兄弟。此時已經到了深夜，距離兩人離開太守府回家，已約有一個多時辰了。白天時不得不掛在臉上的偽裝，早已盡數卸下。此刻落在彼此眼睛裡的，只有坦誠。

「真沒讓。」劉縯搖搖頭，笑著說道，「你明日就要返回昆陽，下一次再想跟你比試，還不知道是何年何月。所以，我才不會故意留手！三兒，你今天太守府的表現，真的，真的讓大哥好生欣慰。你比希望中的，還強出十倍。從今往後，你儘管放手施為，無論做什麼，大哥都是你的後盾。」

「是大哥教的好！」劉秀心中一暖，笑著回應。隨即，放下劍，低聲補充，「我這邊，大哥不用太擔心，王鳳那樣子你也看到了，短時間內，他忘不了劉玄和王匡的絕情。但是大哥你，千萬要小心。今日劉玄的表現，才真的出人意料！」

「第四遍了！」劉縯抬手捂住耳朵，做頭疼狀，「比起王匡，我對他好出十倍。他再陰險，也應該知道，動了我，就會再度成為王匡的傀儡。況且，季文這次也會留下，有他在身邊，為我出謀劃策，我就更不必擔心了。倒是你領兵在外，要多加注意，千萬別再像前兩次那樣，居然只帶著百十個人，去跟四十萬大軍硬撼！」

「前兩次是迫不得已，今後不會了！」劉秀笑了笑，鄭重點頭。然後又看著自家哥哥眼睛，大聲詢問，「哥，李秩今天所做所為，可是事先跟你商量過？如果沒有，他未免……」

「季文就是這個樣子，沒什麼值得大驚小怪！」劉縯心思全在弟弟身上，對自己的情況，反倒不是很在乎，「我早就習慣了。朋友之間，就是要互相包容彼此的缺點。行了，你別老看他不順眼了。他當初為了幫咱們，可是連家人都捨了。」

「我就是怕他這種絕情勁兒！」劉秀眉頭緊皺，聲音在不知不覺間變得更大。

「他和你不同！」劉縯將一隻手搭在劉秀右肩上，再度低聲打斷，「他沒讀過書，所以身上有匪氣！三兒，記住大哥一句話，用人別奢求完美。用其優點，屏棄其缺點，才是王道！否則，身邊就永遠只有兩三個幫手，很難成就大事！」

「是，大哥！」劉秀沒辦法再勸，只好苦笑著點頭。

「你別不往心裡頭去，早晚，你會理解大哥的難處！」劉縯知道他不服，搖著頭補充，「算了，你明天就走了，我囉嗦這些也沒用。早點兒睡，然後早點兒出發。這次沒能給你準備婚禮，下次，咱們兄弟聚首，大哥一定會替你把事情辦妥，讓你如願左擁右抱！」

「大哥……」劉秀的臉，頓時紅到了脖子處，無可奈何地搖頭。

「不說了，不說了，你是讀書人，臉嫩。我懂，我懂！」劉縯開懷大笑，宛若一個父親，看著自己即將成家的兒子。

兄弟兩個笑著各自去安歇，第二天一早，劉秀起身接上王鳳，率領劉玄撥的五萬烏合之眾，和四十多個「監軍」，「浩浩蕩蕩」離開宛城，前往昆陽。

從宛城到昆陽，已俱歸漢家，故而此番出兵，沿途十分順暢。前後才用了十幾天光景，大軍已經抵達昆陽城外。

嚴光早已得知消息，親自出城來迎接。兄弟四個再度相見，都倍覺興奮。唯獨跟在劉秀身邊的馬三娘，始終黑著臉，跟誰也不願意說話。即便嚴光有意逗她，也只是翻了翻眼皮，然後就藉口旅途勞累，獨自回了房間休息。

「文叔，三姐怎麼了？」嚴光感覺好生奇怪，找了個單獨相處機會，趕緊向劉秀詢問。

「估計是真的累壞了！」劉秀當然知道，馬三娘是因為婚事被拖延而不開心。但是，卻不方便實話實說。笑了笑，低聲回應，「你別管了，我一會兒多哄哄她就是。趕緊幫我，把帶來的這批人梳理一番，去蕪存菁。如果都不能用，就在昆陽附近，分一些無主的土地，讓他們解甲歸田！」

「劉玄給的，他怎麼變得如此大方？」嚴光早就注意到，劉秀和王鳳所帶的五萬烏合之眾，笑了笑，繼續低聲詢問。

「他把大哥不肯接納的各路『英雄好漢』，全收了去。如今實力大增！」事關大夥的安危，劉秀不能隱瞞，用儘量簡練的語句，將自己此番在宛城的經歷，向嚴光介紹。

講到王匡意欲打壓劉縯的時候，把嚴光氣得連連揮拳。待講到李秩仗義出馬，舌戰群雄之時，嚴光的眉頭，卻像當初劉秀那樣皺了個緊緊，「他是自作主張？此舉雖然打擊了王匡的氣焰，可也遂了劉玄挑動兩虎相爭之願，從長遠角度，對大哥來說，恐怕是得不償失。」

「的確如此！」劉秀輕輕點頭，「我覺得他的行徑非常古怪，提醒了大哥，但是大哥卻勸我，用人不能奢求完美。」

「大哥說的是帝王之道。」嚴光想了想，憂心忡忡地點頭，「適合他，未必適合於你。有機會，你還得寫信提醒大哥，不要掉以輕心。劉玄能在如此短時間內，擺脫王匡控制，本領不可小看！」

「我也覺得，先前咱們，都將劉玄看得太低了！」劉秀再度點頭，心中覺得跟嚴光好生合拍，「我現在真的後悔，當年在太行山中，不該不聽姓孫的勸告！」

「亡羊補牢，未必就晚！」嚴光笑了笑，眼前迅速浮現當初大夥結伴歷險的情景。已經過去了好幾年，但記憶中，卻好像就發生在昨日。

沒等兄弟兩個繼續商量下一步的計劃，門外忽然傳來了一陣急促的腳步聲。緊跟著，王鳳的一個侍衛走了進來，非常禮貌地，請振武將軍和嚴長史前去議事。

二人不便拒絕，收拾了一下，匆匆來到昆陽縣衙。只見王鳳早已笑盈盈等在了大堂內，渾身上下，不見一絲先前的傲慢。倒讓馬武、臧宮等人，很不習慣此人的巨大改變。一個個皺著眉頭，苦著臉，如坐針氈。

「振武將軍、嚴長史，請上坐。」王鳳親自走到門口，將劉秀和嚴光迎接進來，先熱情地安排二人坐在自己身邊，然後團團向著在場所有將領作揖，「諸位兄弟，此番能夠保住昆陽，擊敗四十萬莽賊，全仰仗大家齊心協力，同生共死，才能竟其全功。」

「成國公客氣了。」眾將不知道他到底準備賣什麼藥，皺著眉頭拱手。「全賴大人忍辱負重！」

王鳳擺擺手，苦笑道，「大家都是自己人，不要再奚落老夫了。老夫一時糊塗，追悔莫急。這回若不是文叔仗義相救，差點就被陛下秋後算帳，懸首城門示眾！」

「國公，舊事不必再提。當初換了別人為主帥，也不會任憑劉某放手施為！」聽王鳳主動提起宛城相救的恩情，劉秀趕緊擺手。

「正是如此。」嚴光看了劉秀一眼，笑著附和，「如今新莽未滅，我們內部若起紛爭，不啻於自取滅亡。幸而陛下未信謠言，依然讓大人前來率領我們東征，全軍將士知曉此事，莫不歡欣鼓舞。」

「諸位的好意我心領了，以後再也不提此事。」王鳳面露感激之色，卻繼續輕輕搖頭，「生死之間走過一遭，老夫也算活明白了。以前種種得罪之處，老夫這廂先給大夥賠個不是。」說罷，整頓了一下衣冠，再度向所有人躬身施禮。

「國公何必如此！」劉秀、馬武、朱祐等人大為感動，連忙拱手還禮。「親兄弟尚且難免偶爾起爭執，以前那些雞毛蒜皮小事，咱們何必念念不忘？」

「是啊，國公，咱們往前看，往前看！」

「國公，宛城太守府中，您的所作所為，我們也都看到了。您是個真豪傑，我等佩服！」

……

「你們不在乎，我卻不能不說！」王鳳直起身，忽然像卸下了千斤重擔般，容光煥發，「陛下為何堅持讓老夫擔任東征軍主帥，老夫雖然愚昧，卻也能猜到一二。老夫當初造反，是因為沒有了活路。如今有了活路，還身居高位，早就該知足了。文叔、子陵，上一次咱們能打勝仗，是因為你們兩個放手施為。這次，老夫就再放一次權，從即日起，軍中大事小事，俱交托文叔。老夫，老夫只管喝酒睡覺。不知二位意下如何？」

「不可！」沒想到王鳳召集大夥，居然是為了放權，劉秀和嚴光，趕緊擺手。「國公，萬萬不可！」

「莫要以為老夫在試探你們。若是以前，或許倒還會如此，但現在，老夫只想偷個懶。」王鳳笑了笑，迅速打斷，「老夫累了，也倦了。況且你們打了勝仗，功勞總少不了老夫那份！」

說罷，轉身去案頭拿起事先放在盤子裡的若干印信，一併遞向了劉秀，「文叔、子陵，拜託了！」

他執意如此，劉秀和嚴光兩個，怎麼好拒絕？只得先上去接了托盤，然後躬身拜謝，「國公放心，我二人必不負國公重托！」

「放心，放心！」王鳳滿意的點點頭，轉身大步走向門口，「我心裡頭非常捨不得，再留下去，肯定反悔。所以，得趕緊走。各位，請容許老夫先行告退。」

眾將聞言紛紛起身，用欽佩的目光，送王鳳離去。等王鳳那蒼老蕭索的背影消失在門外後，朱祐嘆了口氣，低聲道：「劉玄借刀殺人，定國公見死不救，成國公被傷透了心，所以才想明白了。」

「他早就該想明白了！」馬武聳了聳肩，冷笑著感慨，「顏卿兄和我，早就知道王匡不可共富貴。只有他，還一直努力迎合王匡。不過這回也好，他肯徹底放權，文叔就又少了許多掣肘。」

「唉！」劉秀想起劉玄和王匡等人各自的變化，亦是低聲嘆氣。隨即，又振奮精神，大聲說道：「不提這些了，咱們不能辜負了成國公所託。欲打洛陽，必須先攻穎川。我們應以大軍壓境，先給穎川太守習和壓力，再找人將我哥的親筆書信送給他與郡掾馮異，他們都有大才，料想不會不知進退。」

「我聽說習和是被王莽派人擄去當太守的，如今嚴尤、陳茂又在穎川，只怕習和已被他們控制了。」一直沉默不語的賈復忽出言道，「至於馮異，若他果真有見地，既知新莽命不久矣，又為何不主動來投？只怕，也是個貌似精明，實則愚昧之徒。」

「君文，此言大錯特錯！」馬武不滿的看了賈復一眼，大聲反駁，「當日在棘陽，若不是他隨伯升等人相救，馬某早就橫屍街頭了。公孫即是俠義之輩，又飽讀詩書，有忠臣不事二主的想法，也情有可原，你且莫再詆毀於他，否則，馬某先跟你不客氣。」

「我只是就事論事而已。」賈復淡淡道，全不把馬武的威脅放在眼裡。

「你……」馬武火氣竄了上來，正要再跟賈復理論一二，被朱祐一把拉住，「馬大哥你莫要跟他計較，君文的性格就是這樣，否則他也不會反出莽營了。」

一想到危急關頭，賈復是如何捨命來救，馬武立刻平息了怒氣，向賈復拱了下手，算是道歉。

朱祐知道他就是這種脾氣，只好笑著替他向賈復解釋，「君文，你沒跟馮公孫接觸過，故而對他抱有成見，實屬正常。但他對馬大哥有救命之恩，馬大哥聽不得有人說他的錯處，也是應該。至於眼下公孫到底如何打算，與其大夥在這裡瞎猜，不如由我親自去問個清楚。即便他不願意棄暗投明，以他的為人，也斷然不會跟王邑、王尋一般，斬了我這個下書的使節！」

「公孫大哥絕非無義之輩！」劉秀接過話頭，笑著答允，「你儘管去，若大事能成，我軍便可減少許多傷亡。即便不成，趁著這段時間，咱們也能整頓手中人馬，以免交戰之時，將不知兵，兵不知將！」

「那我就去了！」朱祐難得有一次獨自擔負重任的機會，笑著向大夥拱手，「當年學的縱橫之術，到了現在，總算有了用武之地。你們等著，朱某一定會讓你們所有人大吃一驚！」

翌日清晨，朱祐便揣著劉縯親筆寫的書信，前往穎川。劉秀則先花五天時間，與嚴光一道，把帶來五萬的烏合之眾去蕪存菁，接下來，又將昆陽大戰之後嚴光收容並整頓出來的降卒，也分別交給麾下眾將統帶。最後，等將士們彼此都有了印象，才啟程離開昆陽，殺奔豫州。

大軍在路上勢如破竹，郟縣、穎陰皆一鼓而克。其他大大小小的堡寨，更是望風而降，地方上的豪強們，都知道新朝大勢已去，誰都不願意替王莽殉葬。

這一日傍晚，眾將來到潁水畔，看著因雨而高漲的潁水，以及河對岸處於低窪地段的潁陽城，忽然心有靈犀，相對放聲大笑。

笑罷，傅俊劍指對岸，大聲說道：「昔年三家分晉之時，智伯遠遠看到晉陽南側的晉水高漲，估計心裡也是樂開了花。不過，壞就壞在，晉陽還未進水，他腦袋倒先進水了，故而被趙襄子抓住時機，反敗為勝。如今，我們既有智伯之利，又無智伯之蠢，只消今夜堵塞河道，將河水蓄上六七個時辰，明日不費一兵一卒，便可拿下潁陽。」

「天佑我軍，不費一兵一卒！」其餘眾將欣然響應，手舞足蹈，彷彿已經看到河水氾濫，將潁陽一舉吞沒的盛況。

然而，沒等大夥臉上笑容散去，賈復忽然撇了撇嘴，冷冷問道：「水淹潁陽，當然能不戰而勝。只是城中百姓，與我等有何冤仇？昔日巨毋霸驅獸食人，諸君深恨之。如今換了自己，怎麼就忘記了當初所想，居然也幹起這種傷天害理的勾當？」

「你！」眾將被說得臉色鐵青，卻誰也沒勇氣再提水淹潁陽的話頭。

「君文所言甚是，我等斷不能做此禽獸之舉。」劉秀不忍見大夥尷尬，趕緊笑著做出決斷，「不過，我們可以試試，以潁水做威脅，逼迫潁陽尉丁綝投降。」

他做事向來利索，第二日，便率領義軍渡過潁水，分作兩部，一部分留在河畔，或是伐木，或是掘土裝入沙袋，做截水之用。另一部分，則在潁陽城樓上的新軍驚恐的注視下，開始準備攻城。

此刻義軍經過昆陽大戰，早已脫胎換骨，不再是剛剛窮鄉僻壤殺出來的那支只靠一股血勇攻城的草賊流寇。而王邑逃得匆忙，留給義軍武器、鎧甲，以及井欄、床弩等攻城利器，也數不勝數。

先前攻打郟縣和潁陰之時，這些器物都還沒用上，對方就已經舉了白旗。此刻見潁陽縣擺出一副嚴陣以待的架勢，劉秀又不願真的採用水淹之計，故而命人將攻城器械盡數搬過潁水，一排接著一排，擺在了潁陽城下。

一通響徹雲霄的鼓聲過後，利箭騰空，遮天蔽日。緊跟著，又一通鼓聲響起，攻城車緩緩前行，在地面上壓出數十道深深的車轍。第三通鼓聲再響，床弩呼嘯著射向城頭，將城垛處射得碎石亂飛。第四通鼓聲轉眼又來，幾百名手持鐵鍬的兵卒，直奔河堤……

沒等第六通戰鼓敲響，城頭的莽軍戰旗飄搖墜地。敵樓處，一名縣令打扮的官員高舉著白旗，雙膝跪倒。在其身邊，數名兵丁用顫抖的聲音賣力叫喊：「不要打了，願降，我等願降！」

「停止放箭。士載，加強戒備。君文，去接管城門！」劉秀要的就是這種效果，果斷向周圍下令。

鄧奉指揮著弩車在一旁警戒，賈復率領百餘名勇士策馬上前。不多時，城門大開，棘陽縣宰丁綝丁游春，帶著麾下官吏，哆哆嗦嗦走了出來。

既然自己這邊沒任何傷亡，劉秀也不難為丁綝。反倒命人擺下了酒宴，替此人及其手下壓驚。義軍將士，大部分也都留在城外，以免進城之後，有人管不住自己手腳，強買強賣，騷擾無辜百姓。

丁綝見此，感動得熱淚盈眶。先喝了幾杯酒壯膽，然後果斷站起身來，對著劉秀一揖到地，「將軍仁義無雙，在下佩服之至。潁陽太小，無法給將軍提供太多糧草。在下本領低微，也不敢自薦於將軍幕下。但是，在下卻有幾句話，希望能當面告知將軍，請將軍莫怪在下魯莽。」

「游春兄客氣了，但說無妨。」劉秀楞了楞，笑著點頭。

「多謝將軍！」丁綝又行了個禮，苦笑著說道，「潁陽雖小，卻也並不全無抵抗之力。在下原本以為，守上十天半月，應該不成問題。只是，只是眼見將軍派人截斷穎水，恐拖累百姓受苦，不得已，才只好豎起了降旗。誰料，出城之後，才發現將軍只是在虛張聲勢，實際上，連一袋子泥土，都沒丟入河中！」

「劉某急著克城，又不願弟兄們損失太重，不得已，才行此險招，還請游春兄勿怪！」劉秀笑了笑，坦然承認。

「不敢，不敢！劉將軍智勇雙全，輸在你手上，在下心服口服！」丁綝又拱了下手，笑著感慨。隨即，迅速補充道，「但是，接下來，劉將軍切莫掉以輕心。穎川這邊，主持防禦的乃是馮郡掾，他可沒在下這麼容易對付！」

「可是馮異馮公孫？」劉秀正愁聽不到朱祐的回音兒，趕緊出言詢問。

「正是！」丁綝聽到馮異的名字，立刻一臉仰慕之色，「公孫兄大才，勝在下十倍。故而習太守才令他監察穎川五縣。他早知道將軍會殺過來，他琢磨出一套『五行聯保』的戰法，專門用來克制外來之敵。將軍對我穎陽百姓秋毫無犯，在下無以為報，特將此事告知將軍！」

「何為五行聯保？」劉秀好奇心起，不禁大聲問道。

「我也只聞其名，沒有親眼見過。」丁綝神情略帶尷尬，苦著臉回應，「不過，據說馮郡掾曾親自為習太守演示過，得到了在座所有人的齊聲稱讚。此事穎川官場盡人皆知，斷然不會有假。」

「王莽四十萬主力大軍都被我們擊敗了，便是他是樂毅白起復生，又能如何？」非常不屑丁綝的吹噓，鄧奉站起身，對他的話嗤之以鼻。「文叔，給我一支令箭，我這就去把父城拿下來。看看他五行聯保到底是何貨色？」

「士載說得對，他再厲害，難道還能憑空湊出四十萬大軍？」賈復性子跟鄧奉一樣倨傲，拍著桌案站起，大聲請纓，「將軍，我願為先鋒，去替大夥探一探那五行聯保，到底是什麼花樣！」

「父城乃彈丸之地，何勞兩位牛刀殺雞，王某去一趟便可！」

「我來！」

「我來……」

王霸、臧宮、劉隆等人，爭相請纓，誰都不肯把丁綝的提醒放在眼裡。

經過了昆陽一役之後，東征軍上下，幾乎都生出了天下豪傑不過如此的想法，士氣暴漲，傲氣也跟著水漲船高。劉秀對此頗為不喜，正準備借機敲打大夥幾句，卻又看到馬武大步走上前來，「將軍，公孫兄乃馬某的救命恩人，下一仗，還是馬某去為好。無論誰輸誰贏，某都要親自向他道聲謝謝。將軍放心，馬某絕不會故意留情，若他殺了某，算馬某將這條命還給了他。若是馬某有機會將他擒住，也絕不會傷他一根寒毛。」

「馬大哥……」劉秀見馬武說得鄭重，連忙起身回應。

還沒等他叮囑的話說出來，馬武已經長揖及地，「將軍你若不信我，我可以寫下軍令狀！」

劉秀無奈，只好笑著擺手，「軍令狀便不必立了，只是馬大哥你稍安勿躁，等器械營將攻城之物全部送來，再動手也不遲。」

「理應如此！」馬武點頭應允，緊跟著，便跟眾將告辭，回自己的營地去早做準備。

翌日，他帶領麾下部曲開拔，傍晚渡過陽水，又行十餘里，四更天時，終於來到父城五里外的地方，伐木為營，埋鍋做飯。耐著性子再多等了半日，到第二天未時，臧宮帶著器械營終於珊珊來遲，將井欄、弩車等物，盡數運抵城下。

咚！咚！咚！咚咚咚咚的！

嗚！嗚！嗚！嗚嗚嗚嗚！

……

隨著令旗揮舞，無數面戰鼓擂動，千百個號角被奮力吹響。

數百枝箭矢從井欄中呼嘯而出，數十道寒光從弩車直劈城頭，一輛輛衝車和梯車被壯士們推著，將城門外的泥地，壓出十幾道深深的車轍。一隊隊義軍將士舉著盾牌和鋼刀，迅速壓向父城算不上高大的城牆。

泰山壓卵！

馬武乃是百戰之將，性子雖然倨傲，卻知道蒼鷹撲兔，需盡全力的道理，第一擊，就使出了殺招。

只是他卻萬萬沒有想到，眼前這座彈丸小城，竟爆發出東征以來從沒遇到的頑強，就在義軍的井欄和弩炮開始發威的同時，城牆上的反擊也宣告開始，並且比進攻方還要猛烈十倍！

咻！咻！咻！咻！咻！

淒厲的怪聲不絕於耳，無數的箭矢將空氣撕裂，懷著對鮮血最深的渴望，如同天罰一般，狠狠的插了下來！

剎那間，就像狂風吹倒麥田，衝鋒的漢軍，一片接著一片，倒在了箭雨之下。緊跟著，數十個木桶從城頭迅速滾落，一路撞過去，將衝車、梯車和井欄撞得搖搖晃晃。

木桶迅速破裂，亮閃閃的菜油四下流淌。流星般的火箭從天而降，下一個瞬間，木桶經過和碎裂處，烈焰翻滾，將躲閃不及的兵卒和攻城器械，全部吞沒在濃煙當中。

「放箭，放箭壓制敵軍！君翁，你帶人去救火。其他人，跟我去接下受傷的弟兄！」馬武是個過慣了苦日子的人，此時此刻，既心疼麾下的弟兄，又心疼來之不易的攻城器械，大喊著做出決定。

一陣激烈的號角聲，忽然從背後傳來，讓他剛剛舉起的手臂，僵在了半空中。艱難地扭過頭，向後張望，他看到，大股黑甲騎兵從地平線上洶湧而至，所過之處，黃色的煙塵遮天蔽日。

「君翁，你去接弟兄們後撤！」強行壓制住心中慌亂，馬武撥轉坐騎，將鋸齒飛鐮三星刀高高舉過了頭頂，「其餘人，跟我殺賊！東征軍，有我無敵！」

「有我無敵！」雖然中了敵軍的詭計，義軍將士心裡，依舊沒有多少畏懼之意。紛紛跟在馬武身後，掉頭衝向了敵軍，就像一群撲火的飛蛾。

雙方怒吼著迅速接近，每個人都熱血沸騰。

「來得好！」有名新朝將領一馬當先，大叫著撲向漢軍。手中長槊迅速橫掃，將三名撲向他的漢軍騎兵，瞬間掃落於馬下。

「賊子，住手！」馬武大叫，上前阻截。對方卻對他不屑一顧，又揮動長槊，連刺四名義軍騎兵落馬。緊跟著，雙腿狠夾馬腹，從他面前不足三丈遠位置高速掠過，將蜂擁而至的義軍步兵撞得像麥子般紛紛栽倒。

馬武自領軍一來，從未見過如此猛將，更未受過這種屈辱，被氣得火冒三丈。也撥轉坐騎，緊緊咬住此人馬尾不放。手中大刀，不停地在半空中畫影兒。

那新軍將領躍馬如飛，長槊也使得出神入化。一邊躲避著馬武的攻擊，一邊刺向周圍的義軍將士。所過之處，沒有一合之敵。轉眼間，就將義軍的陣型，給硬生生撕開了一道又寬又長的缺口。

「嗚嗚，嗚嗚嗚，嗚嗚……」淒厲的畫角聲再度響起，更多的新朝兵馬殺至，將陣型混亂的義軍殺得節節敗退。

「該死！」馬武無奈，只好放棄了對敵將的追殺，掉頭去組織隊伍。

然而，還沒等他撥轉馬頭，那單騎突陣的敵將忽然拐了個弓背彎，兜著圈子向他撲了過來。

「來得好！」馬武大喜，將組織弟兄的任務交給自己的副將李戈，策馬掄刀，迎向敵將。只聽「碭！」的一聲，刀槊相撞，火花迸射，周圍的弟兄們手捂耳朵，紛紛踉蹌後退。

沒想到，這世上竟有能擋住自己全力一擊的人物！馬武驚詫之餘，心中頓時升出惺惺相惜之感。與他捉對廝殺的敵將，臉上湧起幾分遺憾之色，猛地舉起長槊，分心便刺。

「好膽！」馬武揮刀磕歪對方的槊鋒，緊跟著一刀砍向對方肩膀。敵將側身閃避，隨即又是一槊，點向他的小腹。

「噹啷！」長槊和鋼刀再度相撞，聲音震耳欲聾。二人被戰馬馱著，擦身而過。

大批的莽軍衝入義軍隊伍，揮動兵器四下砍殺。馬武顧不上再與敵將糾纏，只能先帶領身邊親信，努力收攏麾下部曲，扭轉頹勢。而那名敵將卻不給他從容調整戰術的時間，從不遠處將坐騎撥轉回來，沿途刺倒數名躲閃不及的義軍，長槊再度直奔他的哽嗓。

馬武無奈，只好持刀迎戰。然而，他跟對方武藝和膂力都極為接近，短時間內，怎麼可能解決戰鬥？一個回合接一個回合，殺得好不過癮。結果，麾下的弟兄們，卻被新朝兵馬分割包圍，傷亡慘重。

「狗賊，去死！去死！」馬武心中著急，鋸齒飛鐮三星刀掄得像風車般，只攻不守，寧可拚著被對方刺中，也要將此人剁於馬下。

對方接連擋了幾槊，忽然間，朝著他搖頭冷笑。緊跟著，借著兩匹戰馬錯鐙的功夫，揚長而去。

「狗賊，有本事不要跑！」馬武吃了這麼大的虧，哪裡肯放對方離去。大罵著撥轉坐騎，試圖追上去，跟對方不死不休。然而，還沒等他重新加起速度，更遠處，號角聲響徹天地。有一路大軍浩浩蕩蕩而來，將戰場外圍負責警戒的莽軍斥候，一個接一個碾成了齏粉。

正圍著馬武麾下部曲亂砍的莽軍將士，果斷停止戰鬥，迅速撤離。搶在新來的那支兵馬趕到之前，逃之夭夭。

馬武舉著大刀追出三里多遠，沿途砍翻了二三十名敵軍，卻始終無法追上曾經跟自己捉對廝殺的敵將。看看天色將晚，只好耷拉著腦袋，怏怏而回。

這一仗，他非但沒有拿下父城，生擒自己的救命恩人馮異。反而將麾下部曲，折損了七百餘人。若不是劉秀及時帶領大軍趕到，弄不好，他這個先鋒官，也得落入敵人之手，讓東征軍蒙受自組建以來的最大恥辱！

好在王鳳做了甩手掌櫃，軍中一切，都由劉秀做主。而劉秀，素來又不喜歡對將領們過於苛刻，所以，只是讓馬武當眾陳述了一下整個戰鬥經過，然後又點評了幾句其中得失，就命令他回去整頓隊伍，準備來日洗雪前恥。

軍中諸將，雖然覺得劉秀對馬武的處罰太輕。但是，轉念想起接下來的戰鬥中，說不定自己也有失手的時候，心中的氣便平了，誰也不想站出來，繼續揪住馬武的過錯不放。

然而，氣平歸氣平，大夥對那個先將馬武耍得團團轉，又跟馬武殺了個平分秋色的敵將身份，卻十分好奇。相繼將頭轉向丁綝，用目光詢問此人的究竟。

「劉將軍，從馬將軍的描述上看，那人姓銚，單名一個期字，表字次況。」丁綝感覺十分敏銳，站起身，主動向劉秀彙報。「官職是陽翟縣令，五行聯保之計中，此人乃關鍵一環。馮公孫欣賞此人勇武，所以將其視為奇兵。專門負責躲在暗處，打進攻一方悶棍！」

「怪不得他一擊便走！」劉秀聞聽，鄭重點頭。

「瞧他撤走的方向，應該是回陽翟了。」嚴光雙目精芒閃爍，沉聲推斷，「至於另外幾股新軍偷襲子張的新朝兵馬，想必也是來自附近的縣城。」

「的確如此。」丁綝轉過頭，滿臉欽佩地向嚴光拱手，「長史真是目光如炬，另外幾支兵馬，也來自馮公孫所掌控的縣城。五縣，分為五行。任何一縣遇到攻擊，其餘四縣前來助陣。不求一戰而竟全功，只求令貴軍師老兵疲。」

「嘶——」劉秀聞聽，忍不住倒吸一口冷氣。

豫州這邊，縣城跟縣城之間距離都非常近。而攻打有兵馬駐守的城池，向來不是一件容易的事情。東征軍只要被拖在任何一座城池下，其餘各縣就可以像蒼蠅和蚊子般，不停地在外圍騷擾。很快，就能讓東征軍變成一支疲憊之師，不需要任何惡戰，就得自己灰溜溜地撤走。

「公孫大哥這條五行聯保之計，果然狠辣！」嚴光雖然足智多謀，短時間內，也拿不出任何有效應對辦法。沉吟良久，低聲感慨，「如此下去，莫說攻打洛陽，連這區區潁川，只怕對我軍來說，也宛若天塹！」

「可不是嗎？這馮公孫，真是扎手得很！」

「沒想到，莽賊那邊，也有如此人才！」

「非但馮公孫厲害，那銚期，也絕非尋常人物！」

……

眾文武交頭接耳，議論紛紛。都不敢再像前幾天那樣，將王莽麾下的官員，全都視作草偶木梗。正鬱悶間，忽聽帳外傳來一陣急促的馬蹄聲。緊跟著，消失多日的朱祐，在一個陌生面孔的攙扶下，頂著一臉瘀青走了進來！

「仲先，你怎麼被人打成這樣？」鄧奉見朱祐鼻青臉腫，趕緊上去攙扶，「誰幹的，告訴我，我將他扒皮抽筋！」

「別提了，別提了，真是倒楣透頂。」朱祐滿臉慚愧，朝著他擺手，「我自己找的。習和與馮異二人，一個被陳茂扣住，另一個被猪油，呸，被狗屎蒙了心，不僅不買大哥的面子，還叫人把我狠狠揍了一頓，然後扔進了父城縣的大牢！」

「啊——」鄧奉先是一楞，然後勃然大怒，「該死，虧得咱們還把他當做大哥！」

「昔日是大哥，如今卻是仇敵！」朱祐搖搖頭，長吁短嘆。

他和鄧奉、嚴光、劉秀四人，先前都一直覺得，馮異馮公孫嫉惡如仇，肯定不會與莽賊一條心。只要劉縯大哥的信送了過去，對方即便不投降，念在昔日的交情上，也不會拿自己怎麼樣。而現在看來，顯然馮異，已經不是多年前那個為了救馬武，主動與岑彭作對的馮異。勸馮異歸降的計劃，也徹底沒了指望。

此時此刻，劉秀心中雖然也十分失落，卻不敢露在臉上。迅速將目光從鼻青臉腫的朱祐身上挪開，朝著攙扶朱祐的人輕輕拱手，「在下南陽劉文叔，多謝恩公送我兄弟來歸。敢問恩公，尊姓大名？」

「客氣了，客氣了，湞陽侯客氣了！」對方連忙放開攙扶著朱祐的手，躬身還禮，「在下祭遵，字弟孫！朱將軍是憑著自己的智慧脫離了險境，並非在下功勞。」

「弟孫兄這是哪裡話？若非弟孫兄仗義相救，我只怕就要死在潁川大牢裡了。」朱祐迅速回過頭，大聲反駁。隨即，再度將面孔轉向劉秀，「文叔，馮異雖然執迷不悟，要為莽賊殉葬。但父城內的許多官吏，卻跟他想得不一樣。所以，弟孫兄就替大夥帶了個頭，趁著馮異先前在城牆上指揮戰鬥，偷偷把我從大牢裡放了出來！只是剛才天亮，不好脫身。直到天色全黑，才又找了個防衛空隙，用竹筐將我送下了城牆。」

「弟孫兄，多謝你救下仲先！」劉秀聞聽，再度躬身向祭遵行禮表示感謝。

「多謝弟孫兄！」鄧奉、嚴光等人，也迅速起身拱手。

連日來，大夥一直為朱祐的安全而擔憂。此刻見他平安無事，心中的石頭總算落了地。對朱祐的救命恩人祭遵，自然也格外熱情。

「不敢，不敢，各位將軍，各位將軍，在下真的只是幫了一點小忙，小忙！」祭遵見狀，慌得連連擺手。隨即，臉上就寫滿了羨慕之色，「仲先路上跟我說，漢軍將領親如一家。在下先前還有些不信，現在看了，才知道他的話，半點都沒有摻水。諸位將軍兄弟同心，而城裡那邊卻各懷肚腸，縱然馮公孫一步十算，這父城，怎麼可能還守得住？」

眾人聞聽，都覺得此人說話有趣，對其好感節節上漲。只有嚴光，搖了搖頭，低聲說道：「多謝弟孫兄誇讚。但不瞞你說，今日我軍，在城外吃了不小的虧。馮公孫準備充足，手段高明。城內縱使有豪傑心向大漢，一時半會兒，恐怕也很難找到機會，跟我軍裡應外合！」

「偶爾傳遞些消息，或者幫忙給馮公孫搗點亂，應該可以！但裡應外合，兄台說得對，短時間內，我等都沒什麼機會！」祭遵立刻收起了笑容，朝著嚴光輕輕拱手，「在下之所以敢帶著仲先兄出城，是因為在下妻兒父母都不在豫州！而城裡其他豪傑，都被家室所累，手中又沒有足夠力量，很難冒著身死族滅的危險，與馮公孫正面衝突。」

「足夠了，已經足夠了，弟孫兄和城內諸君，能放仲先回來，已經幫了我軍甚多！」嚴光知道祭遵誤會了自己的意思，連忙笑著擺手，「嚴某剛才只想過，馮公孫是個難纏的對手，並非想要逼著你和城內諸君跟他正面衝突。」

「在下慚愧！」祭遵紅著臉，再度向嚴光拱手。隨即，又將身體轉向劉秀，低聲解釋：「數月前，王邑曾經帶領大軍從父城經過，馮郡掾見新朝大軍雖將多兵廣，卻軍心散漫，士氣低落，就認定了王邑要吃敗仗。從那時起，他就開始著手做防禦準備。王邑吃了敗仗之後，沒臉見人，急匆匆地跑回了洛陽。但太師嚴尤，卻為了給馮公孫撐腰，特地留在了潁川。所以，除非能將大批死士送入城內，否則，我等縱然心向大漢，也沒有力氣於城裡邊動手！」

「弟孫兄，你和城內諸君，已經做得夠多！」劉秀笑了笑，拱手還禮。

好話說得再多，再動聽，事實卻只有一個，那就是，城內的地方豪強，只是出於不看好莽朝的未來，才聯合起來，悄悄放走朱祐，給他們自家留下後路。但是，想讓他們為推翻王莽而捨棄家業，卻無異於與虎謀皮！

所以，接下來的戰鬥，東征軍還是得靠自己。只有先將馮異打敗，才會讓地方上那些頭面人物，放下腳踏兩條船的念頭，真正肯投入大漢懷抱。

想到這兒，他轉身走回帥案之後，就準備調兵遣將。卻不料，朱祐追了過來，大聲說道：「文叔，文叔，切莫著急。我在回來路上，已經想好了破敵之計。這一次，定要讓馮公孫後悔不聽好人言！」

「嗯？」劉秀皺眉輕皺，對朱祐的話將信將疑。

鄧奉更直接，乾脆走上前，笑著拉住了朱祐的胳膊，「仲先，別胡鬧，這是中軍。」

「我沒胡鬧，我真的沒胡鬧，我可以，我可以立軍令狀！」朱祐大急，一邊掙扎，一邊紅著臉叫嚷。

「仲先，你還說能勸馮異來投降呢！」

「朱將軍，還是別立軍令狀了吧。真的把事情弄砸怎麼辦？」

……

其他幾個平素跟朱祐走得近的將領，也紛紛上前，七嘴八舌地說道。誰也不相信，朱祐的本事比嚴光還大，居然現在就能拿出破敵之策。

朱祐聞聽，臉上的尷尬立刻變成了羞惱。跺了跺腳，大聲道：「你們還沒聽，怎麼知道我計策不行？文叔說過，決策之前，人人都可以暢所欲言。莫非這裡頭，就不包括朱某？」

眾人見他真的惱了，只好退開數步，任由他隨便發揮。

「你們又沒進城，對敵軍的情況，怎麼可能有我熟悉？」朱祐再度跺了跺腳，大聲補充，「潁川上下，知兵者不過馮異一人而已，他麾下五縣固然難攻，但沒他親自坐鎮指揮，破之易如反掌。」

「這五個縣距離太近，馮公孫不用坐鎮，也能迅速從其他地方調兵過去支援！」鄧奉皺了皺眉頭，大聲反駁，「無論被擋在哪個城下，對咱們來說都是一樣。」

「我知道，用不著你提醒。」朱祐瞥了他一眼，繼續大聲補充，「但調兵過去，和親自坐鎮，終究差了一大截。假若我們捨近求遠，放棄攻打父城，作勢去攻打其他縣城，馮異得知，就必定從父城調兵去援助！」

「圍點打援麼，這麼簡單的招數，如何騙得了他？」鄧奉冷哼一聲，對朱祐的異想天開好生不屑。

「士載，你只知其一，不知其二。」朱祐轉身看著鄧奉，鄭重搖頭，「我這幾日的苦，可不是白挨的！未見馮異之前，我已與他的家人和下人打得火熱，故而，對馮異的性格和習慣已熟稔於心！此人凡事必親力親為，經常往返父城、陽翟、禹縣、梁縣和許昌這五處巡視，對五縣將領，都視若兄弟。絕不會看到他們任何一人遇險，卻做壁上觀。」

「問題是，其他四縣的將領躲在城裡龜縮不出，怎麼可能遇險？」鄧奉不服，繼續大聲質疑。

「將心比心，馮公孫拿他們當親兄弟，他們這些人，總不能昧了良心，對馮公孫的死活不聞不問！」朱祐笑了笑，青腫的胖臉上，瞬間寫滿了得意。

……

接下來的兩日裡，漢軍分為數隊，日夜輪替，對父城展開了狂攻。守城的莽軍，則用早已精心準備好的檑木、滾水、熱油等物，對漢軍進行迎頭痛擊。雙方傷亡都十分慘重，卻誰都沒到筋疲力盡時候，彼此很難現在就分出勝負。

第三天，陽翟縣令銚期，擔心馮異的安危，帶著麾下弟兄，對漢軍故技重施。然而，這一次，漢軍的準備卻非常充分。沒等他衝到近前，馬武、賈復、鄧奉三人，各帶一支騎兵迎面殺出，死死封住了他的去路。

銚期的身手，跟馬武相差無幾，可賈復和鄧奉，身手也不在馬武之下。以三敵一，不到十個回合，就將銚期殺得汗流浹背，不得已，帶領著麾下殘兵狼狽退去。

馬武、賈復、鄧奉三人哪裡肯放，咬住銚期背影緊追不捨。劉秀也果斷下令停止了對父城的攻打，帶領大軍，緊跟在馬武等人身後，直接殺向了陽翟。

馮異在城頭看得清楚，頓時大急。不願讓好兄弟銚期為了營救自己也遇險，咬著牙命人開了城門，親自率軍去抄劉秀的後路。

行不多時，他赫然看見，遠處有十餘騎亡命奔來，一邊跑，一邊揮舞著角旗朝著自己大聲叫喊：「上當了，上當了，馮將軍，快走，快走！」

「啊？」馮異定睛細看，這才看清楚來人是自己刻意放在父城外圍的斥候，心中頓時一沉，一邊示意麾下將士停止前進，一邊扯開嗓子大聲追問：「銚縣令呢？他可曾擺脫了反賊的追殺。」

「回將軍，銚縣令沒事，反賊根本沒追他！」一個身上插著兩矢，正血流不止的斥候靠上前，忍痛回應。「快走，快走，劉秀追殺銚縣令是假，他的真正目標是將軍您！」

「啊！」剎那間，馮異全身上下，就都爬滿了雞皮疙瘩。連忙吩咐隊伍轉身後撤！哪裡還來得及？只聽一陣蒼涼的畫角聲響，「嗚嗚嗚，嗚嗚嗚，嗚嗚嗚……」四道煙塵，從四個方向，朝著的帥旗滾滾而來。

「殺回去！」縣尉郝萌大急，帶著百餘名家丁，奮力衝向父城，準備趁著漢軍沒合圍之前，強行殺出一條血路。

距離他最近的，恰是鄧奉。只見後者張角弓，舒猿臂，「嗖」地發出一支利箭。隔著六七十步遠，正中他胯下坐騎脖頸。

「呀——」郝萌驚呼一聲，從馬上墜落。對面的漢軍蜂擁而上，鋼刀齊下，將試圖上前救助他的家丁，像割麥子般，一排接一排的割倒。

臨近的莽軍不甘心眼睜睜地看著郝萌被俘虜，捨命上前營救。更多的漢軍殺過來，與他們戰在一處，將他們殺得節節敗退，血流成河。

事已至此，馮異即便滿肚子都是計謀，也沒有一條能派上用場。只好硬下心腸不去管郝萌死活，帶領麾下親信朝另外一個方向突圍。

才走了不到五十步，卻看到一員猛將迎面殺到。手中鋸齒飛鐮三星刀像塊巨大的門板一般，帶著風聲朝著自己頭頂劈落，「呼——」

避無可避，馮異只好舉槊橫撥。耳畔只能「噹啷」一聲脆響，手臂粗細的槊桿，居然被對方直接砍成兩段。而對方手中的鋸齒飛鐮三星刀，卻又迅速舉了起來，刀刃再度對準了他的腦門。

「啊——」知道自家今天斷無幸理，馮異慘叫著閉上了眼睛。但是，頭頂那面銳利的刀鋒，卻始終沒有落下。持刀的武將，冒著被閃下坐騎的風險，強行收招，撥馬，讓出一條縫隙。然後朝著他躬身施禮，「馮大哥，你可以從這裡走，馬子張謝你當年相救之恩！」

「你，你是馬武，鐵面獬豸馬武！」從鬼門關前打了個轉，馮異被自家的親兵簇擁著，從對方身側急衝而過。

「馮大哥，不要去父城了。父城，這會兒肯定已經落入我軍之手！」馬武再度舉起大刀，一邊阻擋其餘莽軍從自己這裡逃走，一邊背對著馮異遠去的方向大聲提醒。

「啊——」馮異的身體在馬背上晃了晃，差點一頭栽落。

到了此時，他才終於明白，自己中了漢軍的連環計。對方從一開始，就沒準備強攻父城。而是做出一副不死不休的模樣，以便圍城打援。

而圍城打援，真正目標也不是對付援軍。只是利用他擔憂援軍安危的心思，將他騙出城來，然後再一舉奪城。

可是，現在想明白了，又有什麼用？

漢軍猛將如雲，士卒用命。父城沒有自己坐鎮，很難擋住漢軍全力一擊。更何況，城內還有不少豪門大戶，為了自保，會主動為劉秀做內應。

「將軍，快走，快走！朱祐，朱祐殺過來了！」一名武將披頭散髮衝過來，拉著馮異的戰馬韁繩，帶著他加速逃命。

「朱祐？」馮異帶著幾分難言滋味迅速舉頭，果然看見，朱祐帶領著千餘騎兵，朝著自己這邊橫插而至。沿途遇到躲避不及的郡兵，皆一刀一個，抹翻在地。

「朱仲先，我在這裡，休要亂殺無辜！」大聲喊了一嗓子，馮異雙腿同時踢打馬腹。

「朱仲先，馮將軍在這，你想報仇儘管來，不要亂殺無辜！」他的親兵，知道自家主將的心思，也一邊加速逃命，一邊大聲呼喝。

「無辜，放下兵器投降，才算無辜！」朱祐聞聽，立刻扯開嗓子反駁。但手中的刀，終究沒有再往下劈。而被分割包圍的郡兵，見到自家主將逃走，也瞬間失去了抵抗的勇氣，紛紛丟下刀槍，跪地祈求活命。

終究還是不死心，擺脫了朱祐之後，馮異帶著沿途收攏的殘兵敗將，繞路奔向父城。結果還沒等抵達城下，就看到一面鮮紅的戰旗，高高地飄在了敵樓頂兒。旗面上，龍飛鳳舞繡著一個大字，劉！

「馮異，還我鄉親命來！」祭遵正站在敵樓上，跟一名漢將交割城防設施。見馮異被敗軍簇擁著來到城下，立刻大叫一聲，帶領家丁直奔馬道。

「狗賊，你吃裡扒外，不得好死！」馮異氣得破口大罵，卻不敢留在城外等死。帶領麾下殘兵敗將，繼續倉皇逃命。從傍晚一直跑到天色擦黑，終於將追兵和父城都甩到身後。停下坐騎，舉頭四望，恰看到一個房屋錯落有致的小村子，橫在了不遠處的道路旁。

漢人每天只有兩餐，此刻已經錯過了哺食，但是，有幾處房子卻依舊緩緩飄著炊煙。馮異和他麾下的弟兄，人困馬乏，頓時嘴裡就都泛起了口水。四下又看了看，紛紛拉動坐騎，迅速衝進了小村之內。

他們本打算，到那幾戶還在飄炊煙的人家，借一頓飯菜填滿肚子，然後就立刻離開。誰料，身背後忽然又有催命般的號角聲響起，「嗚嗚，嗚嗚，嗚嗚嗚嗚……」

眾人扭頭看去，只見一路輕騎，如飛而至。隊伍正前方，有一個少年英雄銀鞍白馬，手持長槊，宛若天神降臨人世。

「下馬，憑矮牆拒敵，堅持到天黑下來再想辦法！」馮異當機立斷，咬著牙下達命令。

野戰，他這邊沒有絲毫獲勝的希望！但是，憑著村落中低矮的土坯牆，卻能有效遲滯對方的進攻速度。只要能堅持到天色完全黑下來，他就有機會帶領手下人，偷偷溜出村外。然後憑藉幾處樹林的掩護，逃之夭夭。

此時此刻，也的確沒有更好的對策可想。所以，他麾下的殘兵敗將們，紛紛下了坐騎，分散開來，守住村子的幾處入口。雖然這樣做，也未必真的能擋住追兵，但苦捱一刻，終究又多活一刻，總好過現在就被對方斬盡殺絕。

小村落內的百姓們，幾曾見過如此場面？一個個嚇得兩股戰戰，躲在門後牆角，誰都不敢露頭。偶爾有小孩兒被嚇得剛要哇哇大哭，其父母立刻抬手捂住其嘴巴。寧可將他活活捂死，也不願招來莽軍將士的關注。

馮異聽到村落中斷斷續續的哭聲，心中好生不忍，連忙命親信去找出鄉中宿老，讓他挨家挨戶告知鄉民，只要緊閉房門，不出來露面，自己和麾下弟兄就不會主動惹事。外邊的追兵，也是仁義之師，在自己離去之後，不會冒犯村民分毫。

鄉中宿老對他的話將信將疑，但有一點希望在，總比絕望中活活嚇死好。因此，朝著親兵磕了幾個頭，迅速去挨家挨戶傳達命令。

目送宿老哆嗦著去遠，馮異嘆了口氣，拔出寶劍，親自來到村口查看敵軍動靜。只見村口外一里遠處，約有三千餘漢軍，正在伐木割草，製造火把。沖天而起的火光，將夜晚照得亮如白晝。

「該死！」馮異眼前一黑，手扶面前土牆，全身上下最後一絲力氣，也迅速溜走。

憑牆據守，他先前想得簡單，事實上，哪裡有希望守得住？

漢軍不必進攻，只要將火把盡數扔進村內，頃刻間，便可以將整個村落，化作一盞火炬。而他和他手下的弟兄們，今晚全都將死無葬身之地！

「馮大哥，我是劉秀，八年未見，兄長別來無恙？」沒有火把扔進來，那名英武非凡的年輕將領，放下了長槊，跳下了坐騎，在朱祐和另外兩名年輕將領的保護下，緩緩走向村口。

「馮大哥，我是鄧奉，八年未見，兄長別來無恙？」

「馮大哥，我是嚴光，八年未見，兄長別來無恙？」

兩個陌生而又熟悉的青年將領，相繼向村內行禮。雖然看不見他的面孔，每一個動作，卻都做得無比認真。

「你們……」剎那間，馮異心中五味陳雜。八年前和少年們聯手，義救馬武的往事，如流星般劃過心頭。

「馮大哥，你可記得，當日咱們為何要救馬武？」敏銳地聽到了馮異的回應，劉秀又往前走了幾步，大聲問道。「岑彭無信，大哥你可以帶領我等奮起反抗，令其顏面掃地。怎麼換了王莽，馮大哥就甘心為其鷹犬？」

「你……」馮異的思緒迅速從八年前飛回，臉色發紅，無言以對。

「將軍，頂多五十步！」一名校尉湊上前，低聲提醒。

馮異輕輕皺眉，旋即把牙一咬，大聲說道：「此一時，彼一時。豈可相提並論。劉秀，你既然殺到了村口，直接攻進來便是，何必跟我浪費這麼多口舌？」

說著話，他伸出一隻手到背後，輕輕招了招，示意弟兄們偷偷準備。只待自己一聲令下，就給劉秀來個百矢穿身！

「何謂此一時，彼一時！」對方在暗處，自己卻在火把下，劉秀根本沒看到馮異那邊的小動作。拱了拱手，繼續大聲問道：「縣令為惡，馮大哥可以一怒拔劍。換成了皇帝，馮大哥就要助紂為虐。莫非馮大哥心中的正義，只止步於縣城？」

「住口！」不知道是被劉秀問的，還是被他自己的小動作羞的，剎那間，馮異面紅過耳，「劉秀，你休逞口舌之利。習郡守與某有知遇之恩，馮某不敢辜負。你若是本領高強，儘管過來取我首級便是！」

「我不想取馮大哥首級。」劉秀聞聽，猛地停住了腳步。然後看著夜幕下馮異的身影，非常失望的搖頭，「不管這八年中發生了什麼變化，你在我眼裡，始終是那個光明磊落的馮大哥。今日大哥末路窮途，小弟不敢過分相逼。你我村內村外，各自休息一晚。明早大哥養足了精神，想去哪去哪，小弟跟你各奔東西。」

說罷，也不再多囉嗦，轉過身，匯合起朱祐、鄧奉和嚴光三個，乾淨利索地離去。

沒想到對方說走就走，馮異迅速舉起手臂，咬緊牙關，任由「放箭」兩個字在嗓子眼兒處徘徊，卻始終無法發出任何聲音。

他早已發誓不拿對方當兄弟。對方，卻依舊記得他這個大哥。

他早已忘記了馬武長什麼樣，可馬武，在兩軍陣前，卻依舊側身為他讓出了一條生路。

他偷偷命人準備好了弓箭，劉秀、朱祐、鄧奉和嚴光，卻用後背對著他，走得緩慢而又坦然。

他如果今天下令背後放箭，奪了四人的性命。從此往後，聽見別人彼此之間以兄弟相稱，他如何能夠讓自己心安？

「將軍，快到七十步了！」校尉湊上前，低聲提醒。

「這……」馮異艱難地咬牙，手臂依舊遲遲無法揮落。

「那劉秀沒安好心，他想把您拖在這裡，趁機去取其他縣城！」校尉等得心急，再度低聲提醒。「將軍，您千萬不要上當！」

「啊？」馮異恍然大悟，劈手從校尉手裡搶過角弓，就要瞄向劉秀的後心。

然而，彷彿背後生了眼睛，劉秀卻忽然轉過身來，朝著他再度輕輕拱手，「大哥，剛才忘記告訴你，嫂子和侄兒們，都平安無事。城破後，馬武親自帶人堵住了你家門口，沒准許任何人進去打擾！等大哥有了落腳地方，儘管送封信來，小弟立刻派人將嫂子和侄兒給你送過去團聚。」

「這——，唉！」馮異長嘆了一聲，手中角弓無力地落在了地上。隨即，失魂落魄地返回村子內，再也提不起精神，多跟任何人說一個字。

就在此時，先前奉了他的命令去安撫百姓的鄉中宿老，忽然帶著二十幾個小夥子，抬著兩筐囊餅迎了上來，朝著他躬身施禮：「將軍，這是小人為您和您麾下弟兄準備的食物，請您不要嫌棄粗陋，多少吃一些，一會兒也好趕路。」

說罷，轉過頭，取了一個饢餅，先自己咬了一口，然後雙手捧著，顫顫巍巍舉到馮異面前。

「這……」馮異掃了一眼筐子的大小，就知道全鄉的食物，恐怕全都在這裡邊了，心中不禁黯然。正欲說兩句感謝的話，卻又聽老漢低聲補充，「剛才將軍在村西迎敵之時，村東口的追兵，忽然全都自己撤走了。將軍若是著急趕路，也可以將囊餅帶上，現在就走，小老兒絕不會給外邊的追兵通風報信！」

「沒想到你一個鄉野老丈，也知道忠義二字。馮某若是平安脫身，一定向朝廷為你請功！」馮異又是驚詫，又是感動，雙手接過囊餅，躬身相謝。

「使不得，使不得！」老漢嚇了一跳，擺著手連連後退，「將軍千萬且這麼幹，小老兒，小老兒消受不起。小老兒給將軍乾糧，根本不是為了朝廷。小老兒只是，只是覺得，將軍都落到這份上了，還不讓麾下弟兄搶劫我等，是個大大的好人。而外邊的那些追兵，為了不在村子裡作戰，居然放開了村子出口，應該也是好人！」

「好人？」馮異忽然覺得心裡發熱，眼淚差點沒直接滾了滿臉，「馮某，馮某居然，居然變成了好人！哈哈，哈哈哈，哈哈哈！」

老漢被他的笑聲嚇了一大跳，旋即俯下身，小心翼翼的說道：「將軍莫怪，小人說得是真心話！您是好人，我們這些小老百姓都知道。」

「你以前見過我？」馮異楞了楞，本能追問。

「見過不止一次！」鄉三老面色恭謹，小聲回應，「去年官府抓小老兒去修河堤，是您見我年邁，特地下令讓六十以上的男女都停止服役，各自回家。今年朝廷的大軍經過，抓了小老兒村子的五個女人去禍害，也是將軍您，親自去軍營中把她們接了回來。是以，小老兒日子過得再苦，心中再恨朝廷，都不會恨到您身上。您是好人，跟別的官員不是一夥。」

「我？」馮異聽得心中慚愧莫名，抬手擦了把汗，輕輕搖頭，「多謝老丈，這饢餅，你抬去給弟兄們吃吧。馮某，馮某真的沒臉下咽！」

說罷，將手裡的饢餅又小心翼翼放進了框子內，再度大步走向村子西口。已經駝了不知道多久的脊背，忽然像放下了千斤重擔般，再度緩緩挺了個筆直。

新地皇四年，漢更始元年夏，穎川郡五官掾馮異降。遂為振武將軍劉秀說銚期、馬成等地方守將來歸，陽翟、許縣等地，傳檄而定。

新朝太師嚴尤、陳茂大驚，領大軍與劉秀決戰於郾陵。敗，退守新鄭。穎川全郡，遂為漢家所有。司隸門戶洞開，洛陽、弘農等地，一日數驚。

「穎川大捷！穎川大捷！東征軍進入司隸，劍指洛陽！」一匹駿馬旋風般從宛城南門衝了進來，徑直奔向皇宮。馬上的騎士雖然風塵僕僕，卻按捺不住心中的喜悅，一進門，就將漢軍大勝的消息傳遍了大街小巷。

大街小巷，頓時鑼鼓喧天。漢軍將士的家眷們，紛紛走出門外，冒著烈日，打聽戰鬥的每一個細節，打聽親人安危的消息。

再沒有什麼，能比前線打了勝仗，更能帶走夏日的炎熱了。新鄭位於司隸河南尹治下，向西北不出十日，便可抵達洛陽。漢軍從此進入，雖然稍微繞了一些路，卻避開了豫州和司隸之間的要塞軒轅關，令洛陽和偃師兩地，再無天險可持。

打下新鄭，就可以沿著寬闊的官道撲向洛陽。

若是洛陽也被東征軍一戰而定，收復長安的日子，還會遠嗎？

消息無翅膀，卻飛得比鳥還快。

不多時，全城男女老幼，盡數得知了潁川大捷的喜訊。文武百官，紛紛前往由太守府改建的臨時皇宮，向大漢更始皇帝劉玄，表示祝賀。

「諸位愛卿，免禮，平身！」劉玄站在御案之後，笑容滿面向大夥擺手。隨即，又繞過御案，快步走向大司徒劉縯，「安國公，令弟威震河洛，你這個做兄長的，居功至偉！」

「多謝陛下誇讚，臣不敢愧領！」此時此刻，劉縯的心情也非常激動，然而，他卻謹慎地躬下身，朗聲回應道，「東路軍此番大勝，全仗陛下聖明，定國公運籌帷幄，以及全軍將士用命。臣在宛城，一箭未發，斷不敢厚著臉皮去貪將士們血戰而來的功勞！」

「安國公勿要過謙。」尚書令謝躬從一側閃出，笑道，「若非你早年手把手的教導，哪有令弟今日之豐功？克父城，擒馮異，破鄢陵，這一連串輝煌戰績，真的令人看得眼花繚亂。安國公，若人人有弟若文叔，咱們用不了幾天，就可以再議遷都長安了！」

「哈哈哈……」四周圍，眾文武開懷大笑。看向劉縯的眼睛裡，充滿了羡慕。

「正是如此。」定國上公王匡也一改常態，笑著向劉縯道賀，「文叔屢立大功，與安國公的運籌帷幄定然分不開，其本人的霸王之勇，也是將士們有目共睹。假以時日，你們兄弟必可同列三公，共為我大漢棟梁！」

「兄弟同列，為我大漢棟梁！」

「恭喜安國公！」

「為安國公賀，為湞陽侯賀！」

……

眼見天子和朝中其餘兩股勢力的大佬都一同道賀，眾文武焉能不錦上添花？一時間，恭喜之語滔滔不絕。劉縯雖應接不暇，卻始終彬彬有禮地與大夥周旋，臉上看不到半點傲慢之色。

緊跟著，劉玄又講了些褒獎其他將士的話，這才宣布退朝，至於封賞之事，則要等到明日準備妥當，再召集群臣另行商議。

群臣行禮告退，劉玄也起身走向後宮。雙腳剛剛跨過右角門兒的門坎兒，他臉上的笑容，就立刻消失得無影無踪。手按劍柄，咬牙切齒地朝親信吩咐，「去，給朕叫尚書令，定國上公，還有大司馬前往書房議事！」

「遵命！」身旁一個太監應了一聲，疾步離去。片刻之後，尚書令謝躬，定國上公王匡，以及大司馬朱鮪，帶著滿臉的困惑，悄悄來到了御書房。

才是下午未時，御書房卻關閉了所有門窗。只見大漢更始皇帝劉玄，斜倚書案後的一張綉榻上，因酒色過度而致使慘白面孔，被燭火照得忽明忽暗。

「劉縯小兒，真是得意忘形！」不待三人上前見禮，劉玄的身體猛然坐直，重重一拳砸在書案上，將奏摺、毛筆、刻刀等物，震得四下亂跳。

「啊？」雖然跟劉玄勢同水火，定國上公王匡，依舊被劉玄的舉動嚇了一跳。本能地後退半步，眉頭迅速皺了個緊緊。

其實劉縯今天在朝堂上的表現，可算得上是十分恭謹克制，跟「得意忘形」四個字根本扯不上任何關係。劉玄卻這樣說他，足見對他的忌憚，已經到了「疑鄰偷斧」的地步。無論其做任何事，說任何話，都會被認為包藏禍心。

「陛下。」正當王匡猶豫著自己究竟該如何應對的時候，大司馬朱鮪的身體已經躬了下去，「劉秀如今又打下潁川，不日將圍困洛陽。他們兄弟的氣焰，肯定會越來越囂張。陛下為了大漢長遠計，理應有所準備，免得有人貪心不足，做出人神共憤的事情來！」

「大司馬言之有理，陛下應早做準備，避免昔日『田氏代齊』[注三]之事重現。」謝躬上前半步，緊跟著大聲補充，「臣敢斷言，如果任由他們兄弟繼續博取聲望，即便他們兩個對大漢無異心，江山社稷也岌岌可危！」

「田氏代齊，他們也配？」劉玄心中的不滿，徹底被點燃，慘白的臉色，迅速泛起病態的潮紅，「朕才是高祖嫡系血脈，受命於天，劉縯、劉秀，他們兩個旁支子弟，算是什麼東西！」他越說越怒，猛然伸手一揮，竟將桌子上的天子印信掃落於地。「啪」的一聲，摔了個四分五裂。

夏至剛過，御書房內，卻忽然冷若寒冬。有股又濕又濃的水氣，瀰漫而起，彷彿要把在場所有人吞噬。地上玉印碎片，則在燭光的照耀下，像墳地裡的鬼火般，跳躍不定。

「陛下息怒。」王匡、謝躬和朱鮪三人，一同躬身。

門外太監聽到動靜，急忙推門進來察驗究竟。一道刺眼的陽光隨之射入，晃的劉玄眼睛生疼。

「滾出去！」他大聲怒喝，抓起一把刻刀，朝著門口狠狠砸出。

「啊！」好心的太監被刻刀砸了個頭破血流，卻不敢喊冤。手捂著腦袋，踉蹌後退。門再度被關緊，黑暗和潮濕，再次統治整個房間。

「陛下息怒。」謝躬又向前走了半步，大聲安慰，「田氏代齊之謀，雖然陰險。卻並非無招可破。只要陛下能早做決斷，微臣必將……」

「定國上公。」劉玄擺了擺手，迅速將目光轉向王匡，「朕欲封安國公為南陽郡王，坐鎮襄陽，你意下如何？」

「陛下可是準備要安國公領兵南下，收復武陵、長沙、零陵、桂陽四郡？」王匡又是微微一楞，故意裝作不懂劉玄的意思，給出了一個出人意料的答案。

「當然不是，若是我軍能攻克長安，荊南四郡傳檄可定，何必勞煩安國公親自領兵去走一遭！」尚書令謝躬根本不想給他逃避的機會，轉過頭，代替劉玄大聲回應。

「這……」王匡眉頭緊皺，不知道該說什麼好。

若是換做兩個月之前，昆陽大戰沒有結束，他肯定會毫不猶豫地支持劉玄以明升暗降的手法，將劉縯趕出朝堂。然後再剪其羽翼，徐徐圖之。而現在，劉玄剛剛借王鳳在昆陽大戰中試圖投降的傳聞，狠狠削弱了他的勢力，轉過頭，又想取得他的支持，共同去對付劉縯，未免過於一廂情願。

「定國上公若有異議，不妨直接說出來。」劉玄非常敏銳地猜到了王匡的想法，笑了笑，低

注三、田氏代齊：春秋時齊國田氏功高，聲望隆，最後趕走齊王，自己做了齊國的王。

聲催促，「朕只求我大漢不要禍起蕭牆，所以，定國上公有任何話，都可以直說！」

「禍起蕭牆，才是你最想做的事情才對！」王匡在心中暗罵，臉上卻儘量表現出一絲感動，「謝陛下寬宏。老臣，老臣對此並無異議。安國公勞苦功高，封南陽郡王，定然能讓百官心服口服，並以其為楷模，努力為大漢效勞。只是……」

「只是什麼？」劉玄的眉頭倒豎，迅速追問。

「只是如此一來，老臣和當日一道參加棘陽鏖戰的同僚，就很難再見到安國公了。時間久了，難免會有些思念！」王匡笑了笑，緩緩回應。

說話是一門大學問，就看聽者肯不肯用心。

不久之前，剛剛被劉玄擺了一道，王匡於情於理，都不想再跟劉玄聯合起來，去對付劉縯和劉秀。但他同樣也不希望，劉縯和劉秀兄弟倆的勢力繼續發展壯大，最後騎到了自家頭上。所以，表面上說自己跟劉縯感情甚篤，分開之後肯定會彼此思念。話外之意卻在提醒劉玄，這樣做，會引起那些跟劉縯一道起兵反莽的將士們憤怒，造成的後果不可低估！

劉玄聽了，頓時覺得好生失望。手指在御案上敲了敲，沉吟著道：「定國公與安國公之前的袍澤之情，令朕羨慕。可我大漢的南陽郡，也不能缺人坐鎮。特別是將來朕移駕長安之後，南陽、長沙這一帶，更不能缺了肱骨重臣，替朕震懾宵小。嗯，屆時若將士們捨不得與安國公分離，定國公可否出面替朕安撫他們。同樣是為國效力，在安國公帳下和在定國公帳下，又有什麼分別？」

「這……」沒想到劉玄居然如此大方，準備在架空劉縯之後，將柱天都部的將士調歸自己掌控，王匡頓時驚喜莫名。然而，想到劉縯寧折不彎的性子及其在軍中的威望，已經到了嗓子眼兒處的謝恩話語，又迅速憋了回去，「能替陛下分憂，固然是老臣所願。但將士們追隨安國公久了，恐怕很難習慣再追隨別人。況且如果沒有安國公居中協調，老臣想給淯陽侯那邊下令，也很不方便。」

話，依舊說得很委婉，但是，意思卻和前面幾句一樣，表達得清清楚楚。

想用明升暗降的手法，將劉縯剝奪軍權，趕出朝堂，目前只是你劉玄的一廂情願。劉縯會不會奉旨，這事兒很難說。劉縯麾下的將士會不會一怒之下鬧事兒，也很難說。更難說的，則是劉秀的態度。畢竟，眼下東征軍指揮權，有一大半兒掌控在劉秀之手。萬一他有所動作，朝廷派誰去阻擋他的兵鋒？

一股若有若無的殺氣，在黑暗的御書房內瀰漫開來。劉玄、謝躬和朱鮪三人，面面相覷。

沒有足夠的實力為依托，所有權謀手段都像嬰兒握緊的拳頭一樣無力。而劉秀和劉縯兄弟倆，只要任何一個豎起反旗，在王匡選擇袖手旁觀的情況下，都足以將朝廷掀翻於地。

「就這點兒本事，還想去坑害劉縯和劉秀？」將劉玄等人的表現都看在了眼裡，王匡心中偷偷奚落。隨即，笑了笑，向劉玄躬身告辭，「陛下英明神武，必有萬全之法。屆時只要派人通知老臣一聲，老臣任憑陛下調遣。今日老臣忘記了吃朝食，飢餓難耐，就不再打擾陛下了。老臣告退，請陛下勿怪！」

說罷，根本不給劉玄阻攔機會，轉過身，快步走出門外。

「你……」劉玄氣得身體顫抖，右手本能就朝自己腰間摸。尚書謝躬見狀，趕緊搶先一步，擋在了御案之前，躬身行禮，「陛下，定國上公的話，未必沒有道理。此事的確不宜操之過急，等咱們有了萬全之策，再叫定國上公前來商量也不遲！」

「嗯？」劉玄楞了楞，迅速明白了此刻不宜對王匡逼迫太甚，點點頭，強笑著道：「也罷，既然你和定國上公都這麼說，封大司徒為南陽郡王之事，朕就往後放一放。尚書令，替朕送定國上公！」

「微臣遵命！」謝躬會心地朝著劉玄點點頭，轉身追著王匡走出了門外。

不多時，他又一個人鐵青著臉返回，見了劉玄的面兒，不待後者發問，就低聲道：「這老東西，無論我許下什麼好處，都打定了主意，要袖手旁觀。陛下，看來明升暗降剝奪劉縯兵權的法子，未必行得通！」

「那如何是好？」劉玄雙手抱頭，趴在了書案上，痛苦地呻吟，「劉秀馬上就要拿下洛陽了，劉縯在軍中的影響力，一日也大過一日。朕現在每次見到劉縯，都像坐在刀尖兒上一般。唯恐哪天他忽然站出來振臂一呼，就有無數人響應，強迫朕將皇位禪讓於他！」

「那就只好兵行險著了！」謝躬把牙一咬，雙目之中忽然冒出了兩道凶光，「趁著目前王匡還沒跟劉家哥倆混在一處，先做掉劉縯，然後再以迅雷不及掩耳之勢，盡收其麾下之兵！」

「啊！」劉玄被謝躬的話嚇了一大跳，抱在腦袋上雙手，迅速又按在了桌案邊緣，「你，你，你簡直是在拿朕性命做賭注。若是定國上公不肯支持朕，朕拿什麼去收劉縯麾下的十萬大軍？」

「劉縯手下，並非鐵板一塊！王匡那邊，屆時恐怕也由不得他！」謝躬笑了笑，咬著牙發狠，「只要陛下捨得下本錢，自然會找到合適的人，替陛下出面收拾殘局！陛下您仔細想，最近朝堂之上，有誰表現特別賣力？」

「你是說……」劉玄又激靈靈打了個哆嗦，眼前迅速閃過一個熟悉的人影。

「不止他一個！」謝躬點了點頭，獰笑著打斷，「劉縯這輩子最大的錯，就是不該將皇位拱手相讓。陛下恕罪，微臣並非有意對您不敬，只是就事論事。劉縯做不得皇帝，追隨他的那些將領，即便立功再多，位置也很難比他高。所以，那些人只有兩個選擇，要麼推劉縯篡位，要麼殺掉劉縯，取而代之！」

「啊？朕，朕明白了。子張，子張真是朕的當世蕭何！」劉玄的眼珠在眼眶裡轉了又轉，終於下定了決心，朝著謝躬用力點頭。

他雖然對劉縯十分忌憚，內心深處，卻清楚地知道，在王莽倒下之前，劉縯不會主動挑起內部紛爭。那樣，劉縯麾下的某些野心勃勃的將領，就不可能勸得動其謀逆篡位。而劉縯不篡位，那些野心勃勃的傢伙，就無法百尺竿頭更進一步。所以，背叛劉縯轉而向自己效忠，已經是那些人的最佳選擇！

「子張此計，的確有可行之處！」一直在旁邊冥思苦想的朱鮪，忽然低聲點評，「只是，王匡那邊如果還是兩不相幫，咱們依舊很難對付得了劉秀！」

「我剛才說過，由不得他！」謝躬又笑，三角形的眼睛裡，充滿了惡毒，「王匡老賊，肯定打的是坐山觀虎鬥的主意！他知道他自己心裡頭的打算，劉秀怎麼可能知道？如果劉縯身死，劉縯麾下的將領樹倒猢猻散。陛下再寫一道聖旨，褒獎王匡的護國除奸之功，王匡即便渾身上下都長滿了嘴巴，也不可能把自己摘得清楚！」

「妙，此計甚妙！」不待朱鮪回應，劉玄已經聽得眉飛色舞，連連拍案。「摘不清楚，他就只能幫朕。否則，一旦讓劉秀得勢，他就會在劫難逃！」

「還有，陛下現在就可以寫一封信，對王鳳許下好處，讓他替陛下提防劉秀。如此，無論王鳳肯不肯聽，他都等同於與您有過瓜葛。劉秀若是想在軍中造反，就必須先殺了王鳳，與王匡結下血仇。而即便劉秀不殺王鳳，只要其誤以為，綠林新市軍已經站在了陛下這邊，他想在前線造反，就得權衡一下力量對比。除非，除非他直接投了王莽！」紅色的舌頭，在謝躬嘴裡吞吐，就像一條毒蛇在晃動信子。

「那不可能，王莽的許多子侄，還有王尋，都直接或者間接死在劉秀的手裡！」朱鮪聽得心裡一哆嗦，本能地搖頭。隨即，臉上就浮起了幾分黯然。

劉縯現在不可能謀逆，劉秀也不可能投靠朝廷，而自己、謝躬、劉玄三人商量的，卻是利用劉縯的顧全大局和劉秀血戰殺敵之功，將他們哥倆一一剪除？從正常人角度，這件事情，怎麼看怎麼惡毒。然而，從對皇帝劉玄和自己最有利的角度，卻不得不為。

「朕也非那絕情之人！」敏銳地看到了朱鮪的臉色變化，劉玄笑了笑，低聲說道：「只是，為了我大漢的長治久安，不得不做如此選擇。尚書令、大司馬，你們都是朕的臂膀。朕多次想要重用你們，奈何只能升你們的官職，卻無法給你們兩個手下分派一兵一將。此事若成，劉縯、劉秀兄弟麾下兵將，盡由二位分之。朕有你們兩個的忠心就夠了，自己絕不染指！」

「這？謝陛下！」尚書令謝躬喜出望外，立刻跪倒，向劉玄鄭重叩拜，「臣，必為皇上效全力，如有二心，天地不容！」

「謝陛下倚重，臣，亦絕不辜負陛下厚恩！」朱鮪又楞了楞，連忙跟在謝躬身後跪倒表態，以防耽擱太久，讓劉玄對自己也起了疑心。

「平身，快快平身！」見二人都接收了自己的「厚賜」，劉玄立刻笑逐顏開。擺擺手，大聲道，「兩位愛卿不必如此，朕身邊有兩位愛卿，這皇帝才不至於做成別人的傀儡。大致方略就是這樣，具體如何實施，還勞兩位儘快拿出個章程，並著手實施。並非朕心急，而是朕不想看見五都之一的洛陽，也被劉秀拿在手中。否則，有了洛陽做依仗，他即便不與王莽勾結，也能跟朕分庭抗禮！」

「微臣遵命！」尚書令謝躬、大司馬朱鮪兩個，站起身，再度向劉玄鄭重拱手。

無論劉玄這個皇帝合格不合格，有一點，卻無法改變。那即是，他們兩個，早就被視作劉玄的心腹，與對方只能福禍與共。哪怕作惡，也必須齊心協力，否則，等待著他們的，肯定是身敗名裂的下場。

「呱，呱，呱——」幾隻烏鴉，從窗外樹上跳起，圍著「皇宮」盤旋不去。隨時準備撲下來，參加一場血肉盛宴。

「呱，呱，呱——」幾隻烏鴉，在半空中盤旋，焦急地等待著盛宴的開始。

新鄭城外，一座無名的小山頭，劉秀橫刀立馬，像岩石般巋然不動。

馬武、賈復、鄧奉等將領，如眾星拱月般，環繞在他身旁，表情也是一樣的冷峻，再往後，則是兩千騎兵，像一群虎狼，俯視著山腳下蜂擁而來的敵軍。

敵軍高達五萬，由老將嚴尤帶領，排出一個巨大品字陣型。刀刃和槊鋒上反射的日光，彙聚成一片璀璨的星河。

連續半個月來，嚴尤和劉秀師徒兩個，鬥智鬥勇，殺得難解高下。

昨夜，劉秀終於找到了一個機會，繞過新鄭，燒掉了嚴尤放在瑣侯亭的補給。今早，嚴尤就帶領麾下所有兵馬，將劉秀擋在了返回軍營的路上。

很顯然，薑，終究是老的辣。

做師父的嚴尤，抓住了劉秀急於求勝的心理和事必躬親的習慣，故意把自己存放糧草和物資的地點洩露了出去。

他如願了，劉秀終究年輕了些，沒能耐住性子，一口吞下了香甜的誘餌。

只是，吞下誘餌的劉秀，卻好像並不如何慌張。發現歸途被切斷，居然果斷將騎兵拉上一個無名的山崗。

「將軍，燒糧之計，乃馮某所獻。今日且容馮某戰死於此，以為將軍和弟兄們斷後！」馮異忽然將戰馬向前提了提，主動請纓。

「將軍，末將願意留下，與馮大哥一道為弟兄們斷後！」

「末將歸漢以來，寸功未立。請容末將，替將軍在此殺賊！」

銚期、馬成先後上前，與馮異並馬而立。

其他將領要麼是劉秀的好兄弟，要麼是長期與劉秀同生共死心腹，只有他們三個，是新歸降之人。

而劉秀之所以上了嚴尤的當，也是因為他們三個，輾轉探聽到了嚴尤的糧草輜重儲藏之處，急於表現的緣故。如果今天留下來斷後的是別人，他們三個即便平安脫身，此後在東征軍之中，也肯定無法立足。

他們想得很清楚，心中也充滿了挺身赴死的慷慨。然而，他們得到的回應，卻是一陣低低哄笑。彷彿山下的敵軍只有五百人一般，馬武、鄧奉、賈復、王霸等悍將，相繼側過頭，一邊看著他們笑，一邊低聲道：「三位兄弟，斷後的話，休要再提。有我們在，輪不到你等！」

「不過萬把莽賊而已，有何可懼？且看我軍如何破之！」

「我軍自打揮師向東以來，都是共同進退，從沒丟下過任何人斷後！」

「不急，不急，讓將軍來做定奪！」

……

「這……」馮異、銚期和馬成三個楞了楞，滿臉難以置信。

就在此時，劉秀卻笑了笑，將長槊高高舉過頭頂，「諸君，打了小半個月，劉某正愁新鄭城高，強攻損傷甚重。沒想到，嚴尤今日居然主動送貨上門。且隨我來，滅此朝食！」說罷，雙腿一夾馬腹，順著山坡急衝而下！

「滅此朝食！」馬武、鄧奉、賈復、王霸等將領，絲毫不覺得劉秀的選擇奇怪。大吼著重複了一聲，策動坐騎，緊隨其後。

「滅此朝食！」馮異、銚期和馬成三個，又楞了楞，全身的熱血，瞬間沸騰。催動坐騎，堅決不肯落後半步。

「滅此朝食！」

「滅此朝食！」

「滅此朝食！」

……

二千餘騎，吶喊著衝下山坡，在劉秀的帥旗後，化作一道銳利的閃電。

「小兒無禮！」遠遠地看到這一幕，嚴尤瞳孔驟縮，心中又驚又怒。還沒等他做出決定，一隊騎兵已經從他身邊疾馳而出，正是前幾天剛剛從弘農趕來助戰的悍將雷犨。

不待主帥號令就擅自行動，乃軍中大忌，嚴尤頓時氣得臉色發青。然而，連番戰敗，他在軍中的威望，已經大不如從前。即便派人去追，也無法讓雷犨回頭。只好又派了另一名以身手高強著稱的大將田福，命其率部接應雷犨，以防不測。

兩支騎兵面對面高速疾馳，就像兩條發怒的巨龍。馬蹄「的的」聲大作，敲得人心臟狂跳不止。三百步，兩百步，一百步，五十，二十，十……前後不過短短六七個呼吸，兩隻巨龍的頭顱赫然迎面撞在了一處。

「轟隆隆！」伴隨一聲巨響，霎時紅光四射，血霧蒸騰，無數斷肢殘臂跳上了半空。山風凜冽，轉眼間就將血霧吹散。戰場上的畫面再度恢復清晰，四周士卒驚駭發現，將軍雷犟竟徹底消失不見，所部兵馬更有如山崩一般，四分五裂。至於劉秀等人，卻騎著高頭大馬，從雷犟部的屍體上衝了過去。馬蹄落處，鮮血汩汩成溪！

就在這時，田福從後方帶著上千騎兵趕到，然而，這支援軍的命運，並不比雷犟部好多少。同樣，也只在頃刻間，便被如虎似狼的漢軍從頭到尾擊穿。田福本人亦詭異的不知所終，麾下將士要麼當場慘死，要麼掉頭狂奔，無一人再敢於漢軍的戰馬前停留。

「嗚嗚嗚，嗚嗚嗚，嗚嗚嗚嗚……」好嚴尤，臨危不懼。就在田福所部崩潰的瞬間，命人吹響了號角。

當即，兩翼的莽軍在趙休和嚴盛的帶領下，開始飛快的向中間收縮，決意憑藉絕對兵力優勢，將漢軍絆住，困死，然後，就如同磨豆子似的，一點點將其磨成齏粉！

「有勇無謀的狂徒，老夫且看，你這次往哪裡跑！」大纛下，嚴尤將戰場形勢看的分明，手捋鬍鬚，哈哈大笑，彷彿已看到了劉秀的末日。

然而就在下一個瞬間，他的喉管，像是被一隻無形的手猛地捏住，笑容也凍僵在滿是皺紋的臉上。

只見兩路莽軍騎兵如同一把巨大的剪刀，迅疾無比地向漢軍合攏，然而，對方並未讓他們稱心如意，而是趕在剪刀口合攏之前，宛若電光石火般，發動雷霆一擊，正撞在剪刀後部交叉處。

「轟隆隆！」沙場上，又炸響了一個滾地雷。想剪滅漢軍的那柄「剪刀」，忽然在中央交叉處斷裂。裂口處，血浪翻騰，人頭滾滾。

「堵住，堵住！」嚴盛兩隻眼睛噴煙冒火，一把搶過親兵手裡的戰旗，在空中來回搖擺。

莽軍士卒的確努力在封堵缺口，卻無濟於事。他們重重疊疊地衝上，又重重疊疊的死去，屍骸沿著漢軍前進的道路，分兩側齊刷刷倒下，就像一排排收割後的麥子！

而在此時，「錐子」最鋒利的地方，也即是衝在最前面的劉秀，更激發了自己無限的潛能，無論是誰靠近，都是一槊刺於馬下。護衛在他身側的鄧奉、馬三娘兩個，一人持戟，一人揮刀，也是勇不可當。所過之處，殘肢碎肉落了一路。

「劉秀，受死！」一員莽軍大將迎面衝到，手中長纓如毒龍般，直奔劉秀胸口。

「來得好！」劉秀嘴裡爆發出一聲大喝，長槊上撩，神龍出海。

耳畔只聽嗆啷一聲，長纓斷裂，槍頭倒飛，不知去向。那持槍的武將被震得兩臂發木，雙眼之中一片呆滯。

「他的鎧甲不夠厚！」劉秀心中閃念，長槊果斷前點，「噗」，地一聲，將此人挑飛上了半空。

「啊——」又一名武將狂喊著衝了過來，手中鋼刀上下飛舞，讓人根本分不清虛實。

「花架子！」劉秀冷哼一聲，長槊猛地來了一記橫掃，「哢嚓——」，將那敵將連人帶刀一併砸落馬下。

「攔住他，攔住他！」眼看著劉秀已經靠近自家帥旗，輕車將軍趙休和相威將軍董季急火攻心，先後脫離親兵保護，高舉兵器，衝向劉秀，心中打定主意，即便戰死，也不能讓此人再向前推進半步。

還沒等他們靠近劉秀身側兩丈之內，半空中忽然傳來一聲暴喝，馬武掄刀攔住趙休，「哢嚓——！」一聲，將此人攔腰砍成了兩段。

幾乎在同時，賈復也迎上了董季，鐵槊劃出一道黑光，「咚——！」戟頭正砸在董季頭盔上，登時將此人砸得腦漿迸裂，墜馬慘死。

趙、董二人的百餘親兵這才趕至，卻見主將已然斃命，嚇得不知所措。漢軍騎兵高速，將他們如麥子般一排排割倒。

嚴尤臨時拼湊出來的莽軍，如果躲在城牆之後，還勉強能擋住漢軍的兵鋒。到了野外之後，所有缺點，都瞬間暴露無疑。慌亂間，兵找不到將，將指揮不動兵，各自為戰。而漢軍在劉秀的帶領下，卻始終保持著齊整的楔形隊列，將莽軍的陣型從正中央撕開一道巨大的豁口，長驅直入。

「嗚嗚嗚，嗚嗚嗚，嗚嗚嗚……」低沉的畫角聲，再度響起。

擋在劉秀去路上的莽軍將士如蒙大赦，紛紛向兩側退讓。一枝枝淩厲無比的箭矢，帶著濃濃的死亡氣息，在他們耳畔呼嘯而過，直奔劉秀等人的胸口。

「雕蟲小技！」區區數十支冷箭，怎麼可能攔得住劉秀的馬頭？只見他，嘴裡發出一聲大喝，戰馬騰空而起。

突然射過來的冷箭，貼著他的馬蹄飛了過去，毫無建樹。而下一個瞬間，他和馬三娘、鄧奉，已經衝到了放箭者面前，將倉促組織起來的弓箭手隊伍，直接撞了個對穿。

眾將心有靈犀，立刻策動坐騎左右橫掃，將其餘弓箭手連同他們手中的兵刃，一同砸裂斬斷，送去鬼門關聽差。

幾員大將探囊取物一般，盡情殺戮這些弓箭手的同時，也摧殘著他們脆弱的神經，還沒等到後續漢軍騎兵跟上來，殘存的弓箭手爭相逃命。任嚴尤在中軍如何吹動號角，也堅決不肯回頭。

「劉秀休走！」

就在這時，秩宗將軍陳茂終於縱馬從長葉岡趕來了，見弓箭手也無法阻止劉秀，急得目眥欲裂，揮舞長槊，衝向劉秀。

「想動劉秀，先過我這一關！」馬武加速從斜刺裡趕上，鋸齒飛鐮三星刀斜揮，「碭！」地一聲，將刺向劉秀的槊鋒砸開三尺遠。

不待陳茂變換招數，鋸齒飛鐮三星刀忽然又來了一記反向下切，直奔此人大腿。

「啊——」陳茂心中發出一聲驚呼，果斷豎起長槊，「當」又是一聲巨響。刀刃與槊桿相撞，震得他雙臂發麻，喉頭陣陣發甜。

馬武連第三刀都不屑劈，策動坐騎，從他面前急衝而過。緊跟過來的賈復看到機會，鐵戟猛地來了一記蛟龍探海，直搗陳茂心窩。

「我命休矣！」陳茂躲閃不及，慌亂揮著槊桿等死，旁邊的親兵見勢不妙，果斷一個縱身，直接擋在了他的馬前。

「咚」的一聲悶響，那及時跳過來的親衛，胸甲深深凹陷進了胸腔，吐血鮮血在半空中倒飛，將陳茂直接撞下了馬背。

「小四！」陳茂摔得頭暈眼花，大吼著抱住救了自己一命的親兵。而後者，卻圓睜著雙眼，氣息全無。

「將軍快走！」另外幾名親兵不顧一切從馬背躍下，拉起陳茂向側面撤退。剛剛跑出不到十步，劇烈的馬蹄聲就從他們身後傳來。親信小四的屍體連同其他躲避不及的莽軍兵卒，全都被吞沒在馬蹄帶起的煙塵當中。

「劉秀，拿命來！」從遠處趕過來的嚴盛只看到陳茂落馬，卻沒看到他獲救，氣得鬚髮盡豎。撞飛幾個逃命的莽軍，從側面迎住劉秀，兜頭便是雷霆一刀。

「碭！」一聲巨響，兩人錯身而過，劉秀頭也不回繼續向前衝殺。嚴盛的兵器不知去向，只留下滿手的鮮血。

嚴盛心頭巨撼，望著劉秀的背影呆呆發楞。還沒等他從震驚中回轉心神，馬武、賈復兩人又策動坐騎從他身邊如飛而過，刀砍戟砸，所向披靡。

「賊子，休得猖狂！」嚴盛奮力緊牙，從親兵手裡奪過一桿長槍，欲催動坐騎追趕馬武。但周圍的親兵心腹哪裡肯讓他白白送命？冷不防伸出手來，拉住戰馬的韁繩，帶著他迅速遠遁。

王霸、臧宮、劉隆、傅俊等人帶領著大隊騎兵衝過，將嚴盛剛才發呆的位置，直接衝開一條血河。正怒喝著準備回頭廝殺的嚴盛見到此景，立刻激靈靈打了個哆嗦。流著淚，大聲向親信們叫囂：「鬆手，鬆手，我父親帥旗在那邊，我不能走。你們都可以走，我不能走！」

「將軍，敵人速度太快，我們打不過，也追不上！」親兵隊正死死拉住他的韁繩，痛哭失聲。

「將軍，即便我們追上了，除了被敵軍用戰馬踩成肉泥，不可能有別的下場！」

「將軍，不行，不行啊。兵卒都是臨時徵召來的，根本沒有戰鬥力！」

「將軍快走，再不走，就走不掉了！」

……

其餘親兵也被劉秀等人殺得魂飛膽喪，無論如何，都不肯陪著嚴盛或者放他獨自一人去送死。嚴盛幾度催促，卻始終無法讓部下鬆開自己的馬韁，大喝一聲，棄槍，抽刀，一刀將馬韁繩砍成了兩段。

「不要跟來，嚴某今日情願赴死！」迅速撥轉坐騎，他同時向自己的親兵吩咐。隨即用雙腿狠狠磕打馬腹，去追趕漢軍的騎兵，就像一隻飛蛾，在追趕遠去的燈火。

哪裡還追得上？

隨著幾員悍將的先後戰死，莽軍的士氣徹底崩潰。不待劉秀騎著戰馬殺到自己面前，就主動向兩側避讓。而劉秀和他身邊的弟兄們，則如同一隊分開水面的鯨魚，毫無遲滯地將莽軍的品字型大陣一分為二，不多時，就已經來到了嚴尤的帥旗之下。

「豎子，豎子，老夫一世英名，毀在你手！」嚴尤已經徹底失去了理智，張開紅彤彤的嘴巴，大聲喝罵。

此戰，從始至終，他的部署都無可挑剔。然而，對手卻以一種野蠻粗暴的方式，以力破巧，直搗中軍，令他所有周詳的安排和精妙的謀劃，全部黯然失色。

「保護太師！」親兵隊正嚴歆嘴裡發出一聲絕望的尖叫，策馬衝向劉秀，挺槊直刺。

劉秀眉頭輕皺，一槊斜蕩，將對方的長槊磕得不知去向。緊跟著又是一槊，將此人刺了個透心涼。

「啊——」跟上來的另外幾名親兵，被嚴歆的血噴了滿身。慘叫一聲，轉身便逃。劉秀策動坐騎，緊跟著追了過去，將他們一個接一個刺於馬下。

「劉秀，他是劉秀！」

「劉秀來了，劉秀來殺太師了！」

「小心，小心他使法術召下流星！」

……

其餘親兵尖叫著讓開道路，誰也不願意再招惹這個殺神。從宛城、昆陽、再到鄗陵，他們每次與劉秀相遇，都會吃下一場大敗。內心深處，早已充滿了對此人的畏懼。先前仗著自己這邊人多勢眾，勉強還可以虛張聲勢。如今發現要親自面對劉秀，立刻將各自的真實狀態暴露無遺。

「豎子，有本事你衝著老夫來！」眼看著眾親兵在劉秀馬前抱頭鼠竄，一股無邊的憤怒從嚴尤心底最深處噴湧而出，頃刻便點燃了他渾身的熱血。

就像當年領軍去征討匈奴人時一模一樣，他屏住呼吸，縱馬疾馳，花白的鬚髮狂飄亂飛，雪亮的戰刀斜向上舉起，「殺！」

鋼刀帶著一股腥烈的殺氣，閃電般斜斬向劉秀的脖頸。

「噹啷！」刀鋒與槊鋒相遇，半截鋼刀不知去向。曾經名滿天下的老將軍嚴尤張口又吐了一口血，身體像霜打過的莊稼般迅速枯萎。

「不想讓他死，就帶他走！」劉秀朝著周圍的嚴氏親兵大喝了一聲，策馬繞過嚴尤，一槊砸斷了莽軍的帥旗。

「豎子，殺我，否則我必殺汝！」嚴尤艱難地從馬背上抬起頭，朝著劉秀大聲叫囂。

他成名於戰場，死，也要死在戰場上。

他堅信有教無類，平生指點過青年後進無數，今天死在自己曾經的學生手裡，雖死猶榮。

「太師，您該回家享清福了！」鄧奉嘆了口氣，從他身邊衝過，用長槊輕輕敲了一下他的坐騎屁股。

可憐的戰馬疼得大聲悲鳴，撒開四蹄，拖著嚴尤快速去遠。幾名親兵發現劉秀和鄧奉居然不肯殺自家主帥，個個喜出望外，湊上前，簇擁著嚴尤迅速撤離戰場。

「停下，停下！老夫若是今日走了，回去後如何面對陛下！」嚴尤的鬍鬚，已經被他自己的血染紅，掙扎著回頭，大聲咆哮。

親兵們對他的咆哮聲，充耳不聞。用戰馬夾著他的戰馬，繼續向遠處逃命。唯恐走得慢了，有義軍將領不聽劉秀號令，追上來將大夥趕盡殺絕。

「停下，停下，老夫，老夫這樣走了，如何對得起弟兄們！」嚴尤又吐了一口血，繼續大叫。

周圍的親兵們，繼續選擇裝聾作啞，只管繼續挾裹著他高速遠遁。而在他身後，大批大批臨時拼湊起來的莽軍，相繼丟下兵器，匍匐在地，向人數不到他們十分之一的漢軍祈求饒命。

「停下，停下。新鄭若失，洛陽肯定不保。洛陽若是不保，長安危在旦夕！」嚴尤沒有勇氣回頭再看麾下弟兄們競相投降的慘狀，流著淚，大聲叫嚷。

還是沒親兵肯響應他的號召，即便大夥承認他的話占盡了道理。

大新朝早就該亡了，停下來的人，只是為它殉葬而已，不可能改變這一結果。而太師嚴尤，卻曾經東征高句麗，北討匈奴，這輩子有功無過，且不受王莽信任，何必非要去盡那份愚忠。

「爹，不要固執了，咱們停下，也起不到任何作用！」長子嚴盛縱馬從側面衝到，恰好聽到自家父親的叫嚷。搖了搖頭，含著淚勸告，「軍心、民心，都在劉秀那邊。咱們，咱們不回去，弟兄們還可以投降活命。咱們回去，弟兄們唯有戰死！」

「這？」嚴尤的身體晃了晃，艱難地轉頭，看上周圍的親信。

連兵帶將，只剩下自家兒子嚴盛、親傳弟子陳茂，以及不到五十親兵。並且大多數身上都帶著傷。除此之外，沒有任何將士跟上來。

再往遠看，本應該根苗茁壯的田間地頭，此刻卻只稀拉拉的長著幾株狗尾巴草似的麥子在濫竽充數。幾具骨瘦如柴的屍體，橫七豎八的躺在乾涸的河床上，不是自己手下的兵，而是背井離鄉逃荒至此的流民。上百隻烏鴉，圍著屍體跳來跳去，彷彿正在參加一場人肉盛宴。

「哇」的一聲，他最後噴了一口血，從馬背上墜了下去，寧願從此長眠不醒。

「噗——」劉秀迎面一槊刺下，鮮血立即從敵將的喉管處噴湧而出。對手無法慘叫，只能驚恐而又痛苦的睜大眼睛，雙手徒勞捂住脖頸，一頭栽落於馬下。

「嗚嗚嗚，嗚嗚嗚，嗚嗚嗚……」龍吟般的號角聲再度響了起來，兩千漢軍迅速分成數路，如捕獵的獅子般，將二十五倍於己莽軍分割，包圍，然後逼著他們放下武器，蹲在地上，等待俘虜。

發現主將已經消失，莽軍的抵抗迅速減弱，但四萬多人，俘虜起來並不輕鬆。劉秀帶著弟兄們足足花了兩個多時辰，才將莽軍的殘兵敗將梳理甄別完畢，然後又花了一個時辰將後者打散重編，當做民壯，扛起繳獲的兵器和輜重，浩浩蕩蕩趕往新鄭。

等打下新鄭，就可以直撲洛陽。拿下洛陽，就等同於扼住了崤函古道的入口。然後，東征軍就可以掉頭向西，打進長安，捉住王莽！

再往後，自己坐鎮洛陽、大哥虎踞長安，誰還敢再對兄弟兩個起什麼惡念？劉玄即便陰險，王匡即便再跋扈，也需要仔細想一想，惹急了大哥之後，會出現什麼後果！

「大哥，無論你想做皇帝，還是想做周公，我都是你的左膀右臂！」劉秀扭頭西顧，豪情萬丈。

「到時候，看你還敢不敢說我是小劉仲！」

昔日兄弟相處時的一幕幕，迅速浮現在他眼前，長安路上，萬鐔家中，舂陵舉事，宛城牆下，還有那一晚兄弟長談，劉秀越回憶往事，就越感激大哥劉縯。

所謂長兄如父，恐怕說得就是大哥。在父親去後，是大哥獨立撐起了整個家，是大哥，讓自己和姐姐、二哥，都不用去面對世間風雨。

「的的，的的，的的的……」一陣急促的馬蹄聲忽然從遠處傳了過來，幾名斥候上前攔截，卻不知道他聽馬背上的信使說了什麼話，緊跟著，也調轉馬頭，朝著漢軍的帥旗飛奔。

「怎麼回事！」劉秀心臟一緊，本能地大聲詢問。

「大司徒，大司徒他，被劉玄和王匡兩個聯手給害死了！」筋疲力盡的信使哭喊著向劉秀彙報，隨即，身體一晃，從馬背上直墜而下。

飛雨如瀑，雷聲震耳欲聾，天地間一團漆黑。山川大地都化作了汪洋怒海，起伏不定。

「哢嚓嚓——」

白色的閃電，黃色的閃電，紫色的閃電，如同被強弓勁弩射在地上，登時炸得泥土翻飛，枯枝草屑四濺。百獸皆躲在洞穴之中，瑟瑟發抖。

沉悶的「噠噠」聲接踵而至，幾百個頭戴斗笠，身穿油布蓑衣的人影，頂著狂風暴雨，縱馬疾馳，宛若一條被激怒的巨龍。隊伍中，每一名騎士的都滿臉水漬，分不清到底是雨點，還是淚珠。

為首一人正是劉秀，只見他雙目血紅，面孔像青石般冷硬。鞭子般的雨點抽在他身上，卻無法讓他的表情變化分毫。彷彿靈魂早已脫離了軀殼，化作漫天閃電，而留在馬背上的，只是一具冰冷的軀殼。

「轟！」「轟！」「轟！」炸雷聲一道接著一道，劉秀卻充耳不聞。

「文叔，停一停，停一停再走！」

「三郎，三郎，雨太大了，弟兄們已經堅持不住！」

「文叔，文叔，咱們得保持體力，保持體力！」

……

鄧奉、馬三娘、賈復、銚期等人擔心他的身體，不停地出言勸阻。他卻依舊一個字都不肯聽，只管繼續催動坐騎，向西，向西，繼續向西！

此時此刻，他只聽得到，只有腦海中馬武的咆哮。

「懦夫！廢物！」馬武那張粗獷無比的臉，因憤怒而徹底變形，便是面對不共戴天的仇人，他也從未出現過這種表情，而如今站在他面前，承受他怒火的，卻是與他一同出生入死征戰沙場的劉秀。

那時的劉秀，已把憤怒藏在眼神最深處，外人看去，只覺得他雙目空空濛濛，沒有一絲光彩。然而卻沒人知道，在他緊抿的雙唇裡，舌尖已被咬破，一股股腥鹹苦澀的鮮血，正被他默默吞進滿是岩漿的腹中。

「狼心狗肺！」見劉秀無動於衷，馬武的怒火更熾，他只覺得胸腔似乎快爆裂了，於是攥緊右拳，狠狠砸向劉秀的臉龐。

「不要！」馬三娘突然衝到二人之間，將劉秀死死護在了身後。

罈子大的拳頭，硬生生停在妹妹蒼白的臉龐寸許外，勁風掠過，吹得馬三娘碎髮亂飛。

「好！好！好！」馬武先是一怔，接著仰頭狂笑，「三娘，妳做的很好！女生外向，胳膊肘往外拐，我今天算是見識到了！」

眼睛猛地瞪圓，他咬牙切齒地補充，「不過，妳起碼挑個真正的男人，而不是個親哥哥被殺了也不敢吭聲，只會躲在女人背後的孬種！」

「哢嚓！」

一道閃電正劈在道旁一株參天古柏上，瞬間就將它如花瓶般打個粉碎，一股焦糊味兒隔空傳來，戰馬驚慌失措，高抬雙蹄，險些將劉秀掀翻。

劉秀的身體晃了晃，隨即用雙腿夾緊馬腹，瞬間便讓戰馬恢復了鎮靜，然後繼續冒雨急行。人分明已經走出很遠，心神卻依舊釘在道旁那棵猶在冒煙的千年古樹上，遲遲不肯跟上。

一股萬箭穿心般的感覺，頃刻從體內最深處傳遍周身百骸，令他痛不欲生。

剛才還紮根峭壁，傲視風雨，可雷霆一怒，立刻飛灰煙滅，化作縷縷青煙！

上一次見面，大哥還與自己論劍夜話，指點江山。一轉眼，卻已陰陽相隔，永不再見！

「轟！」「哢嚓嚓——！」

「小舅舅，你會保護我嗎？」一個稚嫩的童音在耳畔響起，接著，三個侄女，二姐，二哥，還有大哥，一起出現在腦海中，笑盈盈的看著劉秀，齊聲道，「小舅舅／三兒，你會保護我嗎？」

「我——不能！」

劉秀嘴裡突然發出像狼一樣的嚎叫，心底最深處的傷痕再度裂開，幾乎要將他整個人撕成兩半。

「哢嚓——！」

一道直徑數米的紫色柱狀閃電直直落了下來，似是擊穿了天地一般。劉秀繼續狂嘯，同時，腦海中各種聲音紛沓而至，讓他幾乎要被生生撕成碎片。

「大將軍被數十人圍攻，雖中了二十餘劍，依然殺至門口，誰料，李秩那無恥小人……」信使泣不成聲，語無倫次。「李秩那狗賊竟然假裝無法脫身，大聲呼救。大將軍轉身殺回，從地上拉起了他，卻被他一刀扎在了心口……」

「我要殺了劉玄！殺了李秩！殺了謝躬！殺！殺！殺！」當時，劉秀徹底喪失了理智，拔劍亂砍，無數降卒避無可避，皆身首異處。

「轟！」「嘭嚓！」雨幕中，迅速出現幾個熟悉的身影。

「劉秀，你是想報仇雪恨，還是想自取滅亡！」馮異見劉秀發狂，大喝道。

「劉玄定已布下天羅地網等你回去，便是你能殺到宛城，他只須把城門一關，你能有何作為？」嚴光繞到背後，雙臂緊緊纏住了他的肩膀。

「轟！轟！轟！」一連串的炸雷響起，劉秀渾身上下，疼得有如刀割。

「三兒，我知道劉玄想利用我來對付王匡，也知道王匡恨不得立刻跟我火併，可長安未破，綠林軍豈能自相殘殺。再忍忍，忍到王莽惡貫滿盈，忍到大新朝覆滅！屆時他們如果再敢得寸進尺，我一定會讓他們自食其果！」大哥的身影，也迅速浮現，宛若兄弟二人臨別前的傍晚。

朱浮紅著兩眼，緊跟著出現了在大哥的英靈身側，「文叔，大哥之仇必報，但絕不能在此刻，莫讓，親者痛，仇者快！」注四

「文叔，劉玄和王匡鼠目寸光，如果你揮師跟他們火併，你和他們，豈不是一樣？」姐夫鄧晨跟劉縯交情最深，聽聞噩耗當場暈倒。但醒來之後，卻紅著眼睛，拉住了劉秀的戰袍。

「轟！」

又一聲怒雷滾過天際，劉秀身形一晃，眼睛裡，忽然恢復了幾分清明！

大哥面對王匡等人的逼迫，一忍再忍，究竟為了什麼？

大哥冒險起兵造反，又是為了什麼？

宛城下，小長安聚，淯水河畔，那些前仆後繼的兄弟，圖的又是什麼？

如果自己按照馬武的要求，立刻帶領東征軍撲向宛城，最開心的，又是哪個？

「轟！」「哢嚓——」

閃電一道接著一道，彷彿要將整個天地化為灰燼。

數百里外，馬武對著滿地的碎酒罈子，眼睛裡卻沒有任何醉意。

風雨瀟瀟，劉秀臨別之前的話，透過雨幕，清晰地出現在他耳畔。

「馬大哥，什麼話都不必說了。你剛才那樣罵我，正合我意！」

「你罵了我，咱們之間的關係，剛好一刀兩斷。我走之後，請你立刻掌控住整個東征軍，不惜代價和手段！」

「朝廷那邊，見東征軍已經不在我手，肯定會試圖拉攏於你，許下高官厚祿，屆時，請馬大哥不要拒絕，且忍一時之辱」

「然後尋找機會，割據一方，擁兵自重。」

「你越是桀驁不馴，他們越要不惜代價拉攏你，以便瓦解東征軍。」

注四、親者痛，仇者快：朱浮是這句話的首創者，首見於《為幽州牧與彭寵書》。

「而等我從宛城回來，就是他們的死期！」

……

轟隆隆，一串悶雷，將馬武的回憶敲了個粉碎。

王鳳帶著十幾名親信，氣急敗壞地闖了進來，握著寶劍的手，不停地哆嗦，「馬，馬子張，你，你到底要幹什麼，前幾天剛剛逼走了文叔，今天，今天又殺了朝廷派來的欽差。你……」「無他，自保而已。馬某可不想做第二個劉伯升！」馬武微微一笑，彷彿王鳳及其親信手中提的全是玩具。「棲梧兄莫非要阻止馬某？儘管上來一試！」「你？」王鳳本能地退後了幾步，慘白著臉不停地擺手，「子張，子張，不能如此，不能如此啊。王莽未滅，赤眉崛起，咱們原本該同心協力……」「這話，你應該對劉玄和王匡去說！」馬武笑了笑，推開桌案，大步向前，「劉伯升先讓皇位，再讓宛城，結果呢，他死了，死得不明不白！論功勞，十個馬子張，都比不上一個劉伯升。論名望，馬子張照著劉伯升更是差了百倍。這時候，你叫我跟他們同心協力，你就不怕，哪天你背後也忽然刺過來一把黑刀？」

「啊——」明知道背後全是自己的親信，王鳳卻嚇得立刻抽劍轉身。

據信使哭訴，給了劉伯升致命一刀者，恰是他的好兄弟李秩。而自己身邊這些親信，跟自己的交情，絕對不如劉伯升和李秩親密。若是他們當中有人被劉玄偷偷地拉攏了過去……「原來，棲梧兄也知道害怕！」馬武深呼吸一口，冷笑著說道，「劉文叔顧全大局，不肯為其兄長報仇，馬武這個外人，也只能由他。但是，從今往後，東征軍中，卻不會再接納朝廷派來的一兵一將！馬武不知道來者是不是第二個李秩，卻必須防患於未然！」

「你，你，你……」王鳳接連說了三個你字，後面的話，卻全都憋在了喉嚨當中。

劉伯升有攻城拔寨之功，劉伯升從舂陵一路打到宛城，劉伯升為了避免綠林軍內訌，不惜將皇位拱手相讓。劉伯升雖然性子傲慢，卻對朝廷的命令從沒表示過拒絕。劉伯升顧全大局，對劉玄和王匡逼迫，一次又一次做出退讓。

所以，劉伯升死了，死得稀裡糊塗。

「轟隆隆！」一道悶雷落下，砸得中軍帳搖搖晃晃。

「哈哈哈，哈哈哈哈！」馬武忽然仰起頭，縱聲狂笑，隨即，大步從王鳳身邊走過，根本無視此人及其心腹手中的刀劍，「棲梧兄，如果捨不得東征軍的兵權，儘管擂鼓聚將。看看弟兄們肯不肯跟著你殺了馬某，去討那劉玄歡心。看看那劉玄那卑鄙小人，肯不肯記下你此刻的功勞，給你一個善終！哈哈，哈哈哈，哈哈哈哈哈……」

「哢嚓——」「哢嚓——」「哢嚓——」

數道閃電一同落下，將王鳳眼睛裡的驚恐，照得清清楚楚。

「哢嚓——」「哢嚓——」「哢嚓——」

又是數道閃電，照亮劉秀、馬三娘和二人背後五百弟兄的身影。

劉秀似從夢中驚醒一般，迅速拉住了馬頭。

一座黑暗而又巍峨的城池，忽然出現在雨幕之後。

城門宛若血盆大口。

陰風颯颯，不知多少冤魂前來迎接。

血雨滂沱，無數妖魔鬼怪正磨刀霍霍。

「入城，擋我者死！」他大吼了一嗓子，雙腿再度磕打馬腹，轉瞬間，便衝入了黑洞洞的城門當中。

「劉秀，你率眾入城，意欲何為？」三千甲士，忽然從城門附近的民宅中，蜂擁而出，將劉秀等人的前後左右，堵了個水洩不通。

帶隊之人，乃是劉玄的心腹愛將王勃，手中長槊彷彿承受不住雨水的重量，不停地上下抖動。三千甲士以逸待勞，拿下風塵僕僕的五百騎兵，理應不費吹灰之力。然而，他卻彷彿面對著一頭猛獸般，心臟狂跳不止，呼吸也無法保持均勻。

再看麾下的甲士們，雖然努力保持著陣型完整。但每個人的臉上，卻寫滿了恐慌。彷彿此刻陷入重圍的是他們自己，而劉秀等人，才是在城內以逸待勞的伏兵！

「王將軍，你攔住劉某，意欲何為？」劉秀的聲音，忽然在風雨後響起，隱約帶著幾分嘲弄。

「末將，末將，是奉了陛下之命，在，在此等，等你？」王勃的心臟，激靈靈打了個哆嗦，本能地選擇了下屬的口吻，結結巴巴地回應。

「為何？」劉秀的頭歪了歪，順勢甩掉兜鍪上的雨水。

「因為，因為……！」王勃的臉色，忽紅忽白，不停地變換。嘴裡發出來的聲音，也越來越弱，到最後，竟然像蚊子的哼哼一樣弱不可聞。

「因為劉某在昆陽斷送了王莽的四十萬大軍，還是在新鄭擊敗了嚴尤？」劉秀又笑，彷彿面對的是一名蹣跚學步的幼兒，「是因為劉某當初在太行山中救了他的命，還是因為劉某在小長安聚之戰，捨命救大夥脫離虎口？」

「這，這，這……」對方根本沒有拔刀，王勃和他身邊的親信們，卻被逼得連連後退。彷彿劉秀所說的那些話，隨時都可以變成利刃，將他們剁成肉泥。

十三騎殺透四十萬莽軍，如同劉秀拚命，他們這區區三千甲士，怎麼可能阻攔得住？兩千疲憊之師將五萬莽軍殺得灰飛煙滅，如果劉秀要給他兄長報仇，他們這三千甲士，必將首當其衝。

「轟隆」半空中，忽然又滾過一道驚雷。

「噹啷，噹啷，噹啷……」甲士隊伍裡，數十把兵器接連墜地。緊跟著，一些心志薄弱者，調轉身軀，迅速逃向臨近的街道。「打雷了，他要呼喚炸雷，他要呼喚炸雷……」

「妖法，他要施展妖法……」

「不是我，我是奉命而來。柱天大將軍的死，與我無關，與我無關啊……」

恐懼，瞬間在甲士的隊伍之中蔓延開來。更多的人丟下兵器，四散奔逃。

當日王鳳在朝堂上親口說過，劉秀帶兵與王邑決戰之時，忽然有一顆火流星伴著雷聲從天而降，將王鳳的帥帳連同周圍所有將士，瞬間砸成了肉泥。

而今天，他們居然頂著悶雷和閃電，跟劉秀對峙。他們，他們真是嫌棄自己活得太長。

「湞陽侯，湞陽侯且慢！」五城將軍王勃，也被嚇得魂飛魄散。丟下長槊，雙手抱著腦袋大聲求饒，「末將，末將是奉陛下之命前來攔你。末將，末將真的不知道陛下為何要攔阻你。末將，末將只負責皇宮之外的治安，末將，末將對其他事情一概不知，也沒有參與！」

「廢物！」劉秀冷笑著策動坐騎，與他擦肩而過。

馬三娘、鄧奉、賈復等人帶著弟兄們緩緩跟上，將五城將軍王勃及其麾下沒逃走的甲士，撞得東倒西歪，就像後者全都是草偶木梗。

王勃麾下的甲士們，分明只要將刀砍下去，或者將長槊向前刺一下，就能把劉秀等人當場殺死。卻誰都不敢輕舉妄動，眼睜睜地看著先前被自家困住的疲憊之師從面前經過，眼睜睜地看著，對方一路走向了臨時皇宮！

「淯陽侯，你意欲何為？」鎮殿將軍申屠健從皇宮前的幾處宅院裡衝了出來，身後還跟著五千餘御林近衛。每個人體型都跟賈復相似，每個人身上的盔甲，都被雨水打得閃閃發亮。

「去見陛下問問家兄是因何而死！申屠將軍可是想要攔我？」劉秀的手，緩緩按住了腰間刀柄。

「我……」申屠健楞了楞，有股寒氣從尾椎直衝腦門。

按照劉玄、謝躬和他預先商定的計劃，他當然是要將劉秀攔住，最好是一舉拿下，然後治此人一個欺君之罪，永絕後患。然而，當他真正面對劉秀之時，才知道，沒有上萬死士相助，這個任務根本不可能完成！

對方身上的殺氣太重了，宛若一道忍而不發的閃電。而他，還有他所統領的御林近衛，卻全都是血肉之軀，根本承受不了閃電的奮力一擊。

「不想攔著劉某，就請讓路，以免引起誤會，讓申屠將軍後悔莫及！」劉秀的話，繼續傳來，聲音不能算高，卻震得申屠健搖搖晃晃。

本能地將手臂橫了起來，隨即，申屠健趕緊又將手臂落下。滿臉驚恐地看著劉秀從自己面前走過，嘴裡冒出一聲絕望的叫喊：「劉秀，令兄之事，乃是小人作祟。你，你切莫再去觸怒陛下，自，自己找死！」

「那又如何？」劉秀扭頭看了他一眼，年輕的面孔上寫滿了不屑。

申屠健的心臟，猛地打了個哆嗦，胯下的戰馬，也本能地後退。

「啊——」幾個對劉玄忠心耿耿的親衛，承受不住壓力，忽然大叫著舉起的長槊。還沒等他們將長槊向前刺出，賈復猛地揮了一下大戟，剎那間，叫聲消失，雨幕中，紅煙瀰漫。

「申屠將軍，麻煩帶路！」銚期快步上前，與臧宮一左一右，各自出手抓住申屠健的一隻胳膊。申屠健自問也是一員勇將，卻像小雞落入了鷹爪，無論如何掙扎都不起作用。只好任憑自己被二人拉著，策馬向皇宮而行。

其餘御林親衛不敢再多事，紛紛讓開通往皇宮的道路，眼睜睜地，看著劉秀的戰馬之前，再無任何阻攔。

不多時，劉秀等人來到了皇宮之外。還沒等開口叫門，耳畔忽然傳來一陣淒厲的號角聲，「嗚嗚，嗚嗚，嗚嗚嗚……」，緊跟著，數以千計的近衛，在謝躬、朱鮪、劉嘉三人的帶領下，出現在了宮城之上。

「文叔，切莫衝動，切莫衝動，給，給，給家族帶來滅門之禍。陛下對，對我舂陵劉氏不薄，除了大哥之外……」剛剛被劉玄封為興德侯的劉嘉，啞著嗓子，大聲勸告。彷彿跟謝躬，朱鮪才是同族，而跟劉秀有過血海深仇。

「住嘴！」劉秀用一聲怒喝，將他後面的話，全都憋回了肚子裡。隨即，拔刀出鞘，遙指此人腦門兒，「蒼天在上，你說出這話，虧不虧心？」

「轟隆！」半空中，恰恰又有一個悶雷炸響，震得宮牆搖搖晃晃。

猛然想起昆陽大戰的傳說，劉嘉的臉色瞬間就沒了血色，一縮頭，躲在了敵樓之內，再也不敢出來胡言亂語。

劉玄的舅舅謝躬，也被那一記悶雷嚇得兩腿發軟，不顧劉秀距離自己只有十幾丈遠，慌慌張張側過頭，向左右親信催促，「定國上公呢，定國上公的兵馬，什麼時候到？什麼時候能到？」

「啟稟尚書令，定國上公，定國上公說，他今天身體不適，沒法，沒法出門！」一名太監沿著宮牆的馬道迅速跑上，朝著尚書令謝躬小聲彙報。

「啊——」謝躬的身體又是一晃，差點直接掉出牆外。

宛城內外，近半兒兵馬掌控在王匡之手。此人忽然撩了挑子，讓，讓只積攢了四五萬嫡系的皇帝劉玄，如何，如何去面對五百驕兵悍將的含怒一擊？

就在此時，宮牆內，又有一名太監氣急敗壞地跑了過來。仰著頭，朝著謝躬低聲叫喊：「尚書令，尚書令，大勢，大勢不好。皇上，皇上派去淯陽的縣令，被岑彭趕了回來。岑彭說，他忙著祭奠柱天大將軍，忙著祭奠逆賊劉縯，沒，沒空接旨！」

「仲先果然不負他當年所學！」皇城根兒下，劉秀將城上的對話聽了個明白，側過頭，與嚴光以目忽視。

以五百人返回龍潭虎穴，他雖然膽大，卻也不可能暗中不做任何布置。而學了一肚子縱橫之術的朱祐朱仲先，正是實施那些暗中布置的最佳人選。早在四天之前，朱祐就打扮成一個商隊頭領，携帶數車貨物混進了宛城。然後，藏在貨車內的金銀珠寶，就無聲無息地，進入了劉玄身邊那些「肱骨重臣」府邸。

「轟隆！」閃電落下，將宛城東北方天空，照得一片雪亮。

城北軍營，槍如林，刀如雪，五萬大軍，在雨水中站得整整齊齊。大將軍廖湛端坐在馬背上，先朝著烏雲翻滾下的宛城嘆了口氣，然後將手中鋼刀一指，帶領隊伍向西大步而行。

「二弟，二弟，且慢，且慢！」陳牧乘坐馬車匆匆忙忙趕來，從窗口處探出半顆腦袋，大聲祈求。「你這是幹什麼，那劉縯素來跟你不對付，咱們哥倆兒也好不容易才享了幾天清福。你何必為劉家兄弟出這種頭？」

「大哥，我不是替劉縯出頭，我是怕我留在宛城，咱們哥倆兒都不得好死！」廖湛拉住坐騎，看著頭髮已經白了一大半兒的陳牧，嘆息著回應，「前天夜裡，姓朱的雖然說得大部分都是屁話。但是有一句，卻戳進了我心窩子裡頭。論功勞，有比先將皇位拱手相讓，再將都城拱手相讓還大的嗎？連劉縯他都能騙到面前殺掉，我要是不帶著弟兄們離開，讓他心中有所忌憚。哪天他看咱們兄弟不順眼了，肯定也是一刀了事！」

「啊！」陳牧倒吸了口冷氣，滿肚子勸告的話，再也說不出半個字。

對方口中那個他，在誅殺劉縯之舉中所展現的狠辣果決，所展現的陰險狡詐，都超出了當朝所有人的預料。如果不及早做一些準備，誰能保證，自己就不是下一個劉縯？

「大哥捨不得宛城繁華，做兄弟的也不勉強你。」輕輕地又嘆了口氣，廖湛繼續補充，「但是大哥請牢記，今後凡是皇帝召見，一定帶足了侍衛，並且至少有三名重臣同時在場。否則，寧可躲在家裡裝病，也堅決不能奉召。發覺勢頭不妙，立刻逃出宛城。只要兄弟我還帶著兵馬在外邊，劉玄就不敢公開派人追殺！」

「這……」陳牧看了看陰沉沉的天空，又看了看自己受傷後已經無法長時間騎馬的雙腿，鄭重點頭，「為兄記住了，只是辛苦了你！」

「沒啥辛苦，都是我自找的！」廖湛搖頭，苦笑，「恢復大漢，恢復大漢，沒想到咱們哥倆為捨生忘死的大漢，居然是這般模樣！」

說罷，將鋼刀朝空中一揮，帶著弟兄們拔營而去。

消息沒有腳，卻走得比風還快。不多時，廖湛帶領平林軍西進巴蜀之事，就傳入了定國上公王匡府邸。

已經果斷選擇了坐山觀虎鬥的王匡，聽到消息之後先是微微一楞，旋即，就瘋狂地大笑了起來，直到笑得滿臉都是眼淚。

「國公，你老這是為何？」司農卿胡殷跟王匡交情厚，走到他身邊，低聲開解，「那廖湛乃是陳牧的人，他走了，不正好避免了皇上再挑動陳牧來對付您老嗎？」

「是啊，老夫，老夫頓覺背後一輕！」王匡一邊抬起手來在自己臉上塗抹，一邊大聲回應，「可，可皇上，皇上眼裡，老夫就更面目可憎了！」

「啊？」胡殷楞了楞，眼睛裡露出了幾分迷茫。

「啊什麼啊？」王匡看了他一眼，繼續抬手抹臉，但是，臉上的淚水，卻怎麼抹都抹不乾淨，「原來老夫以為可以掌握住劉玄，所以恨不得劉縯立刻去死。但劉玄脫離老夫掌控之後，劉縯和老夫，卻誰都死不得。如今劉縯被皇上給殺了，廖湛又嚇跑了，老夫就成了皇上面前，唯一的威脅。從今往後，睡覺都得穿著鎧甲！」

「轟隆！」一顆悶雷砸下，將庭院內一株懷抱粗的大樹，劈了個四分五裂。

「轟隆！」「轟隆！」「轟隆！」……

雨，已經漸漸小了。但是雷聲，卻依舊從宮城上空滾過，連綿不斷。

等不來王匡，又聽聞廖湛領軍向西而去，大司馬朱鮪心裡也開始發了虛。咬著牙從敵樓內探出半顆腦袋，大聲向劉秀斷喝：「淯陽侯，你無旨返回宛城，莫非，莫非是要造反嗎？倘若如此，朱某，朱某雖然勇武不及你十一，卻也，卻也要戰死在這裡，不准你傷害陛下分毫！」

「你……」沒等劉秀回答，尚書令謝躬先向朱鮪瞪起了眼睛。哪有這麼威脅對方的，上來先承認自己打不過，然後再宣布準備以死殉國？劉秀聽到了，氣焰豈不是愈發囂張？

然而，城下的回應，卻出乎他的意料。先前連闖兩關，嚇得王勃和申屠健都不敢輕舉妄動的劉秀，忽然將刀插回了鞘內，隨即雙手抱拳，朝著朱鮪施禮，「末將不敢！大司馬明鑑，末將若是造反，肯定要帶上整支東征軍，而不是身邊這區區五百親近兄弟。」

「啊！」不僅謝躬楞住了，連硬著頭皮向劉秀問話的朱鮪，也被說得兩眼發直。彷彿到此刻才發現，劉秀身邊沒多少弟兄，只要他們下定決心，豁出去用人命堆，絕對能將劉秀活活耗死一般。

「那，那你到底意欲何為？」倒是劉嘉，總算沒辜負劉玄對他的信任，忽然又鼓起了勇氣，將先前自己已經問過了一遍的話，再度高聲重複。

「劉某此番返回宛城，目的有二。第一，替家兄向聖上謝罪，請聖上開恩，放過劉某和家兄的妻兒！第二，請求皇上准許劉某替家兄守靈，讓他不至於走得太孤單。」劉秀仰起頭，向著劉嘉鄭重拱手，全身上下，再也看不到絲毫的殺氣。

「啊？」謝躬、朱鮪、劉嘉三個，又是一楞。短時間內，誰都不敢相信自己的耳朵。但是，好不容易看到劉秀準備服軟，他們又怕錯過制服此人的時機。商量了又商量，終於由劉嘉出面，小心翼翼地提出了一個要求，「面見聖上可以，但你得遵守規矩，不能携帶任何武器。你，你身邊這些衛士，也不得入內！」

「好！」劉秀聞聽，毫不猶豫點頭。隨即翻身下馬，將環首刀接下來，遞到了馬三娘之手。「三姐，替我拿著。弟兄們，也交給妳！」

「嗯！」馬三娘點頭答應，接過劉秀的佩刀，抱在懷中，彷彿抱著無價之寶。

鄧奉、賈復、王霸、劉隆四人，也相繼下馬，默默地交出兵器，跟在了劉秀身後。

一共只有五個人，並且都是大漢的官員，即便想要鬧事，赤手空拳也抵不住宮城內的上萬御林軍！謝躬、朱鮪、劉嘉三人互相又看了看，強忍心中不安，讓親信將宮門拉開了一道小縫。然後立刻命令弓箭手做出準備，以防劉秀的人趁機強行衝擊皇宮。

事實證明，他們的擔心純屬多餘，見到宮門開啟，劉秀立刻帶著鄧奉、賈復、王霸、劉隆四個，大步走進了皇宮內，從始至終，都沒往身後做出任何暗示。

謝躬和朱鮪二人，心神立刻大定，趕緊偷偷命人去關閉宮門，準備給劉秀來一個甕中捉鱉。誰料，還沒等門口的兵卒將命令付諸實施，馬三娘身後，忽然飛出兩桿鐵槊。「轟！」地一聲，齊齊釘在了門板之上，將推門的兵卒，震了個東倒西歪！

「賊子，休要耍陰謀詭計。我家將軍若是少了半根寒毛，銚某（馬某）必將跟爾等不死不休！」

銚期和馬成雙雙上前，用身體和戰馬，頂住了城門。

「這？劉秀，你，你這又是何意？」謝躬嚇得頭皮發麻，果斷將身體縮到了親兵背後，用顫抖的聲音質問。

「既無外寇，又無內亂，尚書令何必急著關閉宮門？」劉秀側過頭，朝著他微微冷笑。

一股寒意，迅速籠罩了謝躬的全身，剎那間，他恨不得讓時光倒流回宮門打開之前，讓劉秀永遠沒機會入內。然而，此時此刻，想要後悔，卻徹底來不及。只好一邊用手勢悄悄命令嫡系兵馬向宮門附近靠攏，一邊繼續低聲說道：「在下，在下，在下是怕，怕雨大，雨大發了水。並無，對淯陽侯並無惡意。淯陽侯如果不喜歡關門，就不關好了。陛下此刻就在御書房，你可以直接過去見他！」

「家兄當日，想必也是走過此門！」劉秀忽然輕輕嘆了一聲，隨即，伸手拉住了正在偷偷給身邊人使眼色的朱鮪，「在下從沒去過御書房，還勞煩大司馬幫忙帶路！」

「我，我乃當朝大司馬？哪，哪有大司馬給振武將軍帶路的道理？」朱鮪叫喊著掙扎，堅決捍衛自己的官爵榮譽。然而，握在他胳膊上的手，卻像鐵箍一般，任他如何努力，也無法掙脫分毫。

正尷尬間，卻忽然聽到前方傳來了太監們的高聲提醒：「聖上駕到，請尚書令、大司馬和淯陽侯，上前奏對——」

「陛下小心！」朱鮪立刻放棄的掙扎，果斷用自己的身體，擋住了劉秀的眼睛。

今天劉秀的一舉一動，都遠遠超出了他和謝躬等人預先的謀劃。所以，他斷然不敢讓劉玄直接去面對劉秀，以免謠傳有神明暗中庇佑的劉秀，突然施展出什麼殺招。

「微臣，拜見陛下，祝陛下江山永固，福壽綿長！」尚書令謝躬，也趕緊從自己的親信身後鑽了出來，與朱鮪並肩而站，俯身向遠處的劉玄行禮。

「文叔，你剛才不是說要替大哥向陛下謝罪麼，還不趕緊？」劉嘉對劉玄的忠心，絲毫不比這二人少，也快速衝出親信的包圍，用後背和屁股擋住劉秀的胸口。

如果劉秀暴起發難，他們三個，就是擋在劉玄身前的第一道屏障。只要拖延上幾個呼吸時間，劉玄身邊的親信，就足以護著他退入內宮，然後調動宛城當中所有兵馬，與「叛軍」決死一戰！

非常可惜的是，他們三個的努力，全都落在了空處。劉秀既沒暴起發難，也沒召喚流星相助。而是緩緩繞過了他們三個，來到劉玄近前，抱拳行了個武將之禮，「陛下，末將罪在不赦，先前全憑家兄庇護，才得以逍遙法外。聽聞家兄被陛下所誅，末將特地趕回宛城，任由陛下處置！」

「果然不出朕所料，原來是玩臥薪嘗膽這一套！」劉玄心中，頓時就是一喜，隨即，虛偽地向劉秀回應，「劉將軍這話就不對了，令兄是令兄，你是你，朕心裡清楚得很！」

先前他只聽聞劉秀接連闖過了兩道阻截，直達皇宮門口。卻沒聽聞王匡選擇袖手旁觀，岑彭驅趕淯陽縣令和廖湛領軍出走等事，因此心內充滿了自信。特別是發現劉秀居然跟自己玩假意屈服，臥薪嘗膽這一套之時，更是覺得穩操勝券。

誰料，接下來，劉秀的話，卻宛若耳光般，一記接著一記抽在了他的臉上。

「陛下此言大謬，末將犯有七條大罪，條條不可輕恕。第一罪，末將當年面對王莽拉攏，不該堅稱自己的大漢高祖子孫，忤逆犯上！第二罪，末將當年在太行山中，不該顧惜同族之誼，私放綠林軍信使！第三罪，末將不該私放此人之後，又替此人擋住了太行山賊的追殺！」

「啊……」劉玄嘴裡發出一聲驚呼，緊跟著，面紅耳赤。

當年在太行山中，如果不是劉秀幾度仗義出手，他早就被孫登的人剁成了肉泥。而這番救命之恩，他過後提都不願意提起，更不用說記在心上。

正惱怒得不知道該如何回應之時，卻又聽見劉秀大聲補充道：「末將第四罪，乃是不服王法，協助家兄起兵謀逆，誅殺朝廷官吏。末將第五罪，乃是小長安聚逆流而上，救下您和其他若干綠林豪傑，令綠林軍有機會重整旗鼓。末將第六罪，乃是不辨時勢，在昆陽大破四十萬官軍，令朝廷再無精兵可用。末將第七罪，乃是新鄭破敵，讓洛陽門戶洞開，司隸一日三驚！此七條大罪，或者辜負新朝皇帝的聖恩，或者坑害了新朝無數文武，百死莫贖。還請陛下早日誅殺末將，討王莽歡心，替戰死的新朝將士報仇雪恨！」

「你，你……」劉玄額頭上，汗出如漿。露在外邊的臉、脖頸和手背，也羞得紅裡透黑。

按照他預先和謝躬等人的判斷，劉秀此番回宛城，必會效仿越王勾踐，忍辱負重，以圖將來替其兄劉縯復仇。而自己，則剛好將計就計，先奪了劉秀的兵馬，然後再羅織一個罪名，將其連同劉縯的兒女一共誅殺，永絕後患。卻萬萬沒想到，劉秀雖然只帶了五百人，卻先闖過了兩道重兵阻截，然後當著上萬將士的面，指責他跟王莽蛇鼠一窩！

他當然不是，也不可能是王莽的同夥。然而，他前一段時間做的，和眼下正想做的，卻絕對符合王莽的利益，絕對能讓新莽滿朝文武拍手稱快。他是在變相幫助新莽，對付大漢。而他偏偏又是大漢朝的皇帝，王莽的仇敵！

「大膽狂徒！」

「逆賊住口！」

「劉縯有不臣之心，人盡皆知，你還替他狡辯？」

「劉秀，你也想造反嗎？」

……

不能眼睜睜地看著劉玄受辱，朱鮪、謝躬、劉嘉，還有一些劉玄身邊的太監，如同被踩了尾巴般的蛇鼠般，紛紛轉過頭，對著劉秀張牙舞爪。

「哈哈哈哈——」劉秀突然仰天大笑，彷彿面對的是一群玩雜耍的侏儒。

「我大哥若是有不臣之心，早就領軍撲向襄陽，就憑爾等這點本事，誰能擋得住他傾力一擊？」

「劉某若是想要造反，自當帶著東征軍回撲宛城，就你們這群土雞瓦狗，也配跟劉某沙場爭雄？」

「正因為家兄對陛下忠心耿耿，才離開自己的大軍，只帶著少許衛士見駕，才會遭了無恥鼠輩的毒手！」

「正因為劉某不忍漢軍自相殘殺，才會只帶著區區五百人，回到宛城替家兄討個公道。否則，爾等的腦袋，即便不由劉某砍下，早晚也得被恢復了元氣的莽軍砍下，哪有資格在這裡信口雌黃？」

「你，你，你……」

朱鮪、謝躬、劉嘉等人，被罵得一個個兩眼發黑，手臂和大腿不停地哆嗦。

對方的話很衝，卻未必說錯。劉縯當初如果不是顧全大局，選擇放棄攻打宛城，直接帶兵撲向襄陽。王匡和劉玄兩個，還真未必抵擋得住。

劉秀在劉縯死後，如果想要帶領東征軍造反，王鳳也根本沒力量阻攔。

而劉縯之死，也正是因為他把自己擺在了臣子的份上，獨自入宮見駕，才遭到了重兵的伏擊。

至於沙場之上擋住東征軍，劉玄身邊的文武，恐怕誰也沒膽子吹這種牛。更何況，即便朝廷這邊能夠獲勝，恐怕也是元氣大傷，短時間內，無法再向洛陽和長安發起進攻。

而王莽則可以趁機重整旗鼓，然後再度選派良將領軍前來「平叛」！屆時，劉縯、劉秀兄弟都已經死去，東征軍和柱天都部也不復存在，誰來替劉玄阻擋新朝的鐵騎？

「劉秀，你大逆不道！陛下處置誰，不處置誰，自有法度。豈容你一個小小的將軍來指手畫腳？」先前一直躲在劉玄身後的李秩見勢不妙，趕緊赤著胳膊上陣，以免自己被劉玄當成替罪羊。

還沒等他走到劉秀身前五尺之內，賈復猛地飛起一腳，直接將他踹了個倒栽蔥。「滾開，賣主求榮之輩，哪有資格在我家將軍面前噪聒？」

「大膽……」劉玄身後的死士勃然大怒，果斷一擁而上。他們的反應不可謂不快，只可惜，遇到的乃是賈復。後者將兩條長腿甩開，就像兩根鋼鞭，「乒乒、乒乒！」將靠近自己的死士都掃得倒飛而起，一個個口噴鮮血。

另一側，鄧奉和王霸兩個，則空著雙手，攔住其餘死士，將持有兵器的對方打得抱頭鼠竄。

「陛下，既然我大漢朝自有法度，末將請問，家兄究竟觸犯了哪個必死的律條？」劉秀對周圍的死士看都不看，繼續向前邁動腳步，同時大聲追問。

「可是因為他首舉義旗？」

「可是因為顧全大局，不跟與陛下相爭？」

「可是因為他攻城拔寨，為大漢光復了半個荊州？」

「可是他打下宛城之後，自己不住，卻將五都之一，拱手相讓。將府庫裡的錢糧細軟，沒有拿走一文一毫？」

每走一步，他便問上一句。手裡雖然沒有握著刀，但身體上所散發出來的殺氣，卻逼得劉玄連連後退。

「劉文叔，你欺人太甚？」大司馬朱鮪氣急敗壞，咆哮著舉起手臂，準備招呼周圍的御林軍一擁而上。還沒等命令從他嘴巴裡發出來，跟在劉秀身後的王霸，忽然俯身撿起了一把御林軍的配刀，「你不妨一試，十步之內，王某究竟敢不敢做一回荊軻？」

「不，不要……」朱鮪打了個哆嗦，手臂頓時僵在了半空之中。

上萬御林軍，哪怕是一人一口吐沫，都能將劉秀、鄧奉、賈復、劉隆、王霸五人活活淹死。然而，他們卻無法保證，在劉秀等人被淹死之前，劉玄是否還有機會活命。

「住手，全都給我住手。劉將軍，劉將軍，這是誤會，誤會，陛下當日絕無加害令兄之意，只是，只是陰差陽錯！」謝躬讀書比朱鮪還多，更知道「十步之內，王之性命懸於匹夫之手」的典故，嚇得慘白著臉大聲叫嚷。

昔日毛遂出使楚國，卻受到楚王的呵斥。立刻回應道：「王之所以叱遂者，以楚國之眾也。今十步之內，王不得恃楚國之眾也，王之命縣於遂手。」

如今劉玄面前，可不止有王霸這個當世荊軻，還有膂力天下無雙的賈復，武藝超群的鄧奉，對劉秀忠心耿耿的劉隆。如果繼續打下去，第一沒命的，保證是劉玄。

「住手，住手，朕，朕正在跟淯陽侯說話，爾等誰都不准添亂！」劉玄的反應，只比朱鮪和謝躬稍稍慢了半拍兒，也一邊後退，一邊扯開嗓子吩咐，「誰再添亂，就是故意想要害朕。朕，朕相信淯陽侯對朕忠心耿耿，朕，朕悔不該誤信小人之言，與伯升兄起了衝突，害得他死不瞑目！」

「陛下……」李秩剛剛從地上爬起來，聽到劉玄的話，頓時再度大口吐血。

給了劉縯關鍵一刀的，乃是他李秩。偷偷跟劉玄勾搭，將劉縯可能會在王莽被殺後出馬爭奪皇位的「計劃」，和盤托出的，也是他李秩。劉玄今天沒勇氣直面劉秀的質問，推托劉縯的死，是因為誤信小人進讒，那個小人，還能有誰？

「李秩，原來你在這兒？」彷彿剛剛看到此人的存在，劉秀側轉頭，對著他大聲怒喝，「當日舂陵起兵，你反覆遊說我大哥登位，你方好裂土封王，是，也不是？」

「那日得知陛下得位，你向我大哥建議，要領軍打回淯陽，被我大哥拒絕之後，便一直懷恨在心，是也不是？」

「上次我回宛城時，你故意跳出來，為我哥出頭，本意卻是挑起我大哥跟定國上公之間的矛盾，是也不是？」

「我大哥待你親如手足，你為了向上爬，卻捅了他當胸一刀，是也不是？」

「我，我，我……」李秩被問得無法招架，求助似的看著劉玄，「陛下……」

「陛下！」劉秀哪裡容他開口，迅速將目光轉向劉玄，「此等李秩是反覆無常的小人，他的話，豈可輕信？家兄待他親如手足，他尚且要給家兄一刀。陛下今日將其當做心腹，小心將來他故技重施！」

「這……」劉玄激靈靈打了個哆嗦，本能地將腳步從李秩身邊挪遠。

劉秀的話，肯定是在挑撥離間。但李秩這個人，肯定也是心如蛇蠍。

劉縯對他那麼好，他都賣起來毫不猶豫。將來自己這邊有了麻煩，指望他李秩來效死力，豈不是與虎謀皮？

「陛下，微臣冤枉，微臣冤枉！」李秩的感覺極其敏銳，發現劉玄主動跟自己拉開距離，再也不顧上吐血，扯著嗓子大叫，「劉縯謀反之事，絕非微臣捏造。陛下請想想，想想他麾下，抗威將軍劉稷的做派，若無劉縯在背後支持，此人豈敢如此囂張？」

「放屁，你簡直是滿嘴狗屁？」王霸拎著刀走過去，大聲喝罵，「子禾兄那種狂傲性子，我柱天都部上下，哪個不知道？大將軍若是謀反，怎麼可能跟他商量，指使他主動暴露自家打算？大將軍若是像你一樣蠢，又怎麼可能百戰百勝？早就敗進了綠林山中，靠著野雞和兔子苟延殘喘了！」

這幾句話，說得雖然糙，卻句句說在了點子上。把個李秩立刻給駁得啞口無言。

劉玄在旁邊聽了，兩隻眼睛，卻立刻開始骨碌碌亂轉。

他之所以下定決心幹掉劉縯，李秩的小報告絕對起到了關鍵作用。而現在看來，李秩的小報告，卻未必為真。

換作他自己想要犯上作亂，絕不會跟劉稷這種肚子裡憋不住話的人合謀，否則，還不如去上吊跳崖！而殺了劉縯之後，他自己的麻煩，卻一點都沒減少。原來還可以挑撥劉縯和王匡針鋒相對，坐收漁利。而現在，卻每次上朝都得親自面對王匡的冷臉，每次都如坐針氈。

只是，人已經殺了，仇已經結下，作為皇帝的他，該如何去收拾殘局。

最好的辦法，當然是將錯就錯，把劉秀也給一起殺掉。但是，如今劉秀距離他不足五尺，殺氣刺激得他頭皮發麻，他怎麼可能有勇氣，命令御林軍和死士們繼續上前，不用管自己死活？

正愁得恨不能鑽回被窩中，睡個天昏地暗之時，忽然，宮門口又傳來一陣嘈雜的喧譁聲。緊跟著，安國公王鳳帶著兩名親信，跌跌撞撞地衝了進來，「陛下，陛下且莫衝動，馬子張，馬子張把東征軍給拉走了！」

「啊——」劉玄最害怕的人當中，馬武肯定能排在前三。頓時被嚇得接連打了好幾個哆嗦，本能地質問，「他將東征軍拉到哪裡去了？你，你當時又在幹什麼？」

「陛下，老臣，眾怒難犯，老臣當時一點辦法都沒有！」王鳳抬手抹了把汗，見劉秀居然還好好地活著，立刻不再像先前一樣緊張，「拉，拉回潁川去了。他，他說，他說劉秀不肯給劉縯報仇，他卻不能忘記劉縯的恩情。所以，如果誰要敢動劉秀一根指頭，他就立刻投降王莽，先跟陛下您分個生死！」

「可惡！」劉玄氣得兩眼冒火，拳頭也捏得咯咯作響。

漢室恢復至今，馬武一直是最特別的存在，不僅是由於他的武勇，還由於他跟綠林新市、下江和舂陵三撥人馬之間，都有著千絲萬縷的關係，在三支隊伍當中，都大受推崇。

如果此人倒向了王莽，絕對可以拉著大部分心懷怨氣的劉縯舊部，也加入官軍。而如果此人領兵殺向宛城，出身於綠林新市軍和下江軍的許多將領，也未必願意跟他認真交戰，甚至可能當場反戈一擊。

「劉秀，你，你這又怎麼說？」李秩在旁邊如飲了續命湯，果斷跳起來，朝著劉秀大聲叫嚷。

「陛下，馬武分明是在要挾您！而他之所以這樣做，肯定是劉秀暗中指使……」一個籬笆三個樁，李秩雖然奸詐，也有一兩個死黨。相繼跳了出來，大聲進讒。

「放屁，放狗屁！」王鳳憤怒地轉過身，手指李秩，破口大罵，「劉秀離開軍營之時，老夫親眼看見，馬武攔阻不成，宣布跟他一刀兩斷。你這賣主求榮的惡賊，隔著上千里路，還能比老夫看得更清楚？分明是你，先害死了大司徒，又擔心被湞陽侯報復，想要借陛下之手斬草除根！」

「是極。」始終沒有說話的申屠健忽然也站了出來，大朗聲道，「馬武挑動湞陽侯為其兄長報仇，湞陽侯嚴詞拒絕，更說明他對陛下忠心耿耿。常言道，捉賊見贓，捉姦在床。李秩剛才的話，確實有點，有點臭不可聞！」

「嗯？」聽見申屠健突然為自己說話，劉秀的眉頭，不禁微微上跳。隨即，便猜到了緣由所在。怪不得今天自己闖過第二道阻攔之時，此人表現得那般窩囊，原來是已經收下了朱祐的厚禮！這老兄，做生意做得夠講究，將來肯定值得深交！

「陛下，微臣也覺得，李將軍的話，有栽贓陷害之嫌！」看熱鬧的太監身後，很快又閃出了劉玄的心腹謀士曹竟。一開口，就給李秩定了性。「那馬武只服劉縯一個，根本看不起其餘任何人。劉秀怎麼可能指使得了他？倒是他威脅要投奔王莽之語，陛下切莫當做戲言！」

「奶奶的，老子是偷你老婆了，還是掐死你孩子了？」見申屠健和曹竟一武一文，居然幫著劉秀對付自己，李秩氣得在肚子裡大罵。然而，他卻知道，此刻自己說得再多，也無法再讓劉玄相信馬武是受了劉秀指使。只能寄托於劉玄還沒有被嚇傻，明白不能放虎歸山的道理，先將劉秀穩住，然後再找機會將其果斷誅殺。

「陛下！」忽然從甬道右側走過來一個中涓，神色慌張，不顧朝臣詫異的目光，附耳在劉玄旁邊，輕聲說道，「岑彭驅逐了淯陽縣令，在軍中升起了黑旗，帶頭向劉縯致祭！」

「啊——」宛若遭到了雷擊，劉玄後退數步，差點一頭栽倒。那中涓卻好像還嫌他受到的打擊不夠沉重，連忙將他扶住，同時繼續低聲補充道，「廖湛帶領平林軍舊部，離開了宛城，說是西征巴蜀，為陛下光復大漢故土！」

「什麼時候的事情？怎麼只有你向朕彙報？」劉玄不敢相信，也不願意相信自己的耳朵。強忍慌亂，大聲追問。

「陛下，剛才就有人送密報入宮，末將在宮外還聽見尚書令在罵岑彭和廖湛兩個是謬種！」申屠健張開大嘴，像個傻子般笑著補刀。

「陛下，微臣，微臣剛才忙著迎接淯陽侯，沒來得及向您彙報！」唯恐引起劉玄的猜忌，謝躬趕緊大聲解釋。

「朕知道了，隨他們去！」劉玄咬著牙，用力擺手。

廖湛為何要領兵出走，岑彭為何要驅逐縣令，割地自據，他心裡清清楚楚。都是由於劉縯的死，而自家這邊，卻無法讓死者復生。所以，只能將錯就錯，然後……

正準備假裝受到驚嚇，將他自己跟劉秀之間的距離繼續拉大，就在這時，皇宮外面，忽然又傳來一陣嘈雜之聲，哭嚎，喊冤，怒罵，還有一部分好像是兵器相撞，宛若怒潮般，一波波撲入每個人的耳朵。

「啟稟陛下，不好了，不好了。宮外有上千士卒正在鬧事，說要找陛下您，為安……為劉逆討個說法！而且人數越來越多，形勢危急！」王勃忽然頂著滿臉的血跑了進來，趴在地上大聲彙報。

「那你還楞著幹什麼？還不抓緊調來大軍鎮壓這幫叛賊！」李秩不知道哪裡來的勇氣，搶在劉玄做出決定之前，大聲吩咐。

「末將，末將手下的弟兄，也有很多人欠過淯陽侯救命之恩！」王勃抬頭看了李秩一眼，然後向劉玄解釋。

小長安聚之敗，劉秀憑著一向熱血，反覆衝殺，不知道救下了多少弟兄。他雖然記不住這些人的名字和長相，而這些人，卻不會個個都如劉玄那樣，恩將仇報！

所以，今天的第一道阻攔，劉秀才闖得不費吹灰之力。所以，當城內有劉縯的舊部鼓噪鬧事，這些人才不肯去鎮壓，而是採取放任態度，讓他們直接衝到了皇宮門口兒。

道義無形無聲，卻會落在每個人的心裡。

關鍵時刻，就會發生作用，變成一身最牢固的甲胄，最銳利的長兵！

「陛下，陛下，大事不好。」彷彿事先約準了時間一般，劉秀的三叔，素來跟劉縯不對付的大宗正劉良，小跑著闖入了皇宮，氣喘吁吁地向劉玄示警，「定，定國上公離開宅院，住進了城西的軍營。」

「老匹……」忍無可忍，髒話從劉玄嘴裡噴湧而出。但是，只罵了半句，他就果斷閉上了嘴巴。

宛城內外，原本駐紮著四支兵馬。城南的柱天都部、城北的平林軍、城西的新市軍和城東的大漢御林軍。如今，柱天都部因為劉縯的死，已經分崩離析。平林部，被廖湛帶著不告而別。御林軍被劉秀和一些心懷不滿的柱天都部餘孽牽制，手忙腳亂。在這當口兒，定國上公王匡卻突然住進了新市軍大營，到底意欲何為？

答案有很多，但無論哪一個，對劉玄來說，恐怕都不是好事兒。所以，此時此刻，他必須強壓下心中怒火，儘快想辦法解決眼前困境。然後整合手頭所有力量，防備王匡趁機「圖謀不軌」！

「湞陽侯，你想替令兄鳴冤，朕明白你的意思！」到底是做了皇帝的人，短短幾個呼吸功夫，劉玄就做出了一個對自己最有利的決斷，「朕也非那無情無義之輩，認為你既然對大漢忠心耿耿，就不該再有兄弟之情。但當時的情況非常複雜，朕一時半會兒，很難調查清楚，令兄到底是不是被冤枉。是以，湞陽侯你還請稍安勿躁，先出宮去，替朕安撫了那些大司徒的舊部，讓他們各自回家耐心等待。若是能查明，安國公那日的確無謀逆之意，朕便如你所願，頒旨替他平反昭雪。若他確實暗中圖謀不軌，你和其他人也不必擔心，朕絕不會大搞株連，濫殺無辜！」

「謝陛下！」劉秀抱拳行禮，大聲道謝。雙腳卻如同扎了根般，不肯移動分毫。

「冤枉，大司徒冤枉！」

「李秩小人，不得好死！」

「大司徒如果想謀反，當初怎麼會將皇位都讓出來！」

「不知好歹，那個江湖騙子不知道好歹！」

……

皇宮門口，叫喊聲一浪高過一浪，不停地折磨著劉玄的耳朵。

「來人啊！」猛地將牙齒咬了咬，劉玄再度高聲吩咐，「將李軼給朕押入大牢。如果大司徒真的受到了冤枉，朕一定將此人千刀萬剮，為大司徒殉葬！」

「冤枉，微臣冤枉！」李軼嚇得魂飛魄散，跪在地上，拚命向劉玄叩頭。

劉玄忙著利用劉秀去擺平外邊的劉縯舊部，哪肯再理睬這顆棄子？擺擺衣袖，先示意親信們將李軼拖走，然後又強裝出一副和顏悅色面孔，低聲向劉秀解釋：「朕當日只想將大司徒扣下，查明真相之後，再做定奪。誰料大司徒性子過於暴烈，竟然持劍一路殺出了皇宮。結果，誤會越惹越大，而李軼又急於表現，才導致了最後的慘禍！唉，朕連日來，也是追悔莫及，所以，所以才遲遲沒有定下大司徒的罪名……」

「你不是沒有，而是找不到可靠證據，無法面對天下人的質問！」劉秀心中大罵，臉上卻依舊裝出一副木然表情，輕輕向劉玄拱手，「末將懇請陛下，將家兄的屍骸交還給末將，以便家兄入土為安。至於外邊的那些鬧事的弟兄，末將也會盡力替陛下去安撫。至於東征軍，還請陛下儘快指派新的統帥，末將，末將在替家兄料理完了後事，準備在他墳前結廬而居，以報答他當年撫育之恩。還請陛下，准許末將交還所有印信，從此去做一個什麼都不需要管的田舍郎！」

「湞陽侯，你——」劉玄大吃一驚，愣然看向劉秀，不知道自己究竟要如何回答才好。

長兄如父。劉秀是他哥哥劉縯養大，他要替他哥哥劉縯去守墓，天經地義。東征軍的兵權，他不要了。朝廷中的是非衝突，他也不再跟著摻和了！

如此一來，身為皇帝的劉玄，再也不用擔心他整合劉縯的舊部。更不用擔心他將來會給劉縯報仇。大漢內部，也不會因為他的存在，而發生內訌，讓王莽得到喘息之機。

他，他怎麼能走得如此乾脆？

他，他帶著五百親信星夜返回宛城，居然只是為了替他大哥喊一聲冤枉？他，他不顧一切連闖三道阻截，居然只是為了要回他大哥的屍體，讓他大哥早日入土為安？

他，今日既沒有忍辱負重，也沒有大義滅親，只是直來直去，實話實說。讓朝廷這邊所有事先的安排，都徹底變成了笑談！

「陛下，湞陽侯既然傷心過度，想要休息一段時間，陛下不妨先成全他。然後等國家有事，再下旨相召！」劉玄的心腹謀士，尚書令謝躬也看不懂劉秀的所作所為，大著膽子，在旁邊給自家東主支招。

「陛下，既然洛陽周圍已經無莽軍的大股兵馬，湞陽侯的確可以退下來休息一段日子，但是他和將士們的血戰之功，陛下卻不能不給出酬勞！」大司馬朱鮪，更是滿頭霧水，小心翼翼地，在旁邊補充。

如果劉秀今天選擇了大義滅親，先當眾跟劉縯劃清關係，然後再向劉玄搖尾乞憐。謝躬和朱鮪兩個，絕對會建議劉玄立刻誅殺此人，以免其效仿越王勾踐，行那臥薪嘗膽之事。

然而，劉秀偏偏沒有像他們預料的那麼做，偏偏把一切都擺在了明處，偏偏像個莽夫般，跟劉玄翻起了舊帳，提醒劉玄，他曾經多次救了此人的性命。提醒在場文武，若不是他當年在小長安聚反覆衝殺，大夥根本沒機會走到今天！

這，就讓謝躬和朱鮪兩個，無法再堅持各自先前的主意了。

若是繼續堅持斬草除根，會不會搭上劉玄的性命不說，王匡那邊，肯定要坐收漁翁之利。天下豪傑，也將恥笑劉玄心腸歹毒，連多次救了自己小命的恩人，都絕不放過！

而就此相信劉秀對劉玄忠心耿耿，又實在侮辱了謝躬和朱鮪二人的智商。他們兩個，堅決不相信，劉秀心中，對朝廷，對劉玄，對他們這些謀劃和動手殺了劉縯的人，沒有半點恨意。所以，他們建議劉玄走一步看一步，先放過劉秀，利用此人應付了眼前危機。然後再繼續尋找此人對朝廷心懷怨懟的把柄，想辦法名正言順地將其殺死。

「二位愛卿言之有理！」見謝躬和朱鮪兩個，都提議自己先滿足劉秀的部分要求，劉玄便不再猶豫，笑著輕輕點頭，「朕早就派人將大司徒的屍骸盛裝入殮，放在了皇宮左側的一處宅院當中。渭陽侯，你隨時可以讓興德侯帶你過去，將大司徒接走。至於交還印信之事，渭陽侯，還請你不要著急。王莽未死，群雄未平，待你休養一段時間之後，朕還要繼續對你委以重任！」

「謝陛下。」見劉玄不肯同意自己的辭職請求，劉秀也不多囉嗦，先向對方拱了一下手，然後繼續大聲補充：「既然陛下提到了王莽，請恕末將多嘴。家兄之枉死的消息，肯定很快就會傳入王莽耳中。可以想見，新朝君臣，必然彈冠相慶。王莽欲殺臣兄，圖謀已久卻不可得，如今陛下自毀長城，他必抓住時機，集結大軍發起反撲！還請陛下早做安排，以免被殺個措手不及！」

說罷，又狠狠瞪了一眼興德侯劉嘉，轉身而去。

「末將告辭！」賈復、鄧奉、王霸和劉隆四人，齊齊向劉玄拱了下手，也緊跟著劉秀走向了宮門。沿途遇到御林軍將士，後者都如潮水般讓開，誰也不敢主動挑起衝突，給了四人掉頭衝向劉玄的藉口。

「你，你們……」劉玄臉色，一陣紅一陣白，呼吸也粗重的宛若風箱。

他真恨不得，立刻下令御林軍動手，將賈復、鄧奉、王霸、劉隆四人碎屍萬段。然而，想想剛才四人在自己面前，赤手空拳打得一眾死士抱頭鼠竄的場景，又不得不強壓怒火。

十三騎衝破四十萬大軍，這麼算，四個人衝破一萬人的阻攔，應該相當輕鬆！

更何況，在場一萬御林軍之中，還有許多人受過劉秀的救命之恩，還有許多人同情劉縯的遭遇，根本不會認真出手！

「陛下息怒！」

「陛下，沒必要跟這幾個莽夫生氣！」

謝躬和朱鮪擔心劉玄被活活氣死，趕緊在旁邊出言勸解，「劉秀才是陛下需要提防之人。這四個莽夫，只是劉秀帳下四頭忠犬而已。只要他日陛下除掉了劉秀，不難讓他們四個，改為陛下衝鋒陷陣！」

「是啊，陛下，他們四個不過……」

「你們倆都給我閉嘴！」劉玄憋了一肚子的無名火，正找不到發泄的出口，低下頭，大聲斷喝。

謝躬和朱鮪兩人愕然，誰都不知道各自錯在了哪裡，只好乖乖地低下頭，不再發出任何聲音。

「兩個蠢材！」劉玄越看他們，氣兒越是不打一處來，咬了咬牙，大聲數落道，「殺了劉秀，誰替朕去收服馬武，還有岑彭？你能行，還是你能行？」

「殺了劉秀，誰替朕去牽制王匡，你行，還是你行？」

「殺了劉秀，將來萬一朕再次身陷險境，誰來捨命相救？你，還是你？」

「殺，整天就知道殺，殺完這個殺那個。殺到最後，朕手裡再無可用之將，可靠之兵，朕的腦袋，就得落到別人手裡。你們兩個，也一樣是被殺的命！」

說罷，不管二人能否聽得懂，一甩袖子，揚長而去。申屠健和劉嘉二人見勢不妙，趕緊互相使了個眼色，帶著御林軍迅速撤離，轉眼間，就走了個乾乾淨淨。只留謝躬和朱鮪，大氣不敢出一個，木樁似的，站在空蕩蕩的庭院當中。

「呱呱呱，呱呱呱……」雨已經停了，荷塘中蛙鳴不斷，彷彿在肆意嘲弄著某些人的愚蠢！

雨過天晴，一道七色彩虹宛若仙橋，橫跨碧空。宛城的小孩子都湧到大街上，跳著笑著，想像著一個個跟彩虹有關的神話人物，嘰嘰喳喳，如同過年般開心。

劉秀面無表情騎在馬上，緩緩而行。周遭的歡聲笑語，不斷傳進耳裡，帶給他的，卻是鑽心的疼痛。

那些小孩子就像年幼的自己，在一旁站著聊天的，是他們的父兄，而自己的兄長，卻已經變成了一具冰冷的屍體！

「文叔，有人跟著我們。」進入一條窄巷不久，鄧奉打馬上前，輕聲說道。

「給我打！先打了再問來頭！」劉秀眉頭輕皺，立刻做出了決定。隨即，一夾馬腹，疾馳而去。跟在他身後不遠處幾個賊頭賊腦的傢伙，連忙加快步伐追趕，卻被鄧奉、賈復、銚期等人堵個正著。

「你們，你們想幹什麼？」為首一人心中惶恐，色厲內荏道，「我們可是大司馬的人！」

「朱鮪來也照揍不誤！」鄧奉話音未落，其餘幾人已如虎似狼般撲了過去，飽以老拳。

面對百戰猛將，幾個跟梢的傢伙哪有還手之力。只聽乒乒乓乓一陣響，被揍得鬼哭狼嚎。眾將還覺不夠解氣，又上前將其扒光衣服扔到路邊，這才大搖大擺的離開，去找劉秀。

劉秀本打算先回自己府邸，安頓下弟兄。然後再趕著馬車，去接回大哥的屍骸。但出了巷子後，卻又改變主意，徑直朝安國公府而去。

一路上景色如故，然而所有種種，已然物是人非。

離得越近，他心中越痛，猛然聽見前面傳來嘈雜之聲，甚覺耳熟，急忙催動坐騎，加速前進。

方一來到府門口兒，殺氣立刻騰空而起。

只見嫂子和兩個侄兒，以及安國公府的下人，正被一幫凶神惡煞的披甲軍士從府中向外趕，走的稍微慢些，就是拳打腳踢，而且嘴裡不乾不淨，淨是些侮辱劉縯的髒話。

劉秀的小侄子劉興哇哇大哭，惹的旁邊一個士卒心煩不已，張口罵道：「小畜生找打！」揚手一鞭抽了過去。

空中突然亮起一道刺眼的白光，那士卒察覺之時，有股灼熱的疼痛感，從拿著鞭子的手臂，一直傳遍周身百骸，低頭再看，半條胳膊，已經掉在了地上。

「全都去死！」劉秀、馬三娘和鄧奉等人聯袂殺至，揮舞著鋼刀，將兵丁們打得潰不成軍。

「住手，哪裡的莽夫，居然敢替反賊出頭？」一個校尉模樣的人，聞聲慌忙衝出，抬手指著劉秀，厲聲喝問。

話音未落，劉秀已欺至他的身邊，一把便將其食指抓住，用力上掰，「哢嚓」一聲，將那校尉的手指掰為成了直角。隨即又將其整個人扯了起來，狠狠丟向了遠處的牆根兒。

「啊——」校尉慘叫重重落地，狂噴了幾口鮮血，昏迷不醒。

「大人，大人！」

「有逆賊造反！」

「快叫人，叫人！」

「快去稟告將軍！」

……

「叔父！」一片嘈雜的吵鬧聲中，兩個稚嫩的童音顯得格外清晰，劉璋、劉興，已認出了劉秀，哭著向他張開了手臂。

「小叔，你快帶璋兒和興兒走，快走……」劉秀的大嫂，緊跟著衝上前，焦急地向他吩咐。

「想走？晚了！」一個囂張至極的聲音隔空傳來，緊跟著，大批的兵卒蜂擁而至，將劉秀和劉縯家小團團包圍。

「劉秀，你有種，竟敢獨自回來！」為首的虬髯大漢尚不知剛才在皇宮中發生的事情，騎在馬上仰天狂笑，「說吧，你是想束手就擒，還是想負隅頑抗？」

「你是李秩的走狗？」劉秀依稀記得見過此人，卻想不出他的名字。

「你記性倒不錯，爺爺想當年……」

虬髯大漢正要吹噓下去，忽覺眼前一花，劉秀已經竄到他跟前。單手握住其腳踝，奮力一扯，如扯死猪般，將虬髯大漢扯到了半空當中。

「嗚——！」

「轟——！」

戰馬悲鳴著逃走，虬髯大漢落下，跟先前的校尉，做了一對滾地葫蘆。

「抓住反賊劉秀！」周圍士卒看到這一幕，紛紛作勢要衝上前，替大漢報仇。鄧奉、馬三娘和賈復等人，正愁沒理由出手，立刻冷笑著轉身迎戰，頃刻間，將這夥人殺得哭爹喊娘。

「劉秀，本官是奉了陛下的御旨前來抄家，你敢抗旨不尊？」一名將領打扮的傢伙，策馬衝到，甩著手上亮黄色的絹布，大喝叫囂。

「那又怎樣？」劉秀見此人自己找死，立刻策馬迎了上去。那將領被嚇了一大跳，撥轉坐騎，果斷逃命。還沒等逃出二十步遠，有個身著黑衣的明朗女子，策馬如飛而至，抬手就是一鞭，「啪

「──」，將其抽了個滿臉開花。

「妳敢辱我？妳辱我就是羞辱陛下！」那將領好歹也上過戰場，豈肯受一個女子的欺壓，立刻扯開嗓子，大聲威脅。

「啪！」黑衣女子毫不猶豫地再度揮鞭，抽爛了他另外一半面孔。然後繼續追著他，狂抽不止。

「啊，啊，啊，妳，妳敢……」那將領開始還不停地搬出劉玄的聖旨來做威脅，轉眼間，就被抽得滿臉是血，雙手抱著腦袋，落荒而逃。

「小妹！窮寇莫追！」劉秀靠近黑衣女子，抬手拉住了此人的戰馬韁繩。

「三哥！」黑衣女子丟下馬鞭，痛哭失聲。「你怎麼現在才回來，怎麼現在才回來啊？你……」

「小妹！」劉秀心中，宛若刀割。卻只能咬牙忍淚，低聲回應，「三哥，三哥太傻，只，只想著早日打進長安。沒，沒想到後面捅過來的黑刀。」

「伯姬，不要怪三叔。他，他早就勸過妳大哥。妳大哥，妳大哥卻不肯聽！」劉秀的大嫂哭著走上前，拉住黑衣女子的胳膊，大聲辯解。

來的黑衣女子，正是劉家小妹伯姬。早在數月之前，就嫁給了李秩的堂弟李通，成了李家媳婦。只見她，身穿一身黑色的孝服，兩隻眼睛，也哭成了爛桃。翻身先跳下馬背，然後一手拉住一個侄兒，踉蹌著走向院內，「大嫂，三哥，咱們回家，咱們回家。次元也來了，他說，只要他有三寸氣在，就絕不會眼睜睜看著大哥被人冤枉！」

「次元？」劉秀楞了楞，眼淚戛然而止。

李通儀表堂堂，學識淵博，深受劉玄喜歡和信賴。故而上次返回宛城之後，他就被留在朝中，沒有再跟著劉秀前往昆陽。所以，劉秀潛意識裡，一直認為李通和李秩，已經狼狽為奸。卻沒想到，李通居然不避嫌疑，主動要替大哥喊冤。

「剛才弟兄們鬧事，也是次元暗中鼓動。見你平安從皇宮出來，就趕緊散了，免得那個忘恩負義的傢伙，忌憚你影響力太大！」劉伯姬低下頭，用很小的聲音快速補充。

「啊？」劉秀又楞了楞，這才明白，為何在自己最需要時刻，哥哥的舊部來得如此及時。而當自己轉危為安，那些人又不經任何勸說，就迅速偃旗息鼓。

「我來時，次元讓我給你帶一句話。」劉伯姬迅速向四周看了看，然後聲音壓得更低，「劉玄多疑，謝躬、朱鮪奸詐，與他們為伴，一切當反其道而行！」

「哈哈哈哈，劉秀這廝，果然有趣！」聽完了屬下對劉秀離開皇宮後所做作為的詳細彙報，劉玄不怒反喜，「還有李次元的老婆，居然也是同樣的火爆脾氣。這一家人，倒是相似得很！哈哈，哈哈，哈哈哈哈……」

「陛下，他們也太膽大妄為了！劉縯是叛逆之罪，不將他們盡數株連入獄，已是陛下您寬厚仁慈，他們竟不知收斂，還把去抄家的張將軍打成那樣，對您的聖旨……」一旁伺候他的中涓聞聽，連忙小心翼翼提醒。

「聖旨朕原本就想收回來！」劉玄瞪了此人一眼，冷冷地道，「我讓他抄家，又沒讓他把劉縯的家人趕出去。此人狼子野心，該打，該打！如果可以，朕倒希望那劉秀，能把王匡那老匹夫也打上一頓！也讓朕出了心中的惡氣！」

「陛下的意思是……？」中涓雙目一亮，立刻躬身請教。

「暫且由他！」劉玄大笑，蒼白的臉上瞬間寫滿了得意，「他是故意裝魯莽也好，真的魯莽也罷，朕都由著他。反正朕會派人，將馬武、岑彭、鄧奉、賈復等輩，一一收入朕的囊中。他可以裝傻充楞。那些人，卻未必願意永遠陪著他胡鬧，丟了各自的大好前程。」

「陛下聖明！」中涓做恍然大悟狀，然後，又遲疑請教，「陛下，那馬武和岑彭兩個，不是要擁兵自重嗎？您若想……」

「他們那是在向朕示威。」劉玄撇了撇嘴，淡淡地說道，「朕沒殺劉秀，他們自然就不必要再玩這一套。況且淯陽緊鄰宛城，馬武那邊，也沒有多少糧草。朕給他們各自一個臺階下，他們自然會乖乖地改弦易轍！然後朕再給他們加官進爵，他們自然會明白，朕比劉縯更大度。跟著朕，比跟著劉縯更有前途！」

「陛下，聖明！」中涓再度恍然大悟，對劉玄佩服的五體投地。

劉玄見他模樣，忍不住放聲狂笑。笑過之後，又壓低聲音，滿臉神秘地吩咐，「百福，你替朕去知會劉秀，讓他明天來書房見朕。朕不追究他打人毀旨的罪責，他卻不能不替朕做事！」

「是，陛下。」中涓百福回答得畢恭畢敬。

次日清晨，百福領著劉秀來到御書房。甫一進屋，劉秀便打了一個酒嗝，刺鼻的氣味登時充斥全屋，劉玄本來還在煞有介事地練習書法，立刻被熏得裝不下去了，放下毛筆，擺出一副兄長的架勢，皺著眉頭責問：「文叔，你怎麼如此貪杯？」

「陛下，臣昨夜思念亡兄，就多喝了幾罈子，還望陛下恕罪。」劉秀醉眼惺忪，舌頭也有些僵硬，說出的話含糊不清。

「無妨！」劉玄擺擺手，又向百福道，「去拿些酸梅湯，給淯陽侯醒醒酒。」

「謝陛下。」劉秀見他擺出一副體恤自己的樣子，心中冷笑不止，索性一屁股坐在地上，靜待下文。

劉玄見他如此失禮，心中頓時有幾分惱怒，不過用人之際，他也只能先忍下一口惡氣，笑著問道：「文叔，朕聽說，三娘也跟你一起回來了。」

「陛下，馬三娘一直跟在我左右，不離不棄。」劉秀立刻抬起頭，滿臉警惕地大聲回應。

「文叔不必如此，朕只是想起了馬子張，所以才又提起了她！」劉玄心中愈發惱怒，表面上，卻依舊和顏悅色，「你昨天在朝堂上說的話，朕思前想後，覺得甚有道理！且不說大司徒是忠是奸，他這一去，王莽那邊，必定彈冠相慶，咱們本來的大好形勢……」

「陛下早知今日，何必當初。」劉秀撇了撇嘴，毫不客氣地打斷。

「朕很後悔，朕真的很是後悔！」劉玄裝出一副痛心疾首模樣，開始跟劉秀比拚演技。

「陛下何不殺了李秩，替家兄報仇？」劉秀早就將劉玄的真實心思，看得一清二楚，卻按照自己先去的計劃，繼續裝莽夫。「末將從此之後，一定但憑陛下驅策！」

「這……」劉玄恨得偷偷咬牙，轉過頭面對劉秀，卻又是滿臉笑容，「朕需要一些時間。況且，李秩當時，看著令兄一路從皇宮殺出來，也是誤以為他要對朕行刺，才出手跟他拚命。朕如果不問青紅皂白就殺了李秩，今後真的遇到有人謀反，誰還敢挺身而出？」

「那陛下究竟想要末將做什麼，還請直說？」劉秀毫不掩飾自己的失望，撇著嘴追問。

「既然死者已矣，活著的人，就不要再折騰了！」劉玄精神突然變得振奮，目光灼灼看向劉秀，「文叔，朕知道，馬武和岑彭，都對你大哥忠心耿耿。得知伯升死訊後，他們兩個相繼做了一些，一些糊塗事。很多人勸朕發兵征討他們，但朕卻覺得，他們皆是有情有義的漢子，所作所為，也都是基於一時激憤。朕若不肯放過他們，豈不讓天下忠義之士心寒？」

「唉！」幽幽嘆了一口氣，他痛心疾首地繼續表演，「伯升已逝，若馬武和岑彭再與朕離心離德，別說王莽，連那赤眉軍只怕都能滅了大漢！」

「你才知道？」劉秀肚子裡奚落，臉上卻依舊擺出一副愛理不理的表情，沉聲問道：「陛下有何打算？」

「無論朕有何打算，都需要文叔你鼎力相助。」劉玄雙目立刻開始放光，用手指比劃著說道，「馬武、岑彭二人，既是為伯升才反叛於朕，那麼只有你，才能說服他二人回心轉意！」

「臣的話，他們未必肯聽！」劉秀拱了拱手，冷冷地回應。「陛下真是高看微臣了。」

「文叔何必妄自菲薄？」劉玄笑吟吟看著他，滿臉嘉許，「那馬武既曾宣稱，誰敢動你，他就要了誰的命。由此便可以看出，他對你極為看重。至於岑彭，他雖在軍營中帶領將士們公開祭奠伯升，卻只是驅逐了朕派去的官吏，並未要了他們的性命。由此亦可推斷，他的用意跟馬武一模一樣。」

劉秀心中頓時翻起滔天巨浪，萬沒想到，劉玄竟然看事如此之準。當即，裝作難以置信的模樣，眉頭緊皺，「果真如此?末將居然一點都沒想到。他們兩個，還真夠仗義！」

「裝，你繼續裝！」劉玄心中暗罵，卻繼續笑著說道：「文叔，朕能有今天，全靠你們兄弟，一個救命，一個讓位。朕也並非沒有良心的人，這些事，朕從未忘過。」

「陛下記得就好，末將不求陛下報答，只求從此平平安安混完這一輩子！」劉秀拱拱手，毫不客氣接受了劉玄的「感激」。

「好一個平平安安！」劉玄哈哈大笑，朗聲道，「想得美，朕才不會准許你蹉跎光陰。文叔，你可否替朕再寫兩封信，勸降馬武、岑彭不要再繼續胡鬧。朕保證不計前嫌，赤心相待。」

「陛下，馬將軍如今不知去向，臣也找他不到。而臣與岑彭素無交往，即便他尊重臣兄，也未必將臣放在眼裡。」劉秀想了想，果斷選擇「實話實說」。

「文叔，你只管寫，其餘的事，就交給朕。」劉玄卻立刻喜形於色，大聲催促。「現在就寫，朕命人給你準備毛筆和絹布，你寫完了。朕立刻讓尚書令和大司馬前去送信，順便傳達朕的聖旨！」

一瞬間，劉秀雙目中寒光閃爍。真恨不得暗中通知馬武、岑彭，將前去傳旨的謝躬和朱鮪直接剁掉。然而，下一個瞬間，他卻裝作很不滿意的模樣，一邊提筆寫信，一邊大聲跟劉玄討價還價，「陛下，那臣兄所受的不白之冤……」

「放心，朕正派人查，日後必給你個交代。」劉玄心中好不耐煩，卻繼續強忍惱怒，用力擺手。

劉秀見他推三阻四，心中恨極。先長話短說，給馬武和岑彭寫完了信。然後暗自一用力，張開嘴巴，狂吐不止，轉眼間，就又將御書房內吐得一片狼藉。

「嘔——」劉玄被熏得好生噁心，連忙捂住嘴巴，快速走向窗口。待調整完了呼吸，回頭再看劉秀，卻發現此人竟一路吐著出了門，堅決不肯回頭。

……

兩個月彈指即過，劉秀整日喝得酩酊大醉，喝醉後，便提劍外出，不是去劉縯的墳前舞劍哭祭，就是去李秩和朱鮪等人的家門口惹事。

到後來，滿城老幼皆知，湞陽侯劉秀因為傷心其兄的死，得了失心瘋。大夥心中對劉秀同情之餘，對朱鮪、李秩等人，不免又多了幾分鄙夷。而有些膽子大的潑皮無賴，則常跟在劉秀後面，替他搖旗吶喊，看李秩和朱鮪如何出醜。

朱、李兩家損失慘重，又不敢公然對劉秀出手，故而只能派人跑到劉玄面前控訴，請他嚴懲肇事者。

劉玄見劉秀鬧得太過，也有心打壓他一下，可是一與群臣商量時，包括王匡、張卯在內的大部分朝臣，紛紛婉言勸阻，說劉秀雖有小錯，但從不與劉縯舊部接觸，而且，岑彭收到劉秀的信後，也乖乖歸降，上書自承其罪。如果為了一點小錯兒就處罰劉秀，只怕無人可以作為人質，要挾岑彭和劉縯舊部。更何況，劉秀手下的那些猛將，都唯他馬首是瞻。萬一惹惱了他們，後果很難預料。

劉玄心情鬱悶，回宮後，最寵愛的麗妃居然也滿眼含淚，說劉縯的遺孀和兩個沒爹的孩子有多可憐，弄得他連讓其侍寢的心情都沒了，只得拂袖離開。

「陛下可是要對付劉秀，臣有一計，可讓此人身敗名裂！」也不是所有人都肯吃劉秀的賄賂，尚書令謝躬就是個例外。找了個單獨奏對機會，低聲提議。

「真的？」劉玄大喜，揉著太陽穴，低聲催促，「那就趕緊說出來！子張，現在外面的人，要麼，是讓朕速速殺了劉秀，要麼，是讓朕不要理會劉秀的做法，就連麗妃，都在朕面前，想方設法請朕還劉縯一個清白，朕都快被他們煩死了。」

「陛下，劉秀此人，絕不是他表現出來的這麼粗鄙莽撞，所有人都為他說話，就足以說明，他在背地裡，一直在收買人心！」謝躬非常狡猾，一句話就命中了要害。

「子張，此言沒錯！」劉玄點點頭，深表贊同，「可他又曾經對朕有過救命之恩，還主動交出了兵權，朕如果殺他，必須找到有力的藉口，才不至於……」

「那就先壞了他的名聲！」謝躬等得就是劉玄這句話，立刻大聲回應，「陛下，如今劉縯才死不足三月，屍骨未寒，假若劉秀此時不顧其兄之喪，而操辦起了婚事，別人聞聽，該當如何看他？」

「婚事？」劉玄先是一楞，旋即獰笑著追問，「婚事，跟誰的婚事，馬三娘嗎？那也太便宜了他，順手還賴定了馬武！」

「臣之計，可一石二鳥！」謝躬笑了笑，猩紅色的舌頭在嘴裡翻滾，「臣聞之，當年劉秀在長安之時，曾當眾放出狂言，仕宦當作執金吾，娶妻當娶陰麗華。那陰麗華，乃是新野陰家的大小姐，若非劉秀領軍在外，二人早已結為伉儷。臣還聽說，早在劉縯未死之時，已派人前去新野替劉秀求親，婚期便定在九十月間，可以想見，只要劉秀打下洛陽，他凱旋而歸之時，就是迎娶陰麗華的日子！」

「竟有此事？」劉玄眼睛裡，也射出了狠毒的光芒，裂開嘴，哈哈大笑，「朕怎麼不知道？打下洛陽，然後回來成親。劉縯可真敢想！幸虧朕當機立斷殺了他，否則，這會兒真是連覺都睡不著！」

「既然劉縯已死，陛下何不玉成此事，賜婚於劉秀？不過，馬三娘那邊，既然馬武在外，無法派媒人登門，就只能再等上一等了！」謝躬一邊笑，一邊亮出滿嘴的毒牙。「劉秀若是不肯結婚，不僅是違抗聖意，還會傷了陰家小姐的心。但他若是領旨結婚，就會讓天下人知道，他只一心效忠陛下，至於什麼殺兄之仇，什麼倫理綱常，他根本就沒當回事兒。如此無情無義之輩，還有誰會服氣？誰會一條路跟隨他走到黑？到那時，恐怕非但岑彭看他不起，馬武馬子張，也會因為自己的妹妹受了冷落，一怒棄之而去！」

「好計！妙計！」劉玄撫掌大笑，尖利的牙齒在陽光下閃閃發亮。

「嘭」地一聲，一個碩大的拳頭，重重砸向長几。幾隻茶碗被震落在地上，四分五裂。

「劉玄小兒，意欲陷我於不義！」劉秀額頭青筋暴跳，恨不能現在就衝進皇宮，將劉玄剁成肉醬！

大儒董仲舒所著《春秋繁露》之中，提出以「三綱、五常」作為國家社會倫理道德規範，歷經百餘年，已深入人心。三綱者，君為臣綱，父為子綱，夫為妻綱。

劉秀自幼喪父，雖寄居三叔劉良家中，但劉良公務繁忙，哪有時間照顧他？是以從小到大，皆是劉縯負起教育之責。「長兄如父」這四個字，在他身上，再恰當不過。而如今，劉玄竟然讓他在喪期之內成婚，其用心之惡毒，簡直無可饒恕！

「是可忍，孰不可忍！」同樣是被劉縯帶大的朱祜，也氣得火冒三丈，手按刀柄，長身而起，「文叔，趁著王匡領兵出征，咱們現在就殺進皇宮去……」

「不可！」賈復眉頭輕皺，果斷反對，「皇宮戒備森嚴，劉玄敢這麼做，肯定也早就準備好了後手。咱們貿然殺過去，無異於自投羅網。不若先保著大將軍的家眷撤去淯陽，然後再說服岑將軍一道起兵，回擊宛城！」

「善，大善！」王霸聞聽，立刻大聲撫掌，「早就該這麼辦，大將軍當初要是聽王某的話，劉玄已經死了不知道多少回了，哪有機會來禍害咱們？」

「文叔，劉玄小兒這是在故意污你名聲，瓦解軍中將士對你的崇敬之心！咱們必須有所動作，否則，形勢只會越來越危急。」銚期、馬成等人，也都一眼看出了劉玄的真實打算，紛紛出聲建議造反。

「嗯！」劉秀眉頭緊蹙，低聲沉吟。賈復所言，非常有可行之性。眼下王匡率兵奔赴洛陽，宛城頗為空虛，若真能到岑彭處借來幾千精兵，肯定能打劉玄一個措手不及！

「文叔，切不可如此！」見劉秀頗為意動，嚴光大急，「如今宛城雖然空虛，卻並非無兵可守，而且城高池闊，糧草充足！人到窮時肯捨命，只要劉玄豁出去一死，親自上城鼓舞士氣，我軍在短時內很難攻克此城。而王匡等人，聽到宛城有變，必會興業回師來收取漁翁之利！」

「這？」聞聽此言，劉秀心中的怒火迅速變冷。嚴光卻還以為沒有徹底將他說服，嘆息了一聲，繼續補充道：「最近劉玄和王匡各退了一步，達成協議後分頭行動。眼下申屠健和李松已經抵達長安城下。洛陽那邊，王匡率軍抵達之日，恐怕就是城破之時。如果在此刻，咱們與劉玄拚個你死我活，其結果，不是便宜了王莽，就是便宜了王匡。至於山東的赤眉軍，河北的孫登、王朗之流，亦會趁勢而起。屆時，我漢家江山何存？大哥在九泉之下，恐怕也無法安息！」

「子陵所言極是！」一股冷汗，從劉秀背後淋漓而下。他鐵青著臉，向嚴光拱手，「只是，只是劉玄逼人太甚。若是我選擇逆來順受……」

「成大事者，不拘小節。」嚴光搖了搖頭，冷笑著補充，「當日西楚霸王項羽捉住高祖之父，臨陣威脅他，若不投降，便煮了其父。你可記得高祖是如何回答的？」

「這……」劉秀的臉，瞬間又變成了紅色，半晌無法給出答案。

並非他不知道，而是自己的祖宗劉邦說的話，太令人難以啟齒！「……吾翁即若翁，必欲烹而翁，則幸分我一杯羹。」

「文叔，方是時，高祖的性命還掌握在自己手中，身邊亦有數十萬大軍可供驅策，而你現在，比高祖當日所面臨的情況，還要危險萬分！你若出逃，又或出事，劉玄盛怒之下，絕對不會放過任何跟你親近的人，包括伯姬！」嚴光的話，再度傳入他的耳朵，字字重若千鈞。

「更何況，你若拒絕，將置醜奴兒於何地？她等了你很多年，你若今天拒絕了劉玄的賜婚，她的等待，就徹底成了笑話！只怕，你們光是世間流言，就能活活殺了她！」

「咚！」彷彿被鐵錘砸中了胸口，剎那間，劉秀疼得幾乎無法直起腰來。大漢女子，十三歲便可談婚論嫁。而陰麗華，今年卻已經十九！

國恨家仇，本該自己這個男人來承擔，自己這當口怎麼可能逃開去，將所有壓力，轉嫁於她？更何況，義軍即將對長安發起最後一擊，這個時候忽然在宛城附近起事，自己跟劉玄、謝躬之輩，又有什麼分別？！

「文叔，還記得你少年時說過的那句話嗎？」馬三娘端起一碗茶水，緩緩走到劉秀面前，就像一個姐姐，在安撫任性的弟弟，「仕宦當作執金吾，娶妻當娶陰麗華。當時，不光我聽見了，整個長安的人，都聽得清清楚楚！」

「三姐，妳……」沒想到馬三娘也會勸自己順水推舟，跟陰麗華成親，劉秀又是驚詫，又是愧疚，不知道該如何回應。

「醜奴兒馬上就二十歲了，你再不兌現諾言，她就老了。娶吧！連自己的女人都不敢娶，縱使成了大事，這輩子也不快活！」馬三娘笑了笑，臉上帶著濃濃的寵溺。

「三姐！」感激地看了馬三娘一眼，劉秀用力點頭。

是啊！連自己的女人都不敢娶，焉能成就大事！劉玄既要以毒計試我，我若不將計就計，這些日子的努力，豈不盡數白費？

轉過身，向所有人做了個羅圈揖，劉秀大聲說出自己的決定，「這道聖旨，劉某接了。各位，良辰吉日，還請前來為劉某道賀！」

說罷，擺開大步，他直奔門外，「來人，備馬！我要去安國公府，請大嫂幫忙籌辦婚事！」

「嗯——」眾將拳頭緊握，望著劉秀的背影用力揮動手臂。

成大事者，當忍世人所不能！

劉玄現在對劉秀打壓得越狠，將來受到的報復，也會越激烈。而劉秀，每經歷一次打擊，就會老練一些，以肉眼可見的速度，超越他自己，超越大將軍劉縯，超越宛城中的所有人。

這一刻，所有人的目光，都落在劉秀的後背上。

誰也沒注意到，有兩滴清淚，從馬三娘臉上悄然滑落。

少年夢易做難成，世間事悲喜相逢。

接下來的一個多月，劉秀每天都像是在做夢。下聘，迎親，拜堂成親，酬謝賓朋。然後帶著妻子去岳父家探望，然後再回到宛城繼續裝瘋賣傻。

快樂夾雜著痛苦，將他每天送上雲端，又摔入谷底。幾度讓他不知道身在何處，然後又在噩夢中突然清醒過來，渾身上下，大汗淋漓。

轉眼到了深秋，兩個振奮人心的消息，從長安和洛陽同時傳到了宛城。一瞬間，讓城內城外，鑼鼓喧天。

王匡打下洛陽。申屠健和李松打下長安。王莽死於商人之手，黃皇室主王嬿，也在城破當天，投火自焚。其餘王氏子弟，或逃或死，做鳥獸散。

大新朝，終於亡了。

大漢朝，又重新在廢墟上站了起來。無數土地等待著去耕種，無數商路等待著去重新打通，無數空缺的官職，等待著有才之士前去填補。

平民百姓，慶賀的是戰爭結束，天下恢復太平。慶賀王莽以改制為名所創造的盤剝花樣，全都被宣布廢除。而有才之士和有功之人，卻把眼睛，齊齊轉向了宛城皇宮，轉向劉氏宗族子弟的家門口。

一時間，南陽郡內，凡是姓劉的，門前都人頭攢動，不知有多少文人雅士前來送禮拉關係，哪怕明知自己眼前這個姓劉的，跟宛城那位八竿子打不著，也拚命巴結。沒辦法，誰叫人家姓劉呢？說不定是因為低調，才刻意隱瞞自己和陛下的關係的。至於那些擺在明面的皇親國戚，朝中大臣，哪裡是尋常人可以巴結到的？

劉氏「行情看漲」，卻並非每個人都跟著沾光，至少，劉秀的宅邸，以及與劉秀聯姻的陰家，都門可羅雀，連要飯的經過，都恨不能避著走，生怕距離近了，沾染上晦氣。

坊間傳聞，劉縯死於謀逆，其弟劉秀卻不知收斂，御前失儀，故而被皇帝以賜婚之名，行圈禁之實。換言之，先將其圈起來養著，哪天不高興了，就一刀宰掉，斬草除根。

這等流言一傳揚出去，哪個還敢自尋死路？很多王公子弟都暗暗為陰麗華嘆息：可惜了一朵嬌花，居然插在了棺材板兒上！

流言蜚語的男主角劉秀卻對身邊的一切都聽之任之。無論別人怎麼議論自己，都從不反駁。平時要麼不出門，要麼就去新野的陰家。看到身後有人盯梢，揮拳就揍，從不問盯梢者是何人所派。蠻橫之名越傳越遠。

這日，劉秀正在新野的妻子家中，與來訪的嚴光和王霸下棋，他的妻兄陰虛忽然神情慌張闖了進來，大聲彙報，黃門侍郎詹祁已到前院，請他前去接旨。

「稍待，我去去就來！」劉秀歉意地對兩個好朋友笑了笑，起身獨自去見詹祁。甫一照面，立刻不動聲色將一份不菲的承儀遞到詹祁手中。

那詹祁本來冰冷的面孔，頓時春風縈繞，先將禮物迅速藏進衣袖，隨即，就痛痛快快地開始宣讀聖旨。臨了，還怕劉秀會錯了意，又格外關照了他幾句，這才謝絕挽留，轉身離去。

劉秀拿著聖旨，即刻轉身回了書房，「啪」地一聲，將其丟在了桌案上，「劉玄這廝，不知道葫蘆裡又在賣什麼毒藥？」

「嗯？」嚴光毫不客氣地抓起聖旨默讀，見上面只是讓劉秀火速回宛城，不得延誤，並未提是何原因。不覺好生奇怪，正在沉思間，卻聽身後的王霸大聲說道：「不好，恐怕是劉玄要對文叔下毒手。不能回去，文叔，你千萬不要回去！王莽已經死了，咱們現在起兵造反，也不算違了大哥的意！」

「對，現在就造反，我去聯絡大哥的舊部！」朱祐快步從外邊闖進來，大聲補充。

忍了這麼久，終日徘徊於達官顯貴之間，他肚子裡實在憋了太多怒火。一有機會，就恨不得馬上發洩出來。

「且慢。」沒等他邁開腳步，嚴光已經大聲制止，「不必緊張，以我之見，這次未必是壞事，咱們脫身的機會，就在這裡頭！」

「脫身，怎麼脫身？」朱祐皺了皺眉，大聲反問。「沒看到文叔無論走到哪，明處暗處都有上百人盯著他嗎？」

「可如果劉玄主動趕文叔走呢？」嚴光笑了笑，非常自信地提醒。

「怎麼可能？」沒等朱祐回應，王霸已經驚呼出聲。

「子陵之言有理！」劉秀忽然接過話頭，笑著補充。

「這，這，怎麼……」王霸簡直無法相信自己的耳朵，愕然看向劉秀，見後者面色如常，這才知道其中必有玄機。撓了撓頭，訕訕地求教，「子陵，將你的高見說來聽聽。」

「劉玄一直在派謝躬聯繫馬大哥，馬大哥按照文叔的叮囑，也一直跟謝躬虛與委蛇！」嚴光笑了笑，言簡意賅地說道，「而岑彭，最近則跟朱鮪打的火熱，表面上已經有被劉玄收歸帳下的希望。如此一來，劉玄即便放文叔離開宛城，文叔也是無本之木，無水之魚，威脅不到劉玄的皇位和江山！」

「那就更不能去宛城了，否則，劉玄殺文叔時，一點顧忌都不會有！」朱祐根本不同意嚴光的判斷，瞪圓的眼睛大聲反駁。

「所以，你不是劉玄！」嚴光看了他一眼，笑著擺手，「劉玄這廝，眼下雖然已經不必再利用文叔去做人質，威懾馬大哥和岑彭將軍。可文叔對他的威脅，跟王匡和申屠健兩個比起來，也忽然變得無關痛癢。據咱們的眼線彙報，王匡打下洛陽之後，一粒米、一文錢都沒給劉玄這邊運。而申屠健那邊，也開始與張卯等人暗中結為同黨，對劉玄陽奉陰違！」

「報應！」王霸最喜歡聽到劉玄吃癟，高興得猛拍自己大腿，「那廝，殘害大哥之時，可曾料到今天？」

「以大哥的功勞，劉玄還會將他騙到面前殺掉。申屠健和王匡，功勞和名聲都照著大哥相差太遠，手頭又各自掌控著大量兵馬，豈能不想辦法給自己留點兒自保的本錢？」朱祐同意嚴光的分析，也依舊不同意他得出的結論，「可他二人是他二人，文叔是文叔。對劉玄來說，完全不是一類對手！」

「事分輕重緩急。」嚴光將聖旨扔在几上，笑著在屋子裡踱步，「表面上，文叔對他的威脅最小，所以，眼下他必須先拿出全部精力，去對付威脅最大的王匡。然後才輪到申屠健、陳牧、張卯之流，最後才是文叔。以劉玄的為人，對付王匡，肯定不會選擇直接翻臉，出兵討伐。而是會先將王匡叫到身邊來，然後再像對付大哥那樣故技重施！」

「王匡既然連糧草和輜重都吞了，怎麼可能再回宛城？」朱祐想了想，繼續用力搖頭。

「山不來就我，我去就山！」嚴光忽然翹起了蘭花指，學著女人的樣子回應。

「噗！」劉秀、朱祐和王霸三個，都被他逗得莞爾。笑過之後，卻不得不承認，他的話很有道理。劉玄的性子陰柔，做事從來不會選擇硬碰硬。在明知道王匡不肯回宛城的情況下，他絕不會再下旨相召。而是選擇另外一種辦法，主動前去相就！

「天下五都，長安第一繁華，其次便是洛陽。申屠健攻入長安之時，據說有人大火燒了三天三夜，所以長安已經殘破，不堪再做都城。而洛陽，因為文叔事先將嚴尤的五萬大軍擊潰，王匡過去撿了現成便宜，幾乎是兵不血刃將其拿下。所以，無論是想要就近算計王匡，還是為了享受世間繁華，將都城遷移去洛陽，都是劉玄的最佳選擇！」

「嗯！」朱祐這回不再反駁了，而是瞪圓了眼睛輕輕點頭。

「而遷都之時，對文叔就有三種安排。其一，把文叔留在南陽。其二，帶文叔一起遷都。其三，將文叔外放。」嚴光笑了笑，聲音陡然提到了最高。

宛若有一點火星落入了油鍋，朱祐的眼睛裡，立刻燃了熊熊烈焰，「子陵莫賣關子，詳細說來聽聽。」

「是呀！子陵，快快說來。」王霸急的直搓手，也在旁邊連番催促。

「嗯！」嚴光點了點頭，又不慌不忙地喝了口茶湯潤喉，然後才笑著補充，「連日來，捷報頻傳，朝野皆喜。但從劉玄角度來看，這只是表面風光，實則危機四伏！」

「如今東有赤眉樊崇，坐擁青徐兗豫四地，虎視眈眈。西有申屠健，代替王莽盤踞長安，對劉玄陽奉陰違。南有宗室子弟劉望，妄稱尊位。北有河北諸雄，混戰不休。而定國上公王匡又占了洛陽，自行委派官吏，企圖與劉玄分庭抗禮。劉玄欲要遷都，恐怕只剩下了一個選擇。」

「遷都洛陽！你已經說過了！」王霸聽得百爪撓心，揮舞著手臂大聲提醒。

「對，我說過了。但是，我剛才忘了提，王匡部下，尚有眾多將領是劉玄提拔的。而劉玄作為皇帝，還可以隨時給別人加官進爵。王匡若是此時就反，他麾下至少一半將領不會答應。而假若劉玄還留在宛城，又或者去了長安，給王匡留下充足的時間，結果可就難以預料了！」

「哦，原來如此！」王霸點點頭，恍然大悟。「劉玄遷都洛陽，是不是還有另外的好處。借助王匡的威勢，震懾申屠健！」

「對，的確如此！但是，此招危險之處在於不能將王匡逼得太狠。否則，一旦王匡圖謀廢掉他，另立新君，他未必就是王匡的對手。」嚴光笑了笑，繼續抽絲剝繭。

「立新君，立誰？」朱祐迅速將目光轉向劉秀，帶著幾分懷疑追問。

「選擇有二，一個是文叔，一個是劉嘉！」嚴光結果話頭，大聲做答，「從王匡角度，按容易控制來說，劉嘉肯定比文叔更合適。可站在劉玄角度，則無論是文叔，還是劉嘉，都必須隔斷他們跟王匡的聯繫，防患於未然！」

「啊，我明白了！」王霸頓時思路全開，再度大笑著撫掌，「南陽還有岑彭，把文叔留下，肯定後患無窮！帶去洛陽，就等於送給王匡一個新立皇帝的選擇。殺了文叔，又背負不起惡名。」

所以，還不如乾脆給文叔一個差事，打發得遠遠的，省得整天心煩！」

「的確，但你還是低估了劉玄的歹毒。」嚴光先是點頭，然後又輕輕搖頭，「劉玄之所以不殺文叔，一個是因為需要用文叔來控制馬大哥和岑彭。第二，則是因為你說的，文叔對他都有好幾次救命之恩，他不願意再背上恩將仇報的惡名。第三個，也是最不重要的一個，文叔一直裝作是一個楞頭青，又利用陰家的錢財，將劉玄的心腹餵了個飽。他現在很是困惑，文叔的楞頭青模樣，到底是真的，還是裝出來的！」

「他未必會信，但是也吃不準！」劉秀笑了笑，冷笑著搖頭。「所以，既然不能在宛城將我除掉，不如找個理由派我去外邊。然後，借別人之手再殺我，自己推個一乾二淨！」

「這廝！」朱祐和王霸終於恍然大悟，恨恨地揮拳。

「可劉某人，豈是那麼容易就被殺死！」劉秀卻對劉玄可能做的選擇，絲毫不覺得奇怪。笑了笑，走到兵器架子旁，信手抽出了自家的佩刀。

已經很久沒用了，刀刃處，隱約生了一層銹跡。

自己選擇忍辱負重，這把刀，也跟著受盡了委屈。

不過，數月的忍耐，終於到了盡頭。

王莽死了，自己離開宛城的機會也終於來了！

自己這一次，不用再顧全任何大局！

自己早晚有一天，要讓仇人血債血償！

大漢光武 卷四 水龍吟　完

ACP0083

大漢光武・卷四・水龍吟

作　者—酒徒
編　輯—黃煜智
校　對—魏秋綢
行銷企劃—王小樨
內頁排版—綠貝殼資訊有限公司

編輯總監—蘇清霖
董 事 長—趙政岷
出 版 者—時報文化出版企業股份有限公司
108019台北市和平西路三段二四〇號七樓
發行專線—（〇二）二三〇六六八四二
讀者服務專線—〇八〇〇二三一七〇五
（〇二）二三〇四七一〇三
讀者服務傳真—（〇二）二三〇四六八五八
郵撥—一九三四四七二四時報文化出版公司
信箱—10899台北華江橋郵局第九十九信箱

時報悅讀網—http://www.readingtimes.com.tw
思潮線臉書—https://www.facebook.com/trendage
法律顧問—理律法律事務所　陳長文律師、李念祖律師
印　刷—勁達印刷有限公司
初版一刷—二〇一九年七月十二日
初版二刷—二〇二二年九月十九日
定　價—新台幣三八〇元

時報文化出版公司成立於一九七五年，
並於一九九九年股票上櫃公開發行，於二〇〇八年脫離中時集團非屬旺中，
以「尊重智慧與創意的文化事業」為信念。

大漢光武・卷四・水龍吟／酒徒作 . -- 初版 . --
臺北市：時報文化，2019.07
368 面；14.8×21 公分
ISBN 978-957-13-7849-7
857.7　　108009305

本書《大漢光武》繁體中文版　版權提供　網易文學

ISBN 978-957-13-7849-7
Printed in Taiwan